# Stadig mark

I Australiens lantliga hjärta: starka
kvinnor och oförglömliga hästar

## Caitlyn Lynch

Shenanigans Press

# Innehållsförteckning

# Tack

Den här serien hade inte kunnat skrivas utan generositeten hos hästexperter från alla delar av branschen som delade med sig av sina kunskaper, i de flesta fall utan att ha den blekaste aning om varför jag ställde dessa till synes galna frågor.

Charlotte, hästveterinär utöver det vanliga

Caleb, en hovslagare som är både prisvärd och pålitlig (guld värt!)

Emma, en Masterson-terapeut med verkligt magiska händer

Tamara, omskolare av före detta galopphästar och tränare

Och människorna i ridsportgemenskapen i Elimbah, som just nu kämpar för sina hem mot jätten Main Roads,

en kamp som jag hämtade inspiration från för den kamp
om en förbifart som familjen McKenzie utkämpar.

Och jag ber om ursäkt; jag har tagit mig vissa friheter
med ett par fakta om hopptävlingarna på Ekka i den här
boken, eftersom jag var tvungen att komprimera Phoenix
återhämtningstid för att det skulle passa in i berättelsen.
Han hade behövt kvala in i tidigare tävlingar för att få
tävla i Showcase. Ekka (The Royal Queensland Show) är
dock allt jag beskrivit och mer därtill, och om du någonsin
får chansen att komma till Brisbane borde du verkligen
komma hit i augusti för att uppleva den!

# Kapitel ett

Emma McKenzies fingrar arbetade metodiskt genom Phoenix toviga man och redde ut härvorna med tålamodet hos någon som förstod att tid inte betydde något för en skrämd häst. Den höga svarta fullblodsvalacken ryckte till vid varje beröring, och hans svarta päls glänste av nervös svett trots den svala morgonluften. Hon hade bara haft honom hemma i några timmar efter att ha köpt honom på Laidley Sales, och valacken var fortfarande ett enda nervknippe och hans blick for hit och dit för att följa varje rörelse i Ridgewaters vidsträckta hagar.

"Lugn, gubben", mumlade hon med låg, lugnande röst, nästan sjungande för den nervösa hästen. "Ingen kommer att skada dig här."

Phoenix frustade, näsborrarna vidgades när han flyttade vikten och nervöst trampade med hovarna på gräset. Med sina 178 centimeter i mankhöjd var han stor för att vara ett fullblod och tornade upp sig över Emma, men storlek hade aldrig skrämt henne. Det var hans ögon som oroade henne mest, ögonvitorna som lyste i ständig skräck, som om han väntade sig ett slag när som helst.

Sexåringens galoppkarriär hade fått ett abrupt slut när hans temperament försämrats tills han blivit oridbar. Han hade vunnit flera gånger under sina tre år på banan, men hade misslyckats med att starta i sina tre senaste lopp, kastat av jockeyer när de försökte få in honom i startboxen och orsakat kalabalik på banan tills han fångades in av banfunktionärerna. Hans ägare hade gett upp hoppet om honom och Emma hade fått syn på honom på auktionen, med synliga revben, bara ögonblick från att lastas på slaktbilen. Något i hans desperata ögon hade talat till henne. Ännu en bruten själ i behov av en andra chans.

Lyckligtvis kände slaktaren Emma väl. Han log när han såg henne komma. "Jag betalade femhundratjugo."

"Sexhundra." Emma tog fram plånboken och räknade upp varenda sedel hon hade på sig. "Det är allt jag har."

"Då är han din. Lycka till!"

Emma sträckte sig nu efter den mjuka borsten i lådan med ryktsaker vid hennes fötter och såg till att Phoenix såg den innan hon lyfte den till hans hals. "Ser du? Bara en borste. Inget farligt."

Hon rörde den i långsamma, mjuka drag och tänkte på vad hennes äldsta syster Sarah hade sagt när hon lastat ur Phoenix. "Ännu ett projekt? Och ett stort sådant, han kommer att äta massor. Ditt hjärta är större än din plånbok, Em."

Kanske det var så. Men Emma hade inte kunnat lämna honom där.

Vintersolen värmde hennes rygg medan hon arbetade och noggrant noterade varje skråma och gammal skada i sitt mentala register. Svansen var ojämn runt svansroten där han hade gnuggat den mot stallväggar i frustration. Längs flankerna vittnade svaga märken från överilskna spön om tränare och jockeyer som hade tappat tålamodet, och hans mun var ärrig från de brutala bett och kedjor de hade använt för att försöka kontrollera honom. Hon hade sett allt förut, de fysiska manifestationerna av mänsklig otålighet, riktad mot djur som inte kunde förstå vad de hade gjort för fel. Men i slutändan kunde ingen människa verkligen kontrollera ett halvt ton häst, inte när den hästen drevs bortom vansinnets gräns av rädsla och panik.

"Vi ska fixa dig", lovade hon och arbetade varsamt fingrarna genom ännu en tova. "Du behöver bara någon som lyssnar på vad du försöker säga. Jag lyssnar, jag lovar. Är jag den första personen som någonsin har lyssnat på dig, hm?"

Phoenix sänkte huvudet något, det första trevande tecknet på avslappning. Emma log och såg den lilla segern. Det här var språket hon talade mest flytande, den tysta kommunikationen mellan människa och häst som alltid hade känts mer logisk för henne än de flesta mänskliga interaktioner.

Det avlägsna dunkandet från en motor trängde igenom morgonens tystnad. Emma sneglade upp och kände igen det distinkta ljudet av helikopterblad. Konstigt. De brukade inte ha flygplan så här lågt över Ridgewater.

Phoenix huvud for upp, öronen spetsades framåt för att sedan omedelbart tryckas platt mot skallen. Hela hans kropp spändes.

"Det är lugnt", lugnade hon och lade en stadig hand på hans bog. "Bara en helikopter. Inget att oroa sig för."

Men ljudet blev högre, mer påträngande. Genom träden fick Emma syn på helikoptern som flög ovanligt lågt. Det var lantmäterihelikoptern, insåg hon med en plötslig ilska. De måste göra en flygkartläggning för projektet med förbifarten, men de skulle ju meddela via post innan de gjorde det!

Phoenix andning blev snabbare och näsborrarna vidgades. Emma drog i snabbknuten som fäste Phoenix vid säkerhetssnöret bundet till staketet, med vetskapen om att han kanske behövde känna sig mindre fasthållen, och tog ett steg tillbaka för att ge honom utrymme. "Lugn, gubben. Lugn..."

Helikoptern dånade förbi ovanför och dess skugga svepte över hagen. Rotorvinden böjde gräset i vågor runt dem. Phoenix ögon rullade och blev vita av skräck, hans massiva kropp spände sig som en fjäder.

"Phoenix, nej!" Emmas kommando dränktes av helikopterns dån.

Fullblodet stegrade sig, framhovarna klöste i luften. Emma klängde sig fast vid grimskaftet, hennes stövlar gled genom gräset. För ett ögonblick kände hon den förkrossande tyngden av det oundvikliga, vissheten om att hennes grepp var ingenting mot hans panik. Och sedan slets repet genom hennes handflata och fick henne att skrika till av den brännande smärtan, fingrarna öppnades ofrivilligt.

Phoenix landade hårt, repet slog mot hans ben. Överraskad av det hoppade han rakt upp i luften och landade med en hov på repet precis när Emma försökte gripa tag i det.

För Emmas förskräckta ögon var det som om allt hände i slow motion. Med en hov på repet var Phoenix nästa drag att rycka upp huvudet, hårt. Karbinhaken i stål som fäste repet i grimman gick av med en skarp smäll, ljudet skrämde Phoenix ytterligare, och innan Emma hann ta ett enda steg hade han vänt sig om och stuckit iväg över hagen, hans kraftfulla ben slukade marken i väldiga kliv.

"Phoenix!" skrek Emma, det trasiga grimskaftet låg oanvändbart vid hennes fötter.

Den svarta hästen dundrade mot hagstaketet, öronen platt mot skallen, svansen strömmande bakom honom. Emmas hjärta for upp i halsgropen när hon insåg att han inte saktade ner. Staketet var en och en halv meter högt, med stadiga stolpar och slanor avsedda att hålla kvar även den mest beslutsamma rymling.

Phoenix samlade sig, musklerna spändes under hans blanka päls och sköt iväg upp i luften. Han klarade staketet med skrämmande lätthet, landade utan att ens snubbla innan han fortsatte sin huvudstupa flykt.

"Nej, nej, nej", flämtade Emma och började springa.

Hon nådde staketet när Phoenix närmade sig nästa gräns, den här gången den som skiljde hemmahagarna från fölstofältet. Sarah skulle döda henne om han störde de dräktiga stona!

Phoenix tvekade inte. Han svävade över staketet, hans kraftfulla kropp upphängd mot den blå himlen för ett hjärtslag innan han försvann in i nästa hage, och stonas gälla gnägganden hördes när han rusade rakt igenom den fridfullt betande flocken.

Emma bytte riktning och rusade längs stängslet mot närmaste grind. Hennes lungor brände när hon fumlande med haspen och dyrbara sekunder tickade förbi. När hon väl kommit igenom närmade sig Phoenix redan det tredje staketet.

Detta staket var nästan två meter högt med solida stolpar och slanor, designat och konstruerat specifikt för att hålla inne deras hingst Legend när han var yngre och mer äventyrlig. Emma saktade ner och bad att barriären äntligen skulle hejda Phoenix flykt. Att fånga honom i den nästan fem hektar stora fölstohagen skulle vara en utmaning, men åtminstone...

Fullblodet samlade sin styrka, musklerna böljade under pälsen. Han sköt sig uppåt i en perfekt båge och klarade staketet med marginal.

"Herregud!" flämtade Emma och bytte kurs igen.

Hon rusade tillbaka mot huvudgården, benen pumpade medan hon beräknade Phoenix bana. Han var på väg österut, direkt mot gränsen till Ridgemont Country Club. Om han kom in på golfbanan...

Emma störtade in på gården och skrämde sin dotter Jemima som ledde en ponny från stallet.

"Mamma? Vad är det som är fel?"

"Phoenix har rymt", flämtade Emma och tog nycklarna ur fickan. "Han är på väg mot golfklubben."

"Ska jag säga till moster Sarah?" ropade Jemima när Emma slet upp dörren till sin pickup.

"Ja. Och be henne ringa morbror Marcus! Säg att vi kanske behöver honom." Motorn vrålade till liv. Emma la i en växel och däcken spann på gruset innan de fick fäste.

Hon körde i hög fart nerför uppfarten och tog kurvan in på tillfartsvägen för fort. Genom träden fick hon skymtar av Phoenix, långt före henne och fortfarande i full galopp mot golfklubbens gräns. Staketet där var högt, men Emma hade inga illusioner om att det skulle stoppa honom, inte efter de staket han redan hade klarat som om de inte ens var där. Ingenting skulle stoppa honom i detta tillstånd av blind panik.

Medan pickupen studsade fram längs grusvägen rusade Emmas tankar genom olika scenarier, det ena värre än det andra. Phoenix som skadade sig på ett staket. Phoenix som kolliderade med en golfbil eller, gud förbjude, en person. Det massiva fullblodet var en projektil av muskler och ben, irrationell av rädsla.

Hon hade sett den blicken i hans ögon förut, hos andra räddningshästar. Blicken hos ett djur så överväldigat av skräck att självbevarelsedriften inte betydde någonting. Phoenix skulle springa tills han kollapsade eller kraschade in i något tillräckligt orubbligt för att stoppa honom.

Tillfartsvägen svängde bort från gränsen. Emma lutade sig framåt över ratten och ansträngde sig för att hålla Phoenix i sikte genom träden. Sedan var han borta, hans mörka gestalt svävade över det sista staketet som markerade kanten på Ridgewater.

Emmas mage vände sig. Phoenix hade nått golfbanan.

Ryan Wardell knackade sin Mont Blanc-penna mot en skrivplatta innan han lade till ytterligare en punkt på sin redan omfattande renoveringslista. Det berömda artonde hålet på Ridgemont Golf and Country Club förtjänade bättre än bleka flaggstänger och föråldrade sprinklersystem. Stående på den fläckfria fairwayen i sina polerade brogueskor och skräddarsydda kostym var han en figur som tydligt skilde sig från markskötarna i sina slitna arbetskläder, men det var precis poängen. Nytt ägande innebar nya standarder, och Ryan hade byggt sitt rykte på att omvandla underpresterande tillgångar. Nya uniformer fanns också på hans lista.

”Bevattningssystemet är original från 90-talets omdesign, sir”, förklarade den ansvarige markskötaren och pekade mot sprinklerhuvudena som prickade fairwayen och omgav greenen. ”Det fungerar fortfarande, men det börjar bli svårt att hitta delar.”

Ryan nickade och antecknade. ”Och situationen med vattenrättigheterna?”

”Utmärkt. Vi har tilldelning från både bäcken och borrhål, och sjön precis sydväst torkar aldrig ut, den matas av flera olika bäckar. Även under torka klarar vi oss. Men vi översvämmas inte heller; sjön har ett bräddavlopp i bortre änden som svämmar över innan vattnet ens kan nå de lägsta punkterna på banan.”

Det var åtminstone tillfredsställande. Vattensäkerhet hade varit en kritisk faktor i hans beslut att köpa Ridgemont. Efter ett decennium av klättrande på Brisbanes karriärstege hade Ryan letat efter en investering som kombinerade affärspotential med livsstilsfördelar. En mästerskapsgolfbana två timmar från staden hade uppfyllt alla hans krav, särskilt när hans finansiella analys avslöjade dess outnyttjade potential.

Morgonsolen värmde hans rygg när han övervakade sitt nya kungarike. De böljande fairwayerna sträckte sig framför honom, smaragdgröna mot den klara blå himlen. I fjärran glänste klubbhuset, dess moderna linjer och expansiva fönster ett försäljningsargument för de bröllop och företagsevenemang Ryan planerade att aggressivt marknadsföra.

"Låt oss kolla bunkerdräneringen härnäst", sa Ryan och konsulterade sitt schema. Detta var hans första dag som officiell ägare och han hade för avsikt att inspektera varje aspekt av verksamheten. Hans metodiska tillvägagångssätt hade tjänat honom väl under hela hans karriär; ingen detalj var för liten för att beaktas när man bygger en ordentlig affärsstrategi.

Han vände sig mot den östra kanten av banan, där en rad mogna eukalyptusträd med ett högt, solitt trästaket bakom markerade gränsen till grannfastigheten. Ridgewater, hade hans efterforskningar informerat honom. Någon sorts hästverksamhet. Inte för att det spelade någon roll för hans planer, förutom som en potentiell källa till bullerklagomål under större evenemang. Det fanns nästan hundra meter snårig mark mellan fairwayen och gränsen; tillräckligt med utrymme för att anlägga flera stora husstomter och bygga premiumvillor, en annan komponent i hans planer.

Ett kraschande ljud från trädens riktning avbröt hans tankar.

"Vad i helvete?" utbrast markskötaren och pekade mot gränsen.

Ryan vände sig om och kisade mot solen. För ett ögonblick kunde han inte förstå vad han såg. En massiv mörk gestalt bröt igenom trädlinjen och rörde sig med förvånansvärd hastighet över snårmarken mot dem.

En häst. En enorm svart häst utan ryttare, som galopperade rakt mot hans fläckfria golfbana och sedan, katastrofalt nog, rakt ut på den.

Djuret dundrade över greenen, hovarna rev upp grästorvor med varje kraftfullt steg. Dess ögon var vilda, öronen tryckta platt mot huvudet. Ryan hade begränsad erfarenhet av hästar, men även han kunde känna igen blind panik när han såg den.

"Stoppa den där saken!" skrek Ryan och hans fattning sprack när han såg tusentals dollar av gräsunderhåll förstöras framför ögonen på honom.

Ett sprinklerhuvud knäcktes med en smäll när hästen trampade på det, och en gejser av vatten sprutade nästan två meter upp i luften. Den plötsliga duschen skrämde djuret ytterligare och fick det att väja tvärt mot en grupp golfare på den intilliggande fairwayen.

"Akta er!" ropade Ryan och såg med fasa hur golfarna skingrades och övergav sina klubbor och vagnar i sin brådska att undkomma det anstormande odjuret.

Hästen plöjde över en obevakad golfbag och skickade klubborna farande över fairwayen som plockepinn. En äldre medlem föll i sin brådska att komma undan, och för ett hjärtstoppande ögonblick trodde Ryan att hästen skulle trampa på honom. I sista sekunden väjde djuret, hoppade över en sandbunker med chockerande grace innan det fortsatte sin kaotiska framfart över banan.

Ryans sinne växlade automatiskt över till krishanteringsläge och bedömde de eskalerande skadorna för varje sekund som gick. Reparationer av bevattningssystemet. Återställande av gräset. Potentiella skadeståndskrav om någon skadades. Allt på hans första officiella dag som ägare.

"Få medlemmarna i säkerhet", beordrade han den närmaste anställde, en ung man i en pikétröja från golfshopen som stod som förstenad och såg på det utspelande kaoset med öppen mun. "Och någon ring djurskyddet."

Runt honom hade golfbanans välordnade lugn förvandlats till pandemonium. Golfare skrek i larm, personal sprang i olika riktningar, och genom allt fortsatte den massiva hästen att skapa förödelse, till synes outtröttlig i sin flykt, men tvingad att cirkla tillbaka på sig själv.

Två markskötare försökte tränga in djuret nära övningsgreenen, spred ut sina armar och avancerade försiktigt. Hästen stegrade sig, framhovarna klöste i luften, innan den snurrade iväg och galopperade över artonde greenen igen, dess kraftfulla kropp rörde sig med en flytande grace som skulle ha varit vacker i vilket annat sammanhang som helst.

"Vem äger den där jävla hästen?" krävde Ryan och stegade mot klubbhuset där chefen stod och såg hjälplöst på den utspelande katastrofen. "Någon måste ansvara för den."

"Måste vara från Ridgewater", svarade chefen och pekade mot den östra gränsen. "De har alla möjliga sorters hästar där borta. Har aldrig haft en som kommit igenom staketet förut, dock. Eller *över* det - den måste ha hoppat!"

Ryan såg hur hästen äntligen saktade ner och cirklade nervöst på greenen. Hans käke spändes när han inspekterade skadorna: förstörd gräsmatta, trasiga sprinklerhuvuden, spridda golfutrustningar och skräckslagna medlemmar som trängdes vid klubbhuset. En grupp anställda hade bildat en lös perimeter runt djuret, även om ingen verkade ivrig att närma sig det.

"Sir, det kommer en pickup uppför vägen", ropade killen från golfshopen. "Kan vara ägaren."

Ryan vände sig om och såg ett lerstänkt fordon studsa uppför gångvägen för golfbilarna, uppenbarligen på väg den mest direkta vägen snarare än att följa uppfarten.

Det tvärnitade bredvid golfshopen, och en ung kvinna hoppade ut och kom springande mot honom.

Redan på avstånd kunde Ryan se att hon inte var någon företagsryttarinna i ridbyxor och skräddarsydd ridjacka. Hennes jeans var slitna, hennes skrynkliga rutiga skjorta fläckad med vad som såg ut som smuts och hästsvett. Långt brunt hår höll på att lossna från en praktisk fläta och ramade in ett ansikte präglat av oro.

Utan tvekan började hon ta sig mot den enorma hästen som fortfarande cirklade nervöst på greenen och rörde sig målmedvetet genom de samlade åskådarna.

"Ursäkta mig", ropade Ryan och steg i hennes väg. "Det djuret har orsakat betydande skador på min egendom."

Kvinnan sneglade knappt på honom, hennes uppmärksamhet fäst på den nervösa hästen. "Jag är så ledsen. Han är min. Snälla, låt mig hämta honom innan någon blir skadad."

Innan Ryan kunde svara hade hon slunkit förbi honom och rörde sig mot det upprörda djuret med förvånansvärd självsäkerhet. Ryan såg på, sliten mellan irritation över skadan och motvillig nyfikenhet på hur hon planerade att fånga det uppenbart panikslagna odjuret.

Markskötarna delade sig för att släppa igenom henne, med uppenbar lättnad i sina ansikten. Ryan följde på avstånd och beräknade mentalt reparationskostnaderna som ökade för varje minut. Om hon trodde att en enkel ursäkt skulle täcka den förstörda gräsmattan och det trasiga bevattningssystemet, tog hon gruvligt fel.

Ändå, trots sin irritation, fann han sig märkligt fascinerad när hon närmade sig den massiva hästen. Hela hennes hållning hade förändrats, spänningen smälte från hennes axlar, rörelserna blev flytande och avsiktliga. Kontrasten mellan hennes tidigare brådska och nuvarande lugn var slående.

"Det där djuret är en plåga", muttrade en medlem i dyra golfkläder och stod med händerna i sidorna. "Hur ska vi kunna avsluta vår runda nu? Titta på greenen!"

Ryan sa inget utan såg på när kvinnan långsamt minskade avståndet till den nervösa hästen. De irriterade medlemmarna och de ekonomiska konsekvenserna kunde vänta. Först behövde de få bort det där djuret från hans golfbana på ett säkert sätt.

Emmas hjärta bultade mot revbenen när hon tog in omfattningen av Phoenix förstörelse. Den oklanderliga golfbanan såg ut som om den hade varit värd för ett demolition derby snarare än en fridfull golfmorgon. Grästorvor låg utspridda över greenen, en trasig sprinkler skickade vatten i en båge mot himlen, och arga golfare stod i klungor och pekade på Phoenix som nervöst cirklade i mitten av alltihop. Hans mörka päls glänste av svett, hans sidor hävde sig av ansträngning och rädsla. När en välklädd man steg i hennes väg, hans prydliga affärsklädsel och dundrande uttryck markerade honom som någon som bestämde, kände Emma hur magen sjönk.

"Jag är så ledsen. Han är min. Snälla, låt mig hämta honom innan någon blir skadad", lyckades hon få fram och sneglade knappt på mannen medan hon skannade Phoenix kropp efter skador. Inget synligt blod, åtminstone. Små välsignelser.

Hon slank förbi affärsmannen, medveten om sina lerstänkta jeans och sitt ovårdade utseende. Inte för att det spelade någon roll nu. Allt som betydde något var att komma fram till Phoenix innan hans panik eskalerade igen. Hon kunde känna ögon borra sig in i hennes rygg, kunde nästan höra beräkningarna av skadekostnader, men hon sköt allt åt sidan.

När hon närmade sig ringen av markskötare som hade bildat en lös avspärrning runt Phoenix, kände Emma hur hennes kropp automatiskt intog den hållning hon hade utvecklat genom år av arbete med traumatiserade hästar. Avslappnade axlar, djup och jämn andning, varje rörelse mjuk och avsiktlig. Hon stannade flera meter från Phoenix och bedömde honom.

Fullblodets ögon visade fortfarande vita kanter av rädsla, hans öron snärtade nervöst mellan människorna som omgav honom. Hans massiva bröstkorg hävde sig av ansträngning, men den vilda galoppen hade åtminstone bränt bort en del av hans initiala panik. Han lyssnade nu, bearbetade sin omgivning istället för att bara reagera.

"Kan alla snälla ta ett steg tillbaka och vara tysta?" ropade Emma med lugn röst men med all den auktoritet hon kunde uppbåda. "Han är rädd, inte aggressiv."

Till hennes förvåning backade markskötarna omedelbart, även om golfarna förblev samlade på avstånd, deras muttrande en låg bakgrund av missnöje. Hon kände snarare än såg affärsmannen röra sig närmare och iaktta från flera meter bakom henne.

Emma höll sitt fokus på Phoenix, vinklade sin kropp något bort från honom och undvek direkt ögonkontakt som kunde uppfattas som rovdjursliknande. "Hej där, stora killen", mumlade hon mjukt. "Vilket äventyr du har haft, hmm?"

Phoenix öron vreds mot hennes röst, och igenkänning flimrade i hans mörka ögon. Han frustade, tog ett halvt steg bakåt, men stack inte. Framsteg.

Emma sträckte sig långsamt ner i fickan och tog fram en liten tygpåse. Den svaga men distinkta doften av lakrits spreds i luften när hon öppnade den. Phoenix näsborrar vidgades, intresset övervann tillfälligt rädslan.

"Just det", uppmuntrade hon, tog ett långsamt steg framåt, sedan ett till. "Inget att oroa sig för här. Bara lite godsaker."

Bakom sig hörde hon någon ge ifrån sig ett ljud av misstro, följt av ett skarpt "Schh!" från någon annan. Hon ignorerade dem och upprätthöll den bubbla av lugn hon skapade mellan sig själv och Phoenix. Detta var språket hon talade mest flytande, den tysta kommunikationen av avsikt och förtroende som översteg ord.

Phoenix sänkte huvudet något, öronen nu fästa på henne, näsborrarna vidgades när han kände doften av godiset – godis han inte hade vetat fanns förrän igår, men som han redan lärt sig att njuta av. Han tog ett tveksamt steg mot henne, stannade sedan, fortfarande vaksam.

Emma sträckte ut sin hand med handflatan nedåt, den universella fredsgesten till en häst. "Det är lugnt", lugnade hon. "Du blev skrämd, men du är säker nu. Inga fler helikoptrar."

Hon tog ett steg till framåt, och ett till, och minskade gradvis avståndet. Phoenix förblev stilla, hans andning saktade ner när hennes lugna närvaro började påverka honom. Kopplingen som bildades mellan dem var nästan påtaglig, en bräcklig tråd av förtroende som sträckte sig över utrymmet som skiljde dem åt.

Slutligen stod hon bara en armlängd från honom. Phoenix sänkte huvudet ytterligare och frustade en varm andedräkt mot hennes utsträckta handflata.

"Bra pojke", viskade Emma, hennes röst knappt hörbar. Hon erbjöd en lakritsstång, som Phoenix försiktigt tog med läpparna från hennes handflata. Med sin fria hand strök hon försiktigt hans svettiga hals och kände darrningarna som fortfarande for genom hans kraftfulla kropp. "Så duktig, modig pojke."

Från midjan lossade hon ett grimskaft, tacksam att hon hade haft ett extra i pickupen. Långsamt rörde hon sig, höll fram det så att Phoenix fick se och lukta på det innan hon långsamt höjde det för att fästa det i grimman. Han ryckte till vid det tysta klicket av metall men förblev stilla och accepterade det lätta trycket när hon säkrade det.

Först då tillät hon sig själv att andas ut helt.

*Krisen avvärjd, åtminstone den omedelbara.*

Hon vände sig om för att möta den samlade folkmassan, med Phoenix nu stående tyst bredvid henne, även om hans ögon fortfarande nervöst for över den obekanta omgivningen. Affärsmannen stod närmast, med armarna i kors över bröstet, ansiktsuttrycket en oroande blandning av irritation och något som nästan såg ut som motvillig beundran.

”Jag heter Emma McKenzie”, sa hon och mötte hans blick direkt. ”Från Ridgewater. Jag kan inte be om ursäkt nog för det här. Det var en lantmäterihelikopter som flög för lågt, och han fick panik.”

Mannens käke spändes, men han nickade vid omnämnandet av helikoptern, uppenbarligen hade han också hört den. ”Ryan Wardell”, svarade han med kort ton. ”Ägare av Ridgemont Country Club. Från och med i morse, faktiskt.”

Emma ryggade till. *Typiskt. Just hennes tur.* ”Vilken välkomstgåva jag har gett dig. Jag är verkligen ledsen.”

Ryan pekade på den upprivna greenen, den trasiga sprinklern som fortfarande sköt vatten mot himlen, de spridda golfklubborna. ”Det här kommer att kosta tusentals att reparera. För att inte tala om störningen för våra medlemmar.”

Hans strama accent och perfekt pressade kläder skrek storstadsaffärsman, men det fanns något i hans grågröna ögon som fick Emma att stanna upp. En glimt av äkta nyfikenhet när han sneglade mellan henne och Phoenix. Han var yngre än hon först hade trott också; hon tvivlade på att han var äldre än mitten av trettioårsåldern.

”Jag förstår”, sa hon och mötte stadigt hans blick. ”Jag kommer att täcka kostnaderna, självklart. Och jag kan hjälpa till med reparationerna också. Jag vet att det inte kommer att kompensera för störningen, men...”

Phoenix rörde på sig bredvid henne och drog till sig Ryans uppmärksamhet. Fullblodet hade lugnat ner sig avsevärt, huvudet sänkt, spänningen började rinna ur hans enorma kropp när adrenalinet avtog. Förvandlingen från den livrädda projektilen som hade rivit fram över golfbanan till detta nu tysta djur var anmärkningsvärd.

"Du är bra med honom", observerade Ryan, hans ton antydde att han inte hade förväntat sig det.

Emma log svagt. "Det är vad jag gör. Rehabiliterar före detta galopphästar. Den här är helt ny, fick honom igår från Laidley Sales. Han var på väg till slaktbilen innan jag ingrep."

Något flimrade över Ryans ansikte, för snabbt för Emma att tolka. Han sneglade på sin klocka, sedan på samlingen av missnöjda golfare. "Vi borde utbyta kontaktinformation. För reparationerna."

"Självklart." Emma tog fram sin mobil med en hand, noga med att inte dra i Phoenix ledrep. De utbytte uppgifter med affärsmässig effektivitet, även om Emma inte kunde låta bli att lägga märke till kvaliteten på Ryans läderskor, nu stänkta med lera och vatten från den trasiga sprinklern, medan hon knappade in hans nummer. Ännu en ursäkt steg till hennes läppar men hon svalde den. Hon hade bett om ursäkt tillräckligt; nu behövde hon fokusera på handling.

"Jag ska ta tillbaka honom till Ridgewater och sedan komma direkt tillbaka för att hjälpa till att städa upp", lovade hon och gav Phoenix en lugnande klapp när han nervöst rörde på sig.

Ryan nickade, även om hans uttryck antydde att han hade begränsad tilltro till hennes löfte. "Jag ska låta markskötarna bedöma skadornas fulla omfattning."

Emma vände sig om för att leda bort Phoenix och kände Ryans blick i ryggen när hon försiktigt guidade fullblodet mot uppfarten hon skulle behöva leda honom ner för att få hem honom. Hästen rörde sig nu villigt bredvid henne, hans förtroende för hennes ledarskap växte synbart för varje steg.

När de korsade den uppkörda fairwayen fann Emma sig själv med att spela upp interaktionen med Ryan Wardell. Trots hans uppenbara irritation hade det funnits det där ögonblicket av äkta intresse när han hade sett henne med Phoenix. Inte den typiska reaktionen från någon vars egendom just hade demolerats av en skenande häst.

Phoenix knuffade henne mjukt på axeln, som för att be om ursäkt för besväret han hade orsakat. Emma strök honom över mulen och log trots omständigheterna.

"Tja, det är ett sätt att träffa den nya grannen", mumlade hon. "Men nästa gång, låt oss försöka med något lite mindre dramatiskt, okej?"

Phoenix öron spetsades framåt vid hennes röst, hans ögon innehöll nu en glimt av den intelligens och känslighet som hade dragit henne till honom från första början. Under rädslan och traumat dolde sig en anmärkningsvärd häst. Emma hoppades bara att Ryan Wardell skulle ge henne chansen att ställa allt till rätta innan han bestämde sig för att både hon och Phoenix var mer besvär än de var värda.

# Kapitel två

EMMA STIRRADE PÅ RÄKNINGEN i sina händer. Hon hade öppnat den medan hon satt i sin pickup och väntade på att Jemima skulle sluta skolan, och nu dansade de prydliga sifferraderna framför hennes ögon medan hjärnan kämpade med att bearbeta totalsumman längst ner på sidan. Tjugotretusen fyrahundrasextiosju dollar. Och tolv cent. Det exakta beloppet gjorde det på något sätt värre, som om vartenda ett av de där centen hade beräknats minutiöst utifrån den förödelse Phoenix hade åstadkommit på Ridgemonts orörda greener. Hon lutade pannan mot ratten med en hård knut av fasa i magen.

Tre dagar. Det hade tagit Ryan Wardell exakt tre dagar att sammanställa en detaljerad faktura för professionell återställning av landskapet, reparationer av bevattningssystemet och förlorade intäkter från stängda hål. Kuvertet hade legat oskyldigt i brevlådan när hon kommit tillbaka från foderbutiken, och brevhuvudet från Ridgemont Golf and Country Club gav ingen antydan om den bomb som fanns inuti.

"Precis vad jag för tusan behövde", muttrade hon till slut, rätade på sig och drog en hand genom håret.

Foderräkningarna låg på hög och tre av hennes räddningshästar behövde tandvård som inte kunde skjutas upp mycket längre. Hon hade redan tänjt sin ekonomi till bristningsgränsen före Phoenix improviserade golfbaneäventyr.

Emma sneglade på sin telefon. Ett enda samtal till Sarah skulle lösa det här. Hennes storasyster skötte familjens ekonomi med militärisk precision och hade en reservfond för nödsituationer. Eller Kate, vars senaste tävlingsvinster hade varit betydande. Till och med Pip, med sin blomstrande ponnyverksamhet, skulle hjälpa till utan att tveka. Och Marcus, Sarahs fästman som var veterinär, skulle antagligen fixa tänderna gratis om hon tyst medgav att hon hade det kämpigt.

Men tanken på att be om hjälp fick det att snöras åt i halsen på henne. Hon hade ägnat hela sitt liv åt att försöka bevisa att hon inte var den flamsiga lillasystern som behövde räddas efter sin tonårsgraviditet. Att ta ansvar för sina val var en hederssak, och den här situationen, hur oväntad den än var, var helt och hållet hennes fel. Hon hade tagit sig an Phoenix med vetskapen om att han var traumatiserad. Hon hade misslyckats med att säkra honom ordentligt, kanske börjat arbeta med honom för tidigt – men allt hon hade försökt göra var att snygga till honom lite ...

Hon hade lämnat Phoenix för mindre än en timme sedan, efter att ha tillbringat större delen av förmiddagen med att arbeta med honom på grundläggande markhantering. Det massiva fullblodet hade lugnat ner sig anmärkningsvärt under de tre dagar som gått sedan panikattacken och svarade bra på de lugna rutinerna och den konsekventa hanteringen. Han skulle bli en magnifik ridhäst en dag, med sin atletiska kroppsbyggnad och intelligens. Om hon hade råd att behålla honom tillräckligt länge för att slutföra hans rehabilitering.

"Okej", sa hon, vek ihop räkningen och stoppade den i fickan när barn började strömma runt bilen. "Ingen idé att gräva ner sig."

"Hej mamma!" Bakdörren på passagerarsidan öppnades och Jemima slängde sig in i bilen, kastade skolväskan i baksätet och drog på sig säkerhetsbältet i en enda snabb rörelse. "Får Charlotte komma över i eftermiddag?"

"Som alla andra eftermiddagar?" retades Emma. "Självklart. Jag messar hennes pappa. Men skulle det vara okej om vi gjorde ett snabbt stopp på vägen hem först?"

"Absolut. Var då, mataffären? Kan vi köpa glass?"

Emma startade sin pickup och ryggade till när motorn hostade ett par gånger innan den startade. Den skulle ha servats för länge sedan, och med trettiotusen mil på mätaren hade den nog inte så många mil kvar i sig ändå. Ännu en utgift hon inte hade råd med.

"Inte mataffären. Golfklubben. Jag måste prata med ägaren."

"Stället där Phoenix blev helt galen?"

Emma grimaserade. "Ja. Just det. Jag måste prata med Mr Wardell om en del vuxensaker, men det skulle vara trevligt om du följde med."

Det var inte direkt manipulation, intalade Emma sig själv när Jemima ryckte på axlarna i samförstånd. Det var bara ... strategiskt tänkande. Mannen hade verkat helt oberörd av hennes ursäkter, men till och med den mest affärsmässiga personligheten måste väl mjukna i närheten av en pigg åttaåring.

”Varför måste du prata med golfklubbsmannen?” frågade Jemima när Emma försiktigt körde ut från den fulla skolparkeringen och ut på huvudvägen.

Emma tvekade och bestämde sig sedan för att vara ärlig. ”Phoenix orsakade en hel del skador när han sprang igenom där. Herr Wardell har skickat oss en väldigt stor räkning, och jag hoppas att vi kan komma fram till en lösning som inte innebär att jag måste sälja en njure.”

”Du ska inte sälja några organ, mamma”, sa Jemima allvarligt. ”Moster Pip säger att du behöver alla hjärnceller du har kvar.”

”Tack för den”, svarade Emma och bet tillbaka ett leende. ”Och kom ihåg, sköt dig exemplariskt i dag, okej? Det här är viktigt.”

Förvandlingen från de omgivande fastigheterna, inklusive deras egen, till Ridgemont Golf and Country Club var alltid slående. Trots att skadekontrollen fortfarande var synlig på artonde fairway och green, stod den anlagda perfektionen i skarp kontrast till Ridgewaters praktiska funktionalitet. Emma parkerade sin lerstänkta pickup mellan ett par skinande lyxbilar och kände sig påtagligt malplacerad.

”Wow”, flämtade Jemima när de gick mot klubbhuset. ”Det är som ett palats, mamma! Jag visste inte att det här låg precis bredvid!”

*För att vi inte har råd att komma hit.* Emma sa det inte högt, men hon kände hur Jemimas hand smög sig in i hennes och visste att till och med hennes självsäkra dotter kände sig lite skrämd.

Den moderna byggnaden reste sig framför dem, helt i glas och polerat trä. Emma slätade självmedvetet till håret och önskade att hon hade tagit sig tid att byta om till något mindre ladugårdsslitet än sina blekta jeans och sin flanellskjorta. Men det var inget att göra åt nu. Hon ledde Jemima längs stengången mellan två fontäner och genom de stora dörrarna, som ljudlöst gled upp när de närmade sig.

Inuti bar den luftkonditionerade svalkan med sig doften av citronpolish och dyr parfym. En receptionist i en prydlig uniform såg upp när de kom in, och hennes professionella leende vacklade något vid åsynen av Emmas lediga klädsel.

"Kan jag hjälpa till?" frågade hon och blicken flackade mellan Emma och Jemima.

"Jag skulle vilja tala med Ryan Wardell, tack", sa Emma och tvingade in självförtroende i rösten. "Emma McKenzie från Ridgewater."

Igenkänning syntes i kvinnans ögon. "Ah, just det. Hästincidenten."

Emma kände hur hettan steg uppför halsen. "Precis."

"Har ni bokat tid?"

"Nej, men det gäller fakturan jag fick i dag. Det är ganska brådskande."

Receptionistens perfekt formade ögonbryn höjdes en aning. "Jag ska se om Mr Wardell är tillgänglig, men han är ganska upptagen med övergången. Kanske kan ni boka en tid senare i veckan?"

"Var snäll och kolla", sa Emma med en röst som hårdnat av beslutsamhet. "Säg att det handlar om Phoenix."

Medan receptionisten lyfte luren drog Jemima i Emmas ärm. "Mamma, titta på alla troféer", viskade hon och pekade på ett vitrinskåp i glas. "Är golf svårt? Det ser tråkigt ut på tv."

"Tyst", viskade Emma, även om hon log åt sin dotters uppriktighet.

"Herr Wardell kan avvara några minuter", meddelade receptionisten och lade på luren. "Hans kontor ligger längst ner i korridoren, sista dörren till höger. Han ber er att fatta er kort eftersom han har en telefonkonferens inbokad inom kort."

"Tack", sa Emma och tog Jemimas hand. "Vi ska vara snabba."

När de gick längs den plyschmattsbelagda korridoren kände Emma räkningen i fickan som en blytyngd. Tjugotretusen dollar. Det kunde lika gärna ha varit en miljon, med tanke på hennes förmåga att betala den omedelbart. Hennes enda hopp var att Ryan Wardell kanske hade ett uns av empati under sin polerade, affärsmässiga yta.

"Kom ihåg", mumlade hon till Jemima när de nådde dörren med texten "R. Wardell, VD", "sköt dig exemplariskt."

Jemima nickade högtidligt, med allvarliga blå ögon. "Jag ska vara snäll, mamma. Jag lovar."

Emma tog ett djupt andetag, slätade till håret en sista gång och knackade på.

Ryan såg upp från sin bärbara dator när det knackade på hans kontorsdörr. Genom glaspanelen kunde han se Emma McKenzie vänta, och bredvid henne en liten blond flicka. Han rätade reflexmässigt på slipsen och stängde kalkylbladet han hade granskat. Phoenixincidenten, som klubbpersonalen hade börjat kalla den, hade tagit upp alldeles för mycket av hans första vecka som ägare. Räkningen han hade skickat var helt rimlig och täckte faktiska skador plus förlorade intäkter. Att Emma McKenzie hade kommit för att tala för sin sak var inte förvånande, om än obekvämt. Han skulle ge henne fem minuter, inte mer.

"Kom in", ropade han och reste sig från sin stol när dörren öppnades.

Emma kom in först, hennes ansiktsuttryck en noggrant kontrollerad mask av fattning som inte helt dolde oron i hennes ögon. Barnet följde efter, med vidöppna blå ögon, och tog in kontoret med oförställd nyfikenhet.

"Ms McKenzie", sa Ryan och pekade på stolarna mittemot sitt skrivbord. "Och ..."

"Jemima", fyllde flickan i och klättrade upp på en av skinnstolarna. "Är det du som är mannen vars gräs Phoenix trampade på?"

Trots sig själv kände Ryan att det ryckte i mungiporna. "Det är ett sätt att se på saken."

Emma satte sig bredvid sin dotter, med rak rygg och tillbakadragna axlar. "Tack för att ni tar emot mig utan tidsbokning. Jag fick er faktura i dag ... Jag ber om ursäkt för att jag har med mig min dotter, vi är på väg hem från skolan."

Ryan var tvungen att kämpa för att hålla ansiktet i styr, och hans blick gled tillbaka till den blonda flickan. Hon såg ut att vara åtta eller nio år gammal. Han tittade på Emma igen och omvärderade henne i tankarna. Han hade trott att hon själv knappt var mer än tonåring, men om Jemima var hennes dotter ...

Irriterad på sig själv för att han blev distraherad samlade sig Ryan och lutade sig tillbaka i sin stol. "Skadebedömningen var ganska grundlig. Jag anser att beloppet återspeglar de faktiska kostnader som uppstått."

"Det förstår jag", sa Emma med jämn röst. "Och jag tar fullt ansvar för det som hände. Men beloppet ... det är helt enkelt inte möjligt för mig att betala allt på en gång."

Ryan studerade henne över skrivbordet. Hon bar liknande praktiska kläder som de hon hade haft på sig för tre dagar sedan, fast renare. Hennes händer, lade han märke till, var valkiga, naglarna kortklippta och helt utan smycken. Inte ens en vigselring, och återigen kände han sig irriterad på sig själv för att han tittade. Det var praktiska händer som arbetade hårt. Ingenting likt de manikyrerade fingrarna hos kvinnorna han vanligtvis hade att göra med i Brisbanes affärskretsar.

"Klubben har utgifter", sa han och höll tonen affärsmässig. "Landskapsarkitekterna krävde omedelbar betalning. Bevattningssystemet behövde repareras akut, och vi har tillfälligt fått sänka priset på rundor för att kompensera för att det artonde hålet är ospelbart."

"Jag vet", erkände Emma. "Och jag bestrider inte kostnaderna. Jag frågar om vi skulle kunna ordna en avbetalningsplan, sprida ut det över tid."

Ryan lutade sig tillbaka i sin stol och funderade. Klubbens försäkring skulle täcka de flesta kostnaderna, även om självrisken var betydande. Skadeanmälan höll redan på att behandlas, och han hade mer än tillräckligt med kontanter på banken för att täcka tio gånger vad Emma var skyldig. Ur ett rent finansiellt perspektiv gjorde tidpunkten för betalningen liten skillnad; han ådrog sig ingen ränta på en skuld.

Men det fanns principer som stod på spel. Hans första dagar som ägare hade varit tillräckligt utmanande, med att etablera sin auktoritet hos personal som hade arbetat under det tidigare ägarskapet i åratal. Hur skulle det se ut om han omedelbart mjuknade i ett betydande skadeståndsärende?

Men när han tittade på Emma kom han ihåg hur hon hade hanterat den där massiva, skräckslagna hästen. Den tysta självsäkerheten, den instinktiva förståelsen för vad djuret behövde. Det hade varit något trollbindande med att se henne förvandla en panikslagen best till en lugn följeslagare inom några minuter.

"Mr Wardell", sa Jemima plötsligt och avbröt hans tankar, "visste du att Phoenix vann massor av lopp innan han blev rädd? Han tjänade nästan en miljon dollar, men sen ville inte människorna som ägde honom ha honom längre. De skickade honom till auktion och om inte mamma hade köpt honom skulle han ha blivit *dödad* och gjord till *hundmat*."

Ryan flyttade sin uppmärksamhet till barnet, slagen av ilskan i hennes ansiktsuttryck. "Jaså?"

"Mm-hmm. Mamma säger att många galopphästar kastas bort när de slutar vinna. Det är därför hon räddar dem och lär dem att vara vanliga hästar igen."

Emma lade en mild hand på sin dotters arm. "Jem, Mr Wardell är väldigt upptagen."

"Nej då, det är ingen fara", sa Ryan, som fann sig genuint nyfiken. "Du specialiserar dig på att rehabilitera före detta galopphästar?"

Emma nickade, och en gnista av passion bröt igenom hennes noggrant kontrollerade fattning. "De är otroliga atleter som aldrig har fått lära sig att bara vara hästar. De flesta av dem kan få underbara andra karriärer med rätt omskolning."

"Och Phoenix?"

"Han svarar faktiskt bra. Traumat sitter djupt, men han är intelligent. Med tid och konsekvent hantering kommer han att bli bra."

Ryan fann sig själv i att titta på livfullheten i hennes ansikte när hon talade om hästen. Hennes expertis var uppenbar, hennes engagemang tydligt. Långt ifrån kaoset för tre dagar sedan.

Han var också mycket medveten om att hans klubb och Ridgewater delade en lång gräns. Som ny ägare till countryklubben behövde han etablera goda relationer med lokalsamhället. Att krossa sin granne ekonomiskt, särskilt en med en åttaårig dotter, skulle knappast göra honom omtyckt bland lokalbefolkningen.

"Spelar du golf, Jemima?" frågade han och förvånade sig själv med frågan.

Flickan skakade på huvudet så att det blonda håret svängde. "Nej, jag rider. Jag ska vara med i OS en dag, som mina morföräldrar."

"Var dina morföräldrar olympier?" frågade Ryan och sneglade på Emma med nytt intresse.

”Ja, mina föräldrar, Jim och Ingrid McKenzie”, bekräftade Emma. ”De är ute och reser just nu, men Ridgewater tillhör fortfarande dem. Mina systrar och jag sköter verksamheten i deras frånvaro.”

Denna nya information försköt Ryans perspektiv något. Han hade gjort sin research om de omgivande fastigheterna innan han köpte Ridgemont, men hade främst fokuserat på potentiella utvecklingskonflikter, inte på sina grannars personliga historier.

”Jag förstår”, sa han och knackade med pennan mot skrivbordet.

Det smarta affärsbeslutet skulle vara att stå på sig angående fakturan. Försäkringsärendet var enkelt, skadorna tydliga. Hans ekonomichef skulle avråda från alla eftergifter.

Men när han tittade på Emma och såg den tysta värdighet med vilken hon mötte en räkning hon uppenbarligen inte kunde betala omedelbart, kände han hur hans beslutsamhet vacklade. Det fanns något med hennes kompetens, hennes vägran att undvika ansvar trots sina uppenbara ekonomiska begränsningar, som han respekterade.

”Jag ska tala med vårt försäkringsbolag”, hörde han sig själv säga. ”Se om det finns ett sätt att strukturera detta som fungerar för båda parter.”

Emmas ansiktsuttryck förändrades, och lättnad flödade över hennes drag. ”Tack. Jag uppskattar det mer än jag kan säga.”

”Jag kan inte lova något”, varnade Ryan, som redan ifrågasatte sitt beslut. ”Det finns procedurer som måste följas.”

”Självklart”, nickade Emma. ”Men bara möjligheten till en avbetalningsplan skulle göra en enorm skillnad.”

Ryan reste sig för att signalera att mötet var slut. ”Jag hör av mig när jag har pratat med dem. Förmodligen i slutet av veckan.”

När Emma och Jemima reste sig för att gå, fann han sig själv tillägga: "Hur mår Phoenix nu? Inga fler golfbaneäventyr, hoppas jag?"

Ett litet leende rörde vid Emmas läppar och förvandlade hennes ansikte. "Nej, han är säkert instängd. Faktum är att han mår anmärkningsvärt bra med tanke på omständigheterna. Jag tror att det kan ha hjälpt honom att släppa på en del av sin ångest att springa sig till utmattning."

"På vår bekostnad", noterade Ryan, men utan den skärpa som skulle ha funnits där för tre dagar sedan.

"Ja, tja", sa Emma och kinderna färgades lätt. "Du kan vara säker på att vi arbetar på mer konstruktiva utlopp för hans energi."

Ryan följde dem till sin kontorsdörr, medveten om telefonkonferensen som väntade men märkligt ovillig att avsluta samtalet. "Lycka till med honom. Han verkar vara en riktig utmaning."

"De utmanande är oftast värda det i slutändan", svarade Emma och hennes ögon mötte hans för ett ögonblick med oväntad värme.

Ryan fann sig i att följa Emma och Jemima hela vägen till klubbhusets entré, hans telefonkonferens tillfälligt bortglömd. Det professionella hade varit att säga adjö vid hans kontorsdörr, men på något sätt promenerade han nu bredvid dem genom huvudlobbyn och lyssnade på Jemimas pladder om Phoenixs tävlingsstatistik. Flickan rabblade upp hästens intäkter och segerrekord med imponerande kunskap, hennes entusiasm smittade av sig.

"Han vann sex lopp som treåring och fortsatte vinna efter det", förklarade Jemima och studsade lätt när hon gick. "Mamma kollade upp honom i galoppdatabasen. Han kostade bara sina ägare fyrtiotusen som ettåring, och han tjänade niohundrasjuttiotretusen dollar innan han blev för rädd för att tävla mer."

"Det är ganska imponerande", svarade Ryan, genuint intresserad trots sig själv. "Har alla din mammas räddningshästar galoppbakgrund?"

"De flesta", nickade Jemima allvarligt. "Vissa var jätteberömda innan de gick sönder. Inte deras ben eller så, men deras hjärnor gick sönder för att folk var elaka mot dem."

Ryan sneglade på Emma och noterade den lätta rodnaden på hennes kinder.

"Jemima har starka åsikter om djurskydd", sa hon med ett litet leende.

"Moster Sarah säger att jag är en McKenzie rakt igenom", förkunnade flickan stolt. "Vi har lagat trasiga hästar i evigheter."

Det fanns något fängslande med barnets självförtroende, tänkte Ryan. Vid åtta års ålder talade hon med en säkerhet som någon som var bekväm i sitt eget skinn och trygg i sin plats i världen. Hennes blonda hår och blå ögon liknade dock inte alls Emmas bruna vågor och nötbruna ögon. Kanske bråddes hon på sin far.

Vilket ledde till frågan om Emmas ålder. Hon såg kanske ut att vara tjugo själv, men ändå hade hon en åttaårig dotter. Det fanns ingen vigselring på hennes finger heller, även om det inte nödvändigtvis betydde något nuförtiden.

"Mr Wardell", frågade Jemima och bröt in i hans tankar, "är det verkligen svårt att spela golf? Det ser lätt ut på tv eftersom man bara slår på bollen, men det måste vara knepigt om folk spenderar så mycket pengar på att göra det."

Ryan skrattade, överraskad av den skarpsinniga observationen. "Ja, det är bedrägligt svårt. Grundkonceptet är enkelt, men att utföra det konsekvent tar år av övning."

"Som dressyr", nickade Jemima vist. "Det ser lätt ut när moster Kate gör det, men det är faktiskt supersvårt att få till det rätt."

”Dressyr är en hästsport”, förklarade Emma när hon såg Ryans frågande blick. ”Som balett för hästar.”

”Jag förstår”, sa Ryan, även om hans kunskap om ridsportgrenar i sanningens namn var noll. ”Kanske du skulle vilja prova på golf någon dag, Jemima. Vi har juniorprogram som startar från sex års ålder.”

Flickan övervägde detta med överraskande allvar. ”Kanske. Men jag är ganska upptagen med min häst. Jag ska vara med på Ekka i år i banhoppning, och mamma säger att jag måste öva massor.”

”Ekka är Royal Queensland Show”, förtydligade Emma. ”Det är en ganska stor grej i hästvärlden.”

”Jag vet vad Ekka är, jag är från Brisbane”, sa Ryan torrt, även om något fick honom att tillägga: ”Men jag har faktiskt aldrig varit där.”

Jemima vände en otrogen blick mot honom. ”Har du aldrig varit på Ekka? Men det är ju den bästa tiden på hela året! Du borde följa med oss!”

Ryan kvävde ett skratt när Emma såg förfärad ut vid tanken, innan hon genast försökte dölja uttrycket med ett diplomatiskt leende och en mild förmaning till Jemima att inte prata så mycket.

De hade nu nått huvudentrén, och glasdörrarna avslöjade Emmas lerstänkta pickup som stod parkerad på ett malplacerat sätt mellan två europeiska lyxbilar. När Emma vände sig om för att tacka honom en gång till, fann Ryan sin blick dragen till hur hennes blekta jeans smet åt om hennes ben, den starka muskulaturen i hennes lår så annorlunda från de noggrant underhållna figurerna hos de kvinnor han vanligtvis dejtade.

”Jag uppskattar verkligen att du överväger en avbetalningsplan”, sa hon. ”Det gör en enorm skillnad.”

Ryan tvingade tillbaka blicken till hennes ansikte, förvirrad av riktningen på sina tankar. ”Som sagt, jag måste tala med försäkringsbolaget. Inga garantier.”

”Självklart”, nickade Emma och hennes hand vilade lätt på Jemimas axel. ”Oavsett vilket, tack för att du lyssnade på oss.”

”Hejdå, Mr Wardell”, kvittrade Jemima och sträckte fram sin lilla hand med en formell artighet som fick honom att le. ”Tack för att du inte blev alltför arg för att Phoenix förstörde ditt gräs.”

Ryan skakade högtidligt hennes hand, charmad trots sig själv. ”För all del, Jemima. Det var trevligt att träffa dig.”

När de gick till sitt fordon stod Ryan kvar i dörröppningen och tittade efter dem. Det fanns något fängslande med Emmas naturliga grace, det självsäkra sättet hon rörde sig på. Inga designerkläder eller noggrann makeup, bara en okonstlad kvinna som var bekväm i sitt eget skinn. När hon öppnade bakdörren för sin dotter föll en hårslinga över hennes ansikte, och hon stoppade den bakom örat med en omedveten gest som Ryan fann oväntat attraktiv.

Han hejdade sig och vände sig bort, plötsligt medveten om hur opassande hans observationer var. Emma McKenzie var inte alls lik de polerade, karriärfokuserade kvinnor han vanligtvis drogs till. Hans senaste flickvän hade varit en finansanalytiker med en garderob full av designerdräkter och en femårig karriärplan som passade perfekt med hans egen. Före henne, en marknadschef vars idé om vardagsklädsel fortfarande var skräddarsydd och färgkoordinerad.

Emma, med sina praktiska kläder och hästhanteringsvalkar, existerade i en helt annan värld. En värld av lera och hö och rehabilitering av trasiga varelser. Motsatsen till hans noggrant ordnade, affärsmässiga tillvaro.

Men när han återvände till sitt kontor fann Ryan sig själv i att undra över Ridgewater och familjen som tydligen drev det. Olympiska tävlande, ett rehabiliteringsprogram för före detta galopphästar, ett underbarn i banhoppning.

Det fanns uppenbarligen mer hos hans grannar än han först hade antagit.

Hans telefon blinkade med en påminnelse om telefonkonferensen han nu var sen till. Ryan rätade på slipsen, sträckte sig efter sitt headset och försökte tvinga tillbaka sina tankar till affärsärenden. Men när han anslöt till samtalet kunde han inte riktigt skaka av sig bilden av Emmas leende när hon hade talat om Phoenixs framsteg, eller värmen i hennes ögon när hon hade tittat på sin dotter.

"Ryan? Är du med oss?" frågade en röst genom hans headset.

"Ja, förlåt", svarade han och öppnade de relevanta filerna på sin dator. "Jag hanterade bara ett problem med en granne."

Ett problem med en granne med förvirrande attraktiva ben och en genuin passion för trasiga ting, tillade han tyst, innan han bestämt riktade sitt fokus mot kalkylbladen som väntade på hans uppmärksamhet.

# Kapitel tre

TRAPPAN UPP TILL JOE Ashfords advokatbyrå knarrade under Emmas stövlar när hon gick uppför de smala stegen ovanför Main Street Café. Varje trästeg tycktes stöna i sympati med hennes svåra situation, och de välbekanta dofterna av kaffe och nybakade scones underifrån gjorde ingenting för att lugna hennes oroliga mage. Hon stannade på avsatsen och tog ett djupt andetag för att samla sig innan hon närmade sig den frostade glasdörren med texten "Joseph Ashford, Solicitor" präglad i guldbokstäver som flagnat. Hennes handflator kändes fuktiga när hon sträckte sig efter det ärgade mässingshandtaget, och tyngden av den obetalda fakturan kändes både i väskan och i samvetet.

Dörren svängde upp med ett svagt protestljud från gångjärnen och avslöjade ett trångt kontor som verkade ha frusit i tiden. Läderinbundna lagböcker kantade trähyllorna, deras ryggar hade bleknat av år av solljus som strömmat in genom det enda fönstret. Travar med rättsakter balanserade farligt på varje tillgänglig yta, gula manilakuvert staplade i ett organiserat kaos.

Joe reste sig från sitt slitna ekskrivbord och sträckte fram handen med ett välkomnande leende som fick det att rynkas i ögonvrårna. "Emma, kul att se dig. Även om jag önskar att det var under bättre omständigheter."

"Tack för att du kunde klämma in mig, Joe", svarade Emma och tog hans utsträckta hand. Hon hade känt honom i åratal – hans dotter Charlotte var Jemimas bästa vän, och han hade hjälpt familjen McKenzie att sätta ihop sitt fall mot den förbifartsled som skulle förstöra Ridgewater – men hade aldrig behövt hans juridiska tjänster personligen förrän nu.

"Varsågod och sitt", sa han och gestikulerade mot en sliten läderfåtölj mitt emot hans skrivbord. Emma slog sig ner på kanten, med rak rygg och händerna hårt knäppta i knät. Fåtöljen hade sett sina bästa dagar, lädret var sprucket av ålder, precis som resten av det blygsamma kontoret. Joe var inte prålig, vilket var precis anledningen till att hon hade valt honom framför de eleganta byråerna i Brisbane. Honom hade hon råd med.

Joe sjönk tillbaka i sin gnisslande kontorsstol och knäppte händerna med fingertopparna mot varandra medan han betraktade henne med en sympati färgad av professionell distans. "Jag har granskat dokumentationen du skickade över. Försäkringsbolaget är ... ja, de är stenhårda när det gäller det här."

Emma nickade, och halsen kändes plötsligt torr. "Det förstod jag av deras brev."

"Problemet är", fortsatte Joe och sträckte sig efter en mapp bland de många på sitt skrivbord, "att de har ett ganska solitt fall för fullt skadeståndsansvar. Din häst skadade privat egendom, och det går inte att bestrida."

Han drog fram ett skrynkligt papper och sköt det över skrivbordet. "Det här är deras slutgiltiga ståndpunkt."

Emma stirrade ner på den specificerade räkningen och kände hur hjärtat bultade i bröstet. Den var i stort sett likadan som den ursprungliga fakturan, men bar nu försäkringsbolagets brevhuvud och ett extra stycke juridisk jargong som Joe hade strukit under.

"Försäkringsgivaren insisterar på full kompensation, Emma", sa Joe med en mjukt ursäktande ton. "De ger dig trettio dagar på dig att betala hela räkningen, annars kommer de att vidta andra åtgärder för indrivning."

Emma pressade ihop läpparna och läste mellan raderna. "Och med 'andra åtgärder' menar de ..."

"Om du inte kan betala omedelbart hotar de med stämningar och förelägganden", bekräftade Joe och lutade sig fram. "Din räddningsverksamhet skulle kunna gå omkull under den här skulden. De skulle kunna utmäta era tillgångar, vilket jag antar inkluderar dina hästar."

En isande våg av fasa sköljde över Emma. Tanken på att Phoenix eller någon av hennes andra räddningshästar skulle beslagtas som tillgångar fick henne att må fysiskt illa. "De kan inte ta hästarna", sa hon, och rösten var hårdare än hon avsett.

"De kan försöka", svarade Joe försiktigt. "Men det finns sätt vi kan bekämpa just det utfallet, genom att åberopa djurskyddsfrågor till exempel, och jag tvivlar på att en domstol skulle döma till deras fördel i det fallet. Min oro är att förhindra att det eskalerar till den punkten. Rättsliga kostnader, även med mina blygsamma taxor, skulle lätt kunna uppgå till mer än vad du redan är skyldig."

Emma sneglade återigen på räkningen, och siffrorna simmade framför hennes ögon. Tjugotretusen dollar. Hela hennes sparkonto innehöll mindre än en fjärdedel av det. I räddningsverksamhetens donationsburk fanns kanske ytterligare tusen. De senaste veterinärräkningarna för magsårsinjektioner på tre av hennes räddningshästar hade redan ansträngt hennes ekonomi till bristningsgränsen, trots att Marcus hade gett sprutorna till självkostnadspris och skänkt sin arbetstid gratis.

"Hur är det med en avbetalningsplan?" frågade hon och hörde desperationen smyga sig in i rösten trots hennes ansträngningar att förbli samlad. "Jag pratade med Mr Wardell själv, och han verkade ... inte helt avvisande till idén."

Joe lade huvudet på sned och funderade. "Om Mr Wardell är villig att ingripa hos försäkringsbolaget kan det vara vårt bästa tillvägagångssätt. Försäkringsbolag föredrar vanligtvis engångsuppgörelser, men om försäkringstagaren förespråkar ett alternativt arrangemang ..." Han tystnade, tankfull. "Tror du att han skulle kunna vara mottaglig för att tala direkt med mig?"

"Jag vet ärligt talat inte", erkände Emma. "Han sa att han skulle undersöka saken, men det var flera dagar sedan, och jag har inte hört något sedan dess."

Joe slog med pennan mot skrivbordet, en rytmisk kontrapunkt till de dämpade ljuden från kafégästerna nedanför. "Här är mitt förslag. Jag ska utarbeta ett formellt förslag till en strukturerad avbetalningsplan, med rimliga villkor som skyddar båda parter. Om Mr Wardell ens överväger att hjälpa till, kan ett professionellt dokument göra det lättare för honom att ta det till försäkringsbolaget."

Emma nickade och kände en kortvarig lättnad. Åtminstone var det en handlingsplan. "Och om de vägrar?"

"Då tittar vi på andra alternativ. Lån. Att realisera tillgångar." Joe tvekade och tillade sedan mjukt: "Eller kanske hjälp från familjen."

Emma blev stel i ryggen. "Det här är mitt ansvar. Jag tog mig an Phoenix i vetskap om att han var traumatiserad. Jag ska hitta ett sätt att hantera det."

Joe studerade henne en stund och verkade väga sina nästa ord noggrant. "Det är ingen skam i att be om hjälp, Emma. Särskilt när konsekvenserna kan påverka hela din verksamhet."

"Jag uppskattar rådet", sa hon, och hennes ton gjorde det tydligt att ämnet var avslutat. "Låt oss för nu fokusera på förslaget till avbetalningsplan. Hur snabbt kan du ha det färdigt?"

"Jag kan ha något för dig att granska i morgon eftermiddag", svarade Joe och gjorde en anteckning i sitt block. "Men Emma, du borde veta; även om vi får dem att gå med på en avbetalningsplan, handlar det om betydande månatliga avbetalningar. Är du säker på att du kan klara det vid sidan av dina nuvarande utgifter?"

Frågan hängde i luften mellan dem. Emma tänkte på Phoenix, på hans gradvisa förvandling under den senaste veckan. Sättet hans ögon nu höll mer nyfikenhet än rädsla, hur han hade börjat söka hennes beröring istället för att rygga tillbaka för den. Framstegen var verkliga, mätbara i tusen små ögonblick av tillit. Och han var friskare än hon hade trott; ultraljudet som Marcus rutinmässigt gjorde på alla hennes hästar hade inte visat några tecken på magsår, och hans tänder var i utmärkt skick trots ärren i munnen. Han gick till och med snabbt upp i vikt, under hennes "göd dem feta"-foderstat.

"Jag ska hitta ett sätt", sa hon enkelt. För det gjorde hon alltid. För att trasiga varelser förtjänade en andra chans, även om det hade ett personligt pris.

Joe nickade och kände igen beslutsamheten i hennes röst. "Okej då. Jag ska skriva utkastet till förslaget och ringa dig när det är klart. Och Emma? Jag bjuder på det. Jag vet hur mycket Charlotte rider gratis hos dig, och hon har aldrig varit lyckligare. Jag kommer bara att debitera om jag måste lämna in officiella dokument ... eller om det här hamnar i domstol."

Emma fick en klump i halsen av hans generositet. "Tack", sa hon och reste sig från stolen. "Och Charlotte är välkommen, när som helst." Hon kände sig märkligt lättare, trots bristen på en konkret lösning. Att ha en plan, vilken plan som helst, var bättre än den förlamande osäkerheten de senaste dagarna.

När hon gick nerför den knarrande trappan och kaféljuden blev högre för varje steg, arbetade Emmas hjärna febrilt med beräkningar. Vilka av hennes personliga ägodelar kunde säljas? Kunde hon ta extra lektioner på helgerna? Kanske kunde hon vända sig till några av sina mer välbärgade kunder och fråga om förskottsbetalning för rehabiliteringstjänster.

Ute kändes vintersolen oväntat varm mot hennes ansikte. Emma stannade på trottoaren och betraktade småstadens vimmel på Ridgemonts huvudgata. Det normala livet fortsatte runt omkring henne, omedvetet om den tyngd hon bar. Hon rätade på axlarna och vägrade att låta sig nedslås av den.

Phoenix var värd att kämpa för. Alla hennes räddningshästar var det. Och hon skulle möta denna utmaning som hon mötte alla andra: ett steg i taget, med beslutsamhet och jävlar anamma, utan att lita på någon annan än sig själv.

Köket i Stora huset doftade av kaffe och rostat bröd, och morgonsolen silade in genom de ginghamrutiga gardinerna och skapade mönster på det slitna träbordet där Emma satt och nervöst följde ådringen med fingrarna. Hon hade varit vaken sedan gryningen och arbetat med Phoenix, och använt den metodiska rutinen med rykt och markarbete för att skjuta upp detta samtal. Men papperet från Joe Ashford låg nu framför henne, och dess juridiska terminologi bekräftade vad hon redan visste. Hon behövde hjälp, eller åtminstone råd, och stolthet betalade inte en räkning på tjugotretusen dollar.

Bakdörren svängde upp när Sarah kom in, hennes rörelser var som alltid noggrant avvägda när den äldsta McKenziesystern tog sig tid att bedöma avstånden; hennes djupseende var nedsatt efter en allvarlig ridolycka som hade satt punkt för hennes tävlingskarriär i fälttävlan. Sarah stannade upp ett ögonblick, noterade Emmas ovanliga närvaro vid den här tiden, och gick sedan till kaffebryggaren.

"Du brukar inte vara här inne vid den här tiden", observerade Sarah och hällde upp en mugg åt sig själv. "Sköter Phoenix sig?"

"Tillräckligt bra", svarade Emma och samlade mod. "Faktiskt, jag ville prata med dig. Med er båda. Är Kate i närheten?"

Sarahs blick skärptes, och hon uppfattade tydligt allvaret i Emmas ton. "Hon håller precis på att bli klar med Misty. Hon borde komma in snart." Hon slog sig ner i stolen mittemot Emma, hennes jordgubbsblonda fläta fortfarande fuktig från morgonduschen. "Är det här om golfbaneincidenten?"

Emma nickade och fann det plötsligt svårt att möta sin äldsta systers blick. Sarah var den ansvarsfulla, den som hade tagit över föräldrarnas roll när de bestämde sig för att resa. Emma hade i åratal försökt bevisa att hon inte var familjens svarta får, den impulsiva yngsta systern som ständigt behövde räddas, ända sedan hon blev gravid med Jemima som nittonåring med sin high school-pojkvän som omedelbart hade stuckit, flyttat till Perth och motstått alla försök till kontakt.

"Vad händer?" Kates röst föregick henne in i köket, och hennes långa gestalt dök upp i dörröppningen. Till skillnad från Sarahs försiktiga rörelser kom Kate in med den omedvetna grace som en idrottare, och hennes ridkläder satt oklanderligt trots att de var arbetskläder. "Misty rör sig fantastiskt, förresten. Det nya ledtillskottet verkar hjälpa."

"Emma vill prata med oss", sa Sarah och pekade på stolen bredvid sig. "Om Phoenix äventyr på golfbanan."

Kate sjönk ner i stolen och bredde ut sig med avslappnad elegans medan hon sträckte sig efter ett äpple ur fruktskålen. "Låt mig gissa. Den nye ägaren är besvärlig när det gäller skadorna?"

Emma tog ett djupt andetag och sköt sedan Joes papper över bordet. "Försäkringsbolaget kräver full betalning inom trettio dagar. Inga förhandlingar, ingen avbetalningsplan. Tjugotretusen dollar, annars inleder de rättsliga åtgärder som kan stänga ner räddningsverksamheten."

Tystnad lade sig över köket, bruten endast av tickandet från den uråldriga klockan ovanför kylskåpet och det avlägsna gnäggandet från en häst i hagarna. Sarah lutade sig fram för att undersöka dokumenten, hennes uttryck var fokuserat när hon skannade det juridiska språket. Kates avslappnade hållning hade försvunnit och ersatts av spänd uppmärksamhet.

"Det är löjligt", sa Kate slutligen, med tydlig indignation i rösten. "De kan inte förvänta sig så mycket pengar omedelbart. Det var en olycka, för Guds skull."

"Juridiskt sett kan de det", mumlade Sarah, fortfarande läsande. "Emma är tekniskt sett ansvarig för skador orsakade av hennes häst." Hon tittade upp, hennes praktiska sinne redan på väg mot lösningar. "Har du pratat direkt med Mr Wardell om det här? Ägaren har inflytande hos sin försäkringsgivare."

Emma nickade, och fingrarna följde fortfarande mönster på träbordet. "Jag var och träffade honom tidigare i veckan. Tog med mig Jemima." Ett litet leende spelade i mungipan. "Jag kanske hoppades att hennes charm skulle hjälpa till att mjuka upp honom."

"Smart", sa Kate med en gillande nick. "Ingen kan motstå Jem när hon slår på charmen. Fungerade det?"

"Han sa att han skulle prata med försäkringsbolaget om en avbetalningsplan, men jag har inte hört något sedan dess. Joe tror att det fortfarande är vårt bästa alternativ, att få Mr Wardell att förespråka mer rimliga villkor." Emma suckade och drog en hand genom håret. "Men jag behöver en reservplan. Jag kan inte riskera att förlora räddningsverksamheten."

Sarah såg tankfull ut och knackade på papperen med ett finger. "Vi har inte så mycket kontanter just nu, annars hade jag gett dig ett lån som du kunde betala tillbaka. Hm. Kanske kan vi erbjuda fördelade återbetalningar till Mr Wardell, övertyga honom att medla för mildare villkor med försäkringsgivaren. Om han verkligen vill vara en god granne, kan det tilltala honom."

Kate fnös och tog en ny tugga av sitt äpple. "Om. Han är en affärsman från Brisbane. Han ser oss antagligen som lantisar han kan köra över."

Emma ryggade till och mindes Ryans eleganta kostym och polerade sätt. "Han var faktiskt inte otrevlig. Bara ... affärsmässig."

Sarahs blick hade vandrat till fönstret, där man kunde se Phoenix beta i den närmaste hagen, hans mörka päls glänsande i morgonsolen. "Du vet", sa hon långsamt, "den hästen har ett ganska extraordinärt språng i sig. Inte ens Legend hoppade någonsin över de där 1,80-staketen."

Emma följde sin systers blick och såg Phoenix lyfta huvudet för att överblicka sin omgivning, hans kraftfulla hals välvd med naturlig grace. "Han var sprinter på banan. Vann en hel del innan hans temperamentsproblem dök upp."

"Med rätt träning", fortsatte Sarah, och hennes expertöga bedömde fullblodets exteriör, "skulle han kunna bli ett seriöst hoppämne. De där långa benen, sättet han bär sig ... det finns potential där."

Kate rätade på sig i stolen och fångade upp Sarahs tankegång. ”Ekka närmar sig om några veckor. Om du kunde få honom redo, även för nybörjarklasserna, skulle han dra till sig uppmärksamhet. Tävlingen för omskolade fullblod har en hel del prispengar ... Jag tror det är tio tusen dollar för förstaplatsen i 1,20-klassen.”

”Även om han inte vinner några prispengar skulle du kunna tävla med honom och väcka intresse”, instämde Sarah, som började gilla idén. ”Han kanske säljs snabbt för tillräckligt med pengar för att täcka skulden.”

Emma bet sig i läppen och funderade. Phoenix hade gjort anmärkningsvärda framsteg på den korta tid hon hade haft honom, men det var en otroligt snäv tidsram för att förbereda en traumatiserad före detta galopphäst för Queenslands största show. ”Jag är inte säker på att han kommer att vara redo tills dess. Han har precis börjat lita på mig från marken. Jag har inte ens suttit på honom än.”

”Du har gjort underverk förr”, påminde Sarah henne. ”Kommer du ihåg Midnight Star? Alla sa att han aldrig skulle bli ridbar igen efter den där transportolyckan.”

”Och nu tävlar han i svår dressyr med den där tonårstjejen från Gatton”, tillade Kate. ”Hon siktar på att få upp honom till Prix St George-nivå nästa år.”

Emma kände en flämtning av hopp blandat med tvivel. Phoenix hade definitivt den atletiska förmågan, men tillit tog tid att bygga upp, och att skynda på en häst som honom kunde försena hans rehabilitering med flera månader.

Kate stödde hakan i ena handen med en skälmsk glimt i ögonen. ”Ännu bättre, varför inte ge Mr Wardell halva äganderätten till Phoenix? Han kanske ser en blivande hoppmästare och sväljer skulden.”

Emma fnös och såg framför sig Ryan Wardell i sin skräddarsydda kostym ståendes i den leriga hagen bredvid Phoenix. ”Inte troligt. Jag misstänker att Ryan Wardell bara bryr sig om rena pengar.”

"Ryan, minsann?" retades Kate och utbytte en menande blick med Sarah. "Redan du och bror med honom?"

En rodnad spred sig uppför Emmas hals. "Sluta. Det är inte så. Och Phoenix på Ekka? Jag tvivlar starkt på att han är redo tills dess, det är bara några veckor kvar."

"Det är gott om tid", insisterade Kate. "Du skulle inte behöva anmäla dig till de avancerade klasserna. Se bara till att han blir tillräckligt bekväm för uppvisningen för före detta galopphästar. Låt folk se vad han kan bli med mer träning. Sarah har rätt, att hoppa över det där staketet till golfbanan var en jäkla bedrift."

Sarah nickade instämmande. "Det är värt att överväga, Em. Han har verkligen en exceptionell potential."

Emma blickade ut mot Phoenix och tänkte på de framsteg de redan hade gjort. Hur han nu kom fram till staketet när han såg henne komma, med öronen nyfiket spetsade framåt istället för bakåtstrukna i rädsla. Det försiktiga sättet han hade tagit en morot från Jemimas lilla hand igår, varsam trots sin enorma storlek.

"Jag ska tänka på det", medgav hon. "Men jag måste fortfarande lösa den här räkningen innan dess. Joe håller på att utarbeta ett förslag till en formell avbetalningsplan, men utan Mr Wardells stöd kommer försäkringsbolaget knappast att acceptera den."

"Så ring honom då", föreslog Kate, som om det vore den mest självklara lösningen i världen. "Bjud in honom för att se Phoenix framsteg. Män älskar att känna sig viktiga, och om han tror att han får särskild tillgång till en potentiell mästare ..."

"Det är värt ett försök", instämde Sarah. "Det värsta han kan säga är nej."

Emma trummade med fingrarna på bordet och funderade. Tanken på att be Ryan Wardell om en tjänst fick det att vrida sig i magen av en blandning av stolthet och något annat som hon inte var redo att granska alltför noga. Men hennes systrar hade rätt, hon var tvungen att undersöka alla alternativ.

"Jag ger det några dagar till", bestämde hon sig för. "Ser om han svarar på den första förfrågan först. Sen försöker jag igen om jag måste."

Sarah sträckte sig över bordet för att klämma Emmas hand. "Du är inte ensam i det här, Em. Vad som än händer så löser vi det tillsammans."

"Jag vet", sa Emma och tvingade fram ett leende trots den knut av ångest som hade slagit sig ner för gott i hennes bröst. "Men det här är mitt ansvar. Jag tog mig an Phoenix, medveten om riskerna."

"Och det var Phoenix som bestämde sig för att möblera om på golfbanan", påpekade Kate med ett leende. "Så tekniskt sett är det hans ansvar."

Trots allt kunde Emma inte låta bli att skratta. "Jag ska se till att nämna det för Mr Wardell. Jag är säker på att han kommer att uppskatta Phoenix konstnärliga vision för sina fairways."

Köket fylldes av systerligt skratt, ett tillfälligt andrum från osäkerhetens tyngd. Genom fönstret lyfte Phoenix på huvudet vid ljudet, hans öron vändes nyfiket mot huset. I det ögonblicket, när hon såg solen förgylla hans kraftfulla konturer, kände Emma en våg av beslutsamhet. Han förtjänade sin andra chans, och hon skulle hitta ett sätt att se till att han fick den, vare sig det var genom avbetalningsplaner, tävlingar eller till och med genom att svälja sin stolthet och be om hjälp.

Hon hoppades bara att Ryan Wardell var mer intresserad av att vara en god granne än en hårdnackad affärsman.

Regn hotade i de grå molnen som hängde lågt över Ridgemonts nionde fairway och kastade det välskötta gräset i ett silvergrönt ljus som strömmade in genom det glasförsedda chefskontoret. Ryan rättade till sin skräddarsydda kavaj, sidenfodret prasslade mot hans skjorta av egyptisk bomull, medan han såg en ensam golfspelare försöka klara ett par fyra men landa sitt andra slag i bunkern. Bakom honom raspade Robert Shaws reservoarpenna metodiskt mot anteckningsblocket på det polerade konferensbordet i mahogny, restaurangchefens minutiösa noggrannhet tydlig i de prydliga raderna av bockar bredvid varje diskussionspunkt.

”Revideringarna av vinlistan bör vara klara nästa vecka”, sa Robert med en kultiverad röst som bar den tysta auktoriteten hos någon som hade lett exklusiva etablissemang i decennier. ”Jag har förhandlat fram fördelaktiga villkor med de nya leverantörerna, särskilt för de finare vinerna.”

”Bra”, svarade Ryan, som bara lyssnade med ett halvt öra medan hans blick följde golfspelarens lyckade bunkerslag, bollen landade bara några centimeter från hålet. Spelarens tillfredsställelse var synlig även på detta avstånd, en liten knuten näve som talade om personlig seger mot banans utmaningar.

Robert fortsatte, oberörd av Ryans delade uppmärksamhet. ”Köksrenoveringen kan genomföras under den lugnare perioden mitt i veckan nästa månad, vilket minimerar störningarna i verksamheten. Och den nya kockens meny har testats exceptionellt väl med fokusgruppen.”

Ryan nickade och vände sig från fönstret för att möta sin restaurangchef. Shaw var oklanderligt klädd i en antracitgrå kostym som troligen hade kostat en månadslön för de flesta av klubbens anställda, hans silverfärgade hår var exakt klippt, hans hållning militäriskt rak trots att han var långt över sextio. Mannen var ett fullblodsproffs och hade skött restaurangverksamheten med felfri effektivitet sedan långt innan Ryan köpte klubben.

"Hur är det med bemanningen för företagsevenemangen?" frågade Ryan och tvingade sig själv att fokusera på affärerna istället för tankarna som alltmer hade upptagit hans sinne de senaste dagarna. Tankar på varma nötbruna ögon och kapabla händer.

"Allt är ordnat", svarade Robert och bockade av ännu en punkt på sin lista. "Vi har säkrat erfaren extrapersonal för de större tillställningarna, och jag har personligen granskat varenda en."

Ryan trummade lätt med fingrarna på det polerade träet, den stadiga rytmen avslöjade hans rastlöshet. Utanför hade det hotande regnet börjat, ett mjukt smattrande mot de stora fönstren. Golfspelaren körde nu sin vagn tillbaka mot klubbhuset med missnöjd min. Förhoppningsvis skulle regnet inte vara långvarigt så att mannen kunde slutföra sin runda.

"Ni har varit här i åratal, Robert", sa Ryan abrupt, frågan kom innan han helt hade bestämt sig för att ställa den. "Vet ni något om Emma McKenzies verksamhet här bredvid?"

Om Robert blev överraskad av det plötsliga ämnesbytet visade han det inte. Hans min förblev professionellt neutral, även om Ryan tyckte sig upptäcka en glimt av intresse i den äldre mannens ögon.

"Familjen McKenzie är mycket bra människor, väl respekterade lokalt", svarade Robert och lade ner sin penna med avsiktlig omsorg. "Emma är den yngsta dottern, känd för att rehabilitera före detta galopphästar."

Ryan nickade och rynkade pannan en aning. "Hästen som orsakade all skada förra veckan kom från hennes program."

"Ah, ja. Jag hörde talas om den incidenten." Roberts läppar formades till ett litet leende. "En ganska dramatisk introduktion till er granntomt."

"Verkligen", sa Ryan torrt. "Hon kom förbi för att diskutera betalningsarrangemang. Hon hade med sig sin dotter."

"Jemima", nickade Robert. "Ett förtjusande barn. En riktig ryttartalang, av vad jag förstår. Hennes morfar var OS-medaljör i banhoppning i LA 1984, och hennes mormor tävlade i dressyr i samma spel."

Ryan höjde ett ögonbryn. "Ni verkar välunderrättad om dem."

"Ridgewater har varit en institution i det här samhället i årtionden", förklarade Robert. "Familjen McKenzie har byggt upp det till ett av de mest respekterade ridcentren i Queensland. Emmas rehabiliteringsprogram är relativt nytt, men det har fått betydande uppmärksamhet i sporthästkretsar – min dotter rider, och köpte en mycket fin häst av Emma för ett par år sedan. Hon tar sig an hästar som andra har gett upp och ger dem ett nytt syfte."

Något i Roberts beskrivning fick genklang hos Ryan, bilden av Emma som stod lugnt framför den massiva, skrämda hästen flimrade förbi i hans medvetande. Det tysta självförtroendet hon hade utstrålat, den milda auktoriteten som hade förvandlat kaos till ordning.

"Hennes rykte i ridsportvärlden är fläckfritt", fortsatte Robert, "men förslaget om förbifarten är ett stort hot mot McKenzies. Den nuvarande föredragna sträckningen skulle fullständigt förstöra deras egendom; de står inför tvångsinlösen."

Ryan rätade på sig i stolen, hans affärsinstinkter plötsligt på helspänn. Den föreslagna motorvägsförbifarten hade nämnts i hans efterforskningar inför förvärvet men bara som en potentiell utveckling som kunde påverka hans fastighets värde positivt. Han hade inte undersökt de specifika sträckningsalternativen.

”Förstöra deras egendom?” upprepade han, förvånad. ”Hur mycket av den?”

”Huvudsträckningen skulle skära rakt igenom deras hus, stall och primära träningsanläggningar”, svarade Robert med en djupt beklagande ton. ”De står inför tvångsinlösen och skulle förlora allt de har byggt upp. Det är de som driver på för den västra sträckningen, som skulle gå längs vår gräns och höja markens värde om den väljs.”

Ryans käke spändes när konsekvenserna klarnade. Den västra sträckningen skulle avsevärt öka hans fastighets värde, potentiellt tillföra miljontals dollar till klubbens förmögenhet med utvecklingsmöjligheter längs den nya korridoren; det fanns över 80 hektar oanvänd mark vid golfklubbens gräns som skulle bli förstklassig industrimark om förbifarten tog den vägen. Hans investerare skulle bli extatiska. Ändå representerade samma sträckning räddningen för Ridgewater, skillnaden mellan bevarande och förstörelse.

”Jag var inte medveten om att planeringen var så långt gången”, sa Ryan och gick fram till den stora kartan över distriktet som var monterad på hans kontorsvägg. Han följde gränslinjen mellan Ridgemont och Ridgewater med fingret, tankarna rusade med möjligheter, innan han tittade på den västra delen av sin mark. Den var helt outvecklad, och om förbifarten tog den västra korridoren skulle den bli extremt värdefull kommersiell mark.

”Det slutgiltiga beslutet är fortfarande flera månader bort”, sa Robert och anslöt sig till honom vid kartan. ”Men fronterna är dragna. De östra intressena, främst bostadsutvecklare, pressar hårt för huvudsträckningen. De skulle tjäna avsevärt på att McKenzies mark blir inlöst. All mark som inte är själva vägen – vilket egentligen bara skulle vara en smal remsa – skulle så småningom släppas för bostadsutveckling, eftersom den är lätt kuperad och inte lämplig för industriell utveckling.”

Ryan rynkade pannan och förvånade sig själv med den instinktiva skyddskänsla han kände. ”Och vilket förhandlingsläge har McKenzies?”

”Stöd från lokalsamhället. Miljöhänsyn angående huvudsträckningens korsning av känsliga våtmarker. Ridgewaters historiska betydelse.” Robert tystnade och tillade sedan försiktigt: ”Och potentiellt, stödet från inflytelserika grannar som skulle kunna dra nytta av det västra alternativet.”

Insinuationen hängde i luften mellan dem. Ryan vände sig tillbaka till fönstret och såg regnet strimma nerför glaset, förvränga utsikten över den dyblöta fairwayen. Hans plikt var tydlig: maximera värdet på sin egendom för sig själv och sina investerare. Att stödja den västra sträckningen var helt i linje med den skyldigheten. Han skulle kunna tjäna miljoner. Emma McKenzies skuld var en droppe i havet i jämförelse.

”En ganska märklig slump att deras häst valde vår egendom för sin rymning”, mumlade Ryan, nästan för sig själv.

Roberts spegelbild i fönstret visade ett litet, medvetet leende. ”Kanske. Fast enligt min erfarenhet, Mr Wardell, finns det få sanna tillfälligheter i livet.”

Ryan vände sig om och fångade den spekulativa blicken i den äldre mannens ögon. ”Det vill säga?”

”Åh, inte att det var avsiktligt på något sätt! Jag tvivlar starkt på att Ms McKenzie ens misstänkte att hästen var kapabel att ta sig över det staketet. Bara att oväntade förbindelser ofta visar sig vara mer värdefulla än man anat”, svarade Robert. ”Var det något mer för vårt möte?”

”Nej, det var allt för nu”, sa Ryan och kände igen den subtila reträtten. ”Tack för uppdateringarna.”

Robert samlade ihop sina anteckningar i en prydlig hög och stoppade dem i en mapp, den perfekta bilden av professionell kompetens. Vid dörren stannade han. "Ms McKenzie ger ridlektioner för vuxna, tror jag. För nybörjare. Skulle ni någonsin utveckla ett intresse för ridsport."

Dörren stängdes bakom honom innan Ryan kunde formulera ett svar, och lämnade honom ensam med sina tankar och regnets stadiga rytm mot glaset. Han återvände till kartan, följde de två möjliga förbifartssträckningarna med fingret, vägde plikt mot dragningskraften från något mindre definierat men alltmer påträngande.

Försäkringsbolaget hade svarat på hans förfrågan om avbetalningsplaner med förutsägbart motstånd. Företagspolicyn krävde full betalning, hade deras representant förklarat, särskilt i fall av tydligt ansvar. Han hade befogenhet att köra över dem, förstås, men det skulle kräva en motivering.

Ryan rättade till sin slips, en vanemässig gest när han ställdes inför beslut som krävde en balans mellan affärssinne och mänskliga faktorer. Förbifartssituationen lade till lager av komplexitet han inte hade förutsett när han hanterade den enkla frågan om egendomsskada.

Hans finger svävade över hennes nummer i telefonen, beslutet att ringa plötsligt laddat med konsekvenser bortom ett simpelt betalningsarrangemang.

# Kapitel fyra

RYAN KNACKADE MED SIN Mont Blanc-penna mot den polerade ytan på sitt skrivbord och stirrade på de finansiella prognoserna för Ridgemonts tredje kvartal. Siffrorna stämde perfekt överens med hans förutsägelser, varje kolumn ett bevis på hans metodiska affärsstrategi. En knackning på kontorsdörren avbröt hans koncentration, och han såg upp och fick se sin receptionist peka mot en man i en aningen skrynklig kostym som tvekade i dörröppningen. Joseph Ashford, enligt kalendern. Emma McKenzies advokat. Ryan rättade till slipsen och nickade åt mannen att komma in.

"Mr Wardell", sa Ashford och sträckte fram en väderbiten hand. "Tack för att ni ville träffa mig med så kort varsel."

Ryan skakade den bestämt och noterade förhårdnaderna som vittnade om manuellt arbete vid sidan av det juridiska. Inte det välmanikyrerade handslaget från Brisbanes företagsjurister. "Varsågod och sitt. Jag förstår att det här gäller Phoenix-incidenten?"

"Just det." Ashford placerade en sliten läderportfölj på stolen bredvid sig och tog fram en tunn mapp. "Jag har förberett ett formellt förslag på en avbetalningsplan för Ms McKenzies räkning."

Ryan tog emot dokumentet och skummade snabbt igenom den första sidan. Villkoren var förvånansvärt tydligt formulerade och föreslog månatliga betalningar under arton månader, med en liten initial klumpsumma för att visa sin goda vilja. Räntesatsen var aningen optimistisk men inte förolämpande.

"Ms McKenzie förstår sitt fulla ansvar i denna fråga", fortsatte Ashford med professionell ton. "Hon är fast besluten att uppfylla sina skyldigheter. Men försäkringsbolagets krav på full betalning inom trettio dagar skulle i praktiken stänga ner hennes rehabiliteringsverksamhet."

"Och varför skulle det bekymra mig?" frågade Ryan med avsiktligt neutral röst, trots den omedelbara bilden av Emmas ansikte som dök upp i hans tankar, passionen i hennes ögon när hon hade talat om Phoenix framsteg.

Ashfords min förblev stadig. "För att grannar är viktiga i samhällen som vårt, Mr Wardell. Familjen McKenzie har varit en del av Ridgemont i årtionden. Emmas verksamhet ger en andra chans åt hästar som de flesta skulle anse vara bortom all hjälp." Han tystnade och hans blick var direkt. "Och för att jag misstänker att ni är en man som inser värde bortom omedelbar ekonomisk vinning."

Ryan lutade sig tillbaka i sin stol och funderade. Försäkringsärendet var redan handlagt; de flesta reparationerna var slutförda. Ur ett rent affärsperspektiv skulle en avbetalningsplan innebära att ha en fordran i bokföringen i över ett år, ett mindre administrativt besvär. Men betalningen var garanterad, och gesten av goodwill gentemot en angränsande fastighetsägare hade sitt eget värde.

Särskilt en angränsande fastighetsägare med nötbruna ögon som lystes upp när hon talade om trasiga ting som blev hela igen.

Han tystade den affärsmässigt opassande tanken och återgick till förslaget. "Vilken säkerhet erbjuder Ms McKenzie för dessa betalningar?"

"Hennes personliga borgen, naturligtvis", svarade Ashford. "Och hon är villig att registrera en pant i sitt fordon om det skulle behövas, även om jag bör påpeka att det inte är värt det utestående beloppet."

Ryan rynkade pannan en aning. "Det är knappast betryggande."

"Ms McKenzies rehabiliteringsverksamhet har flera förmögna klienter med hästar i träning, och hon äger andra hästar som kommer att ha ett betydande värde när deras omskolning är klar", invände Ashford. "Hennes inkomst är stabil, om än blygsam. Det hon saknar är likvida medel för en omedelbar klumpsumma."

Ryan nickade och fingrarna trummade mot skrivbordet medan han övervägde saken. Familjen McKenzie var grannar, och Robert hade förklarat deras ståndpunkt i striden om förbifarten. Att ha dem som allierade snarare än motståndare kunde visa sig vara användbart.

Och det fanns något annat, något han var ovillig att erkänna ens för sig själv. Minnet av Emmas tysta självförtroende med den massiva, skrämda hästen. Glimten av sårbarhet under hennes behärskade yttre när hon hade suttit mittemot honom och diskuterat räkningen. Sättet Jemimas blå ögon, olik sin mors i färg men identisk i beslutsamhet, hade betraktat honom med barnslig bedömning.

”Villkoren är godtagbara”, fann han sig själv säga och sträckte sig efter sin penna. ”Jag skriver under idag och gör upp med försäkringsbolaget. Jag ska ge er uppgifterna om bankkontot som återbetalningarna ska göras till.”

Lättnad flimrade till över Ashfords ansikte, snabbt dolt av professionellt lugn. ”Tack, Mr Wardell. Det är mycket resonabelt av er.”

Ryan paraferade varje sida innan han signerade den sista med sin prydliga namnteckning. ”Jag skulle dock vilja lägga till ett villkor.”

Ashfords uttryck skiftade till försiktig vaksamhet. ”Och det skulle vara?”

”Jag skulle vilja inspektera tomtgränsstängslet mellan våra fastigheter”, sa Ryan, förvånad över sina egna ord även när han uttalade dem. ”För att säkerställa att vi inte får en repris. Idag, om det passar Ms McKenzie.”

Ashfords ögonbryn höjdes en aning innan han nickade. ”Jag är säker på att hon skulle välkomna det. Ska jag ringa i förväg och låta henne veta att ni är på väg?”

”Gärna det.” Ryan räckte tillbaka de undertecknade dokumenten till Ashford, som varsamt stoppade ner dem i sin portfölj. ”Jag åker dit inom en timme.”

När Ashford hade gått stod Ryan vid sitt kontorsfönster och såg advokatens blygsamma sedan navigera den slingrande uppfarten förbi oklanderligt anlagda trädgårdar. Hans beslut att acceptera avbetalningsplanen var fullkomligt logisk ur ett affärsperspektiv, försäkrade han sig själv. Att bygga goodwill med grannar, potentiellt säkra en allians för den västra förbifartsleden, undvika negativ lokal publicitet. Alltihop sunda strategiska överväganden.

Men när han fyrtio minuter senare körde mot Ridgewater erkände Ryan en annan motivation under de rationella rättfärdigandena. Enkel nyfikenhet på Emma McKenzie och hennes värld av räddade fullblod och varsam rehabilitering. En värld så långt från hans egen företagsmiljö som det var möjligt att föreställa sig.

Övergången från Ridgemonts manikyrerade perfektion till Ridgewaters praktiska funktionalitet var abrupt. Den släta asfalten på golfklubbens tillfartsväg övergick i packat grus, de anlagda rabatterna ersattes av naturlig buskmark och rejäla stängsel. Medan Ryans BMW-golfbil skumpade fram längs den ojämna ytan fann han sig i att granska egendomen och lade märke till detaljer bortom potentiella ansvarsrisker.

En skylt markerade ingången till Ridgewater Ridcenter, färgen nyligen bättrad, bokstäverna stolta. Bortom den betade hästar i hagar som sträckte sig mot avlägsna kullar, deras pälsar glänsande i vintersolen. Scenen ägde en ovårdad skönhet som stod i skarp kontrast till golfbanans kontrollerade perfektion.

Ryan parkerade bredvid en lerstänkt pickup som han kände igen som Emmas. Centralgården myllrade av aktivitet, flera ryttare flyttade hästar mellan hagar medan andra arbetade i vad som såg ut att vara ridbanor. En flicka han inte kände igen vinkade från ryggen på en fuxfärgad ponny innan hon fortsatte, hennes avspända hälsning antydde att besökare var vanliga.

”Mr Wardell?”

Ryan vände sig om och möttes av en lång, elegant blond kvinna som betraktade honom med öppen nyfikenhet. Inte Emma, men likheten var tillräckligt tydlig för att hon måste vara en av systrarna som Robert hade nämnt.

”Ja. Jag är här för att träffa Emma angående tomtgränsstängslet.”

”Kate McKenzie”, erbjöd hon och sträckte fram en hand. ”Emma är i rundcorralen med ett av sina projekt. Följ bara stigen där, du kan inte missa den.”

Ryan tackade med en nick och gick i den riktning hon hade pekat, förbi stall och redskapsbodar som, även om de inte var nya, uppenbarligen var väl underhållna.

Kontrasten till hans egen skinande rena anläggning var slående, men här fanns en obestridlig känsla av syfte, av arbete som utfördes med passion snarare än enbart effektivitet.

Han hörde Emmas röst innan han såg henne, den mjuka, melodiska tonen som bars på vinden. När han rundade ett hörn befann han sig vid kanten av en cirkulär inhägnad där Emma stod i mitten med ett rep löst i ena handen medan hon talade med en darrande brun häst. Till skillnad från Phoenix imponerande mankhöjd var denna häst mindre, dess revben synliga under en matt päls, med ögonvitorna lysande av skräck.

"Så ja", mumlade Emma, hennes röst knappt hörbar där Ryan stod. "Ingen kommer att skada dig här. Bara andas med mig."

Ryan stod blickstilla och förstod instinktivt att en plötslig rörelse skulle kunna skrämma det nervösa djuret. Han såg på när Emma vände ryggen mot hästen och bara väntade, hennes kroppsspråk utstrålade en lugn säkerhet som tycktes nå igenom djurets panik. Sakta stillnade djuret, iakttog henne, med spetsade öron av intresse när Emma fortsatte att stå vänd bort. Och sedan, till Ryans förvåning, började hästen närma sig, ett försiktigt steg i taget, och gick långsamt upp bakom Emma tills den slutligen sträckte sig fram för att försiktigt nosa på hennes axel. Leendet som sprack upp i Emmas ansikte var strålande. Kontrasten mellan det ögonblicket av tyst triumf och de segrar med höga insatser som Ryan jagade i företagsstyrelserum slog honom med full kraft. Här mättes framgång i vunnet förtroende snarare än avslutade affärer, i läkning snarare än förvärv.

Något förändrades i Ryans uppfattning när han såg Emma arbeta, en insikt om att hennes sätt att hantera trasiga ting krävde ett tålamod och en empati som han sällan utövade i sitt affärsfokuserade liv. Hennes värld fungerade enligt en annan tidslinje, där framsteg mättes i små gester snarare än kvartalsrapporter, där sårbarhet bemöttes med mildhet snarare än utnyttjande.

När Emma slutligen upptäckte hans närvaro fanns hennes leende kvar, även om det övergick i något mer reserverat. Hon mumlade något till hästen, strök den över halsen en sista gång och gick fram till stängslet där Ryan stod.

”Joe ringde och sa att du skulle komma”, sa hon och strök undan en hårslinga från sitt ansikte. ”Tack för att du accepterade avbetalningsplanen. Det betyder mer än jag kan säga.”

Ryan nickade, märkligt fängslad av den genuina tacksamheten i hennes ögon, så olik den beräknande uppskattning han vanligtvis mötte i sitt yrkesliv. ”Det är en rimlig överenskommelse. Och det ger mig en ursäkt att se hur det går för Phoenix.”

”Det går bra för honom”, sa Emma och hennes uttryck ljusnade. ”Skulle du vilja se honom? Jag ska arbeta med honom härnäst.”

Och Ryan, som hade planerat att inte ägna mer än trettio minuter åt att diskutera stängselunderhåll och ansvarsåtgärder, fann sig nicka, oförklarligt dragen till denna värld av andra chanser och tyst läkning.

Ryan följde Emma över gården och noterade hur flera hästar i närliggande hagar lyfte sina huvuden för att se henne passera, med öronen spetsade i igenkänning. Hon rörde sig med samma tysta självförtroende som han hade observerat under Phoenix äventyr på golfbanan, hennes steg målmedvetna men utan brådska. Kontrasten mellan hennes slitna jeans och arbetskängor och hans pressade chinos och italienska loafers undgick honom inte, en synlig påminnelse om deras olika världar.

”Phoenix är i den bakre hagen”, förklarade Emma och pekade mot ett avlägset fält där en mörk gestalt betade i ensamhet. ”Jag har hållit honom åtskild från de andra medan han anpassar sig. Fullblod från galoppbanan vet ofta inte hur man interagerar korrekt med andra hästar. Tävlandet kan hämma deras sociala utveckling.”

Ryan nickade och fann sig genuint intresserad. ”Hur lång tid tar rehabiliteringen vanligtvis?”

”Det varierar enormt”, svarade Emma och saktade ner farten när de närmade sig en grind. ”Vissa hästar anpassar sig inom några veckor. Andra tar månader eller till och med år. Phoenix gör faktiskt snabbare framsteg än jag förväntat mig, med tanke på hans historia.”

Hon stannade vid stängslet och tog fram en liten tygpåse ur fickan. Den svarta hästen i hagen lyfte omedelbart huvudet, spetsade öronen och började röra sig mot dem med förvånansvärd iver. Ryan spände sig en aning, minnet av djurets destruktiva panik på hans golfbana kom tillbaka, men nu fanns det inga tecken på den frenetiska energin. Phoenix närmade sig stängslet med avmätta steg, hans blick fokuserad på Emma.

”Hej, snygging”, mumlade hon och erbjöd en liten svart godbit på sin flata hand. ”Redo för lite jobb idag?”

Phoenix läppar plockade fint upp godbiten från hennes hand, hans massiva huvud sänktes för att låta Emma stryka honom över halsen. Förvandlingen från det skräckslagna djur som hade rivit fram över Ridgemonts fairways var anmärkningsvärd.

”Är det lakrits?” undrade Ryan när den distinkta doften nådde hans näsborrar.

”Jag har aldrig träffat en häst som inte älskar det. Men Phoenix visste inte vad han skulle göra med det när han först kom hit.” Hon skrattade tyst när den massiva hästen förhoppningsfullt knuffade till hennes hand. ”Titta på honom nu. Han tigger.”

”Vad exakt gör du med dem?” frågade Ryan och höll ett respektfullt avstånd medan Emma satte på Phoenix en grimma och fäste ett grimskaft. ”För att rehabilitera dem, menar jag.”

Emma öppnade grinden och ledde ut Phoenix med lugn auktoritet. ”I grund och botten hjälper jag dem att lära sig av med traumareaktioner och bygga nya associationer. Galoppfullblod tränas vanligtvis med metoder som prioriterar omedelbar efterlevnad framför förståelse. Jag vänder på det tillvägagångssättet.”

Hon ledde Phoenix mot rundcorralen. ”Skulle du vilja se ett träningspass? Jag hade tänkt sitta upp på honom idag för första gången.”

Ryans ögonbryn höjdes. ”Är det säkert? Efter hans reaktion på helikoptern...”

Emmas leende var självsäkert utan att vara kaxigt. ”Phoenix och jag har arbetat mot det här. Han är redo för en kort, positiv upplevelse. Inget krävande, bara att acceptera en ryttare och samtidigt förbli lugn.”

När de kom in i rundcorralen lossade Emma grimskaftet och lät Phoenix röra sig fritt i det cirkulära utrymmet. Fullblodet travade ett varv längs kanten, hans kraftfulla muskler rörde sig under den svarta pälsen, innan han återvände till Emmas sida som en väldresserad hund.

”Duktig kille”, berömde hon och lät händerna glida över hans hals och sidor med långa, svepande rörelser. Ryan såg på, fascinerad av det metodiska sättet hon rörde vid hästen och noterade hur Phoenix gradvis slappnade av, hans ögonlock sänktes i uppenbar belåtenhet.

”Mamma! Mr Wardell!”

Jemimas röst hördes över gården när hon sprang mot dem, det blonda håret studsade för varje steg. Hon klättrade med lätthet upp på stängslet som omgav rundcorralen med den omedvetna elegansen hos ett barn som växt upp kring hästar.

"Ska du rida på Phoenix?" frågade hon med ögon som glittrade av spänning. "Berättade du för Mr Wardell om hans mun?"

Emma nickade och fortsatte sina rytmiska strykningar på hästen. "Jag skulle precis förklara träningsmetoden."

Jemima vände sig mot Ryan med en föreläsares allvarliga min. "Phoenix har ärr i munnen från galoppbetten", informerade hon honom. "Jättefula sådana som ger honom panik när något av metall rör vid den. Så mamma ska använda ett bettlöst träns när hon är redo, men idag använder hon bara grimman."

Ryan fann sig charmad av hennes uppriktiga expertis. "Och det är säkert?"

"Mamma säger att det är säkrare än att bråka med en rädd häst", svarade Jemima sakligt. "Och hon gillar att rida barbacka de första gångerna eftersom det inte finns något som kan skrämma dem, bara hennes vikt. Och om hon ramlar av finns det inget att fastna i."

Ryan kastade en blick på Emma, som fortfarande lät sina händer glida över Phoenix kropp i de där långa, avsiktliga strykningarna. Tanken på henne uppflugen på det massiva djuret utan sadel eller träns fick hans mage att knyta sig av oro.

"Vi ska bara skritta idag", sa Emma som om hon kände hans oro. "Rundcorralen håller honom inne, och det här handlar om att bygga positiva associationer, inte kontroll."

Ryan såg på när hon fortsatte att förbereda Phoenix och pratade med honom med samma mjuka, stadiga röst som han hade hört henne använda vid deras första möte. Hästen förblev avslappnad, hans enstaka frustningar och öronvickningar antydde medvetenhet snarare än ångest.

Efter flera minuters tyst förberedelse gick Emma bort till ett trappstegsformat, cirkulärt block i mitten av ridbanan. Phoenix följde med henne utan att hon behövde lägga en hand på grimman, uppenbarligen ivrig efter hennes sällskap. Emma tog god tid på sig att långsamt positionera dem båda, gick sedan upp för trappstegen och placerade sin kropp ovanför Phoenix rygg. Fullblodets öron vändes mot henne men han förblev stilla, uppenbarligen oberörd av hennes upphöjda position medan Emma började stryka hans rygg och klia hans bog och man. Den stora hästen sträckte till och med ut halsen, som för att uppmuntra Emma att klia hårdare.

"Det här är sanningens ögonblick", viskade Jemima till Ryan, och hennes lilla hand grep omedvetet tag i hans ärm i väntan. "Den första gången är alltid den knepigaste."

Långsamt lutade sig Emma in och vilade överkroppen över Phoenix bara rygg, fortsatte att klia och gnugga honom, och mumlade konstant till hästen, lugnade honom. Phoenix reagerade inte, och efter några ögonblick flyttade Emma sin vikt och svingade det ena benet över Phoenix rygg.

Ryan märkte att han höll andan när hennes vikt landade på hästen. Phoenix spände sig ett ögonblick, hans kraftfulla kropp stelnade till, och Ryan tog instinktivt ett steg framåt innan han hejdade sig själv.

Men Emma förblev fullkomligt lugn, hennes händer vilade lätt på Phoenix hals, hennes röst bibehöll samma lugnande kadens. "Duktig kille. Så ja. Inget att oroa sig för. Bara jag här uppe."

Otroligt nog slappnade hästen av, hans spända hållning mjuknade medan Emma fortsatte sitt tysta lugnande. Hon gjorde inget försök att styra honom, satt bara där och lät honom vänja sig vid hennes vikt och närvaro.

"Nu kommer hon att be honom att skritta", berättade Jemima, hennes grepp om Ryans ärm lossnade. "Bara med rösten. Inget sparkande eller dragande."

Mycket riktigt, Emmas milda "Skritta" åtföljdes av en ytterst liten förändring i hennes hållning, och Phoenix började röra sig framåt i ett lugnt tempo, cirklandes i ridbanan med avmätta steg. Hans öron förblev vinklade något bakåt, hans uppmärksamhet var uppenbart fokuserad på Emma, även om hans steg var avslappnade trots den ovanliga omständigheten att bära en ryttare utan den välbekanta utrustningen med sadel eller bett.

"Hon är briljant, eller hur?" sa Jemima, stolthet tydlig i hennes röst. "Mamma kan laga vilken häst som helst."

Ryan nickade, genuint imponerad av den tysta kommunikationen mellan häst och ryttare. Det var något nästan magiskt med det förtroende Emma hade byggt upp med ett djur som, bara några dagar tidigare, hade varit en farlig projektil av panikslagna muskler och ben.

Medan Phoenix fortsatte sina lugna cirklar blev Ryan medveten om att hans och Jemimas närvaro kunde vara mer distraherande än Emma behövde under denna kritiska första ritt. Fullblodets blick svepte ibland mot dem, hans rytm stördes ett ögonblick innan Emmas mjuka röst åter riktade hans uppmärksamhet.

"Jag tror att din mamma behöver koncentrera sig", sa Ryan tyst till Jemima. "Kanske du skulle kunna visa mig runt lite mer? Jag skulle vilja se resten av Ridgewater."

Jemimas ansikte lystes upp av förslaget. "Verkligen? Jag skulle kunna visa dig Sparky, min gamla ponny, och Pepper, mitt nya sto! Och den stora ridbanan där moster Kate rider dressyr! Och hoppängen!"

Ryan log åt hennes entusiasm. "Det låter perfekt. Visa vägen."

Han mötte Emmas blick när de förberedde sig för att gå, och hon gav honom ett tacksamt leende, tydligt uppskattande hans förståelse för situationen. Den enkla värmen i det leendet påverkade honom mer än han ville erkänna och skapade ett okänt fladder i bröstet när han följde Jemima från rundcorralen.

"Låt oss börja med dina ponnyer", föreslog han och kastade en sista blick på Emma och Phoenix, den tysta harmonin i deras rörelser skapade en bild han misstänkte skulle dröja sig kvar i hans minne långt efter att han återvänt till golfbanans manikyrerade förutsägbarhet.

# Kapitel fem

”Den där ser tjusig ut”, konstaterade Jemima när de närmade sig Ryans BMW-golfbil, vars glänsande yttre skar sig mot Ridgewaters praktiska omgivningar. ”Mammas pickup låter konstigt när den startar. Hon säger att den bara pratar med oss, men moster Sarah säger att den sjunger på sista versen.” Hon såg upp på Ryan med oförställd nyfikenhet. ”Jag har aldrig åkt i en golfbil. Får vi köra runt med den?”

Hennes blå ögon vidgades med den där universella blicken hos ett barn som fått syn på en oväntad godsak. ”Jag skulle kunna köra den! Jag är jättebra på att köra den lilla traktorn som morfar låter mig använda när han är hemma. Och golfbilen hemma hos farbror Harry.”

Ryan tvekade och beräknade riskerna. Bilen var inte särskilt snabb, gårdens vägar såg tillräckligt jämna ut och Jemima hade uppenbarligen erfarenhet av liknande fordon. Ändå var det inte direkt standardmässig riskhantering att låta en åttaåring köra hans golfbil.

"Snälla, Mr Wardell? Jag ska vara superförsiktig. Jag får ändå inte vara nära sjön eller kullen på baksidan utan en vuxen."

Till sin egen förvåning fann Ryan sig själv nicka. "Okej, men jag måste hålla noggrann uppsikt. Och vi håller oss till jämna, öppna ytor."

Jemimas förtjusta leende fick något att lätta i hans bröst, en känsla så obekant att han nästan inte kände igen den som ren och skär glädje över ett barns lycka. När var sista gången han hade gjort något enbart för att det skulle göra någon annan glad, utan någon strategisk fördel för honom själv?

"Det här är ju suveränt", förklarade Jemima och klättrade upp på förarsätet med självsäker vana. Hennes ben nådde precis ner till pedalerna och hennes små händer grep tag om ratten med beslutsamhet. "Vart ska vi åka först? Till stallen? Den stora ridbanan? Åh, jag vet, vi tittar på Sparky först!"

Bilen surrade till liv när nyckeln vreds om, dess elmotor nästan ljudlös jämfört med de bensinmodeller som många klubbar fortfarande använde.

Ryan satte sig bredvid henne, medveten om hur konstig den här situationen skulle te sig för hans kollegor eller kunder – den polerade affärsmannen som blev skjutsad runt på en hästgård av ett entusiastiskt barn. Men när Jemima navigerade bilen med överraskande skicklighet längs gårdens vältrampade stigar fann han sig själv slappna av i upplevelsen.

"Sparky var min första ponny", förklarade Jemima medan hon försiktigt styrde runt en vattenpöl. "Jag fick honom när jag var fyra, men jag börjar bli för lång för honom nu. Han är en lektionsponny, vilket betyder att andra barn som precis lär sig rida använder honom." Hon pekade mot en mindre hage där flera ponnyer betade fridfullt. "Där är han, den bruna med den vita bläsen och ett blått öga. Han är en welshkorsning."

Ryan fick genast syn på den stadiga ponnyn, vars päls var tjock och såg frisk ut. Jemima stannade bilen försiktigt vid staketet.

"Sparky! Kom hit, grabben!"

Ponnyn lyfte på huvudet vid hennes rop, med öronen spetsade framåt. I maklig trav närmade han sig staketet och sträckte fram mulen mot Jemimas utsträckta hand.

"Han är vacker", konstaterade Ryan, genuint imponerad av ponnyns välskötta utseende och milda sätt.

"Han är en superponny", sa Jemima och strök ponnyn över pannan med uppenbar tillgivenhet. "Men nu är Pepper min tävlingshäst. Det är henne jag fick speciellt av farbror Harry, för jag är redo för större hinder." En anstrykning av stolthet färgade hennes röst. "Vill du se henne?"

Ryan nickade, charmad av hennes entusiasm. Medan Jemima körde dem mot en annan hage gav hon löpande kommentarer om Ridgewaters utformning och historia, och hennes kunskap var imponerande för ett barn i hennes ålder.

"Där är hingststallet där Legend bor, men dit får vi inte gå utan moster Sarah eller morfar. Och där borta fick Duchess sitt föl, Miracle. Han ska bli min OS-häst en dag, men inte förrän jag är mycket äldre, typ sexton minst, säger moster Kate."

Hon talade med en sådan övertygelse om sin framtid att Ryan kände sig avundsjuk på hennes tydliga mål. I hennes ålder hade hans egna ambitioner varit vaga, mer formade av hans fars förväntningar än av personlig passion.

Bilen saktade ner när de närmade sig en hage där en liten svart häst betade ensam, dess fint byggda elegans omedelbart urskiljbar från de kraftigare ponnyerna de hade passerat.

”Där är Pepper”, meddelade Jemima, och hennes röst sjönk till en vördnadsfull viskning. ”Är hon inte den vackraste hästen någonsin? Hennes riktiga namn är Peppermint Twist, men vi kallar henne Pepper. Hon var för liten för att tävla i galopp, men farbror Harry säger att hon är perfekt för juniorhoppning.”

Ryan studerade stoet med nyvunnen uppskattning och noterade hennes balanserade proportioner och alerta uttryck. Även för hans otränade öga fanns det något speciellt med henne, en förfinad kvalitet som talade om noggrann avel.

”Hon ser ... värdefull ut”, kommenterade han och undrade över den finansiella dynamiken i att en man gav bort vad som helt klart var en dyr häst till en åttaåring.

”Tja, om hon hade kunnat springa galopp hade hon varit värd mycket”, bekräftade Jemima glatt. ”Hennes morfar vann Melbourne Cup. Men farbror Harry gav henne till mig för att han älskar mig och för att moster Pip är som hans dotter och för att mamma en gång hjälpte honom med en jättesvår häst som ingen annan kunde fixa, och den vann massa lopp sen.” Hon såg upp på Ryan med fullständigt allvar. ”Mamma kan laga vilken häst som helst, oavsett hur trasig den är.”

Någonting i hennes ordval fångade Ryans uppmärksamhet, ett barns oskyldiga avslöjande av hennes mammas speciella gåva. Emma lagade trasiga varelser, inte bara som ett jobb utan som ett kall. Kontrasten till hans eget arbete, som till stor del handlade om att omstrukturera organisationer för större vinst, slog honom med oväntad kraft.

Medan Jemima fortsatte sin rundtur lade Ryan märke till detaljer utöver gårdens praktiska utformning. Den åldrande men noggrant underhållna infrastrukturen och utrustningen, slitna partier som reparerats med uppenbar omsorg istället för att bytas ut. Kvaliteten på själva hästarna, deras glänsande pälsar och friska utseende som tydde på exceptionell skötsel.

Han kände igen tecknen på en verksamhet som drevs mer av passion än av vinst, där utgifter prioriterades utifrån djurens behov snarare än estetiskt tilltal. Eller var allting bara lantlig funktionalitet, generationers vana att inte laga det som inte var trasigt? Det fanns en obestridlig harmoni på Ridgewater, en känsla av mening som genomsyrade varje aspekt, från den metodiska organisationen av utrustning till hästarnas belåtna uppträdande.

"Mamma jobbar jättehårt", sa Jemima, som om hon läste hans tankar medan hon försiktigt parkerade bilen nära det stora stallkomplexet. "Ibland är hon uppe hela natten med sjuka hästar, men hon klagar aldrig. Moster Kate säger att mamma hellre skulle vara utan lunch själv än att se en av sina räddningshästar missa ett mål mat."

Den vardagliga kommentaren avslöjade mer om Emmas karaktär än Jemima kanske insåg, och målade upp en bild av en kvinna som axlade ett tungt ansvar samtidigt som hon skyddade sin dotter från tyngden av deras ekonomiska svårigheter. Ryan tänkte på Emma i rundcorralen med Phoenix, hennes tysta självförtroende som dolde vad som måste vara en betydande press, och kände en våg av beundran som överraskade honom med sin intensitet.

De avslutade rundturen vid huvudbyggnaden, en väderbiten Queenslander. Dess breda verandor och upphöjda läge gav det en värdig närvaro trots lite flagnande färg.

"Det där är Stora huset", förklarade Jemima. "Morfar och mormor flyttade in i Stugan förra året, fast det är inte riktigt en stuga utan en jättefin liten villa vid sjön, och ryggsäcksturisterna bor i Barackerna som var huvudbyggnad för länge sedan, typ innan mamma ens var född, men vi andra bor alla här. Inklusive farbror Marcus och farbror Jake som flyttade in i år."

Ryan tittade på klockan, förvånad över att inse att nästan två timmar hade gått sedan hans ankomst. Staketinspektionen, hans förevändning för besöket, var fortfarande helt ogjord, men han kände ingen brådska att slutföra den. Istället kände han sig motvillig att lämna denna plats där tiden verkade gå i en annan takt, styrd av djurens naturliga rytmer snarare än handelns obevekliga drivkraft.

"Där är mamma", sa Jemima och pekade mot rundcorralen där hennes mor nu var tillbaka på egna ben och ledde Phoenix i långsamma cirklar, och fullblodet följde henne med uppmärksamhet. "Vi ska visa henne hur bra jag är på att köra!"

När de närmade sig såg Emma upp, och hennes leende blev bredare vid åsynen av dem. Solljuset fångades i hennes hår och lyste upp bärnstensfärgade slingor bland det bruna, och Ryan kände en oväntad åtstramning i bröstet. Hon såg trött men tillfredsställd ut, och hennes band till hästen bredvid henne var tydligt i deras synkroniserade rörelser.

"Jag ser att du har fått lyxrundturen", ropade hon.

"Jemima har varit en utmärkt guide", svarade Ryan och fann sig själv le brett, utan den noggranna anpassning han vanligtvis använde i professionella sammanhang. "Och en förvånansvärt kompetent förare."

"Jag visade honom allt", meddelade Jemima stolt. "Sparky och Pepper och den stora ridbanan och till och med Legends stall, fast vi gick inte in på grund av reglerna."

Emmas uttryck mjuknade när hon såg på sin dotter, och Ryan bevittnade samspelet mellan styrka och ömhet som definierade henne. Här var en kvinna som konfronterade traumatiserade djur som vägde ett halvt ton, men ändå upprätthöll en sådan mildhet med sin dotter, en sådan hängivenhet att skapa trygghet under vad som uppenbarligen var prekära omständigheter.

"Vi borde låta Mr Wardell återvända till sin golfklubb", sa Emma, även om hennes tonfall innehöll en fråga.

"Faktiskt", hörde Ryan sig själv säga, "har jag inte inspekterat tomtgränsen ordentligt än. Kanske efter att du är klar med Phoenix?"

Orden förvånade honom lika mycket som de verkade förvåna Emma, och hans vanligtvis effektiva inställning till uppgifter övergavs till förmån för att dröja sig kvar i denna fridfulla miljö som kontrasterade så skarpt mot Ridgemonts kontrollerade perfektion. Men när Emma nickade och hennes leende blev varmare erkände Ryan sanningen: staketet var bara en ursäkt för att stanna kvar i hennes sällskap, för att uppleva mer av denna värld där trasiga ting lagades med tålamod och vänlighet istället för att kasseras för nyare modeller.

Emma ledde ut Phoenix ur rundcorralen med den tysta tillfredsställelsen hos en tränare vars pass hade gått bra. Fullblodet följde vid hennes sida, hans tidigare spänning ersatt av en avslappnad vakenhet som Ryan kände igen som tillit. När han såg dem röra sig tillsammans, deras steg nästan synkroniserade, slogs han återigen av det partnerskap Emma byggde med djur som andra hade avfärdat som alltför skadade eller svåra.

"Det gick ännu bättre än jag hade hoppats", sa hon och stannade upp för att dra en hand längs Phoenix glänsande hals. "Första ridturerna kan vara knepiga, men han verkade förstå att jag inte bad honom om något svårt."

"Det var imponerande", erkände Ryan och menade det verkligen. "Förvandlingen från hästen som slet sig fram över min golfbana är anmärkningsvärd."

Emma log, och stoltheten i hennes uttryck dämpades av ödmjukhet. "Det är han som gör jobbet. Jag ger honom bara utrymmet och regelbundenheten för att bygga upp sitt självförtroende." Hon ledde Phoenix tillbaka till hans hage och tog av honom grimman när de var innanför grinden. Hästen dröjde sig kvar nära henne ett ögonblick innan han lunkade iväg och stannade för att rulla sig njutningsfullt i en fläck med mjukt gräs.

"Han ser lycklig ut", konstaterade Ryan, förvånad över sitt eget engagemang i djurets välbefinnande.

"Han börjar bli det", instämde Emma. "Det är det som gör det här arbetet värt besväret, att se dem återfå sin värdighet och glädje." Hon säkrade grinden, kontrollerade spärren två gånger innan hon vände sig mot Ryan. "Redo att se den där tomtgränsen?"

Ryan nickade, plågsamt medveten om att hans ursprungliga ursäkt för att förlänga sitt besök nu var det faktiska syftet. Han hade tagit med sig golfbilen just för detta ändamål, men inspektionen som hade verkat så nödvändig tidigare kändes nu sekundär i förhållande till att bara tillbringa mer tid i Emmas sällskap.

"Får jag följa med?" frågade Jemima och studsade på tårna bredvid dem. "Jag skulle kunna köra igen!"

Emma skrattade, ett ljud som var lättare än vad Ryan hade hört från henne tidigare. "Jag tror att Mr Wardell kanske föredrar att köra själv under den faktiska inspektionen, älskling. Och förresten, har inte du läxor?"

Jemimas entusiastiska nick överraskade Ryan tills hon förtydligade: "Matte! Och den handlar om pengar, vilket är perfekt eftersom jag ändå skulle berätta för Mr Wardell om moster Kates idé."

Emmas uttryck förändrades subtilt, en skymt av oro syntes i hennes drag. "Jemima, jag tror inte att det är rätt tidpunkt för ..."

"Moster Kate sa att om Mr Wardell tog halva ägarskapet i Phoenix istället för att få dig att betala alla de där pengarna, skulle det vara rättvist eftersom Phoenix kommer att vara värd massor när du har fixat honom ordentligt", fortsatte Jemima, och hennes barns direkthet skar rakt igenom de vuxnas omskrivningar. "Och då skulle han kunna komma och hälsa på Phoenix när han vill, och kanske till och med rida på honom en dag när Phoenix är redo för en andra ryttare.”

Ryan såg hur Emmas kinder färgades röda, hennes samlade tränarattityd tillfälligt skakad av hennes dotters oskyldiga upprepning av vad som uppenbarligen hade varit en privat familjediskussion.

”Det där ... Kate tänkte bara högt”, sa Emma snabbt och sänkte blicken från hans. ”Det var inte ett seriöst förslag.”

”Men det skulle kunna vara det”, insisterade Jemima med ett barns envishet. ”Phoenix kommer att vara värd mycket mer än tjugotretusen dollar när han är färdig. Moster Kate säger att han lätt kan bli en sjuttiotusendollarshäst, kanske mer om han hoppar lika bra som han gjorde över din golfbana.”

Ryan fann sig själv fascinerad trots Emmas uppenbara obehag. Affärsförslaget kunde faktiskt ha sina förtjänster, förutsatt att Phoenix rehabilitering fortsatte framgångsrikt. Som en finansiell investering kunde det faktiskt ge bättre avkastning än många konventionella möjligheter, särskilt med tanke på fullblodets uppenbara atletiska förmåga.

Men det var den andra aspekten av Jemimas förslag som fångade hans intresse mer: *”Och då skulle han kunna komma och hälsa på Phoenix när han vill.”* En legitim anledning att besöka Ridgewater regelbundet. För att träffa Emma.

”Jemima, varför börjar du inte med den där läxan?” föreslog Emma snabbt, med bestämd ton. ”Jag hjälper dig när jag kommer tillbaka.”

Flickan nickade, uppenbarligen nöjd med att hon hade framfört sitt budskap, och skuttade iväg mot huset, och lämnade en obekväm tystnad i sitt kölvatten.

”Jag är så ledsen för det där”, sa Emma när Jemima var utom hörhåll. ”Kate har en vana att tänka högt, och Jemima snappar upp allt. Det var inte ett seriöst förslag.”

”Men det skulle kunna vara det”, hörde Ryan sig själv säga och ekade Jemimas ord. ”Om Phoenix verkligen har den potential du tror att han har.”

Emmas ögon vidgades en aning. ”Skulle du verkligen överväga det?”

Ryan nickade, förvånad över sitt eget intresse. ”Det är ett ovanligt arrangemang, men inte utan motstycke. Delägarskap eller syndikatägande är vanligt för galopphästar. Är det inte det för sporthästar också?”

De började gå mot tomtgränsen, golfbilen tillfälligt bortglömd medan båda bearbetade denna oväntade vändning i deras samtal. Ryan fann sig själv beräkna potentiell avkastning, risken kontra belöningen i att investera i en häst med Phoenix kombination av beprövad galoppstam och uppenbar hoppförmåga. Men under dessa välbekanta affärsberäkningar flödade en ström av något mindre mätbart, en dragning mot en fortsatt förbindelse med Ridgewater. Med Emma.

”Phoenix har exceptionell potential”, sa Emma försiktigt när de nådde stängslet som skiljde deras egendomar åt. ”Hans exteriör är så perfekt som den kan bli för hoppning, och han har redan visat otrolig kapacitet. Men rehabilitering är aldrig garanterad. Det kan bli bakslag, fysiska eller psykiska.”

Ryan nickade och uppskattade hennes öppenhet. ”Alla investeringar innebär en risk.”

”Det här är inte bara ett finansiellt förslag”, fortsatte Emma med blicken nu rakt på honom. ”Hästar är inte aktier eller fastigheter. De är levande varelser med bra och dåliga dagar, med personligheter och egenheter. Delägarskap innebär att dela beslut om hans välfärd, hans träning. Är du beredd på det engagemanget?”

Frågan var praktisk, fokuserad på Phoenix, men Ryan hörde den underliggande frågan: var han, med sin företagsbakgrund och noggrant ordnade tillvaro, villig att engagera sig i den stökiga, oförutsägbara verkligheten av rehabilitering? Att knyta an inte bara till en häst, utan till människorna som tog hand om den?

De stannade vid en del av staketet som visade tecken på en nyligen utförd reparation upptill, kanske där Phoenix hade gjort sin dramatiska flykt.

”Det var här han hoppade ut”, noterade hon. ”Han nuddade bara den allra översta ribban, vilket är helt otroligt. Det är över två meter högt just här. Jag har fortfarande svårt att tro att han inte stannade.” Hon gestikulerade åt honom att köra golfbilen nära staketet, så att hon kunde klättra upp på baksidan för att kontrollera reparationen.

”Jag kan ingenting om hästar”, erkände Ryan och iakttog hennes vana bedömning. ”Men jag kan lära mig.”

Emma sneglade på honom när hon satte sig i sätet igen, med tydlig förvåning i sitt uttryck. ”Det skulle kunna bli ett betydande åtagande i tid, inte bara pengar.”

”Jag förstår det”, svarade Ryan och insåg medan han talade att tidsåtagandet faktiskt var en del av lockelsen. Tanken på regelbundna besök på Ridgewater, att se Phoenix framsteg, att ha en legitim anledning att tillbringa tid i denna värld så olik hans egen, skapade en oväntad känsla av förväntan.

De fortsatte längs tomtgränsen och diskuterade praktiska frågor om underhåll och säkerhet, men Ryan fann att hans tankar upprepade gånger återvände till förslaget om delägarskap. Ur ett rent affärsmässigt perspektiv var det oortodoxt men potentiellt sunt. Phoenix hade redan visat exceptionell atletisk förmåga, och Emmas expertis inom rehabilitering var uppenbar i den förvandling hon hade åstadkommit på bara några dagar.

Men medan han lyssnade på henne förklara de olika försiktighetsåtgärder de hade vidtagit för att förhindra en ny flykt, erkände Ryan att hans intresse gick bortom kalla finansiella kalkyler. Det fanns något fängslande med Emma själv, med hennes tålmodiga styrka och anspråkslösa expertis. Med sättet hon hade byggt ett liv fokuserat på helande snarare än på förvärv, på andra chanser snarare än snabba vinster.

Hans eget liv, med sin välansade prydlighet och betoning på perfektion, verkade plötsligt sterilt i jämförelse. När hade han senast upplevt den enkla tillfredsställelse som Emma visade efter sin framgångsrika första ridtur på Phoenix? Hans segrar kom i styrelserum och kalkylblad, abstrakta framgångar som sällan gav den påtagliga uppfyllelse som syntes i Emmas ansikte när hon arbetade med sina hästar.

”Skulle du kunna tänka dig en mer formell diskussion om idén med delägarskap?” frågade han när de avslutade sin inspektion och vände tillbaka mot gårdsplanen. ”Kanske med din syster Kate närvarande, eftersom det ursprungligen var hennes förslag. Eller din advokat – Mr Ashford verkar synnerligen förnuftig.”

Emma studerade honom ett ögonblick, med ett eftertänksamt uttryck. ”Du är verkligen seriös med det här.”

”Det är jag”, bekräftade Ryan, och säkerheten i hans röst förvånade till och med honom själv. ”Jag tror att det finns potentiella fördelar för oss båda.”

Vad han inte uttryckte, vad han bara började erkänna för sig själv, var hur mycket arrangemanget tilltalade honom på ett personligt plan. Phoenix representerade inte bara en potentiell finansiell avkastning, utan en bro mellan hans värld och Emmas, en legitim anledning att korsa gränsen som skiljde deras egendomar och liv åt. Hästen som hade orsakat ett sådant kaos på hans golfbana representerade nu något oväntat: en möjlighet att utvidga sitt liv bortom de snäva ramarna för företagets framgång, att uppleva den tystare tillfredsställelsen av framsteg som mäts i förtroende snarare än i vinstmarginaler.

"Jag ska prata med Kate", sa Emma slutligen, hennes leende försiktigt men äkta. "Kanske du skulle kunna komma på middag senare i veckan? Då skulle vi kunna diskutera detaljerna ordentligt."

"Det skulle jag vilja", svarade Ryan, och den enkla sanningen i uttalandet gav genklang djupare än han hade förväntat sig.

När han körde tillbaka till golfklubben fann Ryan sig själv redan se fram emot att återvända till Ridgewater. Delägarskapet i Phoenix var fullkomligt logiskt ur ett affärsperspektiv, försäkrade han sig själv. En diversifiering av investeringar, ett utforskande av en outnyttjad marknad.

Men värmen som spred sig i hans bröst vid tanken på middag med Emma och hennes familj hade ingenting att göra med affärsstrategi och allt att göra med den oväntade förbindelse han hade funnit på Ridgewater, där trasiga ting lagades med tålamod och där andra chanser sträckte sig bortom hästar till människorna som tog hand om dem.

# Kapitel sex

EMMA LUTADE SIG MOT trästaketet och kollade på klockan för tredje gången på lika många minuter. Marcus hade skickat ett sms för en halvtimme sedan om att de hade lämnat flygplatsen, vilket innebar att Zoe Webb skulle anlända när som helst. Knuten i Emmas mage drogs åt. Hon hade hört så mycket om Marcus syster och hennes nästan mystiska förmåga med traumatiserade hästar att hon i sitt stilla sinne hade byggt upp en bild av Zoe som någon slags mirakelarbetare för hästar. Tänk om verkligheten inte motsvarade den bilden? Tänk om Phoenix var bortom till och med Zoes hjälp?

Ljudet av däck på grus drog hennes uppmärksamhet till uppfarten där Marcus pickup stannade. Emma rätade på sig och borstade bort imaginärt damm från jeansen. Phoenix hade gjort anmärkningsvärda framsteg de senaste dagarna, men hon visste att om hon ville ha någon chans att anmäla Phoenix till hopptävlingar, krävde hästens djupt rotade trauma någon med specialkunskaper, någon som Zoe Webb.

Passagerardörren öppnades och en spenslig kvinna klev ur och sträckte armarna över huvudet med ett teatraliskt stön som hördes över hela gårdsplanen. Hon var som en mer feminin version av Marcus, med samma mörka, lockiga hår, även om hennes hår verkade fast beslutet att rymma från sin praktiska fläta. Där Marcus rörde sig med ett lugnt och stadigt sätt, verkade Zoe studsa fram, hela hennes kropp i konstant rörelse även när hon bara sträckte sig efter sina väskor.

"Emma!" ropade Zoe och stegade mot henne med en överraskande hastighet för någon som precis tillbringat över tjugofyra timmar på resande fot. Hennes accent var tydligt brittisk, hennes röst varm och livlig. "Marcus har inte hållit tyst om din häst sedan han hämtade mig. Han krockade nästan två gånger när han försökte visa mig foton medan han körde."

Marcus, som lastade ur väskor från flaket, himlade med ögonen. "Jag visade dig ett foto vid ett rödljus."

"Detaljer", viftade Zoe avvärjande och sträckte fram handen mot Emma med ett leende. "Zoe Webb. Jag förmodar att du har blivit varnad för mig."

Emma skrattade och fattade genast tycke för henne. "Bara att du är den bästa hästbeteendespecialisten på den här sidan av ekvatorn."

"Tja, jag var definitivt på andra sidan ekvatorn för ungefär sexton timmar sedan, så det är tekniskt sett sant", svarade Zoe med ett fast handslag. "Nå, var är den här Phoenix som jag har hört så mycket om? Marcus säger att han har ett allvarligt trauma men enastående potential."

"Han är i den bakre hagen", sa Emma och pekade mot stigen. "Jag tänkte att du kanske ville vila först. Flygresan från London är brutal."

Zoe skakade redan på huvudet. "Sömn är för de svaga. Jag har ungefär fyra timmar innan jetlagen slår ut mig, så jag spenderar hellre den tiden med att utvärdera din häst än att stirra i taket." Hon vände sig till sin bror. "Släng in mina grejer var som helst, Marc. Jag tar hand om det senare."

Marcus suckade med tålamodet hos någon som sedan länge vant sig vid sin systers virvelvind till natur. "Jag lägger dem i gästrummet och möter er vid Phoenix hage."

Medan de gick märkte Emma att hon pratade mer än vanligt och berättade för Zoe om Phoenix historia, hans panikartade flykt från helikoptern och de framsteg de hade gjort. Zoe lyssnade med fokuserad intensitet och avbröt ibland med insiktsfulla frågor om hans fysiska reaktioner och beteendemönster.

"Galoppindustrin har mycket att svara för", sa Zoe när de närmade sig Phoenix hage. "Så många fantastiska djur som kastas bort så fort de slutar prestera. Det är kriminellt." Hon stannade och fick syn på Phoenix som betade i bortre änden av fältet. "Där är han. Underbar varelse. Låt oss se vad han berättar för oss."

Emma öppnade grinden, beredd att guida Zoe genom det försiktiga tillvägagångssätt hon hade utvecklat för Phoenix, men Zoe rörde sig redan med självsäker elegans in i hagen, hennes kroppsspråk helt förvandlat. Där hon nyss hade varit livlig och nästan frenetisk, rörde hon sig nu med ett flytande lugn som påminde Emma om vatten som rinner över stenar.

Phoenix lyfte på huvudet, näsborrarna vidgades när han kände Zoes främmande doft. Emma spände sig, redo för hans vanliga vaksamma reträtt, men han stod kvar och iakttog den närmande främlingen med försiktigt intresse.

"Hej, vackra du", mumlade Zoe med en mild röstklang som bar över hagen. "Du har haft en riktig resa, eller hur?"

Hon stannade flera meter från Phoenix, såg inte direkt på honom utan vinklade sin kropp något bort från honom i en icke-konfrontativ hållning. Sedan gjorde hon något som fick Emma att blinka av förvåning: hon gäspade, en överdriven, teatralisk gest som verkade helt i strid med ögonblicket.

Phoenix öron spetsades och han lutade på huvudet i uppenbar nyfikenhet.

"Gäspningar signalerar avslappning för hästar", förklarade Zoe mjukt för Emma. "Det är smittsamt, precis som hos människor." Som på en given signal sänkte Phoenix huvudet något och hans läppar ryckte till. "Ser du? Han bearbetar det."

Gradvis minskade Zoe avståndet mellan dem, hennes rörelser så flytande och icke-hotfulla att Phoenix inte gjorde något försök att flytta sig. När hon slutligen nådde honom rörde hon honom inte omedelbart, utan stod bredvid honom och andades i takt med hans egna andetag.

"Jag kommer att röra vid dig nu", sa hon till hästen i samtalston. "Precis här." Hennes hand lyftes till hans hals och vilade lätt på mankammen precis bakom hans öra. "Det här är Masterson-metoden", förklarade hon för Emma. "Det handlar om att släppa på spänningar snarare än att tvinga fram följsamhet. Vi lyssnar på vad kroppen säger oss."

Emma tittade fascinerat på när Zoe metodiskt arbetade sig över Phoenix kropp, hennes beröring så lätt att den knappt kändes. Ändå var hästens reaktioner omisskännliga: hans ögon mjuknade, hans andning blev djupare, och ibland ryckte eller darrade en muskel under hennes fingrar.

"Det här är en frisättning", noterade Zoe när Phoenix hals plötsligt sträcktes ut och han tog ett djupt andetag. "Hans kropp släpper på spänningar. Titta på hans öga nu, ser du hur det har mjuknat?"

Emma gick närmare och lade märke till förändringen i Phoenix uttryck. Den vita randen av ångest som vanligtvis omgav hans öga hade minskat och ersatts av en mer avslappnad blick.

”Han håller en enorm spänning här”, sa Zoe, där hennes fingrar knappt snuddade vid hans nacke. ”Och hans käkled är helt låst. Inte konstigt att han får panik av allt nära munnen.” Hon fortsatte sin bedömning och gav ibland ifrån sig låga ljud av oro eller intresse. ”Hans rygg är faktiskt i bättre skick än jag förväntade mig, även om det finns spänningar i ländryggen. Någon har gjort ett bra jobb med honom.”

”Det är helt Emmas förtjänst”, sa Marcus och anslöt sig tyst till dem. ”Hon har en ganska bra hand med djur själv.”

Zoe nickade gillande mot Emma. ”Du har byggt en bra grund. Men det finns ett djupt trauma här, både fysiskt och psykiskt. Den goda nyheten är att hans exteriör är spektakulär. Den dåliga nyheten är att vi står inför månader av specialiserat arbete.”

”Månader?” Emmas hjärta sjönk. Avbetalningsplanen var hanterbar, men bara om hon kunde hålla sitt vanliga schema med träning och lektioner. Månader av intensiv rehabilitering för Phoenix skulle anstränga hennes resurser ytterligare.

”Minst”, bekräftade Zoe och gick vidare för att bedöma Phoenix ben. ”Men Emma, den här hästen ...” Hon tystnade och såg upp med en oväntad intensitet i sina gyllenbruna ögon. ”Hans atletiska förmåga är extraordinär. När vi väl har löst traumaproblemen kan han ha Grand Prix-kaliber. Jag har arbetat med internationella hopphästar som inte haft hans naturliga kapacitet eller exteriör.”

Marcus visslade lågt. ”Det säger du inte lättvindigt, Zo.”

”Jag brukar inte säga det överhuvudtaget”, svarade hans syster och lät sina expertfingrar löpa nerför Phoenix ben. ”Men känn på den här benstommen, Marc. Och Emma sa att han hoppade över 1,80-hinder som om de vore ingenting, i ett tillstånd av blind panik. Föreställ dig vad han skulle kunna göra med ordentlig träning och självförtroende.”

Emma stirrade på Phoenix och såg honom med nya ögon. Hon hade på något sätt vetat att han var speciell från det ögonblick hon såg honom på Laidley Sales, men Grand Prix-potential? Det var bortom hennes vildaste förhoppningar för hans rehabilitering.

"Frågan är", fortsatte Zoe och rätade på sig, "har du råd med den tid och de resurser som hans återhämtning kommer att kräva? För det här handlar inte bara om fysisk läkning. Hans tillit har krossats. Han behöver konsekvent, specialiserat arbete."

Emma svalde, ansvarets tyngd vilade på hennes axlar. "Jag vet inte", erkände hon. "Ekonomiskt är det komplicerat just nu."

Zoe nickade förstående. "Tja, jag är här i minst sex månader på den här arbetssemestern, och eftersom ni låter mig bo här är behandlingen av era hästar gratis. Vi börjar med intensiva dagliga sessioner och ser var vi landar. En sak är säker", tillade hon och gav Phoenix en sista mild klapp, "den här hästen är värd varje minut vi investerar i honom."

När de gick tillbaka mot gårdsplanen kände Emma sig sliten mellan glädjen över Phoenix bekräftade potential och oron över de resurser hans rehabilitering skulle kräva. Men när hon såg Zoe prata livligt med sin bror och redan planera Phoenix terapischema, kände hon en gnista av hopp. Kanske kunde de med Zoes expertis hitta ett sätt att hela Phoenix utan att ruinera Emmas redan ansträngda ekonomi.

Emma lade till ytterligare en dukning vid matbordet och undrade hur hennes dag hade eskalerat från att nervöst vänta på en hästspecialist till att bjuda på middag mannen vars golfbana Phoenix hade förstört. Ikväll var kvällen de hade kommit överens om att Ryan skulle komma på middag, för att vidare diskutera möjligheten för honom att bli delägare i Phoenix. Nu, med doften av Sarahs stek som fyllde köket och ljudet av röster som drev in från vardagsrummet, ifrågasatte hon sitt förhastade beslut. Hon var inte beredd på detta, på honom, inte med Zoes bedömning av Phoenix som fortfarande snurrade i huvudet.

"Behöver du hjälp?" frågade Kate och svepte in i matsalen med en vinflaska i varje hand. "Rött eller vitt till Herr Företag?"

"Båda", svarade Emma och rätade till besticken. "Och snälla, kalla honom inte det rakt upp i ansiktet."

Kate flinade. "Inga löften. Sarah har överträffat sig själv med middagen, förresten. Inget får fram hennes inre husgudinna som en potentiell affärsuppgörelse."

Dörrklockan ringde och det vände sig i Emmas mage. Hon slätade till håret, plötsligt medveten om sin vardagliga klädsel, de slitna jeansen och den urtvättade flanellskjortan som hon inte hade brytt sig om att byta om från efter en dag i hagarna.

"Jag tar det", ropade Jemima och hennes fotsteg tassade över trägolven. Ögonblick senare hördes Ryans djupa röst i hallen, avbruten av Jemimas exalterade pladder när hon tydligen gav honom en detaljerad uppdatering om sin dag.

Emma gick till ingången av matsalen och såg Ryan följa efter hennes dotter längs korridoren. Han hade bytt om från sin vanliga affärsklädsel till snygga men lediga kläder, mörka jeans och en prydlig skjorta med uppkavlade ärmar som avslöjade solbrända underarmar. Effekten var oroande attraktiv.

"Emma", hälsade han med ett leende som verkade varmare än deras tidigare utbyten. "Tack för inbjudan. Jag tog med vin." Han höll upp en flaska som Emma misstänkte kostade mer än hennes veckobudget för mat.

"Vad snällt, tack", svarade hon och tog emot flaskan. "Alla är i vardagsrummet. Middagen är nästan klar."

Ryan följde med henne in dit resten av familjen hade samlats, även om Pip var frånvarande denna kväll. Hon och Jake var borta några dagar för att besöka Pips mor i Sydney. Sarah och Marcus diskuterade något med låga röster vid den öppna spisen, medan Kate var engagerad i ett livligt samtal med Zoe, som såg anmärkningsvärt pigg ut trots sin tidigare förutsägelse om en nära förestående kollaps på grund av jetlag.

"Allihop, det här är Ryan Wardell", presenterade Emma och kände sig märkligt formell i sitt eget hem. "Ryan, du har träffat Kate och Sarah. Det här är Marcus Webb, vår veterinär och Sarahs fästman, och hans syster Zoe, som precis anlände från England idag."

Ryan skakade hand med var och en av dem, hans sätt var avslappnat och självsäkert. "Trevligt att träffa er alla ordentligt. Marcus, jag tror vi pratade kort i telefon angående försäkringsärendet."

"Det gjorde vi", bekräftade Marcus. "Glad att se att vi hittar en mer vänskaplig lösning."

"Och Zoe", fortsatte Ryan och vände sig till henne med intresse. "Emma nämnde att du är specialist på hästars beteende?"

"Jag erkänner", svarade Zoe med sin karaktäristiska direkthet. "Avslutade precis min bedömning av er investering i eftermiddags, faktiskt."

"Min *potentiella* investering", rättade Ryan med ett leende. "Jag förstår att du har ett ganska gott rykte inom hästkretsar i Storbritannien."

"Allt är fullt förtjänt", skämtade Zoe, vilket fick alla att skratta och omedelbart värmde upp stämningen.

Sarah meddelade att middagen var klar, och de flyttade sig till matsalen där det stora träbordet var överfullt med mat. När de satte sig till bords hamnade Emma mittemot Ryan, med Zoe bredvid honom och Jemima bredvid sig. Samtalet flöt lätt medan tallrikar skickades runt och vin hälldes upp, och den inledande stelheten försvann i den bekväma rytmen av en familjemåltid.

”Så, Zoe”, sa Ryan efter att ha berömt Sarah för maten, ”vad är din professionella bedömning av Phoenix? Emma tror att han redan har gjort anmärkningsvärda framsteg.”

Emma spände sig något, osäker på hur Ryan skulle reagera på den tidslinje som Zoe hade skisserat tidigare. Men Zoe tvekade inte.

”Han är extraordinär”, konstaterade hon och tog för sig av mer potatis. ”Traumatiserad in i märgen, ja, men med den typen av naturlig atletisk förmåga som får professionella ryttare att dregla. Hans exteriör är skolboksexempel för hoppning, och av vad Emma har beskrivit om hans rymningsäventyr är hans naturliga kapacitet enorm.”

Ryan nickade tankfullt. ”Bara det faktum att han kan hoppa så höga hinder är imponerande, särskilt utan träning, eller hur?”

”Problemet”, fortsatte Zoe efter att ha nickat instämmande till hans fråga, ”är tidslinjen. Hans kropp bär på åratal av spänningar och trauman, och det går inte att säga exakt hur lång tid det kommer att ta att frigöra dem. Men potentialen ...” Hon tystnade, hennes ögon lyste av professionell entusiasm. ”Den allra högsta nivån inom sporten, potentiellt. När vi väl har löst hans problem.”

Emma iakttog Ryan noggrant och förväntade sig en affärsmans otålighet med en så obestämd investeringshorisont. Istället såg han genuint intresserad ut och ställde Zoe intelligenta frågor om Phoenix prognos och rehabiliteringsplan.

”Och vad exakt innebär den här Masterson-metoden?” frågade han och överraskade Emma med sitt engagemang.

Zoe inledde en förklaring, hennes händer rörde sig uttrycksfullt när hon beskrev kroppsterapitekniken. ”Det handlar om att lyssna på hästens reaktioner, att arbeta med nervsystemet snarare än emot det. Särskilt effektivt för hästar med djupt rotade trauman."

"Fascinerande", mumlade Ryan och han verkade genuint mena det. "Och detta är din specialitet?"

"En av dem", nickade Zoe. "Jag började ursprungligen studera konventionell veterinärmedicin, som Marcus, men fann att traditionella metoder var otillräckliga för fall med psykologiska trauman ... och jag var egentligen inte så intresserad av att arbeta med andra djur än hästar. Jag hoppade av efter mitt första år och började följa alternativa vägar."

Samtalet fortsatte och Ryan visade en oväntad öppenhet för koncept som Emma hade antagit skulle vara för esoteriska för hans företagsmentalitet. Hon fann sig själv revidera sitt första intryck av honom allt eftersom måltiden fortskred och lade märke till hans tankfulla frågor och genuina intresse för alla vid bordet. Till och med Jemima inkluderades, då Ryan frågade om hennes lektioner och lyssnade uppmärksamt på hennes ivriga beskrivningar av sina senaste framsteg.

Till slut, när Sarah serverade efterrätt, styrde Kate samtalet till den aktuella affären. "Så, Ryan, är du fortfarande intresserad av ett partnerskapsarrangemang för Phoenix, med tanke på vad Zoe har berättat för dig om tidslinjen?"

Ryan lade ner sin sked, hans uttryck blev mer affärsmässigt men inte ovänligt. "Faktiskt så är jag *mer* intresserad nu. Potentialen som Zoe beskriver gör det till en värdefull investering, även med den förlängda tidslinjen. Jag gjorde min research och jag förstår att hästar som når Grand Prix-nivå är värda minst ett sexsiffrigt belopp."

"Arrangemanget skulle vara enkelt", inflikade Marcus. "Du skulle ta fyrtionio procents ägande av Phoenix i utbyte mot att efterskänka halva Emmas skuld. Det minskar hennes månatliga betalningar till en mer hanterbar nivå samtidigt som du får en andel i vad som kan bli en mycket värdefull sporthäst. Och tills hennes skuld är betald, betalar du ingenting för Phoenix uppehälle; därefter debiteras du femtio procent av Ridgewaters normala stallhyra och kommer att vara ansvarig för hälften av alla tävlingsavgifter, veterinärräkningar och så vidare."

Ryan nickade bekvämt medan Marcus lade fram avtalet.

"Med ett förbehåll", lade Emma till och fann sin röst. "Phoenix välbefinnande kommer först i alla beslut. Om Zoe eller jag vid något tillfälle anser att han inte är redo för tävling eller träning, har det företräde framför alla ekonomiska överväganden. Det är därför vi säger 49 procent istället för 50; jag måste förbli majoritetsägare med sista ordet om hur vi går vidare."

Ryans blick mötte hennes över bordet, förvånansvärt varm. "Jag skulle inte vilja ha det på något annat sätt. Vänligen tro mig, jag förstår att min expertis är noll på det här området; jag kommer att överlåta alla beslut om Phoenix välbefinnande eller hans framtida tävlingsframsteg och den inblandade tidslinjen till dig. Det här handlar inte bara om ekonomisk avkastning för mig."

"Vad handlar det om då?" frågade Kate rakt på sak.

Ryan övervägde frågan, hans fingrar strök längs vinglasets fot. "Låt oss kalla det diversifiering av intressen. Golfklubben upptar det mesta av min tid, men jag har funnit mig själv ... intresserad av vad ni gör här. Rehabiliteringsarbetet, de andra chanserna." Han sneglade på Emma. "Det är fängslande."

Emma kände en rodnad sprida sig uppför halsen vid intensiteten i hans blick. Det fanns något i hans uttryck som hon inte riktigt kunde läsa, något ... mer än professionellt intresse?

"Jag tycker att det är ett rättvist arrangemang", sa Sarah, praktisk som alltid. "Phoenix får den rehabilitering han behöver, Emmas ekonomiska börda minskar, och Ryan får delägarskap i en häst med exceptionell potential."

”Då har vi ett avtal”, sa Ryan och sträckte ut sin hand över bordet till Emma. ”Partners?”

Emma tvekade bara ett kort ögonblick innan hon tog hans hand. Hans handflata var varm mot hennes, handslaget fast men inte överväldigande. ”Partners”, samtyckte hon och kände ett oväntat fladder i magen som inte hade något att göra med affärsarrangemang och allt att göra med hur Ryans ögonrynkor syntes lite i ögonvrårna när han log.

När konversationen övergick från de praktiska detaljerna i deras partnerskap, observerade Emma hur Ryan obesvärat pratade med Zoe om hennes erfarenheter med internationella tävlingshästar, charmade Sarah med frågor om familjens historia på Ridgewater, och fick Kate att skratta med en förvånansvärt torr observation om lokalpolitik. Han passade in i deras hem med en lätthet hon inte skulle ha förutsett, hans företagsfasad mjuknade i den varma familjära miljön.

Insikten att hon kanske hade dömt Ryan Wardell helt fel var både oroande och märkligt spännande.

Nattluften var sval när Emma följde Ryan till hans golfbil, gruset knastrade under deras fötter i rytmisk kontrapunkt till syrsornas kör. Bakom dem flödade det varma skenet från huset ut genom fönstren som honung, och med sig bar det det låga sorlet av röster och Jemimas enstaka skratt. Emma kramade armarna om sig mot den lätta kylan, akut medveten om Ryan bredvid henne, hans profil avtecknad i månskenet. Hon hade gått med på att bli hans affärspartner, men kände sig ändå märkligt orolig, som om marken under hennes fötter hade förskjutits subtilt men oåterkalleligt under middagen.

”Din familj är underbar”, sa Ryan och bröt den bekväma tystnaden. ”Jag förstår varför du är så fast besluten att skydda det ni har byggt upp här.”

”De kan vara lite mycket ibland”, svarade Emma med ett litet leende. ”Men ja, de är ganska speciella.”

”Och Zoe är en riktig karaktär”, tillade han.

Emma skrattade, även om ett plötsligt sting av svartsjuka vred sig i hennes mage. Zoe var också väldigt vacker och livlig trots sin jetlag; hon fångade enkelt hela rummets uppmärksamhet. ”Hon är verkligen unik. Marcus säger att hon alltid har varit sådan, ända sedan de var barn. Briljant men helt utan filter.”

De nådde golfbilen, dess polerade yta reflekterade månskenet. Ryan rörde sig inte omedelbart för att kliva i utan vände sig istället mot henne, med ett fundersamt uttryck.

”Tack för ikväll”, sa han. ”Inte bara för middagen, utan för partnerskapet. Jag vet att det inte var ett lätt beslut att dela Phoenix.”

Emma nickade, överraskad av hans insikt. Hon hade kämpat med idén att dela ägandet av en häst hon hade räddat, särskilt en så sårbar som Phoenix. Rehabilitering skapade djupa band, och hon behöll vanligtvis full kontroll över sina räddningars vård och träning tills hon kände att de var redo att flytta vidare till sina för-alltid-hem. Även då var hon noga med att matcha hästarna med rätt ryttare, för att ge dem förutsättningar för långsiktig framgång. Att dela dessa beslut, även med någon så uppenbart resonlig som Ryan visade sig vara, kändes som att ge upp en del av sin självständighet.

”Det är rätt beslut”, sa hon slutligen. ”Phoenix förtjänar den bästa möjliga chansen, och detta arrangemang ger honom det.”

Hon sneglade tillbaka mot huset och tänkte på Zoes bedömning och månaderna av specialiserad vård som låg framför dem. ”Dessutom börjar jag tro att jag fick den bättre delen av avtalet. Halva min skuld efterskänkt i utbyte mot att dela en häst som kanske aldrig blir tävlingsklar? Dina professorer på handelshögskolan skulle bli förskräckta."

Ryan log, och Emma slogs återigen av hur hela hans ansikte förvandlades när han gjorde det. Den allvarliga företagsmasken föll bort och avslöjade någon yngre, mer lättillgänglig. I det mjuka månskenet, med garden sänkt, var han förvirrande stilig.

"Kanske håller jag på att utveckla intressen bortom rena vinstmarginaler", sa han, hans röst lägre än tidigare. "Att se dig med Phoenix ... det är något fängslande med det arbete du gör. Tålamodet, förtroendet du bygger." Han tystnade och verkade söka efter ord. "Det skiljer sig från allt i min värld."

Emma kände ett fladder av något oväntat i bröstet. Hon hade så prydligt kategoriserat Ryan i sitt sinne: den stela affärsmannen, företagstypen som aldrig skulle förstå deras lantliga livsstil eller passionen som drev hennes rehabiliteringsarbete. Ändå stod han här och uttryckte genuin uppskattning för hennes tillvägagångssätt, engagerade sig eftertänksamt med hennes familj, visade intresse för Phoenix utöver hans potentiella ekonomiska värde.

"Jag dömde dig fel", erkände hon och överraskade sig själv med sin uppriktighet. "Jag antog att du skulle vara ... ja, mer ..."

"Företagsmässig? Stel? Besatt av golfbanans gräskvalitet?" föreslog Ryan, med en road ryckning i mungipan.

"Allt det ovanstående", erkände Emma med ett litet skratt. "Fast för att vara rättvis var du ganska fokuserad på gräset när vi först träffades."

"Phoenix hade just rivit upp det för flera tusen dollar", påpekade Ryan resonligt. "Men jag förstår varför du skulle göra de antagandena. Jag har tillbringat större delen av mitt vuxna liv i företagsmiljöer där slutresultatet är det som betyder något. Det här", gestikulerade han mot Ridgewater, "är något annorlunda. Det finns en äkthet här som jag finner ... uppfriskande."

Ordet hängde mellan dem, enkelt men på något sätt betydelsefullt. Emma fann sig själv studera hans ansikte och noterade uppriktigheten i hans ögon, den avslappnade hållningen i hans axlar som var så annorlunda från deras första möte. Den Ryan Wardell som hade kommit på middag ikväll var inte samma man som hade konfronterat henne om Phoenix förstörelse. Eller kanske var han det, och hon såg först nu bortom sina egna förutfattade meningar.

"Tja", sa hon, plötsligt medveten om hur länge de hade stått där, hur privat detta ögonblick kändes trots den öppna gårdsplanen, "jag är glad att du trivdes. Och jag ser fram emot vårt partnerskap."

Ryan tog ett halvt steg närmare, och Emma drog oförklarligt efter andan. Luften mellan dem verkade laddad med något onämnt, en ström av möjlighet som fick hennes hjärta att slå snabbare. Hans blick föll kort ner till hennes läppar innan den återvände till hennes ögon.

"Emma", sa han, hennes namn mjukt i nattluften.

Hon väntade, fullkomligt stilla, osäker på vad hon ville skulle hända men akut medveten om värmen som strålade från honom, den subtila doften av hans parfym, sättet hans närhet fick hennes hud att pirra av medvetenhet. För ett ögonblick verkade det som om han skulle luta sig in, skulle minska avståndet mellan dem. Emma fann sig själv inte rygga tillbaka, nyfiken på hur hans läppar skulle kännas mot hennes, hur hans händer skulle kännas på hennes midja.

Sedan tog Ryan ett steg tillbaka och ögonblicket brast som en såpbubbla. "Tack igen för middagen", sa han, hans röst återgick till sitt normala tonläge. "Jag låter min advokat upprätta partnerskapsavtalet imorgon. Enkla, raka villkor som vi diskuterade."

"Just det", nickade Emma och en oväntad våg av besvikelse sköljde genom henne. "Det låter bra."

Han klev in i golfbilen och fordonet surrade tyst till liv när han vred om nyckeln. "Jag kommer förbi med papperen senare i veckan, om det passar dig?"

"Perfekt", lyckades Emma få fram och lade armarna i kors mot en kyla som inte hade något att göra med den kalla nattluften. "Kör försiktigt."

Ryan log en gång till, ett kort, artigt uttryck så olikt den värme hon hade skymtat tidigare. "Godnatt, Emma."

Hon såg bilens ljus försvinna nerför uppfarten, hennes tankar i oordning. Vad hade just hänt? Eller snarare, vad hade nästan hänt? För ett ögonblick hade hon varit säker på att han skulle kyssa henne, hade funnit sig själv villig, till och med ivrig efter det. Insikten var oroande. Ryan Wardell var hennes nya affärspartner, ägaren till granntomten, mannen som höll halva hennes ekonomiska framtid i sina händer. Allt utöver ett professionellt förhållande skulle i bästa fall vara komplicerat, i värsta fall katastrofalt.

Och ändå, när hon stod ensam i månskenet och såg den sista glimten av hans bakljus försvinna runt kröken, kunde Emma inte förneka den kvardröjande känslan av en missad möjlighet. Hon tryckte fingrarna mot sina läppar, föreställde sig för ett flyktigt ögonblick vad som kunde ha varit, innan hon vände sig tillbaka mot hemmets varma ljus och bestämt intalade sig själv att denna märkliga attraktion helt enkelt var tacksamhet blandat med lättnad över att hennes ekonomiska börda hade lättat.

Även när hon tänkte det, visste hon att det inte var helt sant.

# Kapitel sju

RYAN RÄTTADE TILL SLIPSEN när han klev in i Ridgemonts bygdegård och slogs omedelbart av den ljudvägg som mötte honom. Den anspråkslösa lokalen var fullsatt till sista plats, med fällstolar arrangerade i täta rader och fyllda av bekymrade ansikten. Längs väggarna stod folk med armarna i kors och bister uppsyn. Det här var inte den artiga samlingen golfklubbsmedlemmar han vanligtvis talade inför; det här var ett samhälle som kämpade för sin framtid. En framtid som, började han inse, var sammanflätad med hans egen på sätt han inte hade förutsett när han köpte Ridgemonts golf- och countryklubb bara några veckor tidigare.

Han svepte med blicken över folksamlingen i jakt på ett bekant ansikte. Hans blick fastnade på en rad mitt i lokalen där Emma satt, flankerad av sina systrar Kate och Sarah. De hade huvudena tätt ihop i ett tyst samtal, med spända axlar under sina vardagskläder. Emma kramade en manilamapp i knät, och hennes fingrar strök upprepade gånger över dess kant i vad Ryan kände igen som en nervös gest.

Ryan hittade en tom plats mot den bakre väggen, lutade sig mot den och var nöjd med att observera för stunden. Han hade fått kallelsen till mötet med posten igår, ett enkelt flygblad som tillkännagav ett "informationsmöte för allmänheten" om förbifartsleden. Med tanke på vad Robert hade berättat för honom om de konkurrerande intressena hade han bestämt sig för att det kunde vara värdefullt att närvara. Den överraskande dragningskraft han kände till systrarna McKenzie, särskilt Emma, hade ingenting med det att göra. Det var åtminstone vad han intalade sig själv.

Den sorlande folksamlingen tystnade när en man i mörkgrå kostym närmade sig podiet. Han justerade mikrofonen, vilket orsakade ett litet tjut av rundgång, och hans min var en mask av byråkratisk neutralitet.

"God kväll. Jag heter Howard Jennings, regional planeringssamordnare för Vägverket." Hans röst hade den monotona kadens som hos någon som hållit liknande presentationer otaliga gånger. "Vi uppskattar er närvaro när vi delar med oss av verkets godkända planer för projektet Ridgemonts förbifart."

Ryan såg hur Emma rätade på sig i stolen och hur ryggraden blev stel. Kate lade en hand på sin systers arm, en liten gest av solidaritet.

Den första bilden dök upp på skärmen bakom Jennings och visade en karta över regionen med en tjock röd linje som skar rakt igenom välbekant terräng. Även från sin position kunde Ryan se att linjen skar rakt igenom Ridgewaters egendom.

"Efter en omfattande utredning har verket fastställt att den östra sträckningen utgör det enda genomförbara alternativet för förbifarten." Jennings klickade sig vidare till nästa bild, som visade en tidslinje där bygget skulle påbörjas om bara sex månader. "Denna sträckning erbjuder den mest direkta vägen med minimala störningar för kommersiella intressen, samtidigt som den uppfyller våra budgetramar och tidsplaner."

Kate fnös tyst, hörbart i den spända tystnaden.

"Processen för tvångsinlösen kommer att inledas nästa månad", fortsatte Jennings med en ton som antydde att detta bara var en teknisk detalj snarare än ett livsomvälvande tillkännagivande för de drabbade. "Rättvist marknadsvärde kommer att erbjudas alla fastighetsägare, och omlokaliseringsstöd finns tillgängligt via vår avdelning."

Ryan såg Emmas knogar vitna runt hennes mapp. Uttrycket "rättvist marknadsvärde" verkade håna de årtionden av historia som var inbäddade i Ridgewaters mark, det noggrant uppbyggda rehabiliteringsprogram som inte bara kunde flyttas som möbler.

"Våra studier visar på minimal miljöpåverkan, och de ekonomiska fördelarna för regionen kommer att vara betydande när projektet är slutfört." En annan bild visade prognoser om ökad turism och minskade restider. "Det västra alternativet övervägdes men avvisades på grund av terrängsvårigheter och förlängda tidsplaner."

Detta fångade Ryans uppmärksamhet. Den västra sträckningen skulle gå i utkanten av hans golfbanas ägor, vilket potentiellt skulle kunna öka dess värde avsevärt. Men av vad han hade snappat upp från fastighetsregister och lokala diskussioner var terrängen inte svårare än för det östra alternativet. Något stämde inte.

Jennings avslutade sin presentation med ett pliktskyldigt: "Vi öppnar nu för korta kommentarer från allmänheten, även om jag måste betona att planeringsfasen är avslutad. Detta möte är i första hand informativt."

Den avfärdande karaktären i hans avslutning framkallade en våg av missnöje bland åhörarna. En kö bildades snabbt vid mikrofonstället i mittgången. Emma reste sig från sin plats, med mappen tryckt mot bröstet, och ställde sig i kön, hennes hållning avslöjade både beslutsamhet och oro.

Ryan fann sig själv hålla andan när hon nådde mikrofonen och bredde ut sina anteckningar på den lilla hyllan framför sig. Hennes nötbruna ögon svepte kort över rummet innan de med tyst beslutsamhet fästes på Jennings.

"Jag heter Emma McKenzie och driver Ridgewater Horse Rescue." Hennes röst var stadig och professionell till en början. "Vår egendom har funnits i min familjs ägo i årtionden, men jag är inte här för att prata om historia eller sentimentalitet. Jag är här för att ta upp praktiska realiteter som er utredning har förbisett."

Hon sneglade ner på sina anteckningar, verkade sedan överge dem och talade istället med rå äkthet. "Ridgewater huserar för närvarande sjutton räddningshästar. Det här är inte bara sällskapsdjur." Hennes röst sprack en aning, men hon fortsatte. "De är levande varelser som återhämtar sig från allvarlig misshandel och vanvård. Att flytta dem är inte så enkelt som att lasta dem på en trailer."

Ryan lade märke till att Jennings kastade en blick på sin klocka, med en min som knappt dolde hans otålighet. Det nonchalanta avfärdandet tände något oväntat i Ryans bröst, en stöt av indignation för Emmas räkning.

"Våra mest traumatiserade räddningshästar kräver specifika miljöer med etablerade rutiner. Phoenix, till exempel, en av våra nyaste invånare, får panik vid ljudet av maskiner." En liten, ursäktande blick i Ryans riktning bekräftade deras gemensamma historia med Phoenix golfbaneäventyr. "Att flytta dessa djur utan en ordentlig övergångsperiod skulle omintetgöra år av rehabiliteringsarbete och potentiellt döma dem till avlivning om deras beteende blir ohanterligt igen."

Ordet hängde tungt i luften. Ryan såg flera åhörare skruva obekvämt på sig i stolarna. Emma fortsatte, hennes röst blev mer passionerad.

"Det västra sträckningsalternativet skulle bevara inte bara vår verksamhet utan även våtmarkerna på norra sidan av Ridgewatersjön, som er egen miljökonsekvensbeskrivning identifierat som ekologiskt betydelsefulla." Hon höll upp ett dokument som Ryan kände igen som en statlig rapport. "Denna rapport från Naturvårdsverket motsäger era påståenden om 'minimal miljöpåverkan' för den östra sträckningen. Varför togs inte detta i beaktande? Och var är den åtgärdsplan som krävdes innan det slutgiltiga beslutet kunde fattas? Jag såg inget omnämnande av den i er presentation."

Jennings min stramade till sig och irritation blixtrade till i hans ansikte över att bli utmanad med sin egen myndighets policy.

"Ridgewater är inte bara en gård", avslutade Emma, med en röst som nu var mjukare men ändå hördes tydligt genom det tysta rummet. "Det är en fristad för djur som samhället har förkastat, en plats för läkning och nya chanser. Vi ber om en ordentlig utredning av det västra alternativet, en som tar hänsyn till *alla* faktorer, inte bara byggtidsplaner, och som faktiskt tar itu med de mycket verkliga farhågor som har identifierats av samhället och av Naturvårdsverket."

När Emma återvände till sin plats lade Ryan märke till de subtila, stödjande nickningarna från de kringboende. Sarah klämde sin systers axel, och stoltheten lyste i hennes blick. Kate gjorde en liten tumme upp som fick Emmas läppar att krökas en aning trots situationens allvar.

Ryan fann sig själv iaktta Emma med ny uppskattning. Kvinnan som hade stått så lugnt framför en skrämd fullblodshäst trotsade nu byråkratin med samma tysta mod. Hennes argumentation hade varit logisk, saklig, grundad på fakta snarare än känslor, även om passionen bakom hennes ord var omisskännlig.

För första gången förstod Ryan verkligen vad som stod på spel för systrarna McKenzie, för Emma. Detta handlade inte bara om tomtgränser eller marknadsvärden. Det handlade om ett kall, ett syfte som gav mening åt Emmas liv. Tanken på att det skulle nonchalant sopas åt sidan av byråkratisk bekvämlighet föreföll honom vara fundamentalt fel på ett sätt som gick utöver affärsmässiga beräkningar.

När Jennings förberedde sig för att svara, rätade Ryan på sig från sin position mot väggen, medan hans hjärna snabbt sammanställde frågor och argument. Det här var inte hans kamp, egentligen inte. Och ändå hade det på något sätt blivit omöjligt att förbli en neutral observatör.

Howard Jennings harklade sig och rättade till slipsen med en gest som snarare antydde mild irritation än genuin oro. Han lutade sig mot mikrofonen, och hans röst antog en nedlåtande ton som ofrivilligt fick Ryans käke att spännas.

"Tack, Ms McKenzie, för era ... innerliga kommentarer." Jennings paus före "innerliga" förvandlade ordet till något avfärdande. "Även om vi sympatiserar med ägare av sällskapsdjur måste infrastrukturens behov prioriteras framför hobbylantbruk."

Ryan såg Emmas axlar spännas vid den avsiktliga felkarakteriseringen av hennes arbete. Termen "hobbylantbruk" skalade bort det professionella rehabiliteringsprogram hon hade beskrivit och reducerade det till ett frivolt tidsfördriv.

"Verket har genomfört grundliga utredningar av alla genomförbara alternativ", fortsatte Jennings med en ton som antydde att han talade till särskilt trögtänkta barn snarare än till oroliga medborgare. "Den östra sträckningen valdes utifrån omfattande kriterier, inklusive kostnadseffektivitet, tidsmässig genomförbarhet och minimala störningar för kommersiella företag."

Ett missnöjt sorl spred sig genom folkmassan. En äldre man nära fronten mumlade något som misstänkt liknade "byråkratiskt nonsens", tillräckligt högt för att nå dit Ryan stod.

"Även om vi uppskattar allmänhetens synpunkter", fortsatte Jennings, och hans nedlåtenhet var nu omisskännlig, "är planeringsfasen avslutad. Dessa möten är i första hand informativa, inte rådgivande. Den östra sträckningen har godkänts på högsta nivå."

Ryan kände hur något förändrades inom honom, ett växande tryck han kände igen från förhandlingar med höga insatser. Den välbekanta klarheten som föregick ett beslutsamt agerande. Det här var inte hans kamp. Han hade ingen personlig insats i Ridgewater utöver sitt försiktiga partnerskap med Emma över en enda häst. Den västra sträckningen skulle gynna honom ekonomiskt, ja, men det motiverade knappast ett offentligt ingripande som kunde stöta sig med regeringstjänstemän.

Ändå, när han såg Emmas ansikte och den kontrollerade min med vilken hon tog emot Jennings avfärdande, fann Ryan sig själv på väg mot mikrofonstället innan han helt och hållet hade bearbetat sitt beslut att göra det.

Han rättade till sin skräddarsydda kavaj när han intog sin plats, en vanemässig gest från otaliga presentationer för styrelser och investerare. Tyngden av Emmas blick följde honom, och överraskning syntes tydligt i hennes uttryck.

"Ryan Wardell, ägare av Ridgemonts golf- och countryklubb", konstaterade han med den avvägda auktoritet som odlats genom år i styrelserum. "Jag har flera frågor angående er utredningsmetodik."

Jennings blinkade, kände uppenbarligen igen Ryans namn och försökte omkalibrera sin strategi för någon han uppfattade som en jämlike snarare än en orolig lokalbo.

"Mr Wardell, välkommen." Hans ton blev märkbart varmare. "Självklart, även om, som jag nämnde, planeringsfasen är avslutad."

"Det är precis det som oroar mig", svarade Ryan och höll stadig ögonkontakt. "Som nybliven investerare i regionen har jag med viss noggrannhet granskat båda de föreslagna sträckningarna, inklusive de miljökonsekvensbeskrivningar som finns offentligt tillgängliga via er myndighets webbplats."

Ryan gjorde en paus och lät innebörden av att han hade gjort sin hemläxa sjunka in. "Det västra sträckningsalternativet verkar ha avfärdats utan samma grundliga utredning som tillämpats på det östra alternativet. Kan ni klargöra varför miljökonsekvensbeskrivningarna, som tydligt visar mindre störningar med det västra alternativet, inte gavs tillräcklig vikt i det slutgiltiga beslutet?"

Jennings bläddrade i papper på podiet, med fattningen en aning rubbad. "Alla faktorer vägdes samman, Mr Wardell. Miljöhänsynen vägdes upp av andra praktiska överväganden."

"Vilka specifika praktiska överväganden?" pressade Ryan på, hans ton förblev professionell även om hans frågor blev skarpare. "Kostnadsskillnaden mellan sträckningarna är försumbar enligt er egen myndighets preliminära budgetbedömningar. Tidsförlängningen för den västra sträckningen uppgår till cirka tre månader, knappast betydande för en infrastruktur som är tänkt att tjäna regionen i årtionden."

Några uppskattande mumlanden hördes från folkmassan. Ryan lade märke till att Emma lutade sig fram något, med sin fulla uppmärksamhet på honom, och en försiktig förhoppning syntes i hennes uttryck.

"Terrängsvårigheterna för den västra sträckningen skulle kräva ytterligare ingenjörslösningar", kontrade Jennings, även om säkerheten i tonen hade börjat vackla.

"Vilka ingenjörsmässiga utmaningar specifikt?" frågade Ryan omedelbart. "För de geologiska undersökningarna indikerar liknande marksammansättning och höjdvariationer längs båda sträckningarna. Om något så undviker den västra sträckningen de betydande problem med grundvattennivån som identifierats längs den östra korridoren."

Jennings ögon smalnade en aning. Denna nivå av teknisk utmaning hade han uppenbarligen inte förväntat sig på vad han hade trott skulle vara ett rutinmässigt informationsmöte med landsbygdsbor.

"Mr Wardell, detta är komplexa tekniska frågor som har granskats grundligt av vår ingenjörsavdelning. Jag har inte alla specifika detaljer till hands, men jag försäkrar er att alla faktorer har beaktats."

"Det är precis min farhåga", invände Ryan, vars företagsutbildning tillät honom att behålla en trevlig ton samtidigt som han pressade på med sin fördel. "Konsekvensanalysen för samhället för den östra sträckningen medger 'betydande störningar för jordbruksverksamheter' men avfärdar detta som ett 'nödvändigt offer för regional utveckling'. Ändå förekommer ingen motsvarande bedömning av samhällsnyttan med att bevara dessa verksamheter i er dokumentation."

Ryan gestikulerade mot Emma och hennes systrar. "Familjen McKenzies verksamhet är inte bara ett *hobbylantbruk*, som ni har karakteriserat det. Det är en specialiserad rehabiliteringsanläggning som tillhandahåller livsviktiga tjänster till ridsportvärlden i hela Queensland, och en internationellt erkänd avels- och träningsanläggning. Deras expertis kan inte bara flyttas utan betydande förluster för både djuren i deras vård och det bredare samhälle de tjänar."

Jennings min stramade till sig, den professionella fattningen ansträngd av denna oväntade utmaning. "Mr Wardell, även om vi uppskattar era synpunkter, har beslutsprocessen införlivat alla relevanta faktorer i enlighet med myndighetens riktlinjer."

"Då kanske riktlinjerna själva motiverar en granskning", föreslog Ryan smidigt. "Särskilt när de resulterar i beslut som verkar prioritera ospecificerade 'praktiska överväganden' framför dokumenterad miljöpåverkan, och förstörelsen av ett nationellt betydelsefullt företag utan tydlig och god anledning."

Han gjorde en paus och lät sina ord landa innan han framförde sin sista poäng. "Vad är det egentligen som driver denna forcerade tidsplan? Den ursprungliga projektschemat avsatte hela tolv månader för sträckningsutredning, men den fasen har förkortats utan offentlig förklaring. Som företagsägare som potentiellt påverkas av denna utveckling anser jag att samhället förtjänar transparens angående den påskyndade tidsplanen."

Jennings ansikte rodnade lätt, och hans fingrar hårdnade runt podiets kanter. Frågan hade träffat en öm punkt och bekräftade Ryans misstanke om att något utöver standardförfarandet påverkade beslutet.

"Verket har befogenhet att justera tidsplaner baserat på finansieringscykler och resursallokering", svarade Jennings, där det byråkratiska språket fungerade som en sköld. "Det påskyndade schemat återspeglar vårt åtagande att leverera projektet effektivt."

Ryan höll ögonkontakt; förhandlaren i honom kände igen en undanflykt när han hörde en. "Effektivitet är beundransvärt när det inte komprometterar en grundlig utredning. Det västra alternativet har inte fått motsvarande behandling trots att det uppvisar potentiellt överlägsna resultat enligt flera bedömningskriterier. Varför är det så?"

Den direkta frågan hängde obesvarad i luften. En spänning hade lagt sig över rummet, och publiken följde utbytet med växande intresse. Ryan fick en skymt av gillande nickningar från flera samhällsmedlemmar, inklusive en gråhårig man han kände igen som stadens borgmästare.

Emmas ögon var fortfarande fästa på honom, hennes uttryck en komplex blandning av överraskning och något som anmärkningsvärt liknade tacksamhet. Intensiteten i hennes blick sände en oväntad värme genom hans bröst, en känsla som var helt annorlunda än tillfredsställelsen av att utmanövrera en motståndare i en förhandling.

Jennings verkade alltmer obekväm, rättade till kragen och bläddrade i sina papper som om han letade efter ett förberett svar som inte fanns. Den tillfälliga sårbarheten i hans officiella fasad bekräftade vad Ryan hade misstänkt: beslutsprocessen hade komprometterats någonstans på vägen, och korrekta förfaranden hade kringgåtts.

"Det här är befogade frågor som förtjänar grundliga svar", avslutade Ryan, och hans röst hördes tydligt genom den nu tysta salen. "Jag tror att samhället skulle uppskatta möjligheten att granska en jämförande bedömning av båda sträckningarna, genomförd med motsvarande noggrannhet och transparens. Tills sådan dokumentation tillhandahålls förblir påståenden om att den östra sträckningen utgör det 'enda genomförbara alternativet' föga övertygande."

När Ryan klev tillbaka från mikrofonen spreds ett sorl av gillande genom folkmassan. Han hade inte höjt rösten eller kommit med känslomässiga appeller, men hans precisa frågor hade avslöjat luckorna i Jennings presentation mer effektivt än en passionerad protest hade kunnat göra.

Jennings klev fram från bakom podiet, hans professionella fernissa krackelerade under tyngden av Ryans frågor. Hans ögon smalnade när han pekade direkt på Ryan, en gest som var alldeles för aggressiv för vad som skulle vara ett civiliserat informationsmöte för allmänheten.

"Självklart förespråkar ni den västra sträckningen, Mr Wardell", fräste han och övergav helt sin byråkratiska ton. "Er golfbana skulle gynnas avsevärt av den dragningen. Bara fastighetsvärdesökningen skulle vara betydande när förbifarten är klar."

Anklagelsen hängde i luften, ett klumpigt försök att underminera Ryans trovärdighet genom att framställa hans frågor som egenintresse. Ryan kände snarare än såg hur publiken vände sig om för att bedöma hans reaktion, inklusive Emma, vars bekymrade blick han kunde känna utan att titta direkt på henne.

Ryan tog ett steg framåt igen och brydde sig inte om mikrofonen den här gången. Hans röst hördes tydligt, med ett tonläge av lugn auktoritet snarare än defensiv ilska.

"Min potentiella vinning ogiltigförklarar inte de legitima farhågor som dussintals samhällsmedlemmar har tagit upp", konstaterade han och bibehöll direkt ögonkontakt med Jennings. "Faktum är att det placerar mig i den ovanliga positionen att förstå både affärsintressen och samhällets välfärd."

Han gestikulerade mot folkmassan och inkluderade Emma och hennes systrar i svepet med sin hand. "Frågan förblir obesvarad, Mr Jennings. Varför denna vägran att korrekt utreda båda alternativen med motsvarande noggrannhet? Varför påskyndandet av en tidsplan som ursprungligen tillät mer grundlig medborgardialog?"

Ryan gjorde en paus och lät sina ord sjunka in i rummet. "Transparens tjänar allas intressen, inklusive er myndighets. Utan den framstår beslut i bästa fall som godtyckliga, i värsta fall som komprometterade."

Den beräknande naturen hos hans språkbruk lämnade inget utrymme för Jennings att avfärda honom som en känslosam samhällsmedlem. Detta var affärsspråk, ansvarsutkrävande språk, vokabulären från styrelserum och revisionsutskott.

Jennings svalde hörbart när han kämpade för att återfå fattningen. "Myndigheten står fast vid sin utredningsprocess. Alla ... alla synpunkter kommer att tas under övervägande." Standardfrasen föll platt i den spända tystnaden. "Detta möte har gett värdefull feedback från allmänheten som kommer att införlivas i vår pågående planering."

Ingen i rummet verkade övertygad av det ihåliga löftet. Borgmästaren reste sig från sin plats på första raden, hans väderbitna ansikte präglat av beslutsamhet.

"Jag anser att vi kan betrakta detta samråd som avslutat", meddelade han och ryckte därmed effektivt kontrollen från Jennings. "Kommunfullmäktige kommer att lämna in en formell begäran om granskning av utredningsprocessen, med särskild betoning på det västra sträckningsalternativet."

Enstaka applåder mötte hans ord. Jennings samlade ihop sitt presentationsmaterial med stela rörelser, hans tidigare självförtroende var fullständigt raserat. Mötet löstes upp i klungor av bekymrade invånare, rösterna höjdes i livliga diskussioner.

Ryan stod kvar där han var och observerade rummet med den analytiska blick han utvecklat genom år av företagsförvärv. Dynamiken höll på att förändras; Jennings auktoritet hade framgångsrikt utmanats, vilket skapade utrymme för samhället att organisera sig mer effektivt. Det var en liten seger, men potentiellt betydelsefull. Den första sprickan i vad som hade presenterats som ett oundvikligt resultat.

"Mr Wardell?"

Ryan vände sig om och möttes av en smal kvinna i femtioårsåldern som sträckte fram sin hand. "Dr Juliet Donovan, miljöforskare. Det där var ett ganska effektivt ingripande."

Ryan skakade hennes hand och lade märke till hennes fasta handslag och direkta blick. "Ryan Wardell. Även om jag misstänker att mina frågor bara bekräftade vad många här redan misstänkte: utredningsprocessen har komprometterats."

"Precis", instämde hon och gav honom ett visitkort. "Jag har arbetat med flera drabbade markägare för att bestrida den östra sträckningen. Er expertis skulle vara värdefull för vår insats, särskilt er förståelse för de finansiella aspekterna."

"Jag bidrar gärna", svarade Ryan och menade det uppriktigt. Han tog fram sitt eget kort och gav det till henne. "Den forcerade tidsplanen tyder på påtryckningar från någonstans. Att följa den tråden kan visa sig vara upplysande."

Andra samhällsmedlemmar närmade sig när dr Donovan gick vidare, var och en presenterade sig och uttryckte sin uppskattning för hans frågor. Ryan utbytte kontaktuppgifter med flera, inklusive ordföranden för den lokala handelskammaren och en pensionerad civilingenjör som hade arbetat med tidigare motorvägsprojekt.

Genom den rörliga folkmassan fick han skymtar av Emma som talade med olika invånare, med sina systrar som skyddande flankerade henne. Mappen hon hade kramat så nervöst tidigare var nu öppen, och dess innehåll granskades av ett äldre par som nickade med grav oro åt vad hon än visade dem.

Medan salen gradvis tömdes bläddrade Ryan igenom sina telefonkontakter och stannade vid ett namn han inte hade förväntat sig att använda så snart efter att ha lämnat Brisbane. Michael Harrington, biträdande direktör för regional infrastrukturplanering, hade varit en regelbunden medlem i Ryans lördagsfyrboll på Royal Queensland golfklubb, där Ryan varit medlem innan sin flytt. Deras samtal hade vanligtvis kretsat kring golfhandikapp och marknadstrender, men kontakten kunde visa sig användbar nu.

Ryan klev ut i den svala kvällsluften och rörde sig bort från de klungor av invånare som fortfarande diskuterade mötet. Samtalet kopplades fram på tredje signalen.

"Ryan Wardell", Michaels röst bar på överraskningen hos någon som får ett oväntat privatsamtal. "Har inte sett dig sen du rymde ut på landet. Hur går det med golfklubbsföretaget?"

"Klubben är utmärkt, och du måste komma upp på en runda snart", svarade Ryan och höll tonen ledig. "Men jag har hamnat i en intressant situation gällande projektet med Ridgemonts förbifart."

En kort tystnad följde, precis tillräckligt lång för att bekräfta Ryans misstanke om att Michael kände till projektet. "Ah, just det. Det är inte mitt direkta ansvarsområde, men jag är medveten om det. En ganska betydande utveckling för regionen."

"Verkligen", instämde Ryan. "Jag är nyfiken på den påskyndade tidsplanen för den östra sträckningen. Utredningsprocessen verkar ha blivit ganska dramatiskt förkortad."

En ny paus, längre den här gången. "Dessa projekt ställs ofta inför schemaläggningsjusteringar baserade på finansieringscykler", erbjöd Michael, och ekade Jennings tidigare förklaring nästan ordagrant.

"Självklart", medgav Ryan och höll tonen trevlig. "Även om i det här fallet verkar det västra sträckningsalternativet ha fått anmärkningsvärt lite utredning trots att det uppvisar potentiellt överlägsna resultat enligt flera kriterier."

Han kunde nästan höra Michael kalkylera sitt svar, väga professionell försiktighet mot deras etablerade relation.

”Jag skulle värdesätta dina insikter i frågan”, tillade Ryan och gav en öppning. ”Kanske över en middag nästa gång jag är i Brisbane? Jag räknar med att jag behöver besöka staden inom en vecka för några affärsärenden.”

Det underförstådda erbjudandet om diskretion fungerade som Ryan hade förväntat sig. ”Det skulle kunna vara ... upplysande”, medgav Michael. ”Det finns aspekter av Ridgemontprojektet som förtjänar noggrant övervägande. Jag ska kolla min kalender och skicka några förslag på tider.”

”Jag uppskattar det”, svarade Ryan med en känsla av tillfredsställelse när han avslutade samtalet. Michaels försiktiga svar bekräftade hans misstanke: något oegentligt pågick med förbifartsprojektet, något som kanske inte skulle tåla granskning på högre nivåer. Och de hade inte förväntat sig att någon med Ryans kontaktnät och tillgång skulle börja ställa frågor och göra motstånd.

Ryan vände sig tillbaka mot bygdegården, där Emma nu stod med sina systrar nära deras fordon. Hon såg trött ut men på något sätt lättare, som om mötets delade börda hade lättat hennes individuella last. När hon fick syn på honom förändrades något i hennes uttryck, en värme som gick utöver ren tacksamhet.

När han närmade sig dem insåg Ryan att hans inblandning hade passerat en gräns. Det handlade inte längre om att skydda en affärsinvestering eller upprätthålla goda relationer med grannar. Någonstans mellan att ha sett Phoenix rehabilitering och att ha hört Emma tala ikväll hade hennes kamp blivit viktig för honom på ett personligt plan.

Insikten borde ha oroat honom. Ryan Wardell, som hade byggt sin karriär på klarsynt bedömning av vinst och förlust, fann sig nu känslomässigt investerad i en samhällstvist utan garanterat resultat. Ändå, när han såg Emmas ansikte lysa upp när han närmade sig, kunde Ryan inte förmå sig att ångra sitt ingripande. Vissa värden gick utöver balansräkningar, vissa band betydde mer än beräknad avkastning.

Och när Emma tog ett steg fram för att hälsa på honom, med tacksamhet och något varmare i ögonen, erkände Ryan att hans investering i Ridgewaters öde hade blivit oupplösligt sammanlänkad med hans växande känslor för kvinnan som hade vigt sitt liv åt att hela det som gått sönder.

# Kapitel åtta

DE FÖRSTA TJOCKA REGNDROPPARNA smattrade mot köksfönstret när Emma såg upp från sin tekopp, och hennes blick drogs mot den purpurfärgade himlen bortom. Luften hade blivit tjock och tung under eftermiddagen, och barometern sjönk stadigt medan mörka moln tornade upp sig vid horisonten som blåmärken. Hon hade hållit ett öga på vädret hela dagen, orolig för hur Phoenix skulle reagera på sitt första riktiga åskoväder sedan han anlänt till Ridgewater.

"Jag borde se till Phoenix", sa hon och avbröt Sarah och Ryans livliga diskussion om kommunala stadgar och bygglov. De hade suttit hopkurade över kartor och dokument utspridda över köksbordet den senaste timmen och planerat strategin för kampen mot förbifarten, och Sarah hade redan bjudit in honom på middag. Den läckra doften av aprikoskyckling som spred sig i huset från långkokaren hade uppenbarligen påverkat Ryans omedelbara acceptans, men Emma tyckte sig se att hans blick vilade på henne när han sa att det skulle vara ett nöje.

Sarah nickade utan att se upp från sina anteckningar. "Ta en jacka. Den där fronten rör sig in snabbare än beräknat."

Emma drog på sig stövlarna och tog en vattentät jacka från kroken vid dörren. Luften utanför kändes elektriskt laddad och kittlade mot hennes hud när hon joggade mot Phoenix hage. I fjärran rullade ett lågt åskmuller över kullarna. Hon ökade takten, med en fladdrande oro i bröstet. Galopphästar hölls ofta i stall under stormar, och deras exponering för naturligt väder begränsades av deras kontrollerade miljö. För en häst med Phoenix bakgrund kunde detta vara hans första upplevelse av åska och blixtar i ett öppet utrymme sedan han var ett föl vid sin mammas sida.

Hon fick syn på honom i bortre änden av hagen, med höjt huvud och spetsade öron mot den mörknande himlen. Hans näsborrar vidgades för varje andetag och svansen piskade i upprörda bågar medan han gick fram och tillbaka längs staketet.

"Hej, snygging", ropade Emma mjukt och närmade sig så snabbt hon vågade. "Det är bara lite oväder. Inget att oroa sig för."

Phoenix vände sig mot hennes röst och tvekade. Under veckan sedan hennes partnerskapsavtal med Ryan hade slutförts hade han gjort anmärkningsvärda framsteg. Zoes specialiserade tekniker i kombination med Emmas tålmodiga hantering hade börjat förvandla det skrämda fullblodet. Han hade börjat hälsa på Emma vid grinden varje morgon, hade tillåtit rykt utan tvång, hade accepterat en sadel igår utan minsta tecken på obehag och låtit Emma skritta och trava med honom runt den inhägnade ridbanan. Han var redan oigenkännlig från den häst som nästan hade dödat en jockey på Ipswich-banan för mindre än två månader sedan.

En taggig blixt klöv himlen och lyste upp hagen i ett skarpt vitt ljus. Knappt en sekund senare small åskan rakt ovanför, ett ljud som om världen rämnade.

Phoenix skrek, ett högt, skräckslaget ljud som skar genom den annalkande stormen. Han stegrade sig, de kraftfulla frambenen sparkade i luften, innan han landade och rusade iväg över hagen i full galopp. Emmas hjärta gjorde en volt när han stormade rakt mot staketet.

”Phoenix, nej!” skrek hon, men hennes röst försvann i en annan åskknall.

Fullblodet väjde i sista stund och undvek med nöd och näppe att kollidera med staketstolpen. Han snurrade runt, med ögonvitorna lysande av panik, och skum samlades redan på hans hals trots den svala luften. En ny blixt fick honom att kasta sig åt motsatt håll och krascha genom vattenhon, vilket fick vatten att stänka över den leriga marken.

Emma sträckte sig efter mobilen och slog numret till Marcus samtidigt som hon höll blicken fäst på Phoenix vilda framfart runt hagen. Regnet började nu falla på allvar, och tjocka droppar övergick snabbt i vattenridåer som klistrade håret mot hennes ansikte och hals.

”Marcus”, sa hon när samtalet kopplades fram, och hon kunde knappt höra sin egen röst över stormen. ”Phoenix har panik i östra hagen. Jag behöver hjälp.”

Hon väntade inte på hans svar, utan stoppade tillbaka telefonen i fickan och rörde sig försiktigt in i hagen. En ny åskknall fick Phoenix att rusa förbi henne, så nära att hon kände vinddraget från hans framfart. Han sprang i blindo nu, och skräcken hade tagit över all den tillit de hade byggt upp. I det här tillståndet kunde han lätt krascha genom staket eller skada sig bortom all räddning.

”Phoenix”, ropade hon och försökte få sin röst att bära genom stormen. ”Lugn, pojken. Lugn.”

Regnet piskade mot hennes ansikte när hon rörde sig mot mitten av hagen och försökte placera sig där han kunde se henne. Blixten flammade till igen och förvandlade regndropparna till silvernålar, och i det tillfälliga ljuset såg hon Phoenix glida till ett stopp, med benen spjärnade medan han stirrade rakt på henne. Han stod stilla bara ett ögonblick innan åskan small igen och fick honom att på nytt fly i panik.

"Emma!"

Hon vände sig om och såg Ryan sprinta mot hagen, med Sarah flera steg bakom honom. Regnet hade blött igenom hans button down-skjorta och klistrat det dyra tyget mot hans bröst och axlar. Hans normalt perfekta hår var platt mot huvudet, och vatten forsade nerför hans ansikte.

"Håll dig borta!" skrek hon och viftade bort honom. "Han är farlig nu!"

Men Ryan klättrade redan genom staketribborna och hans stadsskor sjönk ner i den allt lerigare hagen. Sarah hade tack och lov vett att stanna kvar vid staketet, även om hon hade placerat sig vid grinden, redo att öppna den om det behövdes.

"Säg vad jag kan göra för att hjälpa", ropade Ryan och gick mot Emma med mer försiktighet än hon hade förväntat sig av någon med så lite hästerfarenhet.

"Jag måste få på honom en grimma", svarade Emma och höjde rösten över stormen, "men han är för rädd för att man ska kunna närma sig honom. Han måste fångas in innan han skadar sig."

En ny blixt avslöjade Phoenix som reste sig igen, hans silhuett avtecknad mot den stormiga himlen som någon uråldrig hästgud av kaos. När hans hovar slog i marken stänkte lera åt alla håll när han vände sig mot dem, med vilda ögon av skräck.

"Ryan, rör dig långsamt åt vänster", instruerade Emma och höll rösten stadig trots adrenalinet som pumpade i ådrorna. "Vi måste skapa en tratt mot grinden."

Ryan lydde utan att tveka, och vatten strömmade från hans genomblöta kläder när han placerade sig enligt hennes anvisningar. Emma slogs av hans tillit till hennes vägledning, av hans villighet att stå i en lerig hage under en våldsam storm för att hjälpa en häst han knappt kände. Det var långt ifrån den propra affärsman som hade konfronterat henne om skadad gräsmatta bara några veckor tidigare.

Phoenix rusade förbi dem igen, hans mörka päls nu blank av regn och svett, och hans andning hördes till och med genom stormen. Emma kunde se hans ben darra av ansträngning och rädsla, hans kropp som förrådde de framsteg de hade gjort.

"Han kommer att trötta ut sig", sa hon, mer till sig själv än till Ryan. "Eller värre."

Åskan dundrade igen, och Phoenix skrek som svar, ett ljud som skar genom Emmas hjärta som en kniv. Alla timmar av varsam hantering, allt det mödosamma återuppbyggandet av tillit, raserat på några ögonblick av uråldrig rädsla. Hon kände igen den känslan, mindes den från den dag hon upptäckte att hon var gravid som nittonåring, ensam och skräckslagen, med sin noggrant planerade framtid plötsligt osäker.

"Marcus är här!" ropade Sarah från grinden, och Emma vände sig om och såg veterinärens bil köra fram, med strålkastare som skar genom regnet.

Som om han kände av förstärkningen saktade Phoenix ner något, och hans panik gav vika för utmattning. Emma tog ett försiktigt steg mot honom, med utsträckt hand och en röst tonad i de lugnande klangfärger som hade börjat vinna hans förtroende.

"Det är lugnt, pojken", mumlade hon, även om orden var lika mycket menade för henne själv som för den skrämda hästen. "Vi klarar det här. Jag lovar."

Marcus hoppade över staketet, med en väska i ena handen, hans rörelser effektiva trots leran som sög tag i hans stövlar. Regnet klistrade hans mörka hår mot pannan när han snabbt bedömde situationen med professionell distans. "Hur länge har han varit så här?" ropade han över det avtagande dånet, med blicken fäst på Phoenix oberäkneliga rörelser över hagen.

"Ungefär tio minuter", svarade Emma, med en våg av lättnad vid synen av veterinären. "Den första åskknallen utlöste det. Han har rusat mot staketet upprepade gånger."

Marcus nickade och öppnade sin väska för att ta fram ett sprutfodral. "Jag har ett milt lugnande medel. Om vi kan tränga in honom på ett säkert sätt kan jag ge honom det. Då kan vi få in honom i skydd innan han skadar sig."

"Inget lugnande."

Rösten, förvånansvärt bestämd trots att den nästan dränktes av regnet, kom bakifrån. Emma vände sig om och såg Zoe komma gående genom grinden, hennes vanligtvis vilda lockar platta av skyfallet. Till skillnad från de andra verkade hon oberörd av stormen och rörde sig med ett målmedvetet lugn.

"Han är i fullständigt sympatiskt nervsystemövertag", fortsatte Zoe, med blicken fäst på Phoenix när hon närmade sig. "Lugnande medel kanske kuvar honom tillfälligt, men det kommer inte att ta itu med den psykologiska påverkan. Han kommer bara att förknippa stormar med en annan skrämmande upplevelse."

Marcus höjde på ögonbrynen men argumenterade inte emot. "Vad föreslår du?"

"Ge mig utrymme", sa Zoe, och hennes ton mjuknade när hon började röra sig mot mitten av hagen med långsamma, medvetna steg. "Stå bara stilla där ni är och försök se avslappnade ut. Han måste se att ni inte är hotade av det som skrämmer honom."

Emma tittade på, fascinerad, när Zoe förvandlades framför hennes ögon. Den pratglada, ibland överväldigande kvinnan som hade anlänt bara några dagar tidigare försvann och ersattes av en utövare som agerade med knivskarpt fokus. Zoes kroppspråk förändrades subtilt, hennes axlar slappnade av, hennes rörelser blev flytande och stillsamma trots situationens allvar.

Phoenix vände tvärt i bortre änden av hagen, med vidgade näsborrar och flämtande sidor. Ett nytt åskmuller, nu mer avlägset, fick honom att nervöst trava längs staketet, men hans tempo hade saktat ner från den tidigare blinda galoppen. Utmattning började dämpa hans panik.

"Phoenix", ropade Zoe, hennes röst i en rytmisk kadens som inte liknade hennes vanliga talröst. "Jag ser dig, vackra pojke. Jag ser din rädsla."

Hon stannade ungefär tio meter från fullblodet och vände sin kropp något bort från honom i en icke-konfrontativ hållning. Sedan, till Emmas förvåning, överdrev hon en gäspning och sträckte armarna över huvudet i en nästan teatralisk gest.

"Gäspningar signalerar avslappning för hästar", mumlade Emma till Ryan, som hade flyttat sig för att stå bredvid henne. "Det är en av de första sakerna hon visade mig med honom."

Phoenix öron vreds mot Zoe, hans uppmärksamhet fångad av hennes oväntade beteende. Han tog ett försiktigt steg mot henne.

"Just det", uppmuntrade Zoe, hennes röst behöll den hypnotiska rytmen. "Inget här kommer att skada dig. Himlen släpper bara på spänningar, precis som din kropp behöver göra."

Hon började en serie långsamma, flödande rörelser med armarna och överkroppen, som påminde om tai chi. För ett otränat öga kunde det ha verkat bisarrt, särskilt utfört i en lerig hage under ett åskväder.

"Hon är extraordinär", mumlade Ryan, hans röst färgad av genuin beundran. "Jag har aldrig sett något liknande."

Emma nickade, utan att ta blicken från scenen framför dem. "Det är därför Marcus ville ha hit henne. Hennes tillvägagångssätt är ovanligt men otroligt effektivt för fall som Phoenix."

Gradvis började Phoenix andning reglera sig. Hans huvud sänktes något, den vita ringen runt hans öga minskade medan Zoe fortsatte sin försiktiga approach. Hon rörde sig aldrig rakt mot honom, utan gled istället i sidled, och hennes rörelser skapade ett mönster som på något sätt drog hästen till sig istället för att förfölja honom.

Marcus stod vid staketet, med lugnande medel förberett men i reserv. "Masterson-metoden har betydande anekdotisk framgång", förklarade han tyst för Ryan. "Zoe är en av de främsta utövarna i världen. Det som kan se ut som mysticism är faktiskt noggrant kalibrerad kommunikation med hästens nervsystem."

Ett nytt avlägset åskmuller hördes, och Phoenix huvud ryckte till, men reaktionen var mindre extrem än tidigare. Zoe speglade omedelbart hans rörelse, höjde sin egen haka innan hon medvetet sänkte den igen och släppte spänningen från nacken i en överdriven rörelse.

Anmärkningsvärt nog kopierade Phoenix henne och sänkte sitt huvud igen. Han tog två steg mot henne, näsborrarna fladdrade när han kände hennes doft.

"Just det", mumlade Zoe. "Du kommer ihåg mig. Jag är ofarlig. Emma är ofarlig. Vi är alla trygga här."

Hon sträckte sig ner i fickan och tog fram något litet, som hon höll platt i handflatan. Den distinkta doften av lakrits spred sig över hagen när Phoenix kände igen doften av sin favoritgodis. Hans öron spetsades, hunger och nyfikenhet tog tillfälligt överhanden över rädslan.

Emma kände en våg av hopp när Phoenix närmade sig Zoe med försiktiga steg. Hon hade arbetat med traumatiserade hästar i flera år, men Zoes tekniker verkade på en kommunikationsnivå som hon fortfarande höll på att lära sig att nå.

"Nu, Emma", sa Zoe mjukt, utan att ta blicken från Phoenix när han finkänsligt tog godiset från hennes handflata. "Gå långsamt till min högra sida. Ta med grimman, men håll den naturligt vid din sida, inte som ett verktyg."

Emma lydde och rörde sig med de smidiga, tålmodiga steg hon hade lärt sig genom år av hantering av nervösa hästar. Regnet hade lättat till ett mjukt smatter, och det värsta av stormen rörde sig österut mot kusten. Phoenix sidor darrade fortfarande, men hans andning hade stabiliserats, och hans uppmärksamhet var nu delad mellan Zoes lugnande närvaro och Emmas välbekanta gestalt.

"Hej, vackra pojke", sa Emma och lät kärlek färga hennes röst när hon närmade sig. "Det där var en rejäl skrämsel, eller hur?"

Phoenix frustade mjukt och blåste varm luft från näsborrarna i vad som nästan verkade vara ett medgivande. Han lät Emma trä grimman över nosen och accepterade den välbekanta utrustningen med bara en lätt släng med huvudet.

"Låt oss ta honom till stallet", föreslog Marcus och stängde sin väska. "Den mellersta boxen är tom och har den där tjocka gummimattan. Det skulle vara det säkraste alternativet."

De rörde sig som en samordnad enhet, med Emma som ledde Phoenix och Zoe som gick bredvid dem, med en hand lätt vilande på hästens skuldra. Ryan och Marcus följde på ett respektfullt avstånd, redo att hjälpa till men noga med att inte tränga sig på det fortfarande känsliga fullblodet. Sarah hade redan försvunnit mot stallet för att förbereda boxen.

Stallets inre kändes nästan övernaturligt lugnt efter stormens kaos. Varmt gult ljus strömmade från takarmaturerna, och de välbekanta dofterna av hö och häst skapade en atmosfär av trygghet. Phoenix öron vippade fram och tillbaka när han bearbetade omgivningen, men han följde villigt med Emma in i den mellersta boxen där

Sarah redan hade hängt upp ett nytt nät med väldoftande hö som han kunde äta.

"Duktig pojke", mumlade Emma och tog av grimman när han var säkert inne. "Du är så duktig."

Zoe smög in i boxen bredvid henne och rörde sig mot Phoenix skuldra med ett otvunget självförtroende. "Jag ska börja med lite kroppsarbete nu", sa hon, och hennes händer rörde knappt vid hästens våta päls. "Han lagrar massiva spänningar genom nacken och halsen. Ser du hur han håller huvudet?"

Emma nickade och lade märke till den lilla vinkeln som avslöjade Phoenix kvardröjande ångest. "Vad kan jag göra?"

"Titta först", föreslog Zoe, hennes fingrar fann specifika punkter längs Phoenix hals. "Jag förklarar medan jag håller på. Det här handlar om att lyssna på hans kropp, hitta var han håller kvar rädslan och hjälpa honom att släppa den."

Medan Zoe påbörjade sitt metodiska arbete, hennes händer som tillsynes knappt rörde vid Phoenix men ändå framkallade synliga spänningssläpp, fann Emma sig själv absorbera varje rörelse, varje subtil teknik. Utanför fortsatte stormen sin resa österut, och åskan var nu ett avlägset muller, medan inne i stallet började en annan sorts läkning.

Köket var tyst förutom det enstaka plinkandet från regndroppar som föll från takfoten utanför; den våldsamma stormen hade gett vika för ett mjukt efterspel. Emma kupade händerna om sin tekopp och lät värmen sippra in i fingrarna som fortfarande var kalla efter timmarna i stallet med Phoenix. På andra sidan det ärrade träbordet satt Ryan på liknande sätt hopkrupen över sin egen ångande kopp, iklädd Marcus lånade huvtröja som hängde lite löst över hans axlar. Resten av hushållet hade sedan länge gått och lagt sig och lämnat dem ensamma i den gyllene ljuspoolen från den enda taklampan ovanför bordet, en liten ö av värme i det sovande huset.

"Hur smakar teet?" frågade Emma och bröt en tystnad som hade brett ut sig bekvämt mellan dem. "Sarah är ganska noggrann med sin samling av lösviktste."

Ryan tog en eftertänksam klunk. "Utmärkt. Även om jag generellt sett är mer av en kaffeperson."

"Jag lade märke till det", sa Emma med ett litet leende. "Tre koppar under din brainstorming med Sarah."

Han såg förvånad ut över att hon hade observerat denna detalj, och ett skimmer av glädje syntes i hans ansikte. "En gammal vana från mina företagsdagar. Maratonmöten i styrelserummet drivna av koffein och ambition."

"Låter utmattande", sa Emma och drog upp ett ben under sig på stolen, en ställning som skulle ha varit omöjlig i hennes genomblöta jeans timmar tidigare. Hon hade bytt om till mjuka flanellpyjamasbyxor och en oversized tröja efter deras sista kontroll av Phoenix, kläder som var lika välbekanta och bekväma som en gammal vän.

"Det var det", medgav Ryan, och hans fingrar följde kanten på hans mugg. "Även om jag inte insåg det då. Framgång har ett sätt att dölja utmattning, åtminstone tillfälligt."

Köksklockan tickade mjukt i bakgrunden och markerade den sena timmen. Nästan midnatt, men ingen av dem verkade benägen att avsluta samtalet. Något med stormen, med deras gemensamma upplevelse av att hjälpa Phoenix, hade förskjutit dynamiken mellan dem och skapat ett utrymme för ärlighet som inte hade funnits tidigare.

"Hur kom det sig att du fick Jemima?" frågade Ryan plötsligt, och såg sedan genast generad ut. "Förlåt, det är otroligt personligt. Du behöver inte svara."

Emma förvånade sig själv med att vilja det. "Nej, det är lugnt. Det är knappast någon hemlighet." Hon tog en klunk te och samlade sina tankar. "Jag var nitton, på mitt andra år av hästmanagementstudier på universitetet. Hade hela mitt liv planerat, steg för steg." Ett sorgset leende ryckte i hennes läppar. "Sedan uteblev mensen, och plötsligt flög alla de där noggranna planerna rakt ut genom fönstret."

Ryan lyssnade, hans uttryck fritt från dömande. "Och Jemimas pappa?"

"Stack till Perth veckan efter att jag berättade för honom. Har inte setts till sedan dess." Emma ryckte på axlarna och avfärdade en gammal smärta som sedan länge hade ärrat över. "Förmodligen bäst så, egentligen. Han var inte direkt pålitlig ens innan det."

"Det måste ha varit skrämmande", sa Ryan tyst. "Nitton år och plötsligt stå inför föräldraskap ensam."

Emma nickade, minnen från de första panikslagna dagarna dök upp, det positiva testet i darrande fingrar, framtiden hon hade föreställt sig som löstes upp framför hennes ögon. "Jag övervägde alla alternativ, tro mig. Men sedan gjorde jag det första ultraljudet, hörde hennes hjärtslag, och på något sätt visste jag bara att jag skulle hitta ett sätt att få det att fungera."

"Stöttade din familj dig?" frågade Ryan.

"Så småningom. Det var en del chock i början, en del besvikelse." Emma mindes sin fars chockade tystnad, sin mors tårar. "Men när Jemima kom var de helt med på noterna. Mina systrar var fantastiska från första dagen. Sarah ordnade ett studieschema så att jag kunde avsluta min examen med Jemima i släptåg. Kate tog nattmatningarna när jag hade tidiga morgontentor. Min bror Kit..."

Hon log åt minnet av Kit som gick fram och tillbaka i hallen med den lilla Jemima och sjöng falska vaggvisor medan Emma pluggade inför tentor. "Kit var i armén.

Han dog i Afghanistan, året efter att Jemima föddes, så hon minns honom inte. Pip och han hade inte varit gifta särskilt länge, men vi behöll henne, efteråt. Vi har alltid varit sådana, familjen McKenzie. Vi sluter leden när någon av oss har problem."

"Det är något speciellt", sa Ryan, med en antydan till vemod i rösten. "Mina familjerelationer var alltid mer ... transaktionella."

Emma lutade på huvudet och studerade honom i det varma ljuset. "Berätta om din familj. Jag har insett att jag nästan inte vet någonting om dig bortom den framgångsrika företagshistorien."

Ryans skratt hade lite humor. "Det beror på att det inte finns mycket mer att berätta. Son till en bankdirektör och en bolagsjurist. Internatskola från sju års ålder. Lov som liknade nätverksevenemang mer än familjetid." Han stirrade ner i sitt te som om den bärnstensfärgade vätskan kunde innehålla något han hade förlorat. "Jag följde den förväntade vägen. Universitet, MBA, snabb karriär. Ifrågasatte det aldrig riktigt förrän jag befann mig vid trettiofem, utmattad, framgångsrik enligt alla yttre mått, och helt tom inuti."

Den råa ärligheten i hans röst fann genklang hos Emma. Hon hade sett glimtar av företagsmasken han bar, men denna sårbarhet var ny, fängslande i sin äkthet.

"Vad förändrades?" frågade hon mjukt.

"En panikattack mitt under en presentation för styrelsen", erkände han med ett självföraktfullt leende. "Ganska dramatiskt, faktiskt. Ena minuten levererar jag kvartalsprognoser, nästa kippar jag efter andan, övertygad om att jag håller på att dö. Sjukhuset diagnostiserade utbrändhet och stress. Min läkare föreslog att jag skulle ta ledigt, omvärdera mina prioriteringar."

"Och det ledde till att du köpte en golfbana mitt ute i ingenstans?" frågade Emma och retades försiktigt.

Ryans leende blev varmare. "I huvudsak. Jag hade alltid gillat golf, rytmen i det, tystnaden. När möjligheten dök upp kändes det som ... jag vet inte, en chans att bygga något påtagligt istället för att bara flytta siffror i kalkylblad." Han tystnade och såg lite generad ut. "Det låter löjligt, eller hur? Stackars lilla rika pojke som har en medelålderskris."

"Inte alls", svarade Emma ärligt. "Vi behöver alla ett syfte. Något som betyder något bortom oss själva." Hon tänkte på Phoenix, på alla sina räddade djur, på känslan av meningsfullhet hon kände när en traumatiserad häst tog sina första steg mot läkning. "Att hitta vad det är för dig är inte löjligt. Det är nödvändigt."

Deras blickar möttes över bordet, och något outsagt passerade mellan dem. Trots alla deras uppenbara skillnader fanns det en överraskande symmetri i deras livsresor, en gemensam förståelse för liv som spårat ur och byggts upp igen.

"Tack för hjälpen idag", sa Emma och bröt ögonblicket innan det blev för intensivt. "Med Phoenix. Du tvekade inte, trots att du inte hade någon erfarenhet."

"Instinkt, antar jag", svarade Ryan. "Han behövde hjälp, du behövde hjälp. Reaktionen var ... automatisk."

Emma nickade och kände igen den enkla sanningen i hans ord. Han hade rusat ut i en storm utan att tveka. Trots sina företagskostymer och dyra vanor hade han mod, den sortens mod som kom djupt inifrån, som man antingen föddes med eller inte.

*En man jag skulle kunna lita på*, tänkte hon och försökte tränga undan tanken. Hon litade inte på någon annan än sig själv.

Klockan slog midnatt, och ljudet var överraskande i det tysta köket. Emma kände plötsligt tyngden av dagen pressa ner henne, och utmattningen hann ikapp henne i en våg. Hon försökte kväva en gäspning men misslyckades.

Ryan lade märke till det omedelbart. "Du är utmattad. Du borde gå och lägga dig."

Orden hängde i luften, oskyldiga men laddade med möjligheter. Emma mötte hans blick, och något våghalsigt steg inom henne när hon hörde sig själv fråga: "Är det en inbjudan?"

Ryans andning fastnade synligt, och förvåning och något varmare flimrade över hans drag. Köket verkade dra ihop sig runt dem, och utrymmet mellan deras kroppar laddades med en plötslig elektricitet som inte hade något att göra med den passerade stormen.

Under ett hjärtslag rörde sig ingen av dem. Sedan reste sig Ryan från sin stol och gick runt bordet med medvetna steg tills han stod bredvid henne. Emma lutade huvudet uppåt för att behålla ögonkontakten, och hennes hjärta bultade mot revbenen med oväntad kraft.

"Emma", sa han, hennes namn nästan en fråga när han sträckte ut handen, fingrarna svävade nära hennes kind utan att riktigt vidröra den, som om han sökte tillåtelse.

Hon svarade genom att resa sig och utplånade det sista avståndet mellan dem. Hans hand fick äntligen kontakt, handflatan varm mot hennes kind, tummen som lätt strök över hennes hud. Beröringen var trevande, vördnadsfull på ett sätt som fick hennes bröst att dra ihop sig av en känsla hon inte hade förväntat sig.

När deras läppar äntligen möttes kändes det som en kulmen snarare än en början. Mjukt först, en försiktig utforskning, innan den fördjupades med en gemensam hunger som överraskade dem båda. Emmas händer fann den lånade huvtröjan, och fingrarna kröktes in i det tjocka tyget när hon drog honom närmare. Hans armar slöt sig om hennes midja, stadiga och säkra, och förankrade henne medan köket verkade snurra runt dem.

Kyssen varade bara i några ögonblick, men rymde världar. När de skildes åt, båda lätt andfådda, vilade Ryan sin panna mot hennes och blundade som för att memorera ögonblicket.

"Jag har velat göra det sedan kvällen jag först kom på middag", erkände han med låg röst i det tysta köket.

Emma log, och hennes fingrar följde hans käklinje. "Det borde du ha gjort."

Han skrattade mjukt och öppnade ögonen för att möta hennes blick. "Jag var inte säker på om det var lämpligt. Affärspartners och allt det där."

"Jag tror vi lämnade 'bara affärer' bakom oss för ett bra tag sedan", svarade Emma. Attraktionen mellan dem var nu obestridlig, erkänd i värmen från hans händer som fortfarande vilade vid hennes midja, i sättet hennes kropp naturligt böjde sig mot hans.

Men när deras andning lugnade sig, passerade ett ömsesidigt erkännande mellan dem: detta var inte natten att ta saker längre. För mycket hade hänt, känslorna var på helspänn efter Phoenix kris, stormen, den sena timmen och de delade förtroendena.

"Jag borde gå", sa Ryan till slut. Han tog hennes hand och tryckte en kyss mot hennes knogar i en gest som kändes både gammaldags och helt rätt. "Godnatt, Emma."

"Godnatt", svarade hon och såg på när han klev ut på verandan, en kort silhuett i dörröppningen innan han försvann in i den tysta natten.

Ensam i köket rörde Emma vid sina läppar, fortfarande kännande avtrycket av hans kyss. Utanför föll de sista regndropparna från takrännorna, stormens energi var förbrukad, och lämnade efter sig en värld som var renskrubbad och redo för vad som än skulle komma härnäst.

# Kapitel nio

GRYNINGEN MÅLADE DEN ÖSTRA himlen i nyanser av rosa och guld när Emma gick mot stallet, med tankarna fortfarande på gårdagens kyss. Hon hade sovit oroligt, fångad mellan oron för Phoenix efter hans stormframkallade panik och den kvardröjande värmen från Ryans läppar mot hennes. Morgonluften bar på den nytvättade doften av regnvåt jord och allting glänste som om det nyss hade skapats. Hon skyndade på stegen när hon fick syn på rörelse i rundcorralen, förvånad över att Zoe redan var i arbete trots den tidiga timmen.

Phoenix stod i mitten av rundcorralen, med sänkt huvud men nervöst viftande öron, medan Zoe cirklade runt honom med lugna steg. Fullblodets mörka päls glänste i morgonljuset, men spänning strålade från hans kraftfulla kropp, och musklerna var synligt spända under huden.

”Du är uppe tidigt”, sa Emma mjukt när hon närmade sig staketet.

Zoe tittade upp med ett leende. ”Jag ville arbeta med honom medan stormens energi fortfarande är färsk i hans kroppsminne.” Hon vinkade in Emma i corralen. ”Kom in du också. Jag vill visa dig några av de här teknikerna ordentligt.”

Emma smet in genom grinden och var noga med att stänga den ordentligt efter sig. Phoenix följde hennes rörelse med blicken, hans näsborrar vidgades en aning när han kände hennes doft.

”God morgon, vackra pojke”, mumlade hon och lät honom lukta på hennes utsträckta hand innan hon lätt rörde vid hans hals. ”Hur mår du efter gårdagens äventyr?”

”Han håller en enorm spänning genom nacken och översta halskotan”, observerade Zoe, hennes fingrar rörde knappt vid området precis bakom Phoenix öron. ”Rädslereaktionen låser sig i dessa knutpunkter och skapar fysiska mönster som förstärker det känslomässiga traumat.”

Hon demonstrerade en fjäderlätt beröring längs hans nackkam. ”Masterson-metoden handlar om att lyssna snarare än att göra. De flesta kroppsbehandlingar påtvingar kroppen en förändring, men det här bjuder in kroppen att släppa taget på sina egna villkor.” Hennes fingrar svävade precis ovanför Phoenix hud. ”Känner du värmen här? Det är blockerad energi.”

Emma såg fascinerat på när Zoes fingertoppar dansade över specifika punkter på Phoenix huvud och hals med en så lätt beröring att den knappt tycktes vara där. Ändå var Phoenix reaktioner omisskännliga: ett subtilt fladder med ögonlocket, en ryckning i huden som om han skakade av sig en fluga, en knappt märkbar förändring i andningen.

”Nyckeln är att hålla sig under motståndsreaktionen”, förklarade Zoe med lugn och stadig röst. ”För mycket tryck och han kommer att trycka emot. För lite och ingenting händer. Du letar efter den där perfekta medelvägen där hans nervsystem känner igen inbjudan till förändring.”

Hon flyttade sig till Phoenix bog, och hennes hand följde en osynlig bana längs muskelfästena. ”Det här handlar inte om att tvinga fram avslappning, det handlar om att skapa förutsättningar där avslappning blir möjlig.”

Phoenix blinkade plötsligt flera gånger i snabb följd och gäspade sedan. Käken sträcktes ut i en överdriven rörelse innan hans huvud sänktes ytterligare.

”Där”, sa Zoe nöjt. ”Det är en frigörelse. Hans system börjar släppa taget.”

Emma lade märke till en rörelse i utkanten av sitt synfält och vände sig om och såg Ryan närma sig rundcorralen, mer vardagligt klädd än vanligt i jeans och en button down-skjorta med uppkavlade ärmar. Deras blickar möttes ett kort ögonblick och Emma kände ett fladder i magen som inte hade något att göra med Phoenix framsteg. Ryan gav henne ett litet leende men stannade utanför staketet, och förstod helt klart den känsliga naturen av det som pågick innanför.

”Försök du”, uppmanade Zoe och pekade Emma till Phoenix andra sida. ”Kom ihåg, mindre är mer. Lyssna med fingertopparna.”

Emma placerade sig vid Phoenix hals och speglade Zoes placering på den motsatta sidan. Hon lade försiktigt handen på hans päls och kände värmen från hans kropp och det subtila darrandet från musklerna under.

”Lättare”, instruerade Zoe. ”Nästan utan att röra vid honom alls. Föreställ dig att du håller en äggula i fingertopparna och du vill inte att den ska gå sönder. Så mycket tryck.”

Emma justerade sin beröring och koncentrerade sig så intensivt att hennes panna rynkades. Hon följde Zoes vägledning och rörde sin hand i små, nästan omärkliga cirklar över en punkt där muskeln kändes särskilt spänd.

”Där, precis där”, uppmuntrade Zoe när Phoenix ögonlock började fladdra. ”Stanna kvar där. Du ställer en fråga med din beröring, inte ett krav.”

Phoenix suckade, en djup utandning som verkade tömma hela hans kropp på luft. Hans underläpp hängde ner en aning och hans ögon mjuknade, hans ångest minskade synbart.

”Så ja”, mumlade Emma och förundrades över hästens reaktion på en så minimal insats. ”Du är fantastiskt duktig.”

De fortsatte att arbeta tillsammans, där Zoe tyst identifierade nyckelpunkter på Phoenix kropp samtidigt som hon förklarade sambanden mellan fysisk spänning och känslomässiga tillstånd. Emma tappade tidsuppfattningen, uppslukad av det subtila språket av beröring och respons. Phoenix förvandling skedde gradvis: hans huvud sänktes centimeter för centimeter, hans andning blev djupare, hans hållning ändrades från alert beredskap till bekväm vila.

Det som hände härnäst tog andan ur Emma. Phoenix förflyttade sin vikt och böjde ett framben något före det andra. Med en mjuk grymtning sänkte han sig ner på knä och rullade sedan över på sidan i sanden i rundcorralen. Hans ben sträcktes ut och med en sista djup suck slöt han ögonen helt.

”Herregud”, viskade Emma, och halsen snördes plötsligt ihop av känslor. ”Jag har bokstavligen aldrig sett en häst göra det förut.” Inte i rundcorralen, en plats som de flesta av dem förknippade med arbete. Det var sällsynt att hästar lade sig ner för att sova framför människor överhuvudtaget; det kunde ta månader för hennes före detta galopphästar att känna sig trygga nog på Ridgewater för att kunna lägga sig ner alls.

”Det här är enormt”, bekräftade Zoe, hennes egen röst tjock av känsla. ”Att en traumatiserad häst lägger sig ner öppet, särskilt en med hans bakgrund ... det här visar på ett djupt förtroende.”

Emma kände tårar stiga i ögonen, överväldigad av betydelsen av det hon bevittnade. Phoenix, som hade kommit till Ridgewater vild av rädsla och misstro, låg och sov fridfullt framför henne, hans massiva kropp avslappnad och sårbar. Barriärerna mellan dem hade upplösts, om än bara tillfälligt, och skapat en bro av tillit som verkade mirakulös efter hans skräck under stormen.

”Det här är bara början”, sa Zoe, lade en hand på Emmas armbåge och ledde henne försiktigt bakåt för att ge Phoenix utrymme. ”Han har mycket arbete framför sig, lager av trauma att frigöra. Men det här ...” Hon pekade mot den sovande hästen. ”Det här är ett massivt genombrott.”

Emma torkade bort en tår, för rörd för att känna sig självmedveten över sin känslomässiga reaktion. ”Tack”, sa hon enkelt, och orden var otillräckliga för den gåva Zoe hade gett både henne och Phoenix, och Zoe skrattade tyst och gav henne en kram.

”Tack *du*, för att du lät mig arbeta med honom. Han är speciell.”

Emma kastade en blick mot staketet där Ryan fortfarande stod och tittade på, med ett uttryck fullt av förundran. Han hade bevittnat något intimt och djupt, ett ögonblick av helande som översteg ord. Deras blickar möttes igen, och i det tysta utbytet kände Emma en fördjupning av den kontakt de hade påbörjat kvällen innan.

”Vi borde låta honom vila”, föreslog Zoe och rörde sig tyst mot grinden. ”Det är under sömnen som nervsystemet integrerar förändringar. Låt oss ge honom den här tiden.”

Emma nickade och följde Zoe ut ur rundcorralen med en sista blick på Phoenix fridfulla gestalt. När hon anslöt sig till Ryan utanför staketet snuddade deras händer vid varandra, kort och medvetet.

"Det där var otroligt", mumlade han.

"Det var det", instämde Emma, hennes röst fortfarande ostadig av känslor. "En början."

Om hon menade Phoenix resa eller deras egen förblev outsagt, och hängde i morgonluften mellan dem som själva möjligheten. Hon gav Ryan ett blygt leende. "Vad gör du här?"

"Jag känner för att vara aktiv." Han ryckte lite på axlarna och log snett. "Vanligtvis när jag känner så här skulle jag spela en golfrunda, men ... banan är stängd idag för installation av de nya sprinklersystemen, och jag kommer bara att vara i vägen om jag försöker hjälpa experterna. Så jag tänkte att jag skulle komma och störa dig istället. Se om jag kunde göra mig nyttig här."

Road lutade hon på huvudet och betraktade honom. Han hade bytt sin fina kostym mot ett par blåjeans och en svart t-shirt som avslöjade en överraskande imponerande rundning på bicepsmusklerna under de korta ärmarna. Han hade till och med vettiga vandringskängor på fötterna, istället för sina vanliga polerade loafers i skinn.

Allt såg helt nytt ut, och det ryckte i mungiporna på henne när hon undrade om han hade gått ut och köpt kläderna specifikt för detta, men ett erbjudande om hjälp tackade man aldrig nej till på en gård.

"Eftersom jag inte kan använda rundcorralen på ett tag", hon kastade en blick över axeln, fortfarande förvånad över att se Phoenix sova fridfullt där på sanden, "finns det en del av staketet som jag har tänkt ta itu med, och jag skulle definitivt kunna behöva ett par extra händer. Låt oss hämta min verktygslåda och lasta på virket vi behöver."

Några minuter senare stannade Emma sin pickup vid en skadad del av staketet. "Redo för din första lektion i staketreparation?" frågade hon och sträckte sig efter arbetshandskar bakom sätet.

”Så redo som jag någonsin kommer att bli”, svarade Ryan käckt. Han tog emot handskarna hon erbjöd och böjde fingrarna i det slitna lädret. ”Men jag borde varna dig, min byggerfarenhet är begränsad till att skriva under kontrakt för att andra ska utföra det faktiska byggandet.”

Emma skrattade, hoppade ner från pickupen och gick till flaket där de hade lastat verktygen och virket. ”Alla måste börja någonstans. Ta den där spaden, är du snäll?”

De lastade av materialet tillsammans, och Ryan följde hennes anvisningar med en villighet som värmde henne.

”Första regeln för staketbygge”, förklarade Emma och ställde sig bredvid den lutande stolpen, ”är att få grunden rätt. Den här stolpen är försvagad eftersom vatten har samlats vid basen och fått virket att ruttna.” Hon demonstrerade vobblingen med en lätt knuff. ”Jag var redan här nere med traktorn förra veckan och formade om marken så att vattnet inte ska samlas här igen, men stolpen måste bytas ut. Vi måste dra upp den gamla och sänka ner en ny stolpe, och se till att den är ordentligt packad innan vi fäster slanorna.”

Ryan nickade och såg noggrant på när hon använde sin skruvdragare för att skruva ur skruvarna som fäste de gamla slanorna. ”Verkar tillräckligt enkelt.”

”I teorin”, instämde Emma. ”I praktiken är det lite av en kamp mot elementen.”

Tillsammans drog de ut den gamla stolpen och Ryans ansikte visade äkta triumf när virket äntligen lossnade från jordens grepp. Emma visade honom hur man placerade den nya, längre stolpen, och satte den så djupt ner i det befintliga hålet som de kunde.

”Nu till den riktigt roliga delen”, sa hon och räckte honom en tung stolpdrivare i metall. ”Vi måste driva ner den nya stolpen djupt. Lyft och släpp, och hjälp till med lite muskler vid fallet.”

Hon var inte ledsen över att slippa göra det här ensam. Det var utmattande, svettigt arbete, och när de hade drivit ner stolpen tillräckligt djupt för att hon skulle bli nöjd och var redo att fästa slanorna var Ryans skjorta smutsig, hans jeans lerstänkta och hans noggrant stylade hår i oordning efter att han upprepade gånger hade dragit fingrarna genom det för att torka svett från pannan. Ändå märkte Emma en annan sorts energi hos honom, en avslappnad kvalitet i hans rörelser som inte hade funnits där tidigare.

"Dags för rast", meddelade hon och hämtade en liten kylväska från pickupen. "Det har du förtjänat."

De slog sig ner under de utbredda grenarna på ett eukalyptusträd, där den fläckiga skuggan erbjöd lindring från solens intensitet. Emma packade upp enkla smörgåsar inslagna i vaxpapper, vattenflaskor och två äpplen polerade till en glans. Ryan tog tacksamt emot maten och sjönk ner på gräset med en knappt undertryckt stön.

Han tog en lång klunk vatten och släppte ut en djup suck. "Ah, det var bättre. Jag är utsvulten också. Tack för smörgåsen."

"Det är bara vad jag snabbt kunde hitta i kylen", skyndade hon sig att säga.

Ryan tog en tugga, pausade och tuggade fundersamt. Han tog en klunk vatten till, tittade på smörgåsen i sin hand och sa: "Vad i *helvete* är det här?"

Emma svalde ett flin. "Skinka, ost och kryddig ananassylt."

"Den är otrolig. Ananas*sylt*?"

"*Kryddig* ananassylt", förtydligade hon. "Jag gör en söt version också, men den kryddiga är en fantastisk relish."

"Det kan man lugnt säga." Han tog en tugga till och tuggade med uppenbar njutning. "Jag antar att du inte har någon livsmedelslicens? Det här skulle vara ett fantastiskt tillbehör till klubbens ostbricka."

Hon skrattade. "Nej, och jag tvivlar på att vårt kök skulle uppfylla de kommersiella standarder som krävs för att få en licens heller. Men jag skulle kunna övertalas att dela receptet med din kock. I utbyte mot hjälp att göra klart det här staketet.”

”Deal.” Han log mot henne och rynkorna i ögonvrån fick honom att se ännu mer förödande stilig ut. Emma var tvungen att titta bort, eller göra något dumt som att försöka kyssa honom mitt under deras lunch.

”Jag har aldrig riktigt utfört kroppsarbete förut”, erkände Ryan och avslutade sin smörgås. ”Inte riktigt arbete, i alla fall. Jag hade ett sommarjobb på universitetet där jag hyllade böcker i biblioteket, men det kan knappast jämföras.”

Emma studerade honom och lade märke till den genuina tillfredsställelsen i hans uttryck trots hans uppenbara trötthet. ”Du har en naturlig talang”, sa hon, bara halvt på skämt. ”De flesta kostymnissar skulle ha gett upp efter första blåsan.”

Ryan böjde på händerna och undersökte de rodnande fläckarna i handflatorna. ”Det är annorlunda än vad jag är van vid”, erkände han. ”I slutet av en dag på kontoret finns det inget påtagligt att visa upp för dina ansträngningar. Bara skickade mejl, avklarade möten, fattade beslut som kanske inte bär frukt på månader eller år.” Han pekade mot den nyinstallerade stolpen. ”Det här ... det kan du se, röra vid. Veta omedelbart om du har gjort rätt eller fel.”

”Det är en del av det jag älskar med den här platsen”, sa Emma och blickade ut över de böljande hagarna som sträckte sig mot avlägsna kullar. ”Arbetet är omedelbart, nödvändigt. Resultaten synliga.”

Hon pekade mot olika delar av gränsen. ”Varje område kräver olika överväganden. Den del som ligger nära sjön måste vara högre eftersom unghästarna älskar att leka i vattnet under sommaren. Den östra gränsen behöver förstärkas eftersom den gränsar till en allmän väg.” Hon log. ”Och den här norra delen får extra uppmärksamhet eftersom det är där vi vanligtvis släpper ut våra senaste räddningar, de som kanske testar gränserna. Fast Phoenix är den enda som någonsin har hoppat ut från egendomen, på över fyrtio år!"

Ryan lyssnade med genuint intresse och ställde eftertänksamma frågor om gårdens layout och de olika hästarnas specifika behov. Medan de avslutade sin lunch fann Emma sig själv förklara mer om strukturen för sin räddningsverksamhet, nätverket av supportrar som hjälpte till att finansiera deras arbete och utmaningarna med att rehabilitera hästar som galoppindustrin hade kasserat.

"Det handlar inte bara om Phoenix", förklarade hon, förvånad över hur lätt hon delade med sig av detaljer hon vanligtvis höll för sig själv. "Varje häst som kommer hit har en annan historia, ett annat trauma. Vissa har fysiska skador, andra psykiska. Många har båda."

"Hur bestämmer du vilka du ska ta in?" frågade Ryan. "Det måste finnas fler hästar som behöver hjälp än vad du kan ta emot."

Frågan rörde vid något som ofta höll Emma vaken om nätterna. "Det är den svåraste delen", erkände hon. "Vi har begränsat utrymme, begränsade resurser, och jag vet att jag inte kan rädda alla. Det är grymt att försöka, med de som har för stora fysiska skador, och jag måste acceptera att det finns hästar som jag inte kan hjälpa. Istället försöker jag fokusera på de som skulle kunna återhämta sig fysiskt, men som är på väg till slakt eftersom de anses vara för svåra eller farliga." Hon tänkte på Phoenix, på hans vilda ögon den dagen hon först såg honom på Laidley Sales. "Ibland är det bara instinkt. Jag tittar på dem och ... vet."

Ryan nickade långsamt. "Jag tror att jag förstår. Det är som när jag såg Ridgemont för första gången, det sa bara klick. Jag visste att det var där jag skulle vara, även om det inte fanns någon logik i att överge min karriär och köpa en golfbana."

Parallellen överraskade Emma och skapade en oväntad bro mellan deras till synes olika världar. "Precis", sa hon mjukt. "Vissa beslut kan inte motiveras med kalkylblad.

Men ... jag har haft fel." Hon log sorgset. "Jag önskar att jag hade röntgensyn, om jag ska vara ärlig! Det är svårt att ta in en treåring och senare upptäcka att han redan har så mycket artros i hasorna att han inte ens kan leva ett bekvämt liv i hagen."

"Det måste vara tufft", sa Ryan medkännande.

"Det är det." Hon pekade upp mot kullarna bortom sjön. "Men jag skickar dem ändå inte till slakt. Vi har vår egen lilla kyrkogård, där uppe. Pappas OS-sto Lady var den första hästen som begravdes där. Jag tycker om att tänka att hon välkomnar alla dem jag inte kan rädda."

De packade ihop resterna av lunchen och återgick till arbetet med att fästa de nya slanorna i den säkra stolpen. Ryan tog sig an uppgiften med förnyad energi och hanterade Emmas borrmaskin och de långa skruvarna med överraskande fingerfärdighet medan hon höll slanorna på plats. De arbetade bra tillsammans och fann ett okomplicerat samarbete som krävde få ord.

När den sista slanan var säkrad räckte Emma penseln till Ryan medan hon försiktigt bände av locket på den giftfria skyddande träoljan. "Sista steget", sa hon. "Inte ett för tjockt lager."

"Hur länge kommer det att hålla?" frågade Ryan och doppade penseln.

"Oljan? Vi försöker gå runt hela egendomen årligen. Staketet i sig borde ge oss minst tio år, om inte mer. Det här är röd eukalyptus, ett hårdträ. Det finns gott om stolpar och slanor här som mamma och pappa installerade innan jag föddes, och de håller fortfarande."

Ytterligare en halvtimme senare var de klara och tog ett steg tillbaka för att beundra sitt hantverk. Den reparerade sektionen stod stadig och rak och smälte nästan sömlöst in i den omgivande staketlinjen.

"Inte illa för ditt första försök", sa Emma, imponerad av precisionen i hans arbete trots hans oerfarenhet.

Ryan stod tyst ett ögonblick och studerade staketet med ett uttryck som antydde att han såg något bortom virket och skruvarna. "Tack", sa han slutligen. "För att du lärde mig."

Den enkla uppriktigheten i hans röst överrumplade Emma. Det fanns något i hans ton som antydde att han menade mer än bara staketreparation, att han kanske tackade henne för denna inblick i en värld där arbete lämnade synliga spår, där ansträngningar fick omedelbara konsekvenser, där värde inte mättes i pengar utan i styrka och hållbarhet.

"När som helst", svarade hon och menade det. "Vi har alltid något som behöver lagas här."

Eftermiddagssolen föll snett över rundcorralen när Emma ledde ett fuxsto genom grinden, med Ryan följande på försiktiga steg. Efter att ha avslutat reparationen av staketet hade de återvänt och funnit att Phoenix hade vaknat men fortfarande såg helt avslappnad ut. Emma släppte ut honom i hagen där han lugnt började beta.

Eftersom Ryan inte verkade särskilt benägen att ge sig av hade Emma föreslagit att han kanske ville lära sig lite grundläggande hästhantering. "Det här är Shona", förklarade Emma och strök stoets blanka hals. "Hon är en av våra utsedda läromästare för vuxna nybörjare. Tålmodig som en ängel och förlåter alla misstag." Stoets mjuka bruna ögon betraktade Ryan med mild nyfikenhet, öronen spetsade framåt som om hon ställde en fråga som bara hästar kunde förstå.

"Hon är vacker", sa Ryan och höll sig på respektfullt avstånd. Hans kläder bar fortfarande spår av deras staketarbete, smutsfläckar på hans en gång fläckfria skjorta, men han verkade obekymrad över sitt utseende. "Hur gammal är hon?"

"Arton", svarade Emma och lät handen löpa längs Shonas släta päls. "Hon är en av Legends döttrar men hade inte riktigt det som krävdes för att bli en hopphäst på toppnivå, och även om hon har gett oss några fina föl börjar hon bli lite för gammal för det nu. Inget trauma i hennes bakgrund, bara ett gott liv hos oss och massor av erfarenhet av att lära människor hur man uppför sig ordentligt runt hästar."

Emma tog av Shonas grimma och lät stoet stå fritt i rundcorralen. "Första lektionen: närma sig och sätta på grimman. Hästar är bytesdjur, så hur du rör dig runt dem spelar roll. Närma dig aldrig rakt bakifrån, och försök att hålla dig där de kan se dig tydligt."

Hon demonstrerade genom att gå mot Shonas bog i en vinkel, hennes rörelser var flytande och målmedvetna. "Självförtroende utan aggression är vad du siktar på. Om du smyger dig på dem som om du är rädd blir de misstänksamma. Om du marscherar fram aggressivt blir de defensiva."

Ryan nickade och såg uppmärksamt på när Emma höll upp grimman och visade honom dess konstruktion. "Grimman sätts på så här", fortsatte hon och trädde den smidigt över Shonas nos, drog remmen bakom hennes öron och spände fast den på sidan av hennes huvud. "Sedan av igen." Hon gjorde om processen med omedveten lätthet. "Din tur."

Hon räckte grimman till Ryan, som tog emot den med den allvarliga koncentrationen hos en student som var fast besluten att utmärka sig. Han närmade sig Shona på ungefär samma sätt som Emma hade gjort, men hans rörelser var stelare, hans axlar spända av ansträngningen att verka avslappnad. Stoet kände omedelbart av hans nervositet och tog ett litet steg åt sidan när han sträckte sig efter henne.

”Hon flyttade på sig”, sa Ryan och stelnade till.

”Hon reagerar på din energi”, förklarade Emma mjukt. ”Ta ett djupt andetag. Hästar är speglar, de reflekterar vad du känner. Om du är nervös blir de nervösa.”

Ryan andades in långsamt och slappnade medvetet av i axlarna. Han försökte igen, rörde sig mer naturligt den här gången, men när han lyfte grimman mot Shonas huvud kastade stoet lätt med huvudet och tog ytterligare ett steg åt sidan.

Emma ställde sig bredvid honom, hennes hand täckte hans på grimman. ”Så här”, sa hon mjukt och vägledde hans rörelser. Värmen från hennes fingrar mot hans sände en ilning av medvetenhet genom henne som inte hade något med hästhantering att göra. ”Fint men självsäkert. Hon behöver känna att du vet vad du gör, även om du inte gör det.”

Tillsammans trädde de grimman över Shonas nos, medan Emmas händer skuggade Ryans när han fumlade lite med spännet. ”Perfekt”, uppmuntrade hon när han slutförde uppgiften. ”Försök nu på egen hand.”

Ryan tog av grimman som instruerat och närmade sig sedan för ett nytt försök. Den här gången var hans rörelser mer naturliga, hans självförtroende växte. Shona stod tyst och accepterade grimman med stillsamt tålamod.

”Bra gjort”, sa Emma med äkta glädje i rösten. ”Nästa steg: rykta. Det handlar inte bara om att göra hästen ren, det handlar om att bygga förtroende och kontrollera eventuella problem.”

Hon visade honom hur man använde varje borste i tur och ordning och förklarade syftet med ryktskrapa, kroppsborste och hovkrats. Ryans inledande trevande drag övergick gradvis till mer självsäkra rörelser när han fann en rytm i den repetitiva uppgiften. Shona lutade sig mot hans borsttag med uppenbar njutning, hennes ögonlock sjönk ner en aning av välbehag.

"Hon gillar det", observerade Ryan, med överraskning och glädje i sitt uttryck.

"Du hittar rätt tryck", bekräftade Emma. "Inte för hårt, inte för mjukt. Hästar uppskattar konsekvens och tydlighet."

Ryan fortsatte att rykta och hans inledande stelhet smälte bort när han fokuserade på uppgiften. Emma såg förvandlingen med tyst tillfredsställelse och noterade hur hans andning hade synkroniserats med Shonas, hur hans rörelser hade antagit det lugna tempo som hästar svarade bäst på. För någon som hade tillbringat sin karriär i högpressade företagsmiljöer visade Ryan en överraskande förmåga för denna typ av tålmodig, närvarande arbete.

"Mamma! Mr Wardell!"

Jemimas röst ekade över gårdsplanen när hon studsade fram mot dem, den blonda hästsvansen hoppade med varje steg. Sarah följde efter i ett lugnare tempo, med nycklarna klingande i handen.

"Skolhämtning avklarad", meddelade Sarah. "Och någon kunde knappt hålla tillbaka sin entusiasm när hon fick syn på Ryans golfbil." Hon höjde på ögonbrynen mot Emma med en menande blick som fick Emma att rodna lätt.

Jemima klättrade upp på den nedersta slanan på staketet och granskade Ryans ryktningsansträngningar med kritisk blick. "Du gör fel", meddelade hon med åttaårig självsäkerhet. "Du måste gå medhårs, inte mothårs."

"Jemima", började Emma, men Ryan skrattade godmodigt.

"Tack för rättelsen", sa han allvarligt. "Så här?" Han justerade sin teknik enligt Jemimas instruktion.

"Bättre", godkände hon, sedan lyste hennes ögon upp av en plötslig inspiration. "Ska du rida på henne? Jag skulle kunna lära dig! Jag är jättebra på att lära nybörjare. Jag hjälpte till på ridlägret förra sommaren."

Sarah hostade och dolde dåligt ett skratt. "Jag lämnar er åt det", sa hon och drog sig tillbaka mot huset. "Middag halv sju, om du stannar, Ryan?"

Han sneglade på Emma, en fråga i blicken. Hon nickade med ett litet leende och han vände sig tillbaka till Sarah. "Gärna det, tack."

"Toppen!" utbrast Jemima och rusade redan mot sadelkammaren. "Jag hämtar Shonas sadel och träns."

Innan Emma kunde ingripa hade hennes dotter utnämnt sig själv till Ryans officiella ridlärare och återvände ögonblick senare kämpande under vikten av en välanvänd sadel. Emma hjälpte henne att placera den på Shonas rygg och förklarade processen för Ryan medan de arbetade.

"Är du säker på det här?" frågade Emma honom tyst. "Ingen förväntar sig att du ska rida första dagen du hanterar hästar. Hon trodde att du sa ja till att rida, inte till middag!"

"Jag är på om du tror att jag inte kommer att skada din häst", svarade han med en antydan till sitt vanliga självförtroende. "Fast jag misstänker att jag snart kommer att bli grundligt ödmjukad av din dotter."

"Då hämtar jag en hjälm åt dig." Hon log brett mot honom. "Ingen rider utan hjälm på Ridgewater. Försäkringsansvar."

Tjugo minuter senare befann sig Ryan i det lilla ridhuset, sittande något osäkert på Shonas rygg medan Jemima gav en ständig ström av direktiv från marken.

"Hälarna ner! Rak i ryggen! Du studsar för mycket!" ropade hon när Shona travade runt ridhusets omkrets. "Du måste resa dig upp och ner i hennes rytm, inte mot den!"

Ryan försökte följa instruktionerna, ansiktet ett under av koncentration när han försökte samordna okända muskelrörelser. Varje gång han började hitta rytmen tappade han den igen, kroppen stelnade när han övertänkte processen.

”Slappna av i ländryggen”, föreslog Emma från sin position vid ridhusstaketet. ”Låt din kropp röra sig med henne, kämpa inte emot.”

”Lättare sagt än gjort”, muttrade Ryan och grimaserade när ett särskilt okoordinerat ögonblick fick honom att studsa klumpigt i sadeln.

Jemima var obeveklig men uppmuntrande. ”Du blir bättre!” insisterade hon efter varje varv. ”En gång till runt. Du hade den nästan den gången!”

När de var färdiga hade Ryan lyckats med några ögonblick av korrekt lättridning i traven, vilket gav honom entusiastiska applåder från Jemima. Han satt av med överdriven försiktighet, benen något ostadiga när de åter anpassade sig till fast mark.

”Ingen dålig första lektion”, sa Emma när de ledde Shona tillbaka till stallet. ”De flesta nybörjare försöker inte trava första dagen.”

”De flesta nybörjare har inte Jemima som instruktör”, svarade Ryan och gned sig över ländryggen med ett sorgset leende. ”Jag är ganska säker på att jag kommer att känna av det här imorgon.”

”Antagligen i muskler du inte visste fanns”, instämde Emma. ”Men du klarade dig bra. Shona godkände det, och hon är en kräsen kritiker.”

De sadlade av stoet tillsammans, med Ryan som följde Emmas instruktioner för korrekt skötsel av utrustningen. Jemima demonstrerade hur man matar Shona med morotsbitar som belöning, hennes små händer självsäkra när hon höll grönsaken platt i handflatan. Ryan kopierade tekniken, hans ansikte lyste upp av enkel glädje när stoets mjuka läppar kittlade hans hand.

Middagen passerade i ett virrvarr av samtal och skratt, hela hushållet samlat runt det långa köksbordet. Ryan passade in i familjedynamiken med överraskande lätthet.

Emma fann sig själv iakttagande honom, lade märke till de avslappnade axlarna, så annorlunda från den spända affärsmannen som hade konfronterat henne om Phoenix förstörelse av hans egendom.

Efter måltiden, när Emma nämnde att det var hennes tur att ta den sista rundan för att se till hästarna, erbjöd sig Ryan att följa med.

”Får jag också följa med, mamma?” frågade Jemima ivrigt.

”Absolut inte”, sa Sarah bestämt, ”det enda som är rent på dig är händerna, lilla fröken, och jag är inte ens säker på hur det är under naglarna. Duscha, nu direkt.”

Emma kastade en tacksam blick på Sarah och fick ett leende tillbaka. Hennes äldsta syster hade en ganska bra aning om hur Emma började känna för Ryan, misstänkte hon, och skulle göra vad hon kunde för att ge dem tid att reda ut saker och ting utan att Jemima ”hjälpte till”.

Hon gick i bekväm tystnad bredvid Ryan genom mörkret, och de välbekanta nattljuden på Ridgewater omslöt dem: hästar som rörde sig i sina hagar, grodor som kväkte från bäcken, det avlägsna hoandet från en uggla som jagade över fälten.

De fullbordade rundan i stallet och hagarna, och såg till att vattenkaren var fulla och grindarna säkert låsta. När de vände tillbaka mot huset stannade Ryan, hans blick drogs uppåt mot natthimlen där stjärnor strödde ut sig över mörkret i otaliga knappnålsstick av ljus.

”Stjärnorna är otroliga här”, sa han mjukt. ”Man ser dem knappt i staden.”

Emma stod bredvid honom och följde hans blick till de välbekanta stjärnbilderna som hade vakat över Ridgewater i generationer. ”Det är lätt att glömma att titta upp när man har fullt upp”, erbjöd hon. ”Till och med här blir jag ibland så uppslukad av vardagsproblem att jag missar det här.”

Ryan tog ett djupt andetag av den svala nattluften, doftande av eukalyptus och det söta gräset i hagarna. "Jag har inte känt mig så här ... fridfull ... på flera år", erkände han, hans röst tyst i mörkret. "Kanske aldrig någonsin."

Det enkla erkännandet rörde vid något djupt i Emmas bröst. Hon tänkte på den företagsvärld han hade beskrivit, den ändlösa jakten på framgång som nästan hade knäckt honom, modet det hade krävt att lämna allt välbekant.

"Landsbygden har den effekten på folk", sa hon mjukt. "Det är något med att arbeta med jorden, med djur, som sätter saker i perspektiv."

"Det är inte bara platsen", sa Ryan och vände sig för att möta henne. I stjärnljuset var hans uttryck öppet, sårbart på ett sätt hon inte hade sett förut. "Det är människorna. Det är du."

Emma kände hur hon tappade andan, och ärligheten i hans ord skapade ett ögonblick av fullkomlig klarhet mellan dem. Hon sträckte sig efter hans hand i mörkret, och deras fingrar flätades samman med naturlig lätthet.

"Jag är glad att du är här", sa hon enkelt.

De stod tillsammans under den väldiga stjärnhimlen, två människor som fann en oväntad förbindelse, och kyssen som följde kändes fullständigt naturlig och helt rätt, som om den var det enda möjliga slutet på en dag på Ridgewater.

# Kapitel tio

EMMA RÖRDE SIG OBEKVÄMT på stolen medan Ryan bläddrade igenom högen med avslagna bidragsansökningar på hennes skrivbord. Det hade inte varit hennes mening att han skulle se den här delen av hennes verksamhet, det administrativa kaos som lurade bakom det noggrant skötta rehabiliteringsprogrammet. Men efter deras kyss för tre kvällar sedan hade han tillbringat mer tid på gården, och när han hade kommit på henne med att slita sitt hår över en finansieringsansökan igår, hade hans erbjudande om hjälp verkat både genuint och lägligt. Nu, när hon såg hans panna rynkas medan han granskade hennes pappersarbete, var hon inte längre så säker på att det hade varit klokt att släppa in honom i den här delen av hennes liv.

"Hur länge har du använt det här arkiveringssystemet?" frågade Ryan med en omsorgsfullt neutral ton medan han pekade på de osäkra tornen av pärmar som staplats mot kontorsväggen.

"System är kanske att ta i", erkände Emma och försökte le. "Det är mer som ett arkeologiskt arkiv."

Det lilla kontoret var ett bevis på generationer av McKenzies som prioriterat hästar framför pappersarbete. Bleknade prisrosetter och pokaler belamrade varje yta som inte redan var upptagen av fakturor, kvitton och handskrivna anteckningar. Den uråldriga stationära datorn surrade olycksbådande i hörnet, och på skärmen visades ett kalkylblad som såg ut att ha utformats när Jemima fortfarande hade blöjor.

Ryan drog fram en särskilt hundörad ansökan och lade den platt på skrivbordet mellan dem. "Den här, för det regionala bidraget för hästterapi, fick du avslag på eftersom du inte bifogade den styrkande dokumentation de begärde i bilaga C." Han bläddrade igenom flera sidor. "Vilket inte är förvånande eftersom du skickade in ansökan med ett föråldrat formulär från 2018."

Emma kände hur kinderna blev varma. "De borde göra det tydligare när formulären ändras."

"Det gör de", sa Ryan mjukt och tog fram bidragsgivarens webbplats på sin surfplatta. "Aktuella formulär finns alltid väl synliga på deras hemsida, med tydliga utgångsdatum."

Han fortsatte igenom högen och drog fram ansökan efter ansökan. "Den här avslogs eftersom du överskred ordgränsen i tre avsnitt. Den här för att du inte anpassade dina föreslagna resultat till deras uttalade finansieringsprioriteringar. Och den här ..." han tystnade och studerade dokumentet närmare, "den här hade faktiskt en god chans, men du bifogade inte de obligatoriska finansiella rapporterna."

”Jag har klarat mig bra hittills”, sa Emma och ogillade den defensiva tonen i sin egen röst. ”Verksamheten är ju fortfarande igång, eller hur?”

Ryan såg upp på henne och hans min mjuknade. ”Det har du”, höll han med. ”Det är faktiskt det som gör det här så imponerande. Du har hållit Ridgewater Rescue igång på beslutsamhet och passion, med minimalt ekonomiskt stöd. Men tänk dig vad du skulle kunna göra med ordentlig finansiering.”

Hans ord hängde mellan dem, både som en utmaning och ett löfte. Emma såg sig omkring i det belamrade kontoret och såg det plötsligt med hans ögon: inte det mysiga, välbekanta utrymme hon hade vant sig vid, utan en fysisk manifestation av organisatoriskt kaos som aktivt höll henne tillbaka.

”Jag kritiserar dig inte, Emma”, fortsatte Ryan när hon förblev tyst. ”Att driva en räddningsverksamhet kräver andra färdigheter än att säkra dess finansiering. Du är briljant med hästarna. Verkligen enastående. Men det finns strategier för den här delen som skulle kunna göra ditt liv enklare.”

”Som vadå?” frågade Emma, och nyfikenheten övervann hennes stolthet.

Ryan drog sin stol närmare skrivbordet, och hans axlar sjönk när han kom in på välbekant territorium. ”För det första behöver du ett ordentligt mallbibliotek för bidragsansökningar. Det mesta av informationen är densamma i alla ansökningar: er verksamhetsidé, historik, kvalifikationer, grundläggande finansiell information. Om du har standardiserade, välformulerade stycken redo behöver du inte uppfinna hjulet på nytt varje gång.”

Han sträckte sig efter ett tomt papper och började skissa på ett enkelt organisationsschema. ”För det andra behöver du en finansieringskalender. De flesta bidrag löper i årscykler. Om du kartlägger alla ansökningsfrister kan du planera din strategi istället för att stressa i sista minuten.”

Emma såg hans hand röra sig över pappret och skapa ordning ur kaos med några snabba pennstreck. Trots sitt initiala motstånd kände hon sig dragen till klarheten i hans vision.

"Sedan är det frågan om hur du strukturerar dina förslag", fortsatte Ryan. "De mest framgångsrika ansökningarna skapar en berättelse som direkt överensstämmer med finansiärens prioriteringar. Till exempel det här bidraget för landsbygdsutveckling i Queensland som du fick avslag på", han knackade på ett av papperen, "de letar specifikt efter program som uppvisar mätbar samhällspåverkan. Men din ansökan fokuserade nästan uteslutande på hästarna."

"Hästarna är ju poängen", invände Emma.

"För *dig*, ja", höll Ryan med. "Men för att säkra finansiering måste du översätta det till ett språk som finansiärerna förstår. Istället för att säga att du rehabiliterar före detta kapplöpningshästar, kan du berätta om hur ditt arbete skapar utbildningsmöjligheter för lokala barn, erbjuder terapiprogram för funktionshindrade personer i samhället, bevarar traditionella ridkunskaper och skapar arbetstillfällen på landsbygden."

Emma rynkade pannan. "Det känns som att vrida på sanningen."

"Det är inte att vrida på något", insisterade Ryan. "Det är att belysa olika aspekter av det du redan gör. Ridgewater existerar inte isolerat. Ditt arbete skapar ringar på vattnet på sätt som du tar för givet men som faktiskt är ganska värdefulla ur ett finansieringsperspektiv."

Han tog fram bidragsgivarens verksamhetsidé på sin surfplatta. "Ser du? Deras främsta mål är 'hållbar utveckling av landsbygdssamhällen'. Ditt arbete bidrar absolut till det, men din ansökan gjorde aldrig den kopplingen explicit."

Emma lutade sig fram för att läsa texten, och en motvillig insikt grydde. "Så jag måste tala deras språk."

"Exakt", nickade Ryan entusiastiskt. "Titta på den här ansökan från förra månaden för bidraget till hästvälfärd. Du skrev: 'Vi rehabiliterar före detta kapplöpningshästar med hjälp av naturlig hästhantering-tekniker.' Det är korrekt men inte övertygande. Istället skulle du kunna skriva: 'Vårt evidensbaserade rehabiliteringsprogram har framgångsrikt lotsat 27 riskutsatta fullblod till nya karriärer bara under det senaste året, med en framgångsgrad på 94 % över en treårsperiod.'"

"Men det är ju bara att säga samma sak med finare ord", protesterade Emma.

"Det är att ge sammanhang och resultat", rättade Ryan. "Finansiärer vill veta att deras pengar kommer att användas effektivt. Siffror och resultat spelar roll."

Han tog fram sin bärbara dator och öppnade ett elegant kalkylblad och vände det mot henne. "Jag tog mig friheten att analysera dina operativa data från de tre senaste åren. Du har faktiskt uppnått anmärkningsvärda resultat med minimala resurser. Att formatera dessa prestationer på rätt sätt skulle kunna förvandla din framgångsgrad med finansiering."

Emma stirrade på de prydligt organiserade kolumnerna som visade hennes rehabiliteringsstatistik, kostnader per häst och framgångsmått. Att se sitt arbete kvantifierat så exakt var både oroande och märkligt bekräftande.

"Det här bidraget", fortsatte Ryan och pekade på ett särskilt nedslående avslag från sex månader sedan, "du ansökte om 15 000 dollar för allmänna driftskostnader. De avslog det för att det inte var tillräckligt specifikt. Men om du hade begärt samma summa för att 'utöka ert terapiprogram för funktionshindrade genom det löpande underhållet av tre terapihästar', skulle du ha passat perfekt in i deras finansieringsprioriteringar."

"Men vi behövde pengarna till hö och veterinärräkningar", sa Emma.

"Och terapihästar äter hö och behöver veterinärvård", påpekade Ryan med ett litet leende. "Det handlar om att formulera det rätt, inte att hitta på saker."

Emma körde en hand genom håret och drog i slingorna, klokheten i hans tillvägagångssätt blev allt svårare att förneka. "Allt det här är logiskt", erkände hon, "men det känns som att spela ett spel."

"Varje bransch har sina regler", svarade Ryan. "Att lära sig dem kompromissar inte med din integritet, det gör dig bara mer effektiv i att uppnå dina mål." Han stängde den bärbara datorn och mötte hennes blick direkt. "Du gör ett fantastiskt jobb här, Emma. Jag föreslår bara sätt att se till att du kan fortsätta göra det utan att ständigt balansera på den finansiella ruinens brant."

Något i hans uttryck, en kombination av respekt och genuin oro, smälte det sista av hennes motstånd. Hon tänkte på Phoenix, på månaderna av specialiserad vård som låg framför dem, på de andra hästarna som väntade på försäljningsstall och slakterier som hon för närvarande inte hade råd att rädda.

"Okej", sa hon till slut. "Visa mig hur man gör det här ordentligt."

Ryans leende var värt den lilla kapitulationen av stolthet. "Vi börjar med en fullständig översyn av ditt arkiveringssystem, sedan skapar vi mallar för olika typer av bidrag. Inom tre månader tror jag att vi lätt skulle kunna tredubbla din finansiering."

Medan han lade fram sin plan fann Emma sig själv se Ridgewaters framtid i ett nytt ljus. Räddningsverksamheten hade alltid handlat om att rädda hästar, en i taget, och kämpa mot gränserna för utrymme och resurser. Men med Ryans hjälp kanske dessa gränser kunde vidgas. Det var inte att sälja sig; det var att skala upp, att skapa kapacitet för att hjälpa fler djur, att göra mer gott.

"Tack", sa hon tyst när han gjorde en paus i sin förklaring. "För att du ser potentialen här."

”I Ridgewater”, frågade han, ”eller i dig?”

”Båda, antar jag.”

Hans blick mjuknade. ”Potentialen har alltid funnits där. Jag hjälper bara till med den strukturella ingenjörskonsten.”

Emma skrattade trots sig själv. Typiskt Ryan att förvandla ett ögonblick av samhörighet till en byggmetafor. Men när de böjde sina huvuden tillsammans över pappersarbetet, och ett bekvämt partnerskap bildades i kaoset på hennes lilla kontor, insåg hon att hans affärsinriktade tillvägagångssätt kanske var precis vad Ridgewater behövde, ett oväntat komplement till hennes hjärtstyrda mission.

”Nej, absolut inte den där”, sa Emma och ryckte fotografiet ur Ryans hand innan han hann skanna det. En vecka hade gått sedan han börjat hjälpa till att omorganisera Ridgewaters administrativa kaos, och de hade gått från bidragsansökningar till vad Ryan kallade ”optimering av digital närvaro” men som Emma helt enkelt tänkte på som ”sociala medier-grejen”. De hade spritt ut dussintals foton över köksbordet och sorterat igenom år av Ridgewaters historia för att hitta innehåll till deras nyskapade konton. Fotot som Emma just hade räddat visade henne täckt av lera från topp till tå efter en särskilt dramatisk räddning under regnperioden för två år sedan. ”Det finns gränser för den här autenticitetsgrejen”, informerade hon honom och stoppade säkert ner det komprometterande beviset i fickan.

Ryan flinade och fortsatte att sortera igenom högen. ”Den där skulle ha fått minst femtio gilla-markeringar. Folk älskar att se den stökiga verkligheten.”

"De kan se gott om stökig verklighet utan att jag ser ut som att jag har lerbrottats", kontrade Emma och sköt en annan hög med foton mot honom. "Det här är före- och efterbilderna på Mermaid, ett sto jag rehabiliterade förra året. Hon kom till oss med en hullpoäng på två, och titta på henne sex månader senare. Nu vinner hon utställningsklasser – hon vann Champion Light Hack i Nambour för några veckor sedan."

Ryan tog upp de dramatiska förvandlingsbilderna, och hans min blev allvarlig när han granskade den skelettliknande svarta hästen på den första bilden och det glansiga, friska djuret på den andra. "Det här är starkt material", sa han tyst. "Det här är precis vad vi behöver." Han tittade på det tredje fotot, Mermaid med sin nya ägare, tonårsflickan som log från öra till öra när domaren i Nambour lade en massiv blomsterkrans runt Mermaids hals. "Man skulle inte tro att det var samma djur, eller hur?"

Emma såg på när han försiktigt lade bilderna i "definitivt"-högen och gjorde en anteckning på sin surfplatta. Hon höll fortfarande på att vänja sig vid den nya dynamiken mellan dem, detta noggranna samarbete som verkade bygga något som ingen av dem helt hade satt ord på. Efter deras kyss under stjärnorna hade de inte uttryckligen diskuterat vad som hände mellan dem, men det hade skett en omisskännlig förändring, en bekväm intimitet som utvecklades vid sidan av deras professionella partnerskap.

"Så förklara den här strategin igen", uppmanade hon och valde ut en ny uppsättning foton. "Varför skapar vi olika innehåll för olika plattformar?"

Ryan lade ner sin surfplatta och växlade över till vad Emma hade börjat tänka på som hans "affärsmentor"-läge. "Varje plattform har olika målgrupper och olika förväntningar på innehåll", förklarade han. "Instagram och TikTok är visuellt drivna, perfekta för bildspel med dina vackra hästfoton och kon ta videoklipp. Facebook och YouTube tillåter längre berättelser och hjälper till att bygga en gemenskap med dina supportrar. LinkedIn är för professionella kontakter, bidragsmöjligheter och för att etablera Ridgewater som en branschledare inom rehabilitering och omskolning av fullblod.”

Emma nickade och försökte ta in allt. Världen som Ryan beskrev, där en onlinenärvaro omsattes i konkret stöd för hennes räddningsverksamhet, kändes fortfarande något abstrakt. Men hon litade på hans expertis inom detta område precis som han litade på hennes med hästarna.

”Nu till innehållskalendern”, fortsatte Ryan och drog upp ett färgkodat kalkylblad. ”Jag har strukturerat det så att vi upprätthåller en konsekvent publicering utan att överbelasta dig. Tre Instagraminlägg per vecka, två Facebookuppdateringar, en LinkedIn-artikel i månaden, med automatisk korspublicering till de andra plattformarna som ställs in med en app.”

Emma kastade en blick på det minutiöst organiserade schemat. ”Det verkar vara mycket jobb.”

”Det är hanterbart med rätt tillvägagångssätt”, försäkrade Ryan henne. ”Nyckeln är att skapa innehåll i omgångar. Idag samlar vi in tillräckligt med material för nästa månad. Sedan är det bara att följa schemat.”

De ägnade nästa timme åt att välja foton och skapa berättelser för varje räddad häst. Emma fann att hon började tycka om uppgiften när hon delade med sig av de historier hon kunde utantill: fullblodet som hade övergivits efter att ha brutit ihop under ett lopp, nu blomstrade som terapihäst; ponnyn som hade svultit nästan till döds, nu lärde barn att rida; den framgångsrika Western Pleasure-mästaren som hade pensionerats från tävling för att få värdefulla föl men visade sig ha ett genetiskt problem.

”Lethal white-syndromet”, sa hon sorgset. ”Ett föl som föds med det kan inte överleva och ansvarsfulla uppfödare vill inte riskera att föra vidare den recessiva genen, så hennes ägare gav henne till mig gratis, så länge jag lovade att hon aldrig skulle betäckas igen. Hon är den sötaste varelsen; vi använder henne för att lära nybörjare som vill lära sig westernridning."

"Du är en naturbegåvning som berättare", kommenterade Ryan när hon avslutade historien. "Sättet du fångar både de tekniska aspekterna av rehabiliteringen och den känslomässiga resan är precis det som kommer att beröra följarna."

Emma kände en våg av glädje över hans beröm. "Det är lätt när man bryr sig om ämnet."

"Det är precis därför det här kommer att fungera", sa Ryan och hans ögon mötte hennes över bordet. "Äkthet kan inte fabriceras. Du har det i överflöd."

En behaglig tystnad lade sig mellan dem medan de fortsatte arbeta, och den bröts först när Zoe stack in huvudet.

"Jag ska just börja nästa pass med Phoenix, om du fortfarande vill filma det", meddelade hon, medan hennes vilda lockar smet ut från vad som förmodligen hade varit en prydlig fläta på morgonen.

Ryan tittade på klockan. "Perfekt tajmning. Jag ska bara hämta kamerautrustningen i bilen."

Emma stod vid kanten av rundcorralen och såg på medan Ryan noggrant placerade en professionell kamera på ett stativ. Zoe arbetade redan med Phoenix i mitten av inhägnaden, och hennes händer rörde sig i de nu välbekanta mönstren från Masterson-metoden längs fullblodets hals och bogar.

"Är det så här ni brukar göra?" frågade Ryan och justerade kameravinkeln.

"Precis så här", bekräftade Emma. "Bara Zoe som gör det hon är bäst på."

Ryan nickade gillande. "Perfekt. Autenticitet är allt för den här typen av innehåll." Han startade inspelningen och tog sedan ett steg tillbaka för att ställa sig bredvid Emma med ett litet leende på läpparna medan han såg scenen utspela sig.

Zoe arbetade med Phoenix i nästan fyrtio minuter, och förvandlingen hos hästen var synlig även för ett otränat öga. Spänningen i hans kropp smälte gradvis bort under hennes expertberöring, hans huvud sänktes och blicken mjuknade från den vanliga vaksamheten till något som liknade frid.

”Det där är fantastiskt filmmaterial”, mumlade Ryan när de var klara. ”Vi redigerar ner det för att framhäva de viktigaste teknikerna och de omvälvande ögonblicken.”

Senare samma kväll, efter att Zoe hade granskat och godkänt den redigerade videon, lade de upp den på sina nyskapade konton med en enkel bildtext som förklarade Phoenix bakgrund och Zoes rehabiliteringsmetod. Emma kände en ilning av nervositet när Ryan klickade på ”publicera” och skickade ut deras arbete i den digitala världen.

”Vad händer nu?” frågade hon.

”Nu väntar vi”, svarade Ryan, ”men inte länge. Digitalt engagemang brukar komma snabbt.”

Han hade rätt. Följande morgon innehöll deras inkorg tre förfrågningar om Zoes tjänster från hästägare i regionen. På eftermiddagen hade den siffran fördubblats och kommentarerna strömmade in på videon.

”Titta här”, sa Ryan och visade Emma sin surfplatta där Ridgewater Rescues följarskara på Instagram hade hoppat från den första handfullen till över tre tusen över en natt. ”Videon har delats av flera stora ridsportskonton.”

Emma skrollade igenom kommentarerna, och hennes förvåning växte när hon läste meddelande efter meddelande som hyllade Zoes tekniker och bad om mer information om deras program.

"Den här är från en dressyrtränare i Brisbane", noterade hon och pekade på en särskilt detaljerad kommentar. "Hon frågar om Zoe tar emot externa klienter."

"Och den här", tillade Ryan och pekade på ett annat meddelande, "är från någon vars häst har liknande traumaproblem som Phoenix. De är villiga att resa från Sunshine Coast för några pass."

Emma lutade sig tillbaka, chockad över den omedelbara responsen. "Det här hade jag aldrig förväntat mig."

"Det är en perfekt storm av faktorer", förklarade Ryan med ett uttryck av yrkesmässig tillfredsställelse. "Zoes tekniker är visuellt fängslande och uppenbart effektiva. Phoenix är en vacker, tydligt plågad häst som visar en anmärkningsvärd respons. Och det finns uppenbarligen ett otillfredsställt behov av dessa specialiserade tjänster."

"Vi måste komma på hur vi ska strukturera det här", sa Emma, och hjärnan arbetade för högtryck med alla möjligheter. "Zoe förberedde sig för att börja annonsera sina tjänster via veterinärkliniken, men om ryktesvägen kan locka klienter till Ridgewater istället ..."

"Det här skulle kunna bli en betydande inkomstkälla", höll Ryan med och sträckte sig redan efter sin bärbara dator. "Låt oss skissa på en tjänstemodell. Privata pass, gruppworkshops, kanske till och med certifieringsutbildning för andra yrkesverksamma."

De ägnade nästa timme åt att skissa på möjligheter, där Ryans affärsexpertis smidigt integrerades med Emmas kunskap om ridsportvärldens behov. Vad som började som en enkel övning på sociala medier hade oväntat avslöjat en bärkraftig affärsmöjlighet, en som passade perfekt med Ridgewaters mission samtidigt som den potentiellt kunde ge en välbehövlig ekonomisk stabilitet.

"Du vet vad det här betyder, eller hur?" sa Emma när de slutförde sitt förslag till Zoes tjänster och skrev ut det så att Zoe kunde titta på och godkänna det.

”Vadå då?” frågade Ryan och tittade upp från sin laptop.

”Du hade rätt om det där med sociala medier”, erkände hon med ett motvilligt leende. ”Låt det inte stiga dig åt huvudet.”

Ryan skrattade och sträckte sig över bordet för att kort klämma hennes hand. ”Jag ska försöka hålla min självbelåtenhet i schack. Men Emma, det här handlar inte bara om att ha rätt. Det handlar om att visa upp vad som gör Ridgewater speciellt. Allt jag gjorde var att hjälpa till att skapa ett fönster; folk reagerar på vad de ser genom det.”

Hans ord värmde henne, den genuina uppskattningen i hans röst var en påminnelse om att hans hjälp inte handlade om att förändra Ridgewaters innersta väsen, utan om att förstärka det. När de återgick till planeringen fann sig Emma alltmer bekväm med denna blandning av hjärta och strategi, detta partnerskap som respekterade hennes mission samtidigt som det utökade dess räckvidd.

Kanske var Ryans affärsmässiga tankesätt inte så oförenligt med Ridgewaters själ trots allt.

”Så”, sa Sarah och sköt en ångande tekopp över köksbordet mot Emma, ”tänker du berätta för oss vad som pågår mellan dig och herr Golfbana, eller måste vi fortsätta låtsas som att vi inte har märkt något?” Det medvetna leendet hon utbytte med Kate och Pip fick Emmas kinder att hetta. På något sätt hade hon och Ryan, utan någon uttalad diskussion, glidit från att vara affärspartner till något mer, och tydligen hade hennes familj märkt det innan hon hade samlat mod nog att nämna det.

Emma knäppte fingrarna runt den varma koppen för att vinna tid. I köket var det tyst förutom det avlägsna surrandet från det gamla kylskåpet och det enstaka knarrandet när huset satte sig. Dessa sena kvällssamtal i köket hade varit en konstant i systrarna McKenzies liv, heliga platser där sanningar sades och hjärtan lättades.

"Vi träffas", erkände Emma till slut, och orden kändes märkligt formella för det varma, komplexa som växte mellan henne och Ryan. "Typ. Alltså, vi har inte riktigt definierat det än."

"Vi undrade hur lång tid det skulle ta för dig att erkänna det", retades Sarah och rörde ner honung i sitt eget te. "Du är inte direkt diskret, Em. Sättet du lyser upp när han svänger in på uppfarten är ganska talande."

"För att inte tala om hur du plötsligt har börjat ha på dig dina finjeans när du mockar i stallet", tillade Kate med ett flin.

Emma stönade och gömde ansiktet i händerna en kort stund. "Är jag så genomskinlig?"

"Fullständigt", bekräftade Pip och sträckte sig efter en kaka från fatet mitt på bordet. "Jemima har kommenterat i flera dagar. 'Mamma skrattade åt Mr Wardells skämt och det var inte ens roligt' är min personliga favoritobservation."

Tanken på att hennes dotter hade lagt märke till det skickade en ny våg av hetta till Emmas kinder. Hon hade varit så uppslukad av sina nya känslor för Ryan att hon inte helt hade tänkt på hur synliga de kunde vara för hennes observanta åttaåring.

"Och?" manade Kate, och hennes uttryck skiftade från retsamt till mer allvarligt. "Vad exakt har han för avsikter här? För inget illa menat, Em, men hans värld och vår överlappar inte direkt. Hon gestikulerade vagt mot fönstret, där ljusen från Ridgemont Golf and Country Club syntes svagt på den avlägsna kullen. "Han köpte det stället som en investering. Vad är han ute efter med dig?"

"Kate", tillrättavisade Sarah milt.

"Det är en befogad fråga", insisterade Kate. "Det är ganska lätt att googla honom och få reda på att han ägnade sin karriär åt företagsförvärv. Sådana människor lämnar inte bara det tankesättet helt och hållet.”

Emma kände en gnutta försvarslust stiga inom sig. ”Han är inte sån med mig”, sa hon. ”Eller med Ridgewater. Om något så hjälper han oss att bli mer hållbara.”

”Det är det som oroar mig”, avbröt Pip, och hennes vanligtvis livliga ansikte var ovanligt allvarligt. ”Hur mycket av Ridgewater kommer fortfarande att vara Ridgewater när det har ’optimerats’ av en expert på företagseffektivitet?” Hon gjorde citationstecken i luften. ”Jag vet att jag fortfarande bara är den ingifta här, men jag bryr mig om det här stället och vad det står för.”

”Jag vet att du gör det”, sa Emma mjukt. ”Och det gör Ryan också, tro det eller ej. Han försöker inte förändra vår mission; han hjälper oss att hitta bättre sätt att finansiera den.” Hon följde kanten på sin kopp med ett finger. ”Du skulle se honom med hästarna, Pip. Han satt i rundcorralen i en halvtimme igår bara för att Phoenix verkade känna frid i hans sällskap. Det är inte en man som tänker på sista raden.”

Köket blev tyst medan hennes systrar tog in detta. Emma kunde se dem omvärdera sina intryck av Ryan och väga hennes ord mot sina egna observationer.

”Han har verkligen ansträngt sig för att förstå vad vi gör här”, erkände Sarah. ”Marcus sa att han ställde ett dussintal frågor om luftvägsproblem hos hästar efter Phoenix stormpanik, och sedan dök han upp med artiklar han hade läst under natten.”

”Och kampanjen i sociala medier har varit briljant”, medgav Kate motvilligt. ”Pip gjorde redan bra ifrån sig med sin ponnyverksamhet, ära den som äras bör, men söta ponnyer är en ganska lättsåld produkt. De där videorna med Zoe som arbetar med Phoenix har dragit in, vad är det, sex nya lektionsklienter redan? Utan att ta en krona betalt av oss för sin expertis.”

Emma nickade, tacksam för dessa små eftergifter. ”Han ser Ridgewaters potential, bara från en annan vinkel än vi. Och ja, han kommer från en annan värld, men han försöker förstå vår.” Hon tvekade och tillade sedan mjukt: ”Och jag tror kanske att han behöver det vi har här lika mycket som vi behöver hans hjälp.”

”Vad menar du?” frågade Sarah.

Emma funderade på hur hon skulle förklara de ögonblick hon hade bevittnat: Ryans ansikte när Phoenix somnade i rundcorralen, den tysta tillfredsställelsen i hans uttryck efter att de hade reparerat staketet tillsammans, hans växande bekvämlighet med det fysiska, omedelbara arbetet på gården.

”Han var på väg att bränna ut sig i den där företagsvärlden”, sa hon till slut. ”Jag tror att Ridgewater ger honom något verkligt, något påtagligt som hans tidigare liv saknade.” Hon ryckte lätt på axlarna. ”Och jag antar att jag också är en del av det.”

”Nåväl”, sa Pip efter en stund, och en del av hennes vanliga värme återvände till hennes röst, ”jag förbehåller mig fortfarande rätten att vara skeptisk, men jag måste erkänna att han verkligen anstränger sig.” Hon sträckte sig över bordet för att klämma Emmas hand. ”Var bara rädd om ditt hjärta, Em. Och om Jemimas. Hon är redan ganska förtjust i honom.”

Omnämnandet av hennes dotter gjorde Emma omedelbart nykter. ”Jag vet. Det är det som oroar mig mest. Hon har aldrig haft en fadersfigur i sitt liv, och plötsligt dyker Ryan upp och lär henne om affärsplaner och hjälper henne med matteläxan.”

”Har du pratat med henne om det?” frågade Sarah milt.

Emma skakade på huvudet. ”Inte än. Jag var inte ens säker på vad jag skulle säga eftersom Ryan och jag inte precis har definierat saker och ting själva.”

”Det är kanske dags”, föreslog Kate. ”Barn snappar upp mer än vi ger dem cred för. Det är bättre att hon hör det från dig än att hon fyller i luckorna själv.”

Emma nickade och visste att hennes syster hade rätt. Medan samtalet gled över på andra ämnen, kom hon på sig själv med att planera vad hon skulle kunna säga till Jemima, hur hon skulle förklara detta bräckliga, namnlösa ting som förde med sig både glädje och osäkerhet in i deras noggrant balanserade liv.

Senare samma kväll stod Emma i dörröppningen till Jemimas sovrum och såg sin dotter arrangera om sin samling modellhästar på sängbordet. Rummet var en helgedom tillägnad ridsportsdrömmar: väggarna tapetserade med affischer av berömda hoppryttare, hyllorna fyllda med rosetter och pokaler från tävlingar, en anslagstavla täckt med foton av Jemima på olika hästar genom sitt unga liv.

”Kan vi prata en stund, älskling?” frågade Emma och gick för att sätta sig på sängkanten.

Jemima nickade och ställde ner en liten modell av en skimmelponny. ”Handlar det om Mr Wardell?” frågade hon med den iakttagelseförmåga som fortfarande ibland överraskade Emma.

”Ja”, erkände Emma och klappade på platsen bredvid sig. När Jemima lutade sig mot hennes sida slogs Emma av hur lång hennes dotter höll på att bli, hur snabbt bebisen hon en gång hade vaggat höll på att förvandlas till en egen person. ”Jag ville prata om att han har tillbringat mycket tid här på sistone.”

”För att du tycker om honom”, konstaterade Jemima sakligt. ”Och han tycker om dig.”

Emma log trots sin nervositet. ”Ja, vi tycker om varandra. Men jag vill att du ska förstå att vuxnas relationer kan vara komplicerade. Mr Wardell och jag umgås, men vi håller fortfarande på att lära känna varandra.”

Jemima funderade över detta med pannan rynkad i koncentration. "Som när man måste umgås med en ny häst innan man vet om det är den rätta?"

"Något i den stilen", höll Emma med, road av den hästrelaterade jämförelsen men rörd av sin dotters försök att förstå. "Det tar tid att verkligen lära känna någon."

"Jag tycker om honom", förklarade Jemima. "Han förklarar saker ordentligt och pratar inte med mig som om jag vore en bebis." Hon tittade upp på Emma med plötslig entusiasm. "Tror du att han följer med till Caboolture Show med oss? Han sa att han aldrig har sett en riktig hästtävling förut."

Frågan överrumplade Emma och avslöjade de förhoppningar som redan hade börjat formas i hennes dotters sinne. "Jag vet inte, hjärtat. Vi kan absolut fråga honom."

"Jag hoppas att han kommer", sa Jemima och sjönk tillbaka mot kuddarna. "Han skulle kunna sitta med dig och moster Sarah och moster Kate. Och kanske kunde vi alla gå och köpa glass efteråt, som Charlotte gör med sin pappa."

Emma kände ett tryck över bröstet vid den vardagliga jämförelsen, vid glimten av en längtan hon inte helt hade uppmärksammat hos sin dotter. "Vi får se", sa hon mjukt och stoppade om Jemima med täcket. "Dags att sova nu. Du har din lektion med Pip imorgon bitti."

Hon kysste Jemimas panna, andades in den söta doften av hennes schampo, innan hon släckte sänglampan. "Godnatt, älskling."

"Natti, mamma", mumlade Jemima, redan på väg att somna.

Emma stod i den mörka hallen utanför sin dotters rum, och en insikt lade sig över henne som en fysisk tyngd. Alla dessa år hade hon trott att hon och hennes familj hade varit nog för Jemima, att hennes dotter inte hade känt avsaknaden av en far i sitt liv. Men den enkla förhoppningen i Jemimas röst när hon hade pratat om att Ryan skulle komma på hennes tävling avslöjade en tyst längtan som Emma på något sätt hade missat.

Det gjorde hennes spirande känslor för Ryan både mer värdefulla och mer skrämmande. Insatserna gällde inte bara hennes eget hjärta, utan även Jemimas. Medan Emma gick mot sitt eget sovrum undrade hon om Ryan förstod att genom att bli en del av hennes liv, blev han oundvikligen också en del av hennes dotters, och fyllde ett utrymme som alltid hade varit ledigt men aldrig helt tomt på hopp.

# Kapitel elva

RYAN HADE NAVIGERAT FIENTLIGA företagsövertaganden och miljardförhandlingar med mindre bävan än han kände när han följde en åttaåring genom en skolmarknad. Jemimas lilla hand grep tag i hans med överraskande styrka när hon drog honom genom folkmassan, och hennes blonda hästsvans studsade i takt med varje beslutsamt steg. Skolgården, förvandlad med färgglada vimplar och provisoriska stånd, kändes som främmande mark för honom, en plats där hans skräddade chinos och lediga skjorta fick honom att sticka ut som en främling i havet av t-shirtar och slitna jeans.

"Kom igen, Ryan!", manade Jemima och drog envist i honom. "Vi måste hinna till kakståndet innan alla goda är slut!"

Han kastade en desperat blick bakåt på Emma, som följde efter några steg bakom med ett leende som var lika delar roat och medkännande. Hon hade varnat honom samma morgon: Ridgemonts årliga skolmarknad var säsongens sociala höjdpunkt för alla under tolv. Vad hon inte hade nämnt var hur grundligt Jemima skulle lägga beslag på honom och stolt paradera honom genom marknadsområdet som en prisbelönt trofé.

Ljudet uppslukade honom, en virvlande blandning av barnskrik, föräldraprat och den burkiga musiken från en bärbar högtalare. Någon försökte hantera en mikrofon för att göra utrop, vilket resulterade i enstaka genomträngande rundgång som fick det att ila i tänderna på honom.

"Miss Wilson! Miss Wilson!", ropade Jemima och viftade frenetiskt mot en medelålders kvinna som arrangerade cupcakes i prydliga rader. "Det här är Ryan. Han är mammas pojkvän. Han äger golfbanan och halva Phoenix, vår nya häst."

Ryan kände hur hettan steg i kinderna. *Pojkvän*. De hade faktiskt inte satt någon etikett på det som höll på att utvecklas mellan dem, men här stod Jemima och basunerade ut en relationsstatus för vad som verkade vara hennes lärare.

"Vad trevligt att träffa dig, Mr Wardell", sa Miss Wilson med oförställd nyfikenhet i blicken. "Jemima har berättat så mycket om dig."

"Har hon det?", lyckades Ryan få fram, och undrade exakt vilka detaljer Jemima hade delat med sig av under lektionstid. "Bara bra saker, hoppas jag."

"Hon säger att du lär henne om kalkylblad och affärsplaner", svarade Miss Wilson. "Hon får sig en rejäl utbildning. Även om jag inte är säker på att vår matteplan riktigt sträcker sig till resultaträkningar än."

Emma dök upp vid hans sida, och hennes hand snuddade vid hans i tyst solidaritet. "Jemima ger Ryan den fullständiga rundturen", förklarade hon med en röst varm av tillgivenhet.

När de rörde sig bort från kakståndet (nu minus en stor låda med cupcakes som Jemima hade valt ut), tog Ryan in lapptäcket av skolmarknaden. Varje stånd verkade mer livfullt färgglatt än det förra: en ankdamm med gula plastankor som flöt i blåa plaskdammar; ett ansiktsmålningsbås där barn kom ut med fjärilsvingar och tigerränder över kinderna; ett växtstånd som svämmade över av plantor i återvunna behållare.

Det som slog honom mest var hur alla verkade känna varandra. Föräldrar ropade till varandra över marknadsplatsen, utbytte nyheter och jämförde inköp. Barn sprang i flockar mellan aktiviteterna och bildade och ombildade grupper som fiskstim. Det var ingenting likt de noggrant iscensatta välgörenhetsgalorna i hans affärsliv, där interaktioner mättes i potentiella affärsfördelar.

"Och det här är Ryan", sa Jemima igen, den här gången till en grupp mammor som samlats nära det hemgjorda lemonadståndet. "Han hjälpte mig med matteläxan och förklarade procent. Han är jättesmart."

"Det har vi hört", sa en kvinna och sträckte fram sin hand. "Jag är Rubys mamma. Ruby har lektioner på Ridgewater varje torsdag eftermiddag."

En annan kvinna anslöt sig omedelbart. "Golfbaneägaren, eller hur? Min man är väldigt sugen på att bli medlem."

Ryan fann sig själv svara på frågor om medlemsavgifter och den nya klubbhusmenyn, och kände sig märkligt nog som om han blev intervjuad. Emma stod i närheten och fångade ibland hans blick med en min som frågade om han behövde bli räddad. Han gav en liten nick, förvånad över hur lätt hon läste av hans obehag.

"Ursäkta, mina damer", avbröt Emma smidigt. "Jemima har ett uppdrag att visa Ryan varje stånd innan lottdragningen. Vi måste nog röra på oss."

När de gick därifrån, smög hon sin hand i hans. "Överlever du än så länge?"

"Knappt", erkände han. "Vet alla i stan om oss?"

"Välkommen till livet i en småstad. Nyheter sprider sig snabbt." Hennes fingrar klämde varsamt om hans. "Är det hemskt av mig att jag njuter av att se dig navigera det här?"

Innan han hann svara, drog Jemima i hans hand igen. "Ryan! Titta! Kasta ring! Kan vi försöka? Snälla?"

Ståndet hade rader av flaskor, med färgade träringar staplade vid kastlinjen. En uppsättning gosedjur hängde som priser, med en särskilt gräll lila enhörning på hedersplatsen.

"Tre ringar för fem dollar", meddelade pappan som skötte ståndet, en man som Ryan vagt kände igen från golfklubben. "Träffa en flaskhals och vinn ett pris."

"Snälla, Ryan?", Jemima såg upp på honom med Emmas ögon, stora och hoppfulla.

"Jag kan väl ge det ett försök", sa han och drog fram sin plånbok. Utbytet av en femdollarsedel mot tre träringar kändes som en transaktion från en annan värld, en där värde inte mättes i dollarsymboler utan i en åttaårings strålande leende.

Ryan vägde en ring i handen och bedömde vinklar och avstånd med samma skicklighet som gjorde honom till en scratchgolfare. Han tog ett andetag, snärtade till med handleden och såg ringen segla genom luften för att landa perfekt runt en flaskhals.

"Du klarade det!", Jemima hoppade upp och ner, och hennes entusiasm drog till sig uppmärksamhet från närliggande marknadsbesökare.

"Nybörjartur", invände Ryan milt, även om ett leende ryckte i hans mungipor.

"Försök igen", uppmanade ståndägaren. "Sätter du alla tre får du välja vilket pris som helst."

Ryan landade den andra ringen med samma beräknade precision. En liten folkmassa hade nu samlats, lockad av

Jemimas exalterade kommentarer. "Han är jättebra på det här", informerade hon dem stolt. "Han är bra på massor av saker."

Den tredje ringen anslöt sig till sina kamrater och landade runt en flaskhals med ett tillfredsställande klick. Den samlade folkmassan applåderade, och Ryan kände en oväntad värme sprida sig i bröstet som inte hade något att göra med höstsolen.

"Den lila enhörningen!", pekade Jemima omedelbart när hon blev ombedd att välja sitt pris. Hon kramade den präliga varelsen mot sitt bröst och strålade upp mot Ryan med ren beundran. "Tack så mycket; jag älskar den!"

När de fortsatte genom marknaden fann Ryan att blickarna och viskningarna var mindre störande. Jemimas hand i hans kändes alltmer naturlig, och hennes prat om skolkompisar och favoritlärare skapade en bekväm bakgrund till marknadens kaos. När hon presenterade honom för sin rektor som "min mammas pojkvän som lär mig om affärer", fick termen honom inte längre att rygga tillbaka.

Emma hann ikapp dem vid växtståndet, där Jemima noggrant valde ut en suckulent till sitt sovrumsfönster. Hennes leende när hon såg på honom innehöll något nytt, en mjukhet som fick hans hjärta att dra ihop sig.

"Du sköter dig fantastiskt", sa hon tyst. "Jag vet att det här inte direkt är din naturliga miljö."

"Den börjar växa på mig", erkände han och förvånade sig själv med sanningen i det. Ljudet, folksamlingarna, de ständiga avbrotten, allt som normalt skulle få honom att skära tänder, verkade mindre irriterande när det filtrerades genom Jemimas spänning och Emmas milda närvaro.

När de var på väg mot lottdragningen fick Ryan syn på deras reflektion i ett klassrumsfönster: de tre tillsammans, Jemima mellan dem med sin lila enhörning i famnen, och guldet i Emmas bruna lockar som fångade solljuset. De såg ut som en familj, insåg han med ett ryck. Inte den noggrant poserande, prestationsinriktade enhet han hade vuxit upp i, utan något varmare, något äkta.

"Där är de", hörde han någon säga när de passerade. "Emma McKenzie och hennes nya kille. Jemima är helt förälskad i honom."

För första gången i sitt liv upptäckte Ryan att han inte hade något emot att definieras av sin relation till andra snarare än av sina yrkesmässiga prestationer. Att vara "Emmas nya kille" och personen som fick Jemima att stråla av stolthet kändes märkligt nog mer betydelsefullt än någon företagstitel han någonsin hade haft.

Ryan flyttade flaskan med Barossa Valley Shiraz från den ena handen till den andra när han knackade på ytterdörren till Stora huset. Han hade tillbringat fyrtio minuter i den lokala vinbutiken och grubblat över sitt val, angelägen om att göra rätt intryck vid sin första officiella söndagslunch med Emmas familj. Det vidsträckta Queenslander-huset tornade upp sig över honom, dess breda verandor och väderbitna trä som talade om generationer av familjehistoria. Så annorlunda från den eleganta, minimalistiska lägenhet han hade haft i Brisbane, eller de noggrant utvalda moderna möblerna i hans nya hem i Ridgemont. Han slätade ut sin krage och undrade om den lediga skjortan och chinosen var för formella för en familjelunch, för informella för vad som kändes märkligt likt att träffa föräldrarna, trots att Emmas föräldrar befann sig någonstans i Kimberley i sin husbil.

Dörren svängde upp och avslöjade Sarah, med mjöl på underarmarna och en kökshandduk slängd över axeln. "Du är tidig", sa hon, och hennes leende var varmt trots de förebråënde orden. "Emma är fortfarande nere vid stallet. Kom in."

Köket exploderade runt honom, en virvelvind av aktivitet innesluten inom väderbitna träväggar. Kate stod vid spisen och hanterade skickligt flera kastruller medan hon ropade instruktioner till Pip, som skar grönsaker vid en köksö som nötts slät av årtionden av matlagning. Luften var tung av den fylliga doften av stekt lamm, med undertoner av rosmarin och vitlök.

"Jag hade med mig det här", sa Ryan och räckte fram vinet till Sarah, och kände sig märkligt nog som en skolpojke som presenterar sina läxor.

Hon granskade etiketten med en uppskattande nick. "Bra val. Inte för att vi är några vinsnobbar här, men det är trevligt när någon anstränger sig." Hennes medvetna leende antydde att hon förstod exakt hur mycket övervägande som hade lagts på hans val.

"Låt mig öppna den åt dig", erbjöd Marcus, som dök upp från vad Ryan antog var ett skafferi, bärande en stapel serveringsfat. Veterinärs avslappnade självförtroende i rummet antydde att han hade tillbringat många söndagar integrerad i denna familjeritual.

Ryan lämnade ifrån sig flaskan och såg sig omkring efter Emma. Istället mötte hans blick Jake Harrisons, polisen som lutade sig mot en bänk med vad som såg ut att vara en öl i handen.

"Wardell", erkände Jake med en nick. "Hörde att du gjorde ett stort intryck på skolmarknaden igår. Mästare i ringkastning, enligt Jemima."

"Ren tur", invände Ryan, även om minnet av Jemimas förtjusta ansikte när han hade vunnit den lila enhörningen åt henne framkallade ett ofrivilligt leende på hans läppar.

"Sitt, sitt", manade Marcus och pekade mot det enorma träbordet som dominerade ena änden av köket. "Vi diskuterar just nu om Queensland har någon chans i Origin-finalen nästa vecka."

Ryan fann sig själv vägledd till en stol, och en kall öl dök upp framför honom medan Marcus och Jake sömlöst införlivade honom i sin sportdebatt. Han kände igen den subtila utvärderingen som ägde rum under den avslappnade konversationen, sättet båda männen ställde frågor som avslöjade deras beskyddande intresse för Emma. Det var något uppfriskande rakt på sak med deras tillvägagångssätt, så annorlunda från de dolda affärssamtalen han var van vid.

Från andra sidan köket kände Ryan Kates blick, skarp och granskande. Till skillnad från sina systrar gjorde hon inget försök att dölja sin granskning, hennes blonda hår uppsatt i en praktisk hästsvans som betonade de skarpa linjerna i hennes ansikte och direktheten i hennes blick. När deras ögon möttes, tittade hon inte bort utan höjde ett ögonbryn lätt, som för att utmana honom att rättfärdiga sin närvaro i hennes familjehem.

Bordet i sig berättade en historia om familjehistoria, dess massiva träyta bar märken från otaliga måltider och sammankomster. Ryan lade märke till de omaka stolarna, några uppenbart antika, andra modernare ersättare, alla arrangerade runt bordet med en bekväm likgiltighet för perfekt symmetri. Kuverten följde samma mönster, tallrikar som inte riktigt matchade, glas av varierande stilar, allt som på något sätt kom samman i en helhet som kändes mer äkta än någon noggrant koordinerad servis.

"Så, Ryan", sa Kate och ställde ner ett fat med rostade grönsaker med kanske mer kraft än nödvändigt, "vad exakt är dina långsiktiga planer för Phoenix? Emma säger att du har tagit ett stort intresse för hans rehabilitering."

Frågan bar den omisskännliga undertexten: *Och vad har du för planer när det gäller min syster?*

"Phoenix välbefinnande kommer först", svarade Ryan försiktigt, medveten om den plötsliga uppmärksamheten från köket. "Jag följer Emmas och Zoes ledning när det gäller hans tidsplan för rehabiliteringen. Vad gäller tävlingspotentialen, beror det helt på hans psykiska återhämtning."

”Hmm”, svarade Kate, hennes uttryck antydde att hon fann hans svar adekvat men inte helt övertygande. ”Och partnerskapsarrangemanget? Emma nämnde att du har hjälpt till med den administrativa sidan av Ridgewater Rescue.”

Under bordet kände Ryan Emmas hand finna hans, hennes fingrar klämde försiktigt i tyst stöd. Han hade inte märkt att hon kommit in i köket, men hennes närvaro bredvid honom lättade omedelbart den spänning som hade byggts upp i hans axlar under Kates förhör.

”Jag har erbjudit några förslag på bidragsansökningar och digital marknadsföring”, erkände han. ”Emmas expertis ligger hos hästarna. Min ligger hos kalkylblad och finansieringsförslag. Det verkade som ett naturligt komplement.”

Pip tittade upp från sitt grönsaksarrangemang, hennes mörka ögon glittrade av roadhet. ”På tal om expertis, jag har tänkt fråga om din ledarstil på golfklubben. Min väns man säger att du har revolutionerat stället. Något om, vad var det nu, 'strategisk optimering av kundupplevelsen'?”

Hennes ton var milt retsam, och testade om han kunde skratta åt det affärsspråk som en gång hade varit hans dagliga språk. Ryan kände hur han slappnade av en aning, och kände igen retsamheten som en form av inkludering snarare än avvisning.

”Jag erkänner mig skyldig”, medgav han med ett litet leende. ”Men nuförtiden lär jag mig att den bästa ledningsstrategin ibland helt enkelt är att laga ett staket ordentligt eller hitta rätt foderblandning för en kräsen häst.”

Detta gav honom gillande nickar från köket, särskilt från Sarah, som lade upp nybakat bröd i en korg.

”Vad fick dig att lämna företagsfinansiering för en golfbana i Ridgemont?”, frågade Sarah. Hennes fråga var rakt på sak men saknade Kates skärpa. ”Det är en ganska stor kursändring.”

Ryan övervägde sitt svar, medveten om att det skulle utvärderas noggrant. "Jag behövde något äkta", sa han slutligen och förvånade sig själv med sin ärlighet. "Efter år av att flytta siffror i kalkylblad och mäta framgång i kvartalsrapporter, ville jag bygga något påtagligt. Golfbanan var tänkt att bara vara en investering först, men..."

"Men så träffade du Emma och hennes menageri av trasiga hästar", avslutade Pip åt honom, och hennes leende antydde att hon förstod mer än hon lät påskina.

"Något i den stilen", instämde Ryan, och hans ögon mötte Emmas. Hennes uttryck, en blandning av tillgivenhet och något djupare, fick granskningen från hennes familj att blekna till ett bakgrundsbrus.

Sarah började dirigera flytten av faten till bordet, och koreografin i måltidsserveringen talade om år av gemensamma söndagsluncher. Ryan fann sig själv införlivad i rytmen, fick serveringsfat att skicka vidare, blev tillfrågad om preferenser för lammets stekgrad, inkluderad i utdelningen av vinet som Marcus hade öppnat och dekanterat.

När familjen slog sig ner runt bordet, noterade Ryan den lätthet med vilken de arrangerade sig, de omedvetna justeringarna som gjordes för att tillgodose varandras preferenser och vanor. Det var en dans vars steg han höll på att lära sig, och han fann försiktigt sin plats i deras etablerade mönster.

Måltiden flöt på som en välrepeterad symfoni, rätter dök upp och försvann, vinglas fylldes på, konversationen rörde sig från lokalt skvaller till härstamning inom hästavel till debatter om den bästa vägen till Brisbane under vägarbeten. Ryan fann att han slappnade av i rytmen, den initiala spänningen av att bli utvärderad gav vika för något mer bekvämt. De skarpa kanterna på Kates granskning hade mjuknat efter hennes tredje glas Shiraz, och till och med Jakes beskyddande storebrorsattityd lättade allt eftersom måltiden fortskred. Det var Pip som till slut styrde konversationen i en ny riktning, hennes ögon glittrade av illmarighet när hon lade ner sin gaffel.

"Ryan", sa hon med en röst som omedelbart drog till sig allas uppmärksamhet, "har Emma någonsin berättat för dig om sitt första år med Jemima? När hon fortfarande gick på universitetet? Det var det året jag gifte mig med Kit och kom in i familjen, och jag var helt tagen av hur Emma på något sätt jonglerade allt."

Emma stönade tyst bredvid honom. "Pip, jag tror inte att han behöver höra om det där."

"Jo, men det gör han visst", insisterade Pip och utbytte blickar med Sarah. "Det är väsentlig bakgrundsinformation."

Ryan tittade på Emma och noterade rodnaden som spred sig över hennes kinder. "Jag skulle faktiskt vilja höra det", sa han mjukt.

Sarah tog upp tråden, hennes röst mjuknade av uppenbar stolthet. "Emma var nitton när Jemima föddes, halvvägs genom sitt andra år på utbildningen i hästskötsel. De flesta skulle ha tagit ett studieuppehåll, tagit en paus. Inte vår Emma."

"Hon var helt fast besluten att bli klar i tid", tillade Kate, och hennes tidigare skepticism gav vika för omisskännlig beundran. "Dök upp på föreläsningar med Jemima i en bärsjal när barnomsorgen fallerade. Jag minns att jag hittade henne i campusbiblioteket klockan elva på kvällen, med bebisen sovande i barnvagnen, medan Emma strök under i läroböcker och skrev uppsatser."

Ryan sneglade på Emma, som studerade sin tallrik med intensiv koncentration. Det här var inte den polerade framgångssagan folk delade på nätverksträffar; det här var rå beslutsamhet, stökig och äkta.

"Berätta för honom om gången doktor Patterson kom på henne med att amma under det praktiska provet", uppmanade Pip och ignorerade Emmas förödmjukade min.

Marcus skrattade. "Den historien hade jag hört i veterinärskolans kretsar. Insåg inte att det var du, Emma. Var inte Patterson den där dinosaurien som tyckte att kvinnor inte borde arbeta med stora djur?"

"Precis densamme", bekräftade Sarah. "Han kom runt till stallet under den praktiska examinationen och hittade Emma som demonstrerade korrekt hovvård medan Jemima ammade under en sjal. Den gamla geten fick nästan en hjärtinfarkt."

"Vad gjorde du?", frågade Ryan Emma direkt, genuint nyfiken.

Emma tittade upp och mötte hans blick med en blandning av förlägenhet och trots. "Avslutade demonstrationen, fick högsta betyg på provet och anmälde honom för hans diskriminerande kommentarer. Universitetet installerade ett amningsrum i hästcentret terminen efter."

Bordet bröt ut i uppskattande skratt, och Ryan fann sig själv delta, en våg av beundran värmde hans bröst. Den Emma han höll på att lära känna blev helt logisk i ljuset av dessa historier, hennes vilda självständighet och tysta styrka smidd under de utmanande åren.

"Hon var envis med att ta emot hjälp också", fortsatte Kate och fyllde på vinglasen runt bordet. "Mamma och pappa erbjöd sig att täcka hennes levnadskostnader, men hon insisterade på att klara sig själv."

"Jag accepterade hjälp med barnpassning", invände Emma. "Jag var inte helt tjurskallig."

"Bara för det mesta", retades Pip. "Kommer du ihåg när du tog det där nattjobbet med att städa kontor? Bara för att du skulle kunna betala för Jemimas första riktiga ridkläder själv?"

Ryan lyssnade, fascinerad, medan bilden av den unga Emma växte fram genom hennes systrars berättelser:

pluggade under Jemimas tupplurar, schemalade lektioner kring matningstider, arbetade kvällar när Pip eller Kate kunde passa barnet. Kvinnan han höll på att bli förälskad i hade formats av dessa utmaningar, hennes beslutsamhet att skapa sin egen väg trots hindren.

"Vi försökte hjälpa mer", förklarade Sarah för Ryan, "men Emma hade den här grejen med att bevisa att hon kunde klara det själv."

"Jag ville inte vara en börda", sa Emma tyst.

"Det var du aldrig", svarade Kate med oväntad mildhet. "Vi ville bara göra det lättare."

"Vissa saker är inte menade att vara lätta", svarade Emma, och hennes ögon mötte Ryans. "De svåra delarna spelar också roll."

Något i hennes ord genljöd djupt hos Ryan. Hans egen väg hade varit minutiöst planerad och generöst finansierad, hans föräldrars förväntningar på excellens matchade av deras villighet att tillhandahålla de resurser som krävdes för framgång. Prestationer hade varit valutan för tillgivenhet i hans familj, godkännande beroende av mätbara resultat. McKenzies ovillkorliga stöd, deras stolthet över Emmas kamp snarare än bara hennes framgång, kändes främmande för hans erfarenhet och ändå på något sätt djupt rätt.

När måltiden avslutades och de flyttade över till det bekväma vardagsrummet med dess nedsuttna soffor och bokhyllor som svämmade över av vällästa pocketböcker, fann Ryan sig själv betrakta familjen med nya ögon. Sarah och Marcus sjönk ner i ett välbekant mönster av tyst konversation, hennes huvud vilade bekvämt mot hans axel. Pip och Kate argumenterade godmodigt om en kommande hästtävling, deras tävlingsinstinkter uppenbara men insvepta i tydlig tillgivenhet. Jake gav sig av för ett arbetspass, men inte innan han fick ett löfte av Ryan att ansluta sig till hans lag i polisens årliga välgörenhetsgolfturnering.

Jemima dök upp från var hon än hade lekt och styrde stegen rakt mot Ryan i soffan. Utan att tveka slängde hon sig ner bredvid honom och lutade sig bekvämt mot hans sida när hon öppnade en bok om hästraser. Den avslappnade intimiteten i gesten överraskade honom, detta barn som bara hade känt honom en kort tid och redan litade på honom implicit.

"Kan du hjälpa mig med de krångliga namnen?", frågade hon och pekade på ett avsnitt om europeiska raser. "Vissa av dem är jättesvåra att säga."

"Självklart", instämde Ryan och lutade sig närmare för att se sidan.

Medan han hjälpte Jemima att ljuda "knabstrupper" och "trakehner", blev Ryan medveten om en djupgående förändring inom sig själv. I affärsvärlden hade han värderats för vad han kunde uppnå, de affärer han kunde sluta, de vinster han kunde generera. Här, i detta glada vardagsrum fyllt med hästböcker och familjefotografier, verkade hans värde mätas med helt andra måttstockar: hans tålamod med en åttaårings frågor, hans vilja att lära sig om räddningshästar, hans förmåga till genuin kontakt.

Emma fångade hans blick från andra sidan rummet, hennes uttryck mjukt när hon såg på honom med Jemima. I det ögonblicket förstod Ryan med slående klarhet att han hade snubblat över något han aldrig medvetet hade sökt men desperat behövt: en plats där prestationer betydde mindre än närvaro, där acceptans inte var villkorad av prestation.

Jemimas lilla hand klappade på hans arm för att få tillbaka hans uppmärksamhet, hennes blonda huvud lutat uppåt för att ställa en annan fråga. När Ryan svarade, och använde den lilla hästkunskap han hade samlat på sig de senaste veckorna, kände han en visshet slå rot i bröstet. Denna bullriga, komplicerade familj med sina omaka möbler och ovillkorliga stöd visade honom ett sätt att tillhöra som han inte hade vetat existerade. Och kvinnan som såg på honom från andra sidan rummet, som en gång hade burit ett spädbarn till universitetsföreläsningar snarare än att kompromissa med sina drömmar, höll på att bli centrum i ett liv han inte hade planerat men nu inte kunde föreställa sig att ge upp.

När eftermiddagens solljus strömmade in genom fönstren och förvandlade dammkornen omkring dem till svävande guld, insåg Ryan att den mest värdefulla tillgången i hans liv inte fanns med på någon finansiell rapport han någonsin hade upprättat. Den fanns här, i de skrattfyllda rummen på Ridgewater, i Emmas tysta styrka, i Jemimas förtroendefulla lutning mot hans sida, där han hade funnit något ovärderligt: ett hem för sitt hjärta.

# Kapitel tolv

MORGONSOLEN SILADE IN GENOM stallfönstren och kastade långa, gyllene rektanglar över betonggolvet när Ryan gick mot Phoenix box. Det hade gått två veckor sedan söndagslunchen med Emmas familj, och hans besök på Ridgewater hade blivit nästan dagliga. Varje besök drog honom djupare in i denna värld av hästar och helande. Han fick syn på Emma längre fram, med en grimma i handen på väg mot Phoenix boxdörr, och han saktade in för att inte störa den tysta ritual han hade kommit att uppskatta.

"God morgon", ropade han lågt och höll sig på ett respektfullt avstånd.

Emma vände sig om med ett leende. "Du är tidig idag."

"Styrelsemötet slutade tidigare än väntat." Han lutade sig mot en stödbjälke, nöjd med att se henne smita in i

Phoenix box. "Det visar sig att klubben fungerade som ett väloljat maskineri långt innan jag dök upp, och jag tänker inte laga det som inte är trasigt, så jag tänkte att jag helt enkelt skulle hålla mig ur vägen och komma hit istället. Jag hoppades hinna se morgonpasset."

Genom den öppna dörren kunde Ryan se Phoenix stå lugnt, med sitt mörka huvud sänkt i en hälsning när Emma närmade sig. Förvandlingen hos hästen under de senaste veckorna fortsatte att förvåna honom. Där en darrande, vildögd varelse en gång hade stått, glänste nu Phoenix päls av hälsa, och hans hållning var stadig och alert snarare än skälvande av rädsla.

Emma fäste grimskaftet i Phoenix grimma och mumlade ord som var för låga för att Ryan skulle höra. Hästen följde henne villigt ut ur boxen, med öronen spetsade framåt av intresse istället för bakåtstrukna av ångest. När de kom ut i stallgången lade Ryan märke till muskeldefinitionen som utvecklades längs Phoenix bogar och bakdel, ett bevis på att konsekvent arbete ersatte de spända, hopdragna musklerna hos en häst som ständigt var beredd på flykt.

"Han ser fantastisk ut", konstaterade Ryan när de passerade. "Svårt att tro att det är samma häst."

Emmas leende präglades av stolthet och något djupare. "Han håller på att minnas vem han var menad att vara innan galoppindustrin knäckte honom."

De rörde sig som en enhet mot rundcorallen där Zoe väntade, hennes vilda lockar idag tämjda i en praktisk fläta.

"Perfekt tajming", ropade hon. "Jag höll precis på att förbereda för kroppsbehandlingen innan passet." Hennes blick svepte över Phoenix, en professionell bedömning blandad med genuin tillgivenhet. "Titta på dig, snygging. Redo för din massage?"

Ryan ställde sig utanför corralens staket och fann den plats han omedvetet hade börjat betrakta som sin egen, där han kunde observera utan att störa. Den erbjöd en klar utsikt samtidigt som den höll honom tillräckligt långt bort för att hans närvaro inte skulle distrahera Phoenix. Träet var slätt under hans handflator, nött av år av åskådare som lutat sig mot det och betraktat den träning och det helande som definierade Ridgewaters syfte.

Zoe påbörjade sitt arbete med Phoenix lös, fri att gå undan om han ville. Ändå stod hästen villigt kvar när hennes händer följde knappt synliga mönster längs hans nacke och manke, hennes beröring så lätt att den knappt verkade vara där. Ryan hade sett denna process tillräckligt många gånger nu för att känna igen den speciella koncentrationen i Phoenix hållning, det lätta hängandet av underläppen som signalerade avslappning.

"Jag arbetar med att släppa på fascian runt nacken", förklarade Zoe för Emma, även om hennes röst nådde ända till Ryan. "Ser ni hur han fortfarande spänner sig här efter gårdagens pass? Det är ett skyddsmönster från hans galoppdagar, efter de skarpa bett de använde för att kontrollera honom."

Emma nickade, och hennes fingrar anslöt sig till Zoes för att lära sig tekniken genom beröring. "Jag kan känna det, det här spända bandet precis bakom öronen."

Ryan tittade på, som alltid fascinerad av det osynliga språk de talade med sina händer, en direkt kommunikation med hästens kropp på sätt som han bara började förstå. Där han en gång kanske skulle ha avfärdat sådant arbete som new age-flum hade han sett alltför många dramatiska förvandlingar under Zoes vård för att behålla sin skepticism.

En stallskötare passerade i närheten och råkade slå en tom hink mot staketet. Skramlet skar genom morgonfriden, och Phoenix ryckte upp huvudet och spände kroppen. Ryan rätade instinktivt på sig och mindes alltför väl hästens panikreaktion på åskvädret för några veckor sedan. Men istället för att skena iväg flyttade Phoenix bara sin vikt, näsborrarna vidgades en gång innan han åter sjönk in i Zoes behandling, hans ögonblick av larm passerade som en krusning på vattnet.

"Såg du det?" ropade Emma till Ryan, hennes ansikte upplyst av betydelsen av det som inte hade hänt. "För en månad sedan hade det där skickat honom genom staketet."

Ryan nickade, genuint imponerad. "Hur mycket av det är Zoes magiska händer och hur mycket är din träning?"

"Båda delarna", svarade Zoe innan Emma hann, hennes fingrar pausade aldrig i sitt arbete. "Kroppsbehandlingen hjälper till att frigöra de fysiska mönstren av rädsla, men Emmas konsekventa hantering lär honom nya reaktioner." Hon tog ett steg tillbaka och observerade Phoenix hållning. "Han är redo. Hans system är reglerat och närvarande."

Emma kom fram till Ryan och lyfte sadeln från staketräcket bredvid där han stod för att ta den tillbaka till Phoenix. "Vi har gjort otroliga framsteg den här veckan. Han är nu bekväm med att skritta, trava och till och med galoppera i ridhuset."

"Igår tog vi ut honom i gräshagen", tillade Zoe. "Han var lite mer alert utomhus, men utan att bli skrämd eller skena."

"Idag är det verkliga provet", fortsatte Emma och kunde inte dölja sin entusiasm. "Vi ska prova några små hinder."

Ryan höjde på ögonbrynen, imponerad av framstegstakten. "Går inte det lite väl snabbt?"

"För de flesta rehabiliteringsfall, ja", erkände Emma. "Men Phoenix var en vinnande galopphäst för inte så länge sedan. Hans muskler är fortfarande konditionerade och hans kropp minns arbetet, även om hans sinne behövde läka." Hon strök med en hand längs Phoenix glänsande hals efter att ha spänt sadelgjorden. "Dessutom tigger han praktiskt taget om fler utmaningar. Eller hur, grabben?"

Som om han förstod hennes ord, knuffade Phoenix till Emmas axel med mulen, vilket framkallade ett skratt från henne som fick något varmt att vecklas ut i Ryans bröst.

”Hur högt börjar ni med?” frågade han och fann sig genuint nyfiken på de tekniska aspekterna, långt ifrån sin ursprungliga investering i Phoenix som enbart en affärsangelägenhet.

”Bara markbommar till en början, sen kanske trettio centimeter om han är självsäker”, svarade Emma, tydligt nöjd med hans intresse. ”Sarah håller på att ställa upp på ridbanan nu. Hon är lysande på att utforma progressiva hoppövningar.” Hon hade tagit av grimman medan hon talade och lyfte nu tränset i väntan på att Phoenix skulle acceptera det. Den stora hästen frustade ut en suck innan han sänkte huvudet och lät henne trä på läderremmarna.

Ryan nickade. ”Och det bettlösa tränset, det är för att undvika tryck på känsliga områden från hans galoppdagar?”

Emma såg på honom med en förvåning som smälte till något varmare. ”Exakt. De flesta före detta galopphästar har trauman i munnen från skarpa bett och tunga händer, och Phoenix var särskilt illa däran, han har en del ganska grova ärr. Han kanske aldrig kommer att kunna acceptera ett bett i munnen... och det är okej. Om vi ville träna för dressyr eller till och med fälttävlan, skulle han behöva lära sig att ha bett, men man kan gå hela vägen till toppen i banhoppning med ett bettlöst träns.” Hon lyfte tyglarna i handen och smackade på Phoenix med tungan. ”Nu kör vi, snygging. Visa Ryan vad du kan.”

Ryan sköt ifrån staketet och slog följe med dem när de gick mot ridbanan. Phoenix gick mellan dem, hans steg stadiga och målmedvetna, och kastade ibland en blick på Ryan med vad som verkade vara ett växande igenkännande.

”Du vet”, sa Emma tyst när de gick, ”jag förväntade mig aldrig att han skulle göra framsteg så här snabbt. Det är något speciellt med honom, Ryan. Något som överlevde allt de gjorde mot honom.”

Ryan räckte Emma hennes ridhjälm, såg på den uppriktiga tron i hennes ögon och kom på sig själv med att hoppas att hon hade rätt, inte bara för Phoenix skull eller för avkastningen på hans investering, utan för att hennes tro på att laga trasiga ting hade börjat kännas som en metafor för något större, något som kanske kunde inkludera honom också.

Gräsarenan sträckte ut sig framför dem, en stor oval av prydligt klippt gräs. Sarah var redan där och rörde sig bland de färgglada hinderstöden och bommarna, och gjorde små justeringar av höjder och avstånd. Ryan hittade en plats längs staketet där han kunde se de flesta hindren och noterade med ett leende hur bekväm han hade blivit i denna värld som hade varit helt främmande för honom bara några veckor tidigare.

Sarah tittade upp när Emma ledde in Phoenix på banan och satt upp från pallen. "Börja med tjugometersvolter i varje ände", instruerade hon och tog ett steg tillbaka för att bedöma sitt verk. "Jag vill att han ska vara avslappnad och framåt innan vi närmar oss några bommar."

Ryan betraktade Sarah med nyvunnen uppskattning. Hennes synnedsättning var knappt märkbar i det medvetna sätt hon rörde sig på, hennes expertis kompenserade för det hennes ögon inte fullt ut kunde se. Han hade lärt sig att de exakta måtten mellan hindren, det noggranna övervägandet av anridningsvinklar, allt härrörde från år av tävlingserfarenhet och en medfödd förståelse för hur hästar rör sig i rummet.

Emma manade Phoenix fram i skritt, hennes hållning avslappnad men ändå auktoritär i sadeln. Fullblodets öron fladdrade uppmärksamt mellan sin ryttare och de färgglada hindren som var utspridda över banan. Ryan kände nu igen hästens kroppsspråk: de framåtspetsade öronen signalerade intresse snarare än larm, den reglerade andningen indikerade fokus istället för rädsla.

"Fin skritt", ropade Sarah. "Gå nu över till trav, håll volterna runda. Låt honom inte driva mot hindren än, även om han vill."

Phoenix övergick till en mjuk trav, hans steg jämna och balanserade. Ryan noterade hur annorlunda hästen bar sig åt jämfört med de första passen, då varje rörelse hade verkat som en förhandling mellan rädsla och nödvändighet. Nu sträckte Phoenix ut i sitt steg med växande självförtroende, hans mörka päls glänste i ljuset, musklerna böljade när han välvde halsen.

"Han erbjuder dig mer energi", observerade Sarah, hennes röst hördes över hela banan. "Ta den, men kanalisera den. Be om lite mer böjning."

Emma gjorde en subtil justering, hennes händer mjuknade när hon ledde Phoenix genom en snävare sväng. Hästen svarade omedelbart, hans kropp böjde sig graciöst runt hennes inre skänkel. Ryan fann sig själv luta sig framåt en aning, fångad av den flytande kommunikationen mellan häst och ryttare.

"Okej, låt oss prova markbommarna först", instruerade Sarah och pekade på en rad bommar som låg platt på det korta gräset. "Anridning från vänster, rak linje, stadig rytm."

Emma samlade Phoenix med en knappt märkbar förflyttning av sin kropp och styrde honom mot bommarna. Fullblodets öron spetsades framåt, hans steg förlängdes med uppenbart intresse. När de närmade sig ropade Sarah ut påminnelser om tempo och rakhet, hennes erfarna öga fångade detaljer som Ryan ännu inte kunde urskilja.

Phoenix klev prydligt över markbommarna, hans koncentration tydlig i den försiktiga placeringen av varje hov. Ryan kände en oväntad våg av stolthet när han såg denna häst, en gång så knäckt av rädsla, nu ta sig an nya utmaningar med sådant fokus.

"Perfekt", godkände Sarah när Emma och Phoenix hade slutfört övningen två gånger i varje riktning. "Nu krysshinder. Kom ihåg, det är anridningen som är viktig, inte själva språnget."

Emma gjorde en volt till och etablerade en rytmisk galopp innan hon vände mot det lilla hindret Sarah hade pekat ut. De korsade bommarna var inte mer än tjugo centimeter i mitten, men representerade en betydande milstolpe i Phoenix återhämtning. Ryan kom på sig själv med att hålla andan när de närmade sig.

Phoenix tvekade aldrig, lyfte sig över hindret med lätt grace och klarade det med förmodligen dubbla höjden. Hans landning var mjuk, hans steg vacklade aldrig när Emma ledde honom i en kontrollerad kurva bort från staketet. Glädjen i hennes ansikte var omisskännlig, ett leende som spred sig över hennes drag som en soluppgång.

"Duktig kille!" kvittrade hon och klappade entusiastiskt om hans hals. "Vilken smart, modig kille du är!"

Phoenix verkade växa med berömmet, hans steg förlängdes, öronen fortfarande stadigt fixerade framåt. Ryan kunde se att hästen sökte efter ett annat hinder, hans iver påtaglig även för en otränad observatör.

"Han letar efter nästa", noterade Sarah med tillfredsställelse. "Men märk hur han inte rusar eller kämpar mot Emmas ledning. Det är ovanligt för ett fullblod med hans bakgrund. De blir vanligtvis upphetsade och vill skena efter ett hinder, men han behåller kontrollen."

Emma styrde Phoenix mot ett något större rättuppstående hinder, kanske trettio centimeter högt. Hans anridning var avmätt, hans fokus totalt när han seglade över bommarna med gott om marginal och landade med samma kontrollerade energi som hade imponerat så på Sarah.

”Såg du det?” Sarah vände sig mot Ryan, upphetsningen tydlig i hennes snabba ord. ”Det där är naturbegåvning. Sättet han drog upp frambenen, hur han bedömde avståndet, den balanserade landringen; det är inte inlärt beteende, det är medfödd förmåga.”

Ryan nickade, även om han inte var helt säker på att han kunde identifiera alla de element hon beskrev. ”Han får det verkligen att se enkelt ut.”

”Exakt”, sa Sarah och blev varm i kläderna. ”De flesta hästar måste lära sig en effektiv hoppteknik, men Phoenix har den instinktiva förmågan att justera sin kropp i luften. Min far skulle säga att han har 'scope'.” Hon gestikulerade mot Phoenix när Emma styrde honom över ett annat hinder, och varje gång valde ett som var lite större. ”Titta hur han använder ryggen, sättet han lyfter bakdelen. Det är något man inte kan lära ut.”

Ryan studerade hästen med ny uppskattning och började se vad Sarah beskrev. ”Och det är ovanligt?”

”För en före detta galopphäst? Absolut.” Sarahs expertis var tydlig i hennes bedömning ”De flesta hästar från galoppbanan behöver betydande omskolning innan de kan hoppa med någon riktig teknik. De är avlade och tränade för hastighet, inte höjd.” Hon vände sig mot Ryan, med ett allvarligt uttryck. ”Min far red i två OS, och jag tävlade i fälttävlan på högsta nationella nivå. Om någon av oss hade hittat Phoenix när han var yngre, innan galoppen förstörde honom...” Hon skakade på huvudet. ”Tja, låt oss bara säga att Emma kan ha råkat ridda en väldigt värdefull häst.”

Innebörden gick inte Ryan förbi. Hans initiala investering i Phoenix, delvis gjord som en gest av välvilja mot Emma, kunde visa sig vara mer ekonomiskt sund än han hade förväntat sig. Men märkligt nog gav denna utsikt honom mindre tillfredsställelse än att bara se hästens glädjefyllda rörelser, de synliga bevisen på läkning som hade skett under Emmas vård.

Efter flera framgångsrika hinder tog Emma ner Phoenix i trav, sedan skritt, och cirklade på banan för att varva ner honom. Hon styrde honom mot där Ryan stod vid staketet.

"Vill du leda honom under den sista nedvarvningen?" erbjöd hon, hoppade av och räckte över tyglarna. "Zoe rekommenderar att man går med honom utan ryttare efter att han har tränat, för att låta musklerna slappna av."

Ryan tvekade bara en kort stund innan han tackade ja. Dessa praktiska interaktioner med Phoenix bar fortfarande på en strimma av nervositet, även om han hade blivit mer bekväm runt hästar under de senaste veckorna. Han tog tyglarna i handen, medveten om Emmas vakande ledning.

"Precis så", uppmuntrade hon när han ledde Phoenix bort från staketet. "Fint avslappnat grepp, låt honom känna att du är självsäker även om du inte är det."

Ryan rätade instinktivt på axlarna, men kom sedan på sig själv med att falla in i vad Emma retsamt kallade hans "styrelserumshållning". Han slappnade medvetet av och lät armen röra sig naturligt med Phoenix steg istället för att upprätthålla rigid kontroll.

"Han var otrolig idag", sa Ryan med genuin beundran i rösten. "Jag har aldrig sett honom så... entusiastisk."

"Hoppning kanske är hans sanna kall", höll Emma med och gick vid deras sida. "Vissa hästar blir levande när de hittar rätt jobb."

En dörr slog igen i stallet längre bort, och ljudet bar. Phoenix lyfte huvudet, musklerna spändes för ett ögonblick under hans glänsande päls. Ryan kände den tillfälliga stramheten i tyglarna, den subtila förändringen i hästens energi. Istället för att dra åt greppet eller frysa till, som han kanske hade gjort för några veckor sedan, fortsatte han att gå i samma stadiga takt, hans röst sänktes till den lugna ton han hade hört Emma använda otaliga gånger.

”Det är ingenting, bara en dörr”, mumlade han, förvånad över hur naturliga orden kändes. ”Inget för oss att oroa oss för, kompis.” Phoenix öron vände sig mot honom, och spänningen släppte från de stora musklerna lika snabbt som den hade uppstått. Hästen pustade ut ett mjukt andetag och återupptog sin avslappnade skritt.

Emmas leende rymde något mer än bara godkännande. ”Du börjar bli riktigt bra på det där”, konstaterade hon. ”Han litar på dig.”

Ryan kände en oväntad värme sprida sig i bröstet vid hennes ord. Förtroendet från denna magnifika, en gång knäckta varelse kändes plötsligt mer meningsfullt än förtroendet från något styrelserum fullt av chefer. Phoenix gick bredvid honom med den reglerade andningen hos en häst i vila, hans steg matchade Ryans, och skapade en rytm mellan dem som inte krävde några kalkylblad eller strategisk planering, bara närvaro och ömsesidig respekt.

Ryan testade golvbrädan med foten och kände tillfredsställelse värma bröstet när den förblev fast. En timmes väl använt arbete, även om hans knogar bar på amatörsnickarens stridsskador. Den lösa brädan hade stört honom i dagar, dess subtila rörelse hade fångat hans uppmärksamhet varje gång han korsade verandan till det stora huset. Konstigt hur snabbt han hade utvecklat ett ägarintresse för Ridgewaters underhåll, som om det gamla Queenslander-husets varsamma förfall på något sätt var hans angelägenhet. Från ridbanan kom det rytmiska ljudet av hovslag och Emmas röst som vägledde sin eftermiddagsklient genom övningar han nu kände igen vid namn.

Han samlade ihop sina verktyg och sorterade tillbaka dem i den buckliga metallådan han hade lånat från förrådet. För sex månader sedan skulle tanken på att tillbringa en ledig eftermiddag med att laga någon annans golv ha verkat absurd. Nu kändes det som en fullt rimlig användning av tid som annars skulle ha ägnats åt att granska kvartalsprognoser eller analysera marknadstrender.

Knastret av däck på gruset drog hans uppmärksamhet till uppfarten, där två bekanta bilar körde in, Marcus pickup med Ridgemonts veterinärkliniks logotyp följd av Jakes SUV. Jemima rusade ut från baksätet på Jakes bil, hennes skolryggsäck studsade när hon fick syn på Ryan och ändrade kurs mot honom.

"Ryan! Lagade du den knarriga brädan?" ropade hon och skuttade uppför trappan. "Den som alltid gör knarr-knarr när man trampar på den?"

"Uppdrag slutfört", bekräftade han och demonstrerade med ett överdrivet steg. "Inget mer knarr-knarr."

Jake följde efter Jemima uppför trappan, fortfarande i sin polisuniform. "Du håller på att bli en riktig hantverkare, Wardell", konstaterade han med en antydan till road min. "Snart installerar du badrumsinredning och drar om elen i stallet."

"Jag drar gränsen vid elarbeten", svarade Ryan och reste sig för att hälsa ordentligt. "Även om jag börjar förstå tillfredsställelsen i att fixa konkreta problem."

Marcus klev upp på verandan med vad som såg ut att vara Jemimas skolprojekt, en kartongkonstruktion som vagt liknade en häst. "Är Emma fortfarande med sin tretton-trettio-kund?" frågade han och ställde försiktigt den ömtåliga strukturen på bordet.

"Det ser ut som att de håller på att avsluta nu", bekräftade Ryan och pekade mot ridbanan där Emma precis öppnade grinden. "Klienten hade problem med galoppfattningarna, tror jag."

Jemima hade redan försvunnit in i huset och ropat något om att byta till ridkläder. Jake lutade sig mot verandans räcke, hans hållning avslappnad på ett sätt som Ryan hade kommit att känna igen som ledig.

"En öl?" föreslog Jake. "Sarah fyllde på kylen igår."

Det lediga erbjudandet, så annorlunda från de formella nätverksdrinkarna i Ryans tidigare liv, överraskade honom fortfarande. Mer överraskande var hur naturligt han accepterade och följde med männen in i köket där Marcus redan hämtade flaskor från kylskåpet.

"Skål", sa Marcus och räckte runt ölen. "För framgångsrikt snickrande och för att Jake överlevt ännu en dag av Sergeant Porters detaljstyrning."

De skålade, och Ryan tog en uppskattande klunk. Den kalla ölen var perfekt efter en eftermiddag med fysiskt arbete. "Ger Porter dig problem?" frågade han Jake och fann sig genuint intresserad av svaret.

Jake himlade uttrycksfullt med ögonen. "Karln insisterar på att granska varje rapport med en rödpenna, som om vi var tillbaka i grundskolan. Trettio år inom kåren, och han tror fortfarande att korrekt formatering löser brott snabbare än faktiskt polisarbete."

Samtalet flöt på med överraskande lätthet. Marcus delade med sig av en anekdot om en paranoid åsneägare som var övertygad om att hennes djur höll på att utveckla mänskligt tal, och Jake kontrade med historien om ett klagomål på oväsen som visade sig vara en äldre mans papegoja som perfekt imiterade ett familjegräl.

"Så", sa Jake under en paus och fäste blicken på Ryan med godmodig granskning, "hur går övergången från bolagshaj till hästviskare? Gillar du att byta kalkylark mot hästlakan?"

Marcus frustade i sin öl åt det usla skämtet, medan Ryan skrattade trots det vänliga retsamheten. "Kalkylarken finns fortfarande kvar", erkände han. "Bara applicerade på andra problem nu."

"En gång analytiker, alltid analytiker", höll Marcus med, även om det inte fanns något dömande i hans ton. "Men jag märker att du utvecklar ett ganska bra öga för en hästs exteriör. Kommentaren om Phoenix bogvinkel igår var klockren.”

Ryan kände en gnutta glädje över erkännandet. ”Jag lär mig. Men det mesta känns fortfarande som ett främmande språk.”

”Du lär dig snabbare än de flesta”, konstaterade Jake. ”Det tog mig månader av att dejta Pip innan jag kunde skilja på en kota och en kotled.”

Det enkla samspelet, bristen på dolda agendor eller maktspel, slog plötsligt Ryan. I hans tidigare liv hade samtal med andra män alltid haft en underton av konkurrens, varje interaktion en subtil bedömning av status och fördelar. Här, med Jakes fötter avslappnat upplagda på en köksstol och Marcus ärmar uppkavlade för att visa dagens stridsskador från hanteringen av ett bångstyrigt och bitande föl, fanns det något uppfriskande rättframt.

”Jag har aldrig riktigt haft det här”, kom Ryan på sig själv med att säga, ett erkännande som överraskade även honom själv.

”Haft vadå?” frågade Marcus och sträckte sig efter en ny öl.

”Det här.” Ryan gestikulerade vagt mellan dem. ”Vänskap utan... en baktanke. Inom investmentbankverksamhet är varje relation transaktionell på någon nivå.”

Jake och Marcus utbytte en blick, en tyst kommunikation. ”Låter förbannat utmattande”, kommenterade Marcus till slut. ”Inte konstigt att du flydde till landsbygden.”

”Ridgewater har den effekten på folk”, tillade Jake med ett förstående leende. ”Man kommer av en anledning och finner sig själv stanna kvar av helt andra.”

Något i deras uttryck antydde att de förstod mer än vad Ryan hade uttryckt, och kanske såg den subtila förändringen i hans prioriteringar som han själv bara började inse.

Köksdörren flög upp när Jemima kom tillbaka, nu klädd i ridbyxor och en ren T-shirt. "Jag är redo för min hoppträning! Är mamma klar med sin lektion än?"

Vuxensamtalet upplöstes lika naturligt som det hade bildats, männen drack ur sina öl och följde Jemimas energiska ledning mot stallen. Emma mötte dem halvvägs, hennes klient på väg i motsatt riktning mot parkeringen.

"Redo för lite hoppträning, minsann?" frågade hon och rufsade om Jemimas hår. "Ryan, skulle du vilja hjälpa oss att ställa upp? Sarah har åkt in till stan för att köpa foder."

Ryan fann sig själv automatiskt justera hinderhöjder enligt Emmas anvisningar, nu bekant med systemet av hållare och sprintar som höll bommarna på plats.

"En sprint högre på den sidan", instruerade Emma när de arbetade tillsammans med ett krysshinder. "Vi jobbar på rakhet idag, så det måste vara helt jämnt."

Ryan gjorde justeringen, medveten om Emmas närhet när hon lutade sig in för att kontrollera hans arbete. Hennes axel snuddade vid hans arm, en vardaglig beröring som på något sätt bar på mer betydelse än något affärshandslag han någonsin utbytt. Doften av hennes schampo blandades med de jordnära dofterna från ridbanan och skapade en kombination han hade kommit att associera enbart med dessa stunder på Ridgewater.

Jemimas lektion fortsatte med den karakteristiska entusiasmen hos en åttaåring som är säker på sin förmåga, hennes eget fullblod Pepper bar henne lydigt över hindren. Ryan och Emma stod sida vid sida, och gick ibland fram för att justera en nerriven bom eller återställa ett hinder, deras rörelser föll in i en enkel rytm av samarbete.

"Tack", sa Emma tyst under ett ögonblick när Jemima gjorde en volt i bortre änden av banan. "För att du lagade golvbrädan. Och för att du hjälper till med det här." Hon pekade på hindren de hade arrangerat. "Och allt annat du gör här, tro inte att jag inte har märkt det. Jag är inte alltid bra på att ta emot hjälp.”

Erkännandet bar på en tyngd bortom de enkla orden. Ryan hade observerat Emmas starka självständighet, hennes beslutsamhet att hantera allt själv, från Phoenix rehabilitering till Ridgewater Rescues ekonomi.

”Jag har märkt det”, svarade han med mild humor. ”Men jag tror att vi kanske har det draget gemensamt.”

Hon log och bekräftade sanningen i hans iakttagelse. ”Det har bara varit jag och Jemima så länge. Och innan det var jag fast besluten att bevisa att jag kunde hantera universitet och ett barn utan särskilda anpassningar.” Hon såg sin dotter styra ponnyn över ett litet hinder. ”Att ta emot hjälp känns som att erkänna att jag inte klarar allt, och när man mäter sig mot föräldrar som är olympier och systrar som är eller var på väg mot den nivån... känns allt mindre som ett katastrofalt misslyckande.”

Ryan övervägde hennes ord och förstod bättre än hon kanske kunde ana. ”Jag brukade mäta mitt värde i hur mycket jag kunde åstadkomma ensam”, sa han till slut. ”Framgång var en ensam strävan. Nu finner jag att att hjälpa dig, att vara en del av det du bygger här, känns mer meningsfullt än något jag har gjort på flera år.”

Deras blickar möttes, den enkla sanningen i hans uttalande hängde i luften mellan dem. Emmas uttryck mjuknade, en sårbarhet där som fick hans bröst att dra ihop sig med känslor han fortfarande höll på att lära sig namnge.

”Mamma! Ryan! Såg ni det? Utan händer!” ropade Jemima och bröt ögonblicket när hon galopperade förbi med armarna utsträckta åt sidorna, ansiktet strålande av triumf.

”Ta upp tyglarna, Jemima McKenzie!” ropade Emma tillbaka, även om hennes leende dolde all verklig kritik. Hon vände sig tillbaka till Ryan, något varmt och outtalat i blicken. ”Jag är glad att du är här”, sa hon enkelt.

När solen sjönk lägre och målade ridbanan i bärnstensfärgat ljus, fann Ryan sig själv justera ett annat hinder för Jemimas anridning, hans händer stadigare och säkrare än de hade varit den morgonen. Företagsvärlden med sina vassa kanter och beräknande relationer kändes alltmer avlägsen, ersatt av detta liv av väderbitna staketstolpar och ärliga samtal, av hästar som läker från osynliga sår och människor som finner oväntade band. Med varje dag som gick på Ridgewater blev han någon ny men ändå på något sätt mer autentisk, som om platsen själv skalade bort lager av noggrant konstruerad identitet för att avslöja något sannare därunder.

Och när han såg Emma vägleda sin dotter över lektionens sista hinder, hennes tålamod och stolthet lika tydliga, visste Ryan med tyst visshet att han var precis där han behövde vara.

# Kapitel tretton

RYAN KISADE MOT KALKYLBLADET på datorskärmen, där golfklubbens kvartalsvisa intäktsprognoser dansade framför hans trötta ögon. Han hade hållit på sedan gryningen och hoppats bli klar tidigt så att han kunde lämna klubben och åka över för att träffa Emma. Tanken på henne fick ett ofrivilligt leende att sprida sig över hans läppar, ett leende som falnade när hans mobiltelefon ringde och skärmen visade ett namn han inte hade sett på flera veckor: Michael Harrington.

"Michael", svarade Ryan och lutade sig tillbaka i stolen. "Det var ett tag sedan vår senaste runda. Ditt handikapp måste lida utan mig."

Ett välbekant skratt hördes från andra änden av linjen. "Snarare förbättras det utan att du är med och briljerar, kompis. Lyssna, det här är inget socialt samtal."

Ryan rätade på ryggen och kände igen den professionella tonen som smugit sig in i hans gamla golfpartners röst. Michael var inte bara en helggolfare; som biträdande direktör för regional infrastrukturplanering rörde han sig i politiska kretsar som Ryan en gång hade uppvaktat för affärskontakter men som han gladeligen hade undvikit sedan han flyttade till Ridgemont. De hade haft ett enda kort möte efter det underliga mötet om förbifarten, men Michael hade varit förtegen och sagt att han behövde mer tid för att undersöka saken, och Ryan hade inte hört av honom sedan dess.

”Jag antar att det här handlar om förbifarten?” frågade Ryan med en spänning som knöt sig i magen.

”Mitt i prick.” Michaels röst sänktes en aning. ”Tänkte att du borde veta att det har skett en del intressanta utvecklingar. Någon har tryckt på hårt bakom kulisserna för den östra sträckningen. Jag har aldrig sett den här typen av påtryckningar för vad som borde vara ett okomplicerat regionalt infrastrukturprojekt.”

Ryan rynkade pannan och knackade pennan mot skrivbordet. ”Någon aning om vem?”

”Kan inte säga säkert. Men de har kontakter. Planbeslut som normalt tar månader har påskyndats.” Michael tystnade. ”Eller de gjorde det, fram tills nyligen.”

”Vad har förändrats?”

”Motståndet från ert lokalsamhälle, för det första. De offentliga samråden, miljökonsekvensbeskrivningarna från naturvårdsgrupperna, namninsamlingen från de lokala företagen. Det har skapat tillräckligt med oväsen för att den östra sträckningen inte bara kan klubbas igenom som någon uppenbarligen vill.”

En flamma av tillfredsställelse värmde Ryans bröst. Veckorna av möten i lokalsamhället, av att hjälpa lokala fastighetsägare att formulera sina farhågor, av att arbeta med miljökonsulten för att dokumentera den potentiella påverkan på lokala viltkorridorer, hade inte varit förgäves.

"Så vad händer nu?" frågade Ryan.

"Trafikverket kommer att genomföra ytterligare undersökningar av den västra sträckningens genomförbarhet. De kommer att titta på markstabilitet, dräneringsfrågor, alla de tekniska invändningar som ursprungligen togs upp mot den." Michaels röst bar en antydan till godkännande. "Du har köpt tid, Ryan. Det är ingen liten sak i sådana här ärenden."

"Jag uppskattar förvarningen", sa Ryan, genuint tacksam för insiderinformationen.

"Inga problem. Bokstavligen. Det här samtalet har aldrig ägt rum." Michaels ton blev lättare. "Och för Guds skull, kom och spela en runda snart. Jag har en ny putter som jag är ivrig att få visa upp."

Efter att de lagt på satt Ryan orörlig en stund och bearbetade konsekvenserna. Den östra förbifartssträckningen, som skulle skära rakt igenom hjärtat av Ridgewater, skulle ödelägga Emmas räddningsverksamhet. Hela fastigheten stod inför tvångsinlösen, och en flytt av alla anläggningar, för att inte tala om alla hästar, skulle vara nästintill omöjlig ... för att inte nämna att de inte hade någon annanstans att ta vägen.

För vissa medlemmar i hans klubb utgjorde dock den östra sträckningen ett gyllene tillfälle. Fastigheter på andra sidan Ridgemont skulle plötsligt få utmärkt tillgång till Brisbane, och deras värden skulle skjuta i höjden över en natt. Flera av hans mest inflytelserika medlemmar ägde betydande markinnehav i de områdena, ett faktum som de gjort allt svårare att ignorera.

Hans dator plingade till med ett nytt mejl, den officiella underrättelsen från Trafikverket angående de ytterligare undersökningarna. Att se det byråkratiska språket bekräfta vad Michael hade berättat för honom väckte både lättnad och oro. Det här var inte över, bara försenat.

Väggklockan visade 10, och det var dags för det månatliga styrelsemötet som han hade fasat för. Ryan rättade till sin slips, en reflexmässig gest från sina bolagsdagar som han aldrig riktigt hade övergett, och gick mot klubbhusets konferensrum.

De var redan där, utplacerade runt det polerade mahognybordet som schackpjäser: Douglas Peterson, pensionerad fastighetsutvecklare och klubbens kassör; Elaine Winfield, vars familj hade varit med och grundat Ridgemont; James Chen, som ägde hälften av de kommersiella fastigheterna i stan; och tre andra styrelseledamöter vars sammanlagda nettoförmögenhet förmodligen kunde köpa Ridgemont två gånger om.

"God eftermiddag, allesammans", hälsade Ryan dem och satte sig vid bordets huvudända. "Ska vi börja?"

Mötet fortskred smidigt genom de vanliga dagordningspunkterna: godkännande av föregående protokoll, finansiella rapporter, medlemsuppdateringar. Men Ryan kunde känna spänningen byggas upp, de subtila blickarna som utbyttes över bordet, den lätta stelheten i hållningar som normalt slappnade av ju längre mötena pågick.

Det var Peterson som till slut tog upp ämnet, precis när de nådde punkten "övriga frågor".

"Jag förstår att det har skett en utveckling med förbifartsförslaget", sa han, med en ton som var noggrant neutral trots den skarpa blicken i hans blekblå ögon. "Något om ytterligare undersökningar av den västra sträckningen?"

Ryan nickade, föga förvånad över att nyheten redan hade nått dem. Några av dem fanns säkert också med på den där mejllistan, och några av dem kunde ha kontakter på Trafikverket som hade förvarnat dem. "Ja, jag fick en officiell underrättelse idag. Trafikverket kommer att genomföra ytterligare genomförbarhetsstudier på båda föreslagna sträckningarna."

"Vilket du måste vara nöjd med", konstaterade Elaine, medan hennes perfekt manikyrerade naglar trummade en mjuk rytm mot bordet. "Med tanke på din ... personliga opposition mot den östra sträckningen."

Betoningen på "personliga" var inte subtil. Ryan mötte hennes blick med jämnt mod. "Mina farhågor kring den östra sträckningen sträcker sig bortom personliga hänsyn. Miljökonsekvensbeskrivningen tog upp betydande problem som motiverar ytterligare utredning."

James Chen lutade sig fram. "Med all vederbörlig respekt, Ryan, så har många av våra medlemmar mycket att vinna på den östra sträckningen, som skulle förbättra tillgången till deras fastigheter och öka deras värden avsevärt."

Ryan kände en välbekant känsla byggas upp i bröstet, den spänning som en gång hade föregått hans segrar i styrelserummet, den fokuserade intensitet som hade gjort honom formidabel i företagsförhandlingar. Men det kändes annorlunda nu, drivet inte av ambition utan av något mer grundläggande, en önskan att skydda det som betydde något.

"Beslutet ligger i slutändan hos Trafikverket", sa han lugnt. "Vår roll som klubb är att förespråka det bästa för våra medlemmar och det samhälle vi är en del av."

"Och det är precis det som är vår oro", inflikade Elaine, hennes röst bärande tyngden av gamla pengar och rotat inflytande. "Dina beslut på sistone verkar alltmer fokuserade på intressen utanför klubben. Välgörenhetsturneringen för polisen, att fördela underhållsresurser för att förbättra det allmänna gångvägsnätet, och nu denna aktiva opposition mot en utveckling som skulle gynna många av våra mest lojala medlemmar."

"Klubben existerar inte i ett vakuum", svarade Ryan och ekade ord som Emma en gång hade sagt om Ridgewater. "Vår framgång är knuten till samhället runt omkring oss. Att stärka dessa band gynnar alla i det långa loppet."

Peterson utbytte en blick med Chen, en tyst kommunikation som Ryan kände igen alltför väl från sina bolagsdagar. Styrelsen var inte övertygad, och detta möte var bara den inledande salvan i vad som lovade att bli en pågående strid.

När mötet ajournerades satt Ryan kvar vid bordet och såg dem gå ut med artiga nickar som inte på något sätt dolde deras missnöje. Det politiska landskapet hade förskjutits under hans fötter, och sprickor hade uppstått mellan hans nya prioriteringar och förväntningarna från dem som först hade välkomnat hans köp av klubben.

Hans mobil surrade till med ett sms från Emma: *"Phoenix var fantastisk idag. Vi hoppade precis en hel bana på en meter utan en enda tvekan! När kommer du över?"*

Det enkla meddelandet skar igenom spänningen som hade byggts upp under mötet och påminde honom om vad som verkligen betydde något nu. Förbifarten handlade inte bara om fastighetsvärden eller bekvämlighet; den handlade om att bevara en plats för helande, en fristad som på något sätt hade blivit central för hans egen oväntade förvandling.

Han skrev tillbaka: *"På väg. Skulle behöva lite hästterapi efter idag."*

Ryan lämnade sina papper, klev ut i solskenet och klättrade upp i sin golfbil. Hans väg tog honom förbi de noggrant skötta fairwayerna mot klubbens gräns till Ridgewater. Marken där förbifarten en dag kanske skulle dras fram låg fortfarande fridfull, omedveten om de mänskliga intriger som hotade dess existens. Ryan kände hur tyngden av den kommande konflikten lade sig på hans axlar, även när han skyndade mot den enda plats där han nu kände sig mest som sig själv.

Emma kände hur Phoenix svarade på det subtila trycket från hennes skänkel och smidigt övergick till en samlad galopp längs ridbanans kant. Hans förvandling fortsatte att förvåna henne; den en gång så skräckslagna fullblodshästen rörde sig nu med växande självförtroende, hans ögon alerta men lugna när han bedömde varje hinder. Hon hörde gruset knastra under däck innan hon såg Ryans golfbil dyka upp, och något i hans hållning när han klev ur sa henne omedelbart att något var fel. Efter sex månader av att lära sig varandras humör och signaler kunde hon läsa av spänningen i hans vanligtvis avslappnade hållning, den lilla rynkan mellan ögonbrynen som bara dök upp när han var oroad.

"Vi avslutar med det här", mumlade hon till Phoenix och styrde honom mot ett enkelt rättuppstående hinder. Han klarade det med obesvärad elegans, och hon saktade ner honom till skritt och klappade hans hals medan hon cirklade tillbaka mot grinden där Ryan nu stod och tittade på.

"Han ser fantastisk ut", sa Ryan, men hans leende nådde inte riktigt ögonen.

Emma hoppade av och lossade på Phoenix sadelgjord. "Det gör han. Och du ser ut som om du precis har haft ett möte med Skatteverket." Hon studerade honom medan hon började leda Phoenix i hans nedvarvningscirklar. "Vad har hänt?"

Ryan drog en hand genom håret, en gest hon hade lärt sig att känna igen som ett tecken på frustration. "Bara lite klubbpolitik. Inget för dig att oroa dig för."

"Vilket betyder att det absolut är något för mig att oroa mig för", kontrade Emma. "Kom igen, gå med mig medan jag varvar ner honom, och berätta vad som pågår."

Medan de gick sida vid sida och Phoenix hovar skapade en stadig rytm mot den packade jorden, förklarade Ryan den nya informationen om förbifarten, trycket från styrelseledamöterna och hans växande känsla av att vara fångad mellan två världar.

"Så i grund och botten tycker din styrelse att du har blivit en av infödingarna", sammanfattade Emma när de nådde Phoenix box. Hon knäppte loss hans träns, ersatte det med en grimma och började ta av sadeln. "De har inte fel, eller hur?"

Ryan lutade sig mot boxdörren, och ett motvilligt leende bröt äntligen igenom. "Antagligen inte. Även om jag inte hade insett hur starkt motståndet skulle vara. Douglas Peterson gjorde det ganska klart att mina ledarskapsprioriteringar ifrågasätts."

"Douglas Peterson", fnös Emma och placerade sadeln på sadelhängaren utanför boxen. "Självklart är det han som går i bräschen. Hans dotter Melissa brukade rida här innan hon bestämde sig för att hästar var under hennes sociala ambitioner. Bytte till tennis eftersom det erbjöd bättre nätverksmöjligheter med privatskolefolket i Brisbane."

Ryan tittade förvånat på henne. "Känner du Petersons dotter?"

"Jag känner alla i det här samhället", sa Emma och började borsta Phoenix med långa, jämna tag. "Familjen McKenzie har funnits här länge. Douglas fru Louise sponsrar i hemlighet två av våra räddningshästar för att hon känner sig skyldig över de galopphästar de har ägt och kasserat genom åren. Deras son Michael spelar golf med dig på lördagar men tillbringar söndagsmorgnarna som volontär på viltreservatet som skulle förstöras av den östra sträckningen."

Ryans ögonbryn höjdes. "Det hade jag ingen aning om."

"Småstäder bygger på kontakter och historia", förklarade Emma. "Elaine Winfields barnbarn tar lektioner med Sarah två gånger i veckan. James Chens fru sitter i kommittén för Ridgemonts julshow med Pip. Mannen framställer sig själv som en hårdför affärsman, men han grät när hans barnbarn vann klassen för ryttare under åtta år på Caboolture Show förra året."

Hon fortsatte att rykta Phoenix, hennes rörelser effektiva men milda. "Varenda en av dina styrelsemedlemmar har kopplingar till det här samhället som sträcker sig bortom fastighetsvärden och infrastruktur. De har bara tappat bort det i jakten på vinst."

"Så vad föreslår du?" frågade Ryan och lade armarna i kors över bröstet.

Emma gav honom en avmätt blick. "Jag föreslår att vi påminner dem om de där kopplingarna. Familjen McKenzie kanske inte har samma finansiella muskler som dina styrelsemedlemmar, men vi har något lika värdefullt: relationer. Hälften av fruarna, döttrarna och barnbarnen till dina golfklubbsmedlemmar rider på Ridgewater eller tävlar mot oss på tävlingar."

"Du vill mobilisera Ridgemonts hästkvinnor mot sina män och fäder?" Ryans ton var skeptisk, men en gnista av intresse hade tänts i hans ögon.

"Inte mot dem", rättade Emma och gick för att kontrollera Phoenix vattenhink. "Bara för att hjälpa dem att komma ihåg att det finns mer som står på spel än fastighetsvärden. Vi har redan miljökonsekvensdata för viltkorridorerna som skulle påverkas. Marcus har förberett en rapport om de potentiella hälsoeffekterna av ökad trafikförorening för både människor och boskap. Pips gymnasieelever håller på att skapa en presentation för kommunfullmäktigemötet nästa månad."

Ryan såg på henne med växande förvåning. "Du har planerat för det här."

"Självklart har jag det", sa Emma sakligt. "Hotet om förbifarten har hängt över oss i månader. Trodde du att jag bara satt och väntade på att någon annan skulle lösa problemet?” Hon plockade upp en hovkrats och började kontrollera Phoenix fötter. ”Dessutom står jag i skuld till dig.”

”Du är inte skyldig mig någonting”, protesterade Ryan.

Emma rätade på sig och mötte hans blick direkt. ”Det är inte sant. Affärsstrategierna du har implementerat, sociala medier-kampanjen, bidragsansökningarna du hjälpte till med ... Ryan, för första gången på år ligger jag inte efter med betalningarna. Zoes tjänster ger en stadig inkomst, vi har en väntelista för rehabiliteringsbedömningar och jag har betalat alla mina utestående räkningar.”

Hon tvekade och tillade sedan mjukare: ”Jag gjorde till och med den sista avbetalningen på lånet till dig i förväg. Det skulle inte ha hänt utan din hjälp.”

Ryans uttryck mjuknade. ”Det handlade aldrig om pengarna, Emma. Det vet du.”

”Jag vet”, erkände hon. ”Men det är viktigt för mig. Och det här är viktigt för dig, så det är viktigt för mig också.” Hon klappade Phoenix hals en sista gång innan hon ledde in honom i hans box och tog av grimman. ”Familjen McKenzie tar hand om sina egna, Ryan. Och vare sig du vill det eller inte, har du blivit en av oss.”

Orden hängde kvar mellan dem, enkla men djupgående. Emma såg hur Ryan bearbetade deras innebörd, den subtila förändringen i hans uttryck avslöjade hur djupt hennes uttalande hade påverkat honom.

”Så, vad är planen?” frågade han till slut, hans röst lite grov av känslor.

Emma log, stängde Phoenix boxdörr och säkrade låset. ”Först måste vi prata med Sarah. Hon kan varje lagstiftning som kan gälla för förbifartsbeslutet. Sedan måste Jake aktivera sitt polisnätverk; de får inte officiellt ta ställning, men de kan verkligen betona trafiksäkerhetsproblemen med den östra sträckningen på nästa möte i stan.”

Hon började gå mot huset, och Ryan slog följe med henne. "Marcus har redan bokat tider nästa vecka med två av dina styrelsemedlemmars fruar för deras hästars årliga tandkontroller och Hendra-vaccinationer. Det är fantastiskt hur samtal tenderar att vandra iväg under de mötena."

Ryan skakade på huvudet, road. "Du är ett politiskt geni i ridbyxor och stövlar."

"Jag är en McKenzie", rättade hon honom. "Det här är mitt samhälle, och jag känner dessa människor. Jag vet vad som ligger i deras bästa intresse ... ibland bättre än de själva gör."

När de nådde huset tog Ryan hennes hand och stoppade henne på verandans nedersta trappsteg. Hans uttryck hade förvandlats, bekymmersrynkorna var borta, ersatta av något varmare, mer säkert.

"Tack", sa han enkelt. "För att du påminde mig om att jag inte är ensam i det här."

Emma klämde hans hand och kände de grova valkarna som hade bildats efter månader av hjälp runt Ridgewater, så annorlunda från det släta bolagshandslag han hade erbjudit när de först träffades.

"Det är du inte", bekräftade hon. "Inte längre."

Vinden bar med sig doften av regn som närmade sig från väst, och någonstans på avstånd ropade Legend på ett av stona, hans röst som bar över hagarna. Emma kände hur riktigheten i detta ögonblick sjönk in i hennes ben, vissheten om att oavsett vilka utmaningar som kom, skulle de möta dem tillsammans, var och en med sina egna styrkor i det partnerskap de byggde.

The Exchange Hotel hade inte förändrats under alla år Emma hade kommit hit, först sittandes på sin fars knä medan han delade en öl med de lokala bönderna, senare för sin artonårsdag, och nu, mittemot Ryan vid det ärrade träbordet, på vad som utan tvekan var en dejt. De slitna golvplankorna knarrade under hennes stövlar när de gick till ett hörnbord. De välbekanta tonerna av countrymusik från högtalarna blandades med klattret av biljardbollar och sorlet av samtal. Ryans blick svepte runt och tog in hästkapplöpningsminnesakerna som täckte väggarna, samlingen av dammiga Akubra-hattar spikade ovanför baren, blandningen av bönder som fortfarande var i sina arbetskläder och hantverkare som njöt av en öl efter jobbet.

"Det här stället är en institution", förklarade Emma när de slog sig ner i stolarna. "Har funnits här sedan 1888."

Ryan nickade, hans fingrar trummade lätt på den laminerade menyn. Emma kände igen det subtila tecknet, den lilla antydan till nervositet han visade när han navigerade på okänt territorium. Det var förtjusande, denna glimt av osäkerhet.

"Vad är bra här?" frågade han och granskade utbudet med noggrant övervägande, även om hon var säker på att det var långt ifrån vad han var van vid på de femstjärniga restauranger han brukade besöka i Brisbane, eller ens den eleganta matsalen på golfklubben, känd som det bästa stället att äta på i flera mils omkrets. När han hade bjudit ut henne på en dejt hade han dock sagt att han inte ville ta henne dit; klubbpolitiken han för närvarande hanterade skulle få det att kännas som en affärsmiddag, och han föredrog att fokusera på henne, en kommentar som hade fått henne att känna sig varm inombords.

"Allt", svarade Emma ärligt. "Men deras biffsmörgås är legendarisk. De får sitt nötkött från Hartleys gård strax utanför stan, och brödet kommer färskt från bageriet bokstavligen tvärs över gatan."

Krögarens fru, Maureen, dök upp vid deras bord med pennan redo över sitt beställningsblock. Hennes gråa hår var tillbakadraget i en no-nonsense-knut, men hennes ögon glittrade av samma nyfikenhet som Emma hade märkt flimra över puben sedan de kommit in. Att Ryan Wardell tog med Emma McKenzie till The Exchange för middag skulle garanterat ge näring åt det lokala skvallret i minst en vecka.

"God kväll, älsklingar. Vad får det lov att vara?" frågade Maureen, hennes blick dröjde kvar granskande på Ryan.

"En biffsmörgås, tack, med lökringar till", beställde Emma.

"Ta det gånger två", lade Ryan till och stängde sin meny med ett beslutsamt snäpp. "Man får ta seden dit man kommer, eller hur?"

Maureen nickade gillande. "Bra val. Maten är klar om ungefär en kvart."

När hon skyndade iväg fick Emma syn på Ryan som betraktade interaktionerna vid baren, där krögaren utbytte godmodiga gliringar med en grupp lantarbetare.

"Det är ganska annorlunda från dina vanliga ställen i Brisbane, kan jag tänka mig", konstaterade Emma och tog en klunk av sitt vatten.

Ryans uppmärksamhet återvände till henne, hans uttryck ångerfullt. "Är det så uppenbart? Jag försökte att inte se ut som en fullständig turist."

"Bara för mig", försäkrade hon honom leende. "Jag har sett dig i din naturliga miljö, minns du? Det är tur att du inte tog på dig en av dina fina kostymer, dock. Du skulle se lite malplacerad ut här inne. Jag är inte säker på att någon har burit slips på The Exchange på minst femtio år, om det inte var på en likvaka!"

Han skrattade, och ljudet fick något att slappna av i Emmas bröst. De senaste veckorna hade varit fyllda av ögonblick där hon såg Ryan navigera i hennes värld, hitta fotfästet i den obekanta terrängen av lantliv, hästskötsel och gemenskapsrelationer. Varje liten anpassning, varje ansträngning att förstå hennes liv, hade dragit henne närmare honom.

De föll in i ett lättsamt samtal, diskuterade Jemimas kommande hoppklass på Caboolture Show och de framsteg Phoenix hade gjort den veckan. Emma fann sig själv i att betrakta Ryans händer när han pratade, och noterade hur hans gester hade blivit mer avslappnade, mindre avmätta än de hade varit när de först träffades. Den affärsmässiga precisionen höll på att ge vika för något mer naturligt, mer genuint honom.

När deras mat kom var deras biffsmörgåsar mästerverk i enkelhet: tjocka skivor mört nötkött inbäddade mellan gyllene skivor surdegsbröd, toppade med karamelliserad lök, sallad, tomat och en hemlig sås som Maureen vägrade avslöja receptet på, trots åratal av försök från lokalbefolkningen att lirka det ur henne. Krispiga, handskurna pommes frites bildade ett gyllene berg vid sidan om, och lökringarna fyllde sina egna korgar, gyllene och krispiga.

Ryan tog en tugga och slöt ögonen en kort stund, ett uttryck av överraskad njutning spred sig över hans ansikte. "Det här är ..." mumlade han och tog sedan en till tugga, "... helt gudomligt."

Emma flinade och skar i sin egen sandwich. "Bäst i Queensland, enligt matkritikern från Courier Mail. Även om den artikeln nästan orsakade ett upplopp när turister började dyka upp för lunch och ta alla bord."

Ryan skakade på huvudet och såg lite fåraktig ut. "Jag är en snobb, eller hur? Antog att maten inte skulle vara så här bra eftersom ..." han gestikulerade mot den opretentiösa omgivningen.

"Eftersom det är en arbetarklasspub i en stad med ett enda trafikljus?" avslutade Emma åt honom, mer road än förolämpad. "Det vore konstigt om du inte var lite av en snobb, Ryan. Du har tillbringat hela ditt liv med att äta på ställen där vinlistan var längre än hela den här pubens meny.”

Han såg lättad ut över hennes förståelse. ”Jag försöker, du vet. Att se bortom mina förutfattade meningar.”

”Jag vet”, sa hon mjukt. ”Och du gör det bra. Du börjar faktiskt bli en riktig lantiskille.”

Det glada uttrycket som for över hans ansikte vid hennes ord värmde något djupt i Emmas bröst. Han ville höra hemma här, insåg hon. Inte bara för hennes skull, utan för att något i denna gemenskap, i detta enklare sätt att leva, hade börjat kännas som hemma för honom.

Deras måltid fortsatte trevligt, med enstaka avbrott av lokalbor som stannade vid deras bord. Gamle Jim Patterson, som drev järnhandeln, klappade Ryan på axeln och tackade honom för rådet om hur han skulle förbättra sin golfsving. Nancy från postkontoret frågade efter Phoenix, efter att ha följt hans framsteg på de sociala medier-konton Ryan hade skapat för Ridgewater. Till och med polisinspektör Porter från polisstationen, Jakes chef, nickade respektfullt till Ryan när han passerade och nämnde något om att han såg fram emot välgörenhetsgolfturneringen.

”Du är populär”, konstaterade Emma efter det tredje sådana avbrottet.

Ryan såg genuint förvånad ut. ”Det är jag väl, antar jag, även om jag inte är säker på varför. Jag har inte gjort mycket mer än att köpa en golfbana och motsätta mig en förbifart.”

”Du har gjort mer än så”, rättade Emma honom. ”Du har dykt upp. På möten i samhället, på insamlingar, för dina anställda när de behövde stöd. Folk lägger märke till sådant i en stad av den här storleken.”

När de avslutade sin måltid hade puben blivit mer välbesökt, och fredagskvällens gäster fyllde de flesta bord. Ljudnivån hade stigit och skapat en bekväm ljudmatta runt deras hörnbord. Emma såg Ryan svara på en fråga från den lokala cricketkaptenen om att ansluta sig till laget för sommarsäsongen och noterade hur naturligt han nu engagerade sig, hur bekväm han verkade i denna miljö som skulle ha varit helt främmande för honom för ett år sedan.

”Vad?” frågade Ryan när han såg att hon betraktade honom efter att cricketkaptenen hade gått.

”Inget”, sa Emma och tänkte sedan om. ”Fast, nej, det är inte inget. Jag tänkte bara på hur bra du passar in här nu. Hur naturligt du verkar prata med alla, hur du minns detaljer om deras liv.”

Ryan sträckte sig över bordet och hans fingrar fann hennes. ”Jag hade en bra lärare. Någon som visade mig att framgång är mer än balansräkningar och vinstmarginaler.”

Den enkla beröringen av hans hand runt hennes kändes mer intim än någon kyss, en förbindelse som talade om förståelse och ett gemensamt syfte. Emma kände en visshet slå rot i sitt bröst, ett självförtroende hon inte hade tillåtit sig att fullt ut omfamna förrän nu.

”Är du lycklig här?” frågade hon tyst, och frågan innehöll lager av betydelser bortom de enkla orden.

Ryans blick mötte hennes, stadig och klar. ”Lyckligare än jag någonsin har varit”, svarade han, medan hans tumme ritade en liten cirkel på hennes handrygg. ”Den här platsen, det här samhället ... du. Allt har blivit viktigare för mig än jag kunde ha föreställt mig.”

Emma nickade, och bekräftelsen på vad hon redan hade börjat tro fyllde henne med tyst glädje. ”Bra”, sa hon enkelt. ”För jag tycker att vi är ett ganska bra team.”

”Det bästa”, höll han med, och hans leende innehöll löften som inte behövde några ord.

Medan de dröjde sig kvar över ytterligare en runda drinkar flödade The Exchange Hotels välbekanta rytmer runt dem: lokalbornas samtal, klirret av glas, ett och annat gapskratt från baren. Emma såg Ryan delta i den godmodiga debatten om Lions AFL-match som visades på TV:n med bönderna vid bordet bredvid, och hans lättsamma skratt smälte sömlöst in i pubens atmosfär.

Detta var vad hon hade hoppats på men knappt vågat förvänta sig, insåg Emma: en man som kunde överbrygga båda deras världar, som värderade det hon hade byggt upp på Ridgewater tillräckligt för att kämpa för det, som var villig att omskapa sig själv utan att förlora sin essens. När Ryan mötte hennes blick över bordet och hans leende blev varmare med en privat innebörd, kände Emma hur de sista av hennes reservationer försvann.

# Kapitel fjorton

NATTLUFTEN OMSLÖT EMMA NÄR de klev ut från puben, och kontrasten mellan den varma, bullriga insidan och den svala, tysta gatan var tillfälligt förvirrande. Ryans hand fann hennes svank, ett mjukt tryck som kändes både beskyddande och på något sätt frågande. Den enkla beröringen sände en våg av medvetenhet genom henne. Något hade förändrats mellan dem i kväll, en tröskel hade korsats i deras förståelse för varandra, och Emma kände att hon inte ville låta kvällen ta slut än.

"Jag har haft en underbar kväll", sa hon och vände sig mot honom när de kom fram till hans bil. Gatljuset träffade konturerna i hans ansikte och mjukade på något sätt upp dem, vilket fick honom att se yngre ut än han var.

”Jag med.” Ryans röst bar en aning tvekan, och hans fingrar trummade lätt mot nycklarna. ”Jemima ska sova över hos Charlotte i natt, eller hur?”

Emma nickade och kände en fladdrande förväntan i magen. ”Ja, till i morgon eftermiddag. Charlottes pappa ska ta med dem båda på bio i morgon bitti.”

Ryan såg på henne en lång stund, och något outsagt passerade mellan dem. ”Skulle du vilja följa med hem till mig?” frågade han slutligen, och orden kom ut i en hast. ”Ta en sängfösare eller ... bara prata lite mer. Ingen press, så klart.”

Hans nervositet var charmig, så olik den självsäkre affärsman hon först hade träffat. Emma kände hur hennes egen puls ökade när hon övervägde hans inbjudan. De hade dejtat i nästan en månad nu, och deras förhållande fördjupades för varje dag de delade på Ridgewater, varje samtal som avslöjade mer av dem själva för varandra. Hon hade funderat på det här steget och undrat när det rätta ögonblicket skulle komma.

”Det skulle jag gärna vilja”, svarade hon med en röst som var stadigare än hon kände sig. ”Men först måste vi stanna till någonstans.”

Ryans ögonbryn höjdes i en fråga när han öppnade passagerardörren åt henne. ”Stanna till?”

”Tradition”, sa Emma mystiskt och spände fast säkerhetsbältet medan han satte sig i förarsätet. ”Bensinstationen i utkanten av stan. Lita på mig.”

Ryan såg förbryllad ut men körde lydigt den korta sträckan till den dygnetruntöppna bensinstationen, vars lysrör skapade en skarp ö av ljus mot den mörka landsbygden. Emma hoppade ut innan han hann gå runt för att öppna dörren åt henne och skyndade målmedvetet in.

”Glasstrutar?” sa Ryan när hon marscherade bort till frysdisken. ”Är det här din mystiska tradition?”

Emma valde ut två inslagna strutar och höll upp dem triumferande. "En nödvändig del av varje riktig dejtkväll", förklarade hon. "Min pappa sa alltid att man kan säga mycket om en person genom hur de äter en glasstrut."

"Säger du det?" Ryan skrattade och sträckte sig efter sin plånbok. "Och vad exakt kommer min glassteknik att avslöja om mig?"

"Det återstår att se", svarade Emma med låtsat allvar. "Det är en väldigt vetenskaplig process."

Biträdet, en sömning tonåring, slog in deras köp med en medveten blick mellan dem som fick Emma att känna sig både ung och gammal på samma gång, förflyttad tillbaka till sina egna tonår samtidigt som hon var smärtsamt medveten om att hon var en nästan trettioårig mamma som var på väg hem med en man.

Tillbaka i bilen packade de upp sina strutar med samma försiktiga koncentration som barn som fått en godsak, och det inslagna papperet prasslade.

"Så vad är den rätta tekniken?" frågade Ryan och studerade sin strut som om den kunde innehålla hemliga instruktioner.

"Det finns ingen rätt teknik", erkände Emma och tog en försiktig slick på sin strut. "Det är det som är poängen. Alla gör på olika sätt. Pappa säger bara att det är som ett personlighetstest."

Ryan övervägde detta och tog sedan en metodisk tugga från ovansidan av sin strut medan han iakttog hennes reaktion. "Vad är domen?"

"Hmm, strategiskt tillvägagångssätt, noggrant övervägande före handling", bedömde Emma med rynkor vid ögonen. "Väldigt typiskt dig."

"Och du då?" Ryan pekade på hennes mer traditionella slickande. "Vad säger det?"

"Tålmodig, uppskattar resan snarare än att skynda till målet", föreslog hon och skrattade sedan till när en droppe glass landade på hennes haka. "Eller möjligen bara kladdig och oförberedd."

Ryan sträckte sig fram med ett finger och torkade försiktigt bort droppen, hans beröring dröjde kvar en stund längre än nödvändigt. "Jag skulle satsa på den första tolkningen", sa han mjukt.

Färden till Ryans hus förflöt i ett töcken av skratt och allt kladdigare glassätande. Emma kände hur nervositetsknyten i magen löstes upp för att sedan förvandlas till något varmare, mer förväntansfullt. Det fanns en lätthet mellan dem som gjorde till och med tystnaden bekväm, avbruten av enstaka kommentarer om deras kväll eller planer för Phoenix träningsschema.

När de svängde in på den privata vägen som ledde till Ryans hem på golfklubbens område kände Emma dock att nervositeten återvände. Det eleganta, moderna huset dök upp, dess rena linjer och stora fönster dramatiskt upplysta mot natthimlen, så olikt Ridgewaters väderbitna timmer och praktiska design.

Ryan parkerade på den cirkulära uppfarten och stängde av motorn. I den plötsliga tystnaden blev Emma smärtsamt medveten om deras andning, något i otakt, det enda ljudet förutom det svalnande tickandet från bilens motor.

"Vi åt upp glassen precis i tid", konstaterade Ryan och samlade ihop servetterna de hade använt. "Pappas test är ofullständigt."

"Åh, jag samlade in tillräckligt med data", försäkrade Emma honom, tacksam för det lätta ögonblicket. "Mycket grundlig analys."

Ryan gick runt för att öppna hennes dörr och erbjöd henne sin hand för att hjälpa henne ut. Hans fingrar var varma och lite klibbiga av glassen, den lilla ofullkomligheten var märkligt lugnande. Detta var inte en perfekt, koreograferad romantisk scen, utan något verkligt, komplett med kladdiga händer och nervösa leenden.

Huset var precis som Emma hade föreställt sig, rymligt och sparsamt möblerat, de rena linjerna och neutrala färgerna speglade Ryans ordnade inställning till livet. Men hon lade märke till små personliga detaljer som förvånade henne: en färgglad pläd på soffan, en stapel med häst- och golftidningar blandade på soffbordet, ett par Ariat-stövlar som började visa tecken på slitage precis innanför ytterdörren.

Tecken på hans nya liv, insåg Emma. Tanken lugnade henne och påminde henne om att detta inte bara handlade om i kväll, utan om det liv de långsamt byggde tillsammans, bit för bit.

"Skulle du vilja ha något att dricka?" frågade Ryan och bröt tystnaden. "Jag har vin, eller så kan jag koka te?"

Emma vände sig mot honom där han stod i ingången till sitt skinande rena kök och såg både fullkomligt hemmastadd och märkligt sårbar ut. Knyten i magen löstes upp i visshet.

"Nej", sa hon mjukt. "Jag tror inte att det är vad någon av oss vill ha just nu."

Hon tog ett steg mot honom, minskade avståndet mellan dem och sträckte ut händerna mot hans. Ryans ögon sökte hennes för ett ögonblick innan han nickade, en liten, bestämd rörelse.

"Nej", instämde han med låg röst. "Det är det inte." Och han tog hennes hand och ledde henne mot trappan.

Månljuset silade in genom de golvhöga fönstren i Ryans sovrum och kastade silvermönster över sängen. Emma kände sig märkligt lugn nu, den tidigare nervositeten ersatt av en visshet som surrade genom hennes ådror. Ryans fingrar var mjuka när de följde kurvan på hennes hals, hans beröring vördnadsfull på ett sätt som fick hennes hals att snöras ihop av känslor. Detta var inte ungdomens frenetiska passion, utan något mer övervägt, mer dyrbart, ett medvetet val mellan två människor som redan hade sett varandras sårbarheter och valt att stanna kvar.

"Du är vacker", viskade han, hans röst sträv av känsla när hans fingrar fann den känsliga huden längs hennes nyckelben.

Emma blundade kort och lät sig njuta av känslan. Det var så länge sedan hon hade blivit rörd på det här sättet, med sådan omsorg och uppmärksamhet. Inte sedan innan Jemima föddes, egentligen, och inte ens då hade det känts riktigt så här, som om varje kontaktpunkt mellan dem bar en mening bortom det fysiska.

"Du med", svarade hon och öppnade ögonen för att finna att han iakttog henne med en intensitet som kunde ha varit skrämmande om hon inte hade lärt känna honom så väl, förstått djupet av eftertänksamhet bakom hans blick.

Hennes händer rörde sig mot knapparna på hans skjorta, var och en ett litet beslut, ett steg längre in på detta nya territorium mellan dem. Ryan förblev stilla och lät henne sätta takten, hans andning blev snabbare när hennes fingrar strök mot hans hud. När hon drog av honom skjortan tog han tag i hennes händer och tryckte en kyss mot hennes handflator som kändes som en fråga.

"Jag har inte gjort det här på länge", erkände Emma, och bekännelsen var lättare i det milda mörkret. "Inte sedan Jemimas pappa."

Ryan nickade och hans tummar ritade cirklar på hennes handleder. "Jag vill att du ska vara säker, Emma. Det är ingen brådska."

Omtanken i hans röst fick något varmt att veckla ut sig i hennes bröst. "Jag är säker", sa hon. "Jag har varit säker på dig längre än jag har velat erkänna för mig själv."

Hans leende var både ömt och medvetet, som om han hade väntat på att hon skulle inse vad han redan hade förstått. Långsamt, med samma medvetna omsorg som han gav allt, sänkte han sin mun mot hennes, kyssen djupare nu, med löften som ingen av dem ännu hade uttalat högt.

Emma hade undrat hur det skulle vara mellan dem, om den samlade affärsmannen skulle behålla sin kontroll eller avslöja något annat i dessa mest privata stunder. Svaret, upptäckte hon, var både och. Han rörde vid henne med samma fokuserade uppmärksamhet som han gav allt som betydde något för honom, men det fanns också sårbarhet i sättet hans andning stockade sig när hon strök händerna över hans bröst, i den lätta darrningen i hans fingrar när de fann fällen på hennes blus.

"Får jag?" frågade han, och den enkla artigheten fick oväntade tårar att stiga i hennes ögon. Hon nickade, lyfte armarna för att hjälpa honom och kände sig märkligt orädd för att bli avslöjad för honom.

När de var hud mot hud och månljuset förvandlade dem båda till silver och skugga, pausade Ryan med sin panna mot hennes. "Jag måste berätta något för dig", sa han, hans röst knappt hörbar. "Det här är annorlunda för mig också."

Emma väntade och lade sin hand mot hans kind, kände den lätta strävheten av kvällsstubb under sin handflata.

"Jag har haft förhållanden tidigare, såklart", fortsatte han. "Men de var alltid ... transaktioner, på ett sätt. Ömsesidigt fördelaktiga arrangemang mellan personer med liknande mål." Han tog ett darrande andetag. "Det här är första gången jag är med någon som känner mig, verkligen känner mig, och vill ha mig ändå."

Bekännelsen bröt något öppet i Emmas bröst, en flod av ömhet så intensiv att det nästan gjorde ont. "Jag mer än vill ha dig", viskade hon, och orden fann sin väg ut innan hon hann tänka efter. "Jag håller på att bli kär i dig, Ryan."

Hans ögon vidgades, och något som liknade förundran syntes i hans ansikte innan han kysste henne igen, denna gång med ett djup av känsla som besvarade hennes bekännelse mer fullständigt än ord hade kunnat. "Jag älskar dig, Emma", sa han mot hennes läppar. "Jag tror att jag har gjort det sedan den där dagen du ledde Phoenix bort från min golfbana."

De skrattade mjukt tillsammans åt minnet, och spänningen i ögonblicket löstes upp i något varmare, lättare. Deras kroppar fann varandra med växande självförtroende, händer som lärde sig kurvor och fördjupningar, läppar som upptäckte platser som fick andningen att stocka sig eller bli snabbare. Emma kände hur hon öppnade sig för honom på sätt som gick bortom det fysiska, lager av självskydd som föll bort med varje beröring, varje viskat ord av uppskattning.

När de till slut förenades var det med en långsamhet som kändes som vördnad, båda helt närvarande i varje ögonblick, varje förnimmelse. Emma såg Ryans ansikte ovanför sitt, intensiteten i hans ögon, sårbarheten han bara visade för henne, och kände en fulländning som översteg den fysiska handlingen. Detta handlade inte bara om njutning, utan om samhörighet, om två personer som hade lärt sig att se varandra tydligt och valt att bli sedda fullt ut.

Efteråt låg de intrasslade i varandra, hennes huvud på hans bröst, hans fingrar som ritade lata mönster längs hennes ryggrad. Natten var tyst runt omkring dem, det avlägsna ljudet av sprinklers på golfbanan var det enda intrånget från omvärlden.

"Vad tänker du på?" frågade Ryan, hans röst mullrade under hennes öra.

Emma log mot hans hud. "Jag tänker på att det här känns rätt", svarade hon ärligt. "Och jag tänker på Jemima."

Ryans hand stannade på hennes rygg. "På vilket sätt?"

"På bra sätt", försäkrade hon honom och lyfte på huvudet för att möta hans blick. "På hur naturligt du har blivit en del av hennes liv, hur mycket hon avgudar dig. På hur försiktiga vi måste vara, för det här handlar inte bara om oss."

Förståelse mjukade upp hans uttryck. "Hon är det viktigaste att ta hänsyn till", instämde han. "För oss båda."

Det enkla uttalandet, det självklara sättet han inkluderade sig själv i ansvaret för hennes dotters välbefinnande, fick Emmas hjärta att svälla. "Hon har aldrig riktigt haft en fadersfigur", sa hon tyst. "Hennes biologiska pappa var inte intresserad av att vara förälder, och pappa, ja, självklart älskar han henne, men han är hennes morfar, inte hennes far. Men hon har sett Marcus med Sarah och Jake med Pip, och nu ser hon dig, lär sig vad man kan förvänta sig av män, hur relationer fungerar."

"Jag vet", sa han högtidligt. "Jag tänker på det varje gång jag är med henne. Jag vill vara någon hon kan lita på, någon som visar henne hur respekt och omsorg ser ut." Han tvekade, och tillade sedan: "Jag vill vara i hennes liv, Emma. I bådas era liv, så länge ni vill ha mig."

Tyngden av uttalandet hängde mellan dem, på vissa sätt mer betydelsefullt än deras tidigare kärleksförklaringar. Det här handlade om att bygga en framtid tillsammans, om att bilda en familj.

"Vi har bara dejtat i en månad", påminde Emma honom, även om det inte fanns någon verklig invändning i hennes ton.

Ryan log och strök en hårslinga bakom hennes öra. "Enligt konventionella mått, ja. Men vi har byggt det här längre än så, eller hur? Sedan den första stängselreparationen, sedan Phoenix, sedan alla de där eftermiddagarna med att arbeta på bidragsansökningar och sociala mediestrategier."

Emma nickade och insåg sanningen i hans ord. Deras förhållande hade utvecklats genom delat arbete, gemensamma mål, delad omsorg om de varelser som var beroende av dem, långt innan de hade erkänt de djupare känslorna som växte mellan dem.

"Jemima skulle älska att ha dig här hela tiden", sa hon mjukt. "Hon tycker redan att du är fantastisk."

"Och hennes mamma?" frågade Ryan, hans röst lättsam men hans ögon allvarliga.

Emma log och tryckte en kyss mot hans bröst, precis över hans hjärta. "Hennes mamma har liknande astronomiska tankar om dig."

De tystnade sedan, kropparna hopkurade i bekväm intimitet, månljuset målade silverstigar över deras hud. Emma kände hur hon gled mot sömnen, fridfullare än hon kunde minnas att hon varit på flera år, kanske någonsin. I morgon skulle medföra praktiska överväganden, försiktiga samtal om hur man navigerar i denna nya fas av deras förhållande, men för i kväll var detta nog, denna delade värme och löftet om att vakna bredvid honom.

Morgonljuset strömmade in genom springorna i Ryans gardiner och skapade tunna gyllene linjer över Emmas ansikte som till slut lockade henne vaken. För ett ögonblick kände hon sig desorienterad, det obekanta taket och de dyra lakanen en skarp kontrast till hennes eget blygsamma sovrum på Ridgewater. Sedan återvände minnet och med det en varm rodnad som inte hade något med solljuset att göra. Hon sträckte på sig, kände sig behagligt dåsig, varje muskel mindes natten innan med en nöjd värk.

Platsen bredvid henne var tom men fortfarande varm. Någonstans bortom sovrumsdörren hördes de mjuka, vardagliga ljuden av rörelse, det lätta klirrandet av keramik som antydde att kaffe förbereddes. Emma satte sig upp, svepte lakanet om sig och tog in Ryans sovrum ordentligt för första gången. Liksom resten av hans hus var det elegant minimalistiskt, möblerna uppenbart dyra men utan att vara pråliga. Ändå fanns det tecken på förändring även här, en roman om hästkapplöpning på nattduksbordet, ett inramat fotografi av Phoenix som hon hade gett honom för flera veckor sedan, små detaljer som talade om hennes inflytande som sipprade in i hans noggrant ordnade liv.

Dörren öppnades och Ryan dök upp, barfota och endast iklädd pyjamasbyxor, med två ångande muggar. Hans hår var charmigt rufsigt, en kontrast till hans vanliga polerade utseende som fick Emmas hjärta att hoppa över ett slag.

"Jag var inte säker på hur du tar ditt kaffe på morgonen", sa han, en lätt osäkerhet i rösten som motsade den intimitet de hade delat timmar tidigare. "Jag har sett dig dricka det svart i stallet, men med mjölk när vi är i huset..."

"Svart är för arbetsmorgnar", förklarade Emma och tog tacksamt emot muggen. "Mjölk är för njutning. Så det här är definitivt en mjölkmorgon."

Ryan log och slog sig ner bredvid henne på sängen, hans axel varm mot hennes. "Det ska jag komma ihåg."

De satt i bekväm tystnad en stund och såg solljuset bli starkare över golvet. Emma kom att tänka på Phoenix, på hur långt han hade kommit sedan den första skräckslagna dagen på Ridgewater.

"Phoenix hoppar en hel bana nu", sa hon, tanken dök upp naturligt. "Enmetershinder, felfria rundor, och han får det att se lätt ut; jag måste påminna mig själv om att inte pressa honom för snabbt. Inser du vad det betyder?"

Ryan nickade, hans uttryck eftertänksamt. "Det betyder att vi hade rätt om honom. Att under all den där rädslan och traumat fanns en mästare som väntade på att bli återupptäckt."

"Vi", upprepade Emma och njöt av ordet. "Det var det jag tänkte på. Hur köpet av halva Phoenix var det första riktiga partnerskapet mellan oss, redan innan vi erkände vad som hände mellan oss personligen."

Ryans hand fann hennes, och deras fingrar flätades samman. "Phoenix var början, eller hur? Min första riktiga koppling till Ridgewater, till din värld."

"Och se på dig nu", retades Emma mjukt. "Halvt lantis, lagar stängsel och diskuterar träningsscheman som om du vore född till det."

"Jag lär mig fortfarande", erkände Ryan. "Men jag upptäcker att jag älskar det, den där känslan av påtaglig prestation när en häst svarar, när något trasigt blir helt igen." Han pausade och hans tumme ritade cirklar på hennes handled. "Kanske gäller det människor också, inte bara hästar."

Innebörden hängde mellan dem, båda medvetna om det helande de hade funnit i varandra, de trasiga ställena som gjorts starkare genom deras förbindelse.

"Sarah sa igår att hon tycker att jag borde ta med Phoenix till Caboolture Show nästa helg", sa Emma. "Inte för att tävla, så ingen press; bara delta i ett lokalt evenemang för att se hur han hanterar miljön."

"Sarah", upprepade Ryan. "Hennes bröllop är snart, eller hur? Om en månad?"

Emma nickade och kände en fladdrande förväntan. "Marcus är redan ett nervvrak, även om han försöker dölja det. Kollar hela tiden väderprognosen som om han kan kontrollera den genom ren viljestyrka."

Ryan skrattade mjukt. "Stackars man. Fast jag skulle nog vara likadan."

Något i hans ton, en antydan till vemod kanske, fick Emma att ställa ner sin kaffekopp och vända sig mot honom mer fullständigt. "Jag har tänkt fråga dig", sa hon och kände sig plötsligt märkligt nervös. "Skulle du vilja följa med mig på bröllopet? Som min plus-en?"

Inbjudan hängde mellan dem, dess betydelse tydlig för båda. Detta handlade inte bara om att delta i ett familjeevenemang tillsammans; det handlade om att formellt erkänna deras förhållande inför hela hennes

familj, inklusive hennes föräldrar som skulle återvända
från sina resor specifikt för bröllopet.

"Det skulle vara en ära", sa Ryan med ett allvarligt
uttryck. "Även om jag måste erkänna att tanken på att
träffa dina föräldrar är lite skrämmande. OS-ryttare, var de
inte det? Jag har precis lärt mig vilken ände av en häst som
äter."

Emma skrattade åt den fåniga kommentaren och
spänningen bröts. "De är inte så skrämmande som de låter,
jag lovar. Dessutom vet de redan om dig från Sarahs och
Kates rapporter. Mamma säger att om hästarna gillar dig
så har du hennes förtroende."

"Det är åtminstone något", sa Ryan, även om en
antydan till nervositet fanns kvar i hans leende. "Jag vill
bara att de ska se att jag... att jag bryr mig om dig. Om er
båda. Att det här inte är något tillfälligt för mig."

Den enkla uppriktigheten i hans ord rörde Emma djupt.
"De kommer att se det", försäkrade hon honom. "Precis
som alla andra har gjort. Du har redan bevisat dig för oss
alla, inte med ord utan med handlingar. Det betyder mer
för familjen McKenzie än några imponerande meriter."

Han nickade och accepterade hennes försäkran. "Så,
bröllopet", sa han och samlade sig synbart. "Kommer jag
att behöva bära jackett? Fräscha upp mina danskunskaper?
Lära mig något speciellt hemligt handslag för ryttare?"

"Var bara dig själv", sa Emma och lutade sig in för att
kyssa honom lätt. "Det är mer än nog." Hon funderade
och flinade. "Men eftersom bröllopet ska vara vid sjön på
Ridgewater tror jag att jackett kan vara lite överdrivet."

De drack upp sitt kaffe och pratade om praktiska
saker, scheman och planer. Till slut, genom en ömsesidig
outtalad överenskommelse, ställde de sina tomma muggar
åt sidan och gled tillbaka under täcket, dragna till varandra
igen med den lätthet som kroppar som upptäckt sin
naturliga harmoni har.

Senare, när de låg tillsammans i den tysta efterdyningen, kände Emma hur hon gled mot sömnen igen, mer bekväm än hon hade varit med någon på flera år, kanske någonsin. Ryans andning hade redan blivit djupare, hans arm en varm tyngd över hennes midja, hans ansikte fridfullt på ett sätt som fick honom att se yngre ut, obelastad av ansvaret han bar.

Phoenix, Sarahs bröllop, Jemima, framtiden, alla dessa överväganden skulle vänta när de vaknade igen. Men för nu, i detta solbelysta rum, med Ryans hjärtslag stadigt under hennes kind, tillät Emma sig själv att bara vara närvarande i stunden, tacksam för denna oväntade gåva av samhörighet som hade börjat med en skrämd häst och på något sätt lett till helande för dem alla.

# Kapitel femton

CABOOLTURE SHOWGROUNDS SURRADE AV aktivitet
när Emma varsamt ledde Phoenix nerför rampen till
hästtransporten, hans mörka öron spetsade framåt av
intresse snarare än rädsla. Fullblodets steg var avmätta men
inte tveksamma, ett bevis på hur långt han hade kommit
sedan de första skräckslagna dagarna på Ridgewater. Ryan
gick bredvid dem och hans hand snuddade då och då
vid Emmas svank i en gest som kändes både beskyddande
och stolt possessiv, medan Jemima studsade framför
dem och ledde Pepper, redan klädd i sina tävlingskläder
och pladdrade ivrigt om dagens tävlingar. Pepper var
en idealisk reskamrat för Phoenix; det lilla, lugna stoets
självförtroende hjälpte den större valacken när han följde
hennes lugna exempel.

”Phoenix hanterar det här anmärkningsvärt bra”, observerade Ryan och iakttog hästens vaksamma men stadiga blick som tog in de fladdrande banderollerna och de myllrande folkmassorna. Runt omkring dem slingrade sig hästar och skötare fram över området, vissa ledde oklanderligt skötta tävlingshästar, andra red mot framridningsbanorna.

Emma nickade, och hennes händer behöll en lugnande kontakt med Phoenix genom grimskaftet. ”Han är nyfiken snarare än rädd. Ser du hur hans öron rör sig hela tiden? Han katalogiserar allt, men hans muskler är inte spända.” Hon lät en uppskattande hand glida nerför hästens glänsande hals. ”För sex veckor sedan hade det här varit omöjligt.”

En traktor som drog en vagn lastad med höbalar mullrade förbi och Phoenix ryckte till lite och höjde på huvudet. Ryan spände sig och mindes hästens tidigare panikattacker, men Emma stod bara stadigt och mumlade något så tyst att Ryan inte kunde höra det. Fullblodets alarmmoment gick snabbt över och hans fokus återvände till Emma med synligt förtroende.

”Duktig kille”, berömde hon, och Ryan uppfattade den subtila spänningen som släppte i hennes axlar. ”Vi går en runda med honom längs utkanten först, låter honom se allt på avstånd innan vi närmar oss där allt händer.”

De följde en bred stig som gick runt hästtävlingsområdet, förbi matförsäljare som höll på att ställa i ordning inför dagen, familjer som lastade ur fällstolar och kylväskor och tävlande som skyndade mellan stallen med famnarna fulla av utrustning.

”Är det så här det är på galopptävlingar?” frågade Ryan och försökte placera Phoenix tidigare miljö mot denna färgstarka, kaotiska nutid. Han hade varit på företagsevenemang på galoppbanan, men hade alltid ägnat hela tiden åt affärer och knappt ens sneglat på hästarna de uppenbarligen var där för att titta på.

Emma skakade på huvudet. "Galopptävlingar är mycket intensivare. Hästarna är alla uppe i varv, fodrade för energi snarare än stabilitet. Det är ständiga utrop i högtalare, vadslående folkmassor, hästar som skyndas från uppsamlingsfållor till banan och tillbaka." Hon gestikulerade runt omkring dem. "Trots att det ser fullt upp ut här, är det faktiskt ganska välordnat. De flesta av de här hästarna är välutbildade tävlingsveteraner och deras ryttare har tränat dem att vara lugna och tysta, precis motsatsen till vad som krävs av galopphästar."

Phoenix sänkte huvudet för att nosa på en gräsplätt, ett tecken på avslappning som fick Emma att le. "Jag tror att han är redo att se framridningsbanorna. Jemimas första klass är om trettio minuter, och jag skulle vilja se henne förbereda sig."

De tog sig bort mot en inhägnad ridbana där ryttare värmde upp, med hästar av olika storlekar som travade i organiserade mönster. Pip stod i mitten, och hennes lilla gestalt var omedelbart igenkännlig när hon instruerade flera unga ryttare. Jemima satt nu på Pepper, det lilla svarta stoet som rörde sig med elegant precision när de övade på en åtta.

"Hon ser ut som om hon föddes i sadeln", kommenterade Ryan, oförmögen att dölja stoltheten i sin röst.

Emmas leende mjuknade. "Det gjorde hon praktiskt taget. Jag red fortfarande när jag var gravid med henne, fram till sjunde månaden då jag helt enkelt blev för stor för att sitta upp. Läkarna sa att rörelsen förmodligen var lugnande för henne." Hon puttade Phoenix till en lugn plats i en vinkel mellan staketet och läktaren, där han kunde observera utan att vara för nära händelsernas centrum. "Han måste vänja sig vid att se andra hästar arbeta utan att känna att han måste vara med."

Ryan tittade fascinerat på när Phoenix uppmärksamhet fästes på ryttarna i ridbanan, hans öron framåt av intresse snarare än bakåtstrukna av stress. "Han studerar dem, eller hur?"

"Hästar är flockdjur. De lär sig genom att titta", förklarade Emma. "I det vilda lär sig föl beteenden genom att härma de vuxna, och Phoenix är fortfarande ung, knappt sex år. Även med allt sitt trauma är de instinkterna intakta."

Speakerns röst sprakade över högtalarsystemet och ropade upp Jemimas klass till huvudarenan. Emma tittade på sin klocka. "Perfekt timing. Phoenix har fått lite exponering utan att bli överväldigad, så jag tror att vi kan se Jemimas runda med honom."

De ledde Phoenix till hopparenan och hittade en plats längs staketet där fullblodet kunde stå tyst medan de tittade på. Ryan kom på sig själv med att hålla andan när Jemima red in på banan på Pepper. Intellektuellt visste han att det högsta hindret i denna juniorklass bara var 80 centimeter högt, men nervknuten i magen fick ekipaget att se omöjligt litet ut mot de imponerande hindren.

"Är hon inte nervös?" frågade han Emma, medan hans egen mage knöt sig när Jemima hälsade på domaren.

"Jo då", svarade Emma med ett medvetet leende. "Men hon vet hur hon ska använda det. Adrenalin skärper fokus om man har lärt sig att kanalisera det på rätt sätt."

Klockan ringde och Jemima fattade galopp med Pepper och närmade sig det första hindret med en stålsatt beslutsamhet i ansiktet som motsade hennes åtta år. Ryan tittade på, fängslad, när häst och ryttare klarade hinder efter hinder och rörde sig med en synkroniserad elegans som fick banan att se ansträngningslös ut.

"Felfri runda", mumlade Emma när de avslutade banan utan att riva några bommar. "Och väl inom den tillåtna tiden. Det borde ge henne en stark placering. Hon kommer att vara överlycklig; alla andra som red felfritt är äldre än hon, vissa så gamla som femton."

Ett dussintal ryttare till genomförde banan, några med rivningar och några felfria, innan speakern ropade upp till omhoppning. Jemima red in på banan igen, med ansiktet spänt av koncentration när hon styrde Pepper genom en snävare och snabbare bana. Det lilla stoet svarade vackert, och hennes smidighet möjliggjorde snäva svängar mellan hindren.

När de slutliga resultaten tillkännagavs, ropades Jemimas namn upp för tredjeplatsen. Ryan fann sig själv heja lika högt som Emma, och glömde tillfälligt Phoenix i sin upphetsning. Hästen stod anmärkningsvärt nog lugnt bredvid dem, med sin egen uppmärksamhet fäst på arenan där Pepper tog emot sin gula rosett.

"En avklarad, fyra kvar", sa Emma när Jemima kom ut från banan med ett triumferande leende över hela ansiktet. "Pip har henne på tre olika ponnyer för utställningsklasserna och en annan för ponnyhoppningen."

Dagen förflöt i en suddig röra av klasser, där Jemima bytte ponnyer med van effektivitet mellan grenarna. Ryan såg med förundran hur hon anpassade sin ridstil till varje häst; lätt och livlig på en kraftig fuxponny i bruksridningsklassen, stadig och bestämd på en dansande skimmel i den lilla hunter-klassen.

"Hur vet hon hur hon ska rida dem alla så olika?" frågade han Emma när Jemima hämtade ännu en rosett, denna för andraplatsen i en stor klass.

"Övning och talang", svarade Emma, med stolthet över sin dotter tydlig i rösten. "Pip och jag sätter henne på olika ponnyer just för att utveckla hennes anpassningsförmåga. Det gör henne till en exceptionell ryttare för sin ålder."

Vid det laget hade Phoenix blivit helt bekväm med tävlingsmiljön och slumrade mellan klasserna med höften vilande i avslappning. Jemimas samling av rosetter växte stadigt och kulminerade i ett mästerskapsband för Bästa

Utställningsponny som nästan släpade i marken när hon stolt paraderade sin häst.

”Det är min tjej”, sa Emma mjukt, med lysande ögon när Jemima travade mot dem, den vackra skimmelns hals draperad med blommor och rosetter.

”Såg ni oss? Såg ni vår ökade trav?” ropade Jemima och gled ur sadeln med den flytande elegansen hos någon som tillbringat mer tid på hästryggen än till fots.

”Ni var magnifika”, sa Ryan till henne och tog emot famnen med rosetter som hon tryckte i hans armar medan hon kramade sin mamma. ”Alla var ni det.”

När de ledde sina hästar tillbaka till transportområdet, med Phoenix som gick lugnt bredvid Jemimas blomsterprydda ponny, mötte Ryan Emmas blick över barnens huvuden.

”Lyckad dag?” frågade han tyst.

”Över förväntan”, svarade hon, och hennes blick flyttade sig meningsfullt mellan Phoenix och Jemima. ”För alla.”

Ryan kände en värme som inte hade något att göra med den varma solen ovanför. Denna värld av hästar och tävlingar, så främmande för honom bara några månader tidigare, hade på något sätt blivit en plats där han hörde hemma, inte som en utomstående utan som en integrerad del av denna oväntade familj. Medan Jemima pladdrade om Ekka som snart skulle äga rum, ”den största tävlingen av alla”, fann Ryan sig själv se fram emot det med en förväntan som skulle ha förvånat hans forna jag.

Phoenix knuffade honom mjukt på axeln, som för att ge sitt godkännande, och Ryan strök den sammetslena mulen och förundrades över hur en rädd häst och en utbränd direktör hade läkt varandra på sätt som ingen av dem kunde ha föreställt sig.

Ridgewater sjöd av målmedveten energi under dagarna fram till Ekka. Hästar badades, klipptes och tränades med noggrann uppmärksamhet på detaljer. Utrustning rengjordes, polerades och packades med militärisk precision. Emma arbetade från före soluppgången till långt efter mörkrets inbrott, och red hästar – inte bara Phoenix utan tre andra som hon hade förberett för olika grenar och skulle tävla med Kates hjälp. Pip hade också fullt upp med sina ponnyer. Båda hoppades på att visa upp sitt hårda arbete för potentiella köpare; rosetter vunna på Ekka skulle omvandlas till reda pengar som skulle hålla både Ridgewater Rescue och Pips Perfekta Ponnyer solventa i månader.

”Är du helt säker på att anmäla honom till två klasser?” frågade Sarah och lutade sig mot staketet när Emma tränade Phoenix på ridbanan. Fullblodets mörka päls glänste i morgonsolen, hans rörelser var flytande och självsäkra när han klarade en serie höga träningshinder med graciös lätthet.

Emma tog ner Phoenix i en lugn trav och klappade honom uppskattande på halsen. ”Han är redo. Den första klassen är bara en 90-centimeters nybörjarklass, i princip för att bygga upp självförtroendet. Sedan får vi se hur han hanterar det innan vi bestämmer oss definitivt om OTTB-uppvisningen.”

Ryan, som hade hjälpt till att bygga hinder under Sarahs ledning, gick fram för att ansluta sig till dem. ”Den andra klassen, uppvisningen, det är den stora, va?”

Sarah nickade. ”Inte den högsta hoppklassen på Ekka, men ett stort pris och den drar till sig nationell uppmärksamhet. Den är specifikt för före detta galopphästar. En 1,20-metersbana utformad för att framhäva deras atletiska förmåga och träningsbarhet efter galoppkarriären. Prissumman på 10 000 dollar lockar seriösa tävlande från hela Queensland."

"Och du tror att Phoenix kan vinna?" frågade Ryan, med blicken fäst på hästen medan Emma skrittade av honom i en cirkel.

"Jag tror att han har talangen", svarade Emma, med ett uttryck som var både hoppfullt och försiktigt. "Om han har erfarenheten är en annan fråga. Det är fortfarande tidigt, men jag kommer inte att anmäla honom till klassen om jag inte tror att han har en chans att göra bra ifrån sig."

Ryan hjälpte Emma att sitta av, och hans händer dröjde sig kvar en kort stund vid hennes midja. "Tja, jag tror på er båda."

"Ärligt talat, bara att få in honom på banan kommer att vara en bedrift", sa Emma. "Särskilt med tanke på i vilket skick han var för bara ett par månader sedan. Visste du att någon hävdade på Instagram häromdagen att jag hade bytt ut honom mot en annan häst? Jag var tvungen att skratta."

"Svarade du?" frågade Ryan nyfiket.

"Absolut. Gjorde en livevideo där jag skannade hans mikrochip, visade skärmen och köpekontraktet från Laidley Sales som visade samma nummer." Hon log nöjt. "Kommentatorn bad faktiskt om ursäkt och sa att jag uppenbarligen var en mirakelarbetare. Man kan inte besegra alla tangentbordskrigare, det varnade Pip mig för, men sanningen är det bästa vapnet mot den sortens nonsens."

På andra sidan gården fortsatte aktiviteten oförminskat. I ridhuset arbetade Pip med Jemima och Pepper, där paret rörde sig genom ett komplicerat markarbetesmönster utformat för att förbättra deras precision. Den unga ryttaren satt rak i sadeln, och hennes blonda hästsvans studsade i takt med Peppers rytmiska trav när de utförde en perfekt cirkel.

”Igen, men den här gången vill jag se en bättre övergång från trav till galopp”, ropade Pip, och hennes lilla gestalt krävde fullständig uppmärksamhet trots sin storlek. ”Domaren för Young Riders bruksridning på Ekka är ökänd för att leta efter distinkta övergångar. Halvhalt för att tala om för henne att du ska be om något, yttre skänkel bakåt, och så.”

Jemima nickade, med ansiktet som en mask av koncentration när hon gav de nödvändiga hjälperna och bad Pepper om rörelsen. Det lilla svarta stoet svarade omedelbart och tog ett steg in i en samlad galopp som fick en gillande nick från Pip.

”Det är det här jag pratar om!” Pip klappade i händerna. ”Kom ihåg den känslan; det är exakt vad du vill ha på tävlingsbanan.”

Bakom stallbyggnaden höll Kate på att lasta utrustning i den första av tre transporter. Sadlar var noggrant inlindade och placerade på vadderade ställ. Träns hängdes upp på krokar, lädret polerat till hög glans och bett och spännen blänkte, vart och ett märkt med en etikett med hästens namn. Ryan hjälpte Kate att lyfta in en tung låda i transporten, full med färdiguppmätta foderpåsar, var och en märkt med inte bara hästens namn utan också datum och tid den skulle ges.

Sarah anslöt sig till dem, med en skrivplatta i handen. ”Jag har bekräftat våra stallplatser. Vi har samma stallänga som förra året, tack och lov. Nära framridningsbanorna men inte för nära tivoliområdet.” Hon drog ett finger nerför sin lista. ”Höet och ströet jag har beställt levereras direkt till våra boxar imorgon bitti, och jag har schemalagt nattvaktsronder för alla sju nätter vi kommer att vara där.”

Kate nickade gillande. ”Alltid organisatören. Hur känner du inför Phoenix klasser?”

”Försiktigt optimistisk”, svarade Sarah efter en stunds övervägande. ”Han har den naturliga förmågan, och Emma har varit metodisk med hans träning. Om hans psyke håller i den elektriska atmosfären, kan han överraska alla.”

När kvällen närmade sig intensifierades tempot istället för att avta. Emma gick igenom sina förberedelselistor med Ryan över en hastig middag vid köksbordet, medan Jemima noggrant packade sina tävlingskläder under Pips överinseende.

”Jag har aldrig sett något liknande”, erkände Ryan och iakttog det organiserade kaoset som utspelade sig runt omkring honom. ”Det är som att förbereda sig för ett fälttåg.”

”Det är inte långt ifrån sanningen”, svarade Emma och bockade av punkter på sin lista. ”Fem hästar och sju ponnyer, fyra ryttare, över tjugo olika klasser under sju dagar. Ett misstag i planeringen kan spåra ur alltihop.” Hon tittade upp på honom med ett trött leende. ”Och då har jag inte ens berättat om politiken som är inblandad i tävlingsvärlden.”

”Politik?” Ryan höjde på ena ögonbrynet.

”Javisst”, nickade Emma allvarligt. ”Domarna har alla sina preferenser, de andra tävlandena har en historia med varandra, det finns allianser och rivaliteter som sträcker sig generationer tillbaka.” Hon skrattade åt hans min. ”Välkommen till ridsportvärlden. Den får dina styrelserum att se enkla ut i jämförelse.”

Senare, efter att Jemima hade nattats, gick Emma och Ryan till Phoenix box för en sista kontroll. Det stora engelska fullblodet hälsade på dem med en mjuk gnäggning, hans mörka ögon lugna och intresserade när de steg in i hans utrymme.

”Tror du verkligen att han är redo?” frågade Ryan tyst, och såg på när Emma lät sina expertfingrar löpa över Phoenix ben för att kontrollera om det fanns någon antydan till värme eller svullnad.

”Det gör jag”, sa hon efter en stund. ”Han är fysiskt kapabel att klara av de tekniska utmaningarna. Mentalt har han kommit så långt från den skräckslagna häst jag hittade på Laidley." Hon rätade på sig och mötte Ryans blick i det svaga stalljuset. "Men ännu viktigare är att jag tror att han vill det här. Det finns en tävlingsgnista i honom; kom ihåg att han vann nästan en miljon dollar som galopphäst innan stressen tog överhanden. Jag har sett den tändas igen under träningen. Och du såg honom på Caboolture Show; jag kunde ha slängt på sadeln direkt och ridit in på banan. Han ville vara där."

Ryan sträckte sig fram för att klappa Phoenix på halsen och kände de kraftfulla musklerna under den blanka pälsen. "Då längtar jag efter att få se vad ni två åstadkommer tillsammans."

Emma lutade sig mot honom, hennes kropp passade perfekt mot hans sida. "Det känns annorlunda i år", erkände hon. "Jag menar, jag har alltid några före detta galopphästar att visa upp för potentiella köpare, men vanligtvis är jag mer fokuserad på Jemimas klasser eller att hjälpa till med Pips ponnyer. Att ha min egen seriösa tävlingshäst, särskilt en så speciell som Phoenix ... och att ha dig där för att dela det med ..." Hon avslutade inte meningen, men det behövdes inte.

Ryan lade armen tätare om henne och förstod stundens outtalade tyngd. Utanför fortsatte McKenzies att lasta utrustning, röster ropade till varandra medan de sista förberedelserna gjordes. Imorgon skulle de åka i konvoj till Brisbane och förvandla en del av Royal Queensland Exhibitions mässområde till en tillfällig Ridgewater-utpost för årets viktigaste tävlingsvecka.

Phoenix sänkte huvudet och knuffade hoppfullt på Ryans ficka i jakt på godsaker. Gesten, så normal och ändå så anmärkningsvärd med tanke på hästens förflutna, fick dem båda att skratta och bröt den tillfälliga spänningen.

"Han vet precis hur han ska ta dig", retades Emma när Ryan tog fram den förväntade moroten ur fickan.

"Han är inte den enda", svarade Ryan mjukt, bröt moroten i bitar och såg på när Phoenix finkänsligt tog bitarna från hans handflata. I det dunkla ljuset i stallet, omgivna av rytmerna från Ridgewater som förberedde sig för sin stund på Queenslands största ridsportscen, kände Ryan en visshet som slog rot djupt inom honom. Vad som än hände på Ekka, vilka utmaningar Phoenix än mötte på tävlingsbanan, så mötte de dem tillsammans – inte bara häst och ryttare, utan alla, denna osannolika familj som han på något sätt blivit en väsentlig del av.

Ryan stod vid kanten av huvudarenan på Royal Queensland Exhibitions mässområde, för ett ögonblick förbluffad över den rena omfattningen av Ekka. De enorma läktarna, de många tävlingsbanorna som pågick samtidigt, de ändlösa raderna av stall som sträckte sig åt alla håll; det fick Caboolture Show att se ut som en ponnyklubb i trädgården i jämförelse, och det fanns så många fler djur än bara hästar. Två *kameler* hade precis gått förbi!

Runt omkring honom rörde sig McKenzies med lugn effektivitet, lastade av utrustning, installerade hästar, kontrollerade scheman. De navigerade detta massiva evenemang med den bekväma förtrogenheten hos människor som hade kommit hit hela sina liv, medan Ryan kände det som om han hade klivit in i en helt annan värld, en med sitt eget språk, sina egna seder och hierarkier.

"Överväldigande, eller hur?" Sarah dök upp bredvid honom, med sin skrivplatta i handen som alltid. "Ekka har över 20 000 tävlingsanmälningar i alla kategorier. Bara hästtävlingarna har fler än 2 000 tävlande."

Ryan skakade vantroget på huvudet. ”Jag hade ingen aning om att det var så här ... omfattande. Hur håller ni reda på allt?”

Sarah knackade på sin skrivplatta med ett leende. ”System och erfarenhet. Vi har gjort det här sedan vi var yngre än vad Jemima är nu.” Hon tittade på klockan. ”På tal om det, jag måste få Jemima till genomgången för unga ryttare om tio minuter. Kan du hjälpa Emma med Phoenix? Han ska få sin första titt på huvudarenan under bekantningssessionen.”

Innan Ryan hann svara, gick Sarah redan iväg och ropade instruktioner till en stallarbetare om scheman för foderleveranser. Han tog sig igenom labyrinten av tillfälliga stall för att hitta Emma som gick med Phoenix i långsamma cirklar utanför deras tilldelade stallänga. Det engelska fullblodets ögon var vidöppna, hans näsborrar utvidgade när han tog in de obekanta synerna och ljuden, men hans steg förblev stadiga, hans tillit till Emma var uppenbar. Inte ens kamelerna verkade ha oroat honom särskilt mycket.

”Hur mår han?” frågade Ryan och närmade sig försiktigt för att inte skrämma hästen.

Emmas ansikte visade en blandning av fokus och oro. ”Han bearbetar intrycken. Det är mycket att ta in, men han hanterar det bättre än jag förväntade mig.” Hon lät en hand stryka längs Phoenix hals. ”Vi har arenabekantning om tjugo minuter; det kommer att bli det verkliga testet.”

Ryan började gå bredvid dem och lade märke till hur Phoenix öron nu vändes mot honom i igenkänning. ”Kan jag hjälpa till med något?”

”Bara gå med oss”, svarade Emma. ”Ju mer normalt allting känns, desto bättre. Phoenix verkar associera dig med trygghet nu.”

Det enkla påståendet värmde Ryan oväntat. Han hade tillbringat timmar i Phoenix box de senaste veckorna, ibland bara suttit och läst rapporter medan hästen slumrade eller mumsade på sitt hö, och byggt upp ett tyst band som hade utvecklats så gradvis att han inte helt hade insett dess styrka förrän nu.

De tog sig till huvudarenan och anslöt sig till en kö av hästar som väntade på sin tur att utforska platsen där de skulle tävla. Ryan studerade Emmas ansikte när hon granskade den enorma hoppbanan som var uppsatt för en senare klass, hennes ögon följde anridningsvinklarna, mätte avstånd, bedömde utmaningar. Det var samma uttryck som han brukade ha när han analyserade komplexa finansiella affärer, och han fann sig på nytt uppskatta hennes tekniska expertis.

”Uppvisningsklassen kommer att använda några av samma hinder, men förmodligen i en annan konfiguration”, förklarade hon och pekade på detaljer som Ryan aldrig skulle ha lagt märke till på egen hand. ”De kommer troligen att inkludera den där liverpoolen – hindret med vatten under – och förmodligen den där oxern med blomsterdekorationen. Båda kräver självförtroende och fokus från hästen.”

Ryan nickade och tog till sig informationen. Under de senaste veckorna hade han lärt sig vokabulären i denna värld – oxrar och räcken, galoppsprångslängder och avstånd, skänkelvikningar och galoppombyten – och funnit oväntade paralleller med sin affärsbakgrund i det strategiska tänkande som krävdes för en framgångsrik runda.

”Och du tror att Phoenix är redo för de utmaningarna?” frågade han.

Emma såg hur Phoenix sträckte halsen mot arenan, nyfikenhet ersatte ångest i hans hållning. ”Jag tror att han vill försöka”, sa hon enkelt. ”Och det är ärligt talat större delen av kampen med en före detta galopphäst.”

Det blev deras tur, och Emma ledde in Phoenix i den väldiga arenan. Ryan höll andan när det engelska fullblodet tvekade vid ingången, med högt huvud och spända muskler. Sedan, med en mild uppmuntran från Emma, tog Phoenix ett steg framåt, hans steg blev längre när han rörde sig in på platsen. Från sin position vid staketet såg Ryan häst och ryttare cirkla arenan, Phoenix initiala spänning gav gradvis vika för det arbetsamma fokus han hade utvecklat under träningen. Muskler krusade sig under hans glänsande svarta päls när han sträckte på halsen för att sniffa på blomsterdekorationerna, men han visade inga tecken på oro, hans ögon var lugna, hans steg var avmätta när han gick vid Emmas sida.

"Han lugnar ner sig", kommenterade Kate och dök oväntat upp bredvid Ryan. "Ett gott tecken."

Ryan nickade, oförmögen att dölja sin lättnad. "Det här är inte alls som de golfturneringar jag har varit på, inte ens mästerskap med internationella spelare", erkände han. "Bara logistiken är svindlande."

Kates skratt rymde genuin munterhet. "Välkommen till vår värld. Och det här är bara dag ett av åtta." Hon sträckte på axlarna, rörelsen avslöjade trötthet som redan börjat infinna sig. "Vi har hästar som tävlar varje dag, vilket betyder tidiga morgnar, sena kvällar och tupplurar i campingstolar mellan klasserna."

Hennes avslappnade omnämnande av de fysiska kraven under tävlingsveckan kristalliserade något som Ryan hade funderat på sedan han först förstod omfattningen av Ekka. Den kvällen, efter att hästarna hade installerats för natten och McKenzies samlats runt ett portabelt bord för en snabb middag med smörgåsar och frukt, harklade han sig.

"Jag har något att berätta för er alla", började han, plötsligt nervös trots sin noggranna planering. "Eller snarare, något att visa er."

Emma tittade upp, nyfikenhet ersatte tröttheten i hennes ögon. "Vad är det?"

"Inte här", sa Ryan, reste sig och gestikulerade åt dem att följa efter. "Det är en kort biltur härifrån. Om ni följer med mig har jag ett par taxibilar som väntar."

Tio minuter senare stannade de utanför ett av Brisbanes mest eleganta hotell, beläget vid floden bara några minuter från mässområdet. McKenzies utbytte förvirrade blickar när dörrvakten hälsade på Ryan med namn.

”Mr Wardell, allt är förberett enligt önskemål”, sa den unge mannen med ett professionellt leende.

”Tack, James”, svarade Ryan och ledde den alltmer förbryllade familjen genom den marmorbelagda lobbyn till hissen.

”Ryan, vad är det som pågår?” frågade Emma när de åkte upp till chefsplanet.

”Bara en liten överraskning”, svarade han, oförmögen att längre undertrycka sitt leende. Han använde ett nyckelkort för att öppna en dörr i slutet av en matbelagd korridor och avslöjade en rymlig svit med panoramautsikt över Brisbane River, för tillfället ett mörkt band mellan de starka stadsljusen.

”Jag har bokat flera rum för veckan”, förklarade han när de klev in. ”Den här sviten är för oss – du, jag, Jemima och Charlotte när hon ansluter imorgon. Det finns ett anslutande sovrum för tjejerna.” Han vände sig till Sarah och Marcus. ”Ni har sviten bredvid. Kate har ett rum mittemot, och Pip har det bredvid det, att dela med Jake när han kan komma ifrån.”

En förbluffad tystnad lade sig över gruppen, slutligen bruten av Jemimas upphetsade rusning till fönstret. ”Mamma! Titta på utsikten över Story Bridge! Och det finns en swimmingpool där nere, jag såg den när vi kom in!”

”Ryan, det här är...”, började Emma, hennes uttryck en blandning av chock och något mer komplicerat. ”Det här är för mycket. Ekka är dyrt nog redan med anmälningsavgifter och uppstallning.”

”Det är inte för mycket”, invände han mjukt. ”Kate nämnde att ni sover i campingstolar mellan klasserna. Jag vet att åtminstone en av er måste stanna med hästarna över natten, men det finns ingen anledning till att ni alla ska vara utmattade hela veckan." Han tog Emmas hand. "Jag ville göra det här. Snälla, låt mig."

Sarah och Kate utbytte blickar, en tyst kommunikation passerade mellan dem. "Det ska bli skönt med riktiga duschar", erkände Sarah. "Och riktiga sängar."

"Och rumsservice", tillade Kate med en antydan till ett leende. "Men vi kommer fortfarande att turas om med nattvakten hos hästarna."

"Självklart", instämde Ryan snabbt. "Jag har redan pratat med conciergen om de ovanliga tider ni kommer att ha. Hotellet är vant vid att tillgodose Ekka-tävlande. Tydligen har de flera toppryttare som bor här varje år."

Pip, som hade utforskat sviten, upptäckte korgen med frukt och snacks som stod på matsalsbordet. "Tja, jag tänker i alla fall inte argumentera mot färska jordgubbar och riktigt kaffe istället för det där snabbkaffet från campingen." Hon stoppade ett bär i munnen med uppskattande förtjusning.

Emma studerade Ryans ansikte. "Du planerade allt det här utan att säga ett ord."

"Jag ville att det skulle vara en överraskning", erkände han. "Min vän äger hotellet, så han hjälpte till att ordna allt." Han tvekade. "Är du arg?"

Emmas uttryck mjuknade. "Nej. Bara ... anpassar mig till att ha någon som tänker på sådana här saker. Vi har alltid gjort Ekka på ett visst sätt, levt spartanskt tillsammans, tradition och allt det där."

"Traditioner kan utvecklas", föreslog Ryan försiktigt. "Och ni gör fortfarande allt det hårda arbetet. Det här är bara en bekväm plats att återhämta sig på mellan rundorna."

Jemima kom tillbaka från att ha utforskat det anslutande sovrummet, hennes upphetsning påtaglig. "Det finns morgonrockar, mamma! Med hotellets namn på! Och badrummet har såna där små flaskor med fint schampo!"

Emma skrattade, och det sista av hennes motstånd smälte bort vid hennes dotters förtjusning. "Tja, jag antar att vi inte kan göra Jemima besviken nu."

Spänningen släppte, och McKenzies började utforska sina tillfälliga boenden med växande uppskattning. Ryan klev ut på balkongen och gav dem utrymme att vänja sig vid hans gest. Ett ögonblick senare kom Emma ut till honom och lutade sig mot räcket bredvid honom.

"Det här är verkligen underbart", sa hon mjukt. "Tack."

"Jag ville bara bidra med något", erkände Ryan. "Ni har alla den här otroliga kunskapen och skickligheten med hästarna, traditioner som gått i arv i generationer. Jag lär mig fortfarande, försöker fortfarande hitta min plats i allt det här."

Emma vände sig mot honom, hennes uttryck allvarligt i stadens ljus. "Du har redan en plats", försäkrade hon honom. "Inte på grund av hotellrum eller ekonomiska bidrag, utan för att du bryr dig. Om Phoenix, om Jemima, om oss alla." Hon sträckte sig efter hans hand. "För att du har blivit en del av vår familj."

Bakom dem, genom den öppna balkongdörren, kunde de höra de andra installera sig; Jemima förklarade fjärrkontrollen för Sarah, Kate ringde rumsservice för att beställa middag, Pip upptäckte minibaren med förtjusta utrop. Vanliga ögonblick som gjordes speciella av den oväntade lyxen, av Ryans önskan att ta hand om dem på det sätt han kunde bäst.

"Jag älskar dig", sa han enkelt, orden hördes lätt i den tysta nattluften. "Allt det här, hästarna, tävlingarna, de tidiga morgnarna och långa dagarna – jag älskar att vara en del av det för att jag älskar dig."

Emmas leende som svar rymde all värme från Ridgewaters solkyssta hagar. "Bra", sa hon och lutade sig in för att kyssa honom lätt. "För vi har en fem på morgonen-start imorgon. Du kommer att behöva den där king size-sängen mer än du anar."

När de återförenades med de andra inomhus, kände Ryan en förnöjsamhet som ingen affärsframgång någonsin hade gett honom. Imorgon skulle Phoenix ställas inför sitt första riktiga prov i tävlingen. Jemima skulle rida om rosetter mot de bästa unga ryttarna i Queensland. McKenzies skulle fortsätta sin familjs arv av ridsportslig excellens. Och Ryan, en gång en utomstående i denna värld, skulle vara där med dem, inte längre bara som observatör utan som en som verkligen hörde hemma.

# Kapitel sexton

RYAN KLAMRADE SIG FAST vid sin kaffemugg som
en livlina när han navigerade genom de myllrande
folkmassorna på Ekkas huvudstråk. Morgonsolen
glittrade på matvagnar och paviljongtak och svepte in
utställningsområdet i en gyllene dimma som inte gjorde
någonting för att minska det överväldigande angreppet
på hans sinnen. Barn sicksackade mellan ben och höll
i sockervadd som var större än deras huvuden, medan
de konkurrerande dofterna av boskap, friterad mat och
sågspån skapade en doftförvirring som gjorde honom
en aning yr. Hur hade han kunnat bo i Brisbane hela
sitt liv utan att uppleva denna kaotiska symfoni av
jordbrukstradition och karnevalistiskt överflöd?

”Du ser ut som om du har blivit avsläppt i ett
främmande land”, konstaterade Emma när hon dök upp

vid hans sida med ett medvetet leende. Hon klev enkelt åt sidan för en grupp tonåringar utan att sakta ner, hennes kropp van vid att navigera genom folkmassor på ett sätt som hans inte var.

"Det känns som det", medgav Ryan och krockade nästan med en man som bar på en omöjligt stor uppstoppad giraff. "Jag kan inte fatta att jag aldrig har varit här förut."

Emma stannade och hennes min var genuint förvånad. "Aldrig? Inte ens som barn?"

Ryan skakade på huvudet och kände hur kinderna hettade av förlägenhet. "Det var inte den sortens sak som min familj gjorde. Mina föräldrar ansåg det vara ... simpelt, antar jag. Våra årliga traditioner bestod mer av skidresor till Nya Zeeland och sommarsemestrar i Europa. När jag tänker efter var vi nästan alltid borta i mitten av augusti, möjligen för att undvika just det här evenemanget."

"Tja, du har gått miste om något", förklarade Emma och krokade arm med honom och ledde honom framåt med bestämdhet. "Ekka är Queensland destillerat till sin renaste form, på gott och ont. Kom nu, vi måste gena genom jordbrukspaviljongerna för att komma tillbaka till våra hästar."

De passerade genom enorma lador där prisbelönt boskap stod i skinande rader, pälsarna borstade till perfektion, medan bönder i mullskinnsbyxor och Akubra-hattar konfererade i allvarliga toner bredvid sina prisade djur. Sedan kom produktutställningarna, torn av perfekt staplade frukter och grönsaker arrangerade i konstnärliga formationer som drog till sig uppskattande folkmassor.

"Tävlar folk verkligen om det bästa arrangemanget av pumpor?" frågade Ryan och pekade mot en genomarbetad utställning.

"Stenhårt", bekräftade Emma. "Vissa av de där bondefamiljerna har deltagit i samma kategorier i generationer. Rivaliteten är legendarisk." Hon flinade. "Jag anmälde min ananasmarmelad. Två versioner, den söta och den starka. Jag har aldrig ens fått en placering med den tidigare, men ... vi får se. Det var ett bra år för ananas."

När de gick förbi vedhuggarenan fann Ryan sig oväntat fascinerad av den råa atletiska förmågan hos de tävlande. Män och kvinnor attackerade stockar med yxor, flisor flög medan de arbetade med en precision som vittnade om år av övning.

"Ännu en Ekka-tradition", förklarade Emma och noterade hans intresse. "Några av de här tävlande är femte eller sjätte generationen. Queensland har djupa rötter, om man vet var man ska leta efter dem."

Jordbrukssektionerna övergick gradvis i tivolistämningen i Sideshow Alley, där karuseller snurrade och virvlade mot den blå himlen, ackompanjerade av elektronisk musik och de entusiastiska ropen från speloperatörerna. Barn drog motvilliga föräldrar mot allt mer skrämmande attraktioner, medan tonåringar samlades i grupper med en spelad leda som inte riktigt kunde dölja deras spänning.

Till slut kom de ut i den relativa stillheten i ryttarkvarteret, där atmosfären märkbart förändrades. Här avtog kaoset och ersattes av målmedveten aktivitet och tyst professionalism. Ryttare i oklanderlig tävlingsklädsel ledde perfekt ansade hästar mellan arenorna, deras fokus uppenbart i varje avmätt steg.

Familjen McKenzies tillfälliga högkvarter var omedelbart igenkännligt, deras marinblå och vinröda färger och Ridgewaters logotyp framträdde tydligt på en banderoll som var uppsatt i deras stallområde. Sarah stod vid ingången, med sin skrivplatta i handen som alltid, och pratade med Kate, som hade en sadel över armen. Man kunde se Pip fläta manen på en ponny med noggrann uppmärksamhet, medan Jemima satt i närheten och putsade stövlar till militär glans.

”De ser ut som om de har gjort det här för evigt”, konstaterade Ryan och betraktade familjens effektiva rörelser.

”För att de har det”, svarade Emma enkelt. ”McKenzies har tävlat på Ekka sedan innan det hette Ekka. Min farfars far vann en gren här 1921 ... med Hereford-boskap, inte hästar, men det är fortfarande en del av vårt familjearv.”

När de närmade sig noterade Ryan hur andra tävlande nickade respektfullt mot McKenzies, några stannade för att utbyta några korta ord eller ställa snabba frågor. Familjens expertis var tydligt erkänd och värderad, deras åsikter efterfrågade i frågor som rörde allt från arenans förhållanden till träningstekniker.

En kvinna i elegant tävlingsklädsel närmade sig Kate, ledande en magnifik fuxfärgad valack. ”Kate, jag undrade om du kanske hade ett ögonblick för att titta på Cavaliers högra bakben? Han följer inte med ordentligt i sin ökade trav, och jag tänkte fråga dig om din åsikt innan vår klass.”

Kate lade omedelbart undan sadeln och gav ryttaren sin fulla uppmärksamhet. ”Självklart, Vanessa. Låt oss ta en titt på honom här borta i det bättre ljuset, och jag ska sms:a Marcus och be honom kolla på Cavalier också.”

Ryan såg på när Kate skickligt undersökte hästen. Ryttaren lyssnade uppmärksamt på Kates bedömning och noterade hennes förslag med den respekt som vanligtvis är reserverad för tränare på hög nivå.

”Vem är det där?” frågade Ryan och pekade mot den avlägsnande ryttaren.

”Vanessa Hughes”, sa Emma. ”Hon är en medelsvår dressyrryttare, men det finns inga dressyrklasser på Ekka, så hon kommer att vara med i en ridklass här. Förmodligen en rasklass, Cavalier är en renrasig hannoveranare. Hon tar lektioner för Kate och vet att Kate har en nästan övernaturlig förmåga att upptäcka subtila hältproblem.”

När de fortsatte mot sitt stallområde lade Ryan märke till en ung kvinna som gick med en slående, mycket liten palominoponny, vars päls glänste som polerat guld i solljuset.

”Det där är en av våra”, sa Emma och följde hans blick. ”Sunbeam. Pip sålde henne till familjen Anderson förra året.” Hon nickade mot en annan ring där en hög brun häst värmde upp. ”Och det där är Tempest med Paul Wilson; Tempest är en av mina före detta galopphästar som jag räddat. Jag tror faktiskt att det finns minst tjugo Ridgewater-tränade hästar som tävlar den här veckan.”

Insikten om familjen McKenzies inflytande inom detta samhälle fortsatte att växa allt eftersom de rörde sig genom området. Ett par tonårsflickor stoppade Pip för att fråga om foder för showponnyer och lyssnade med spänd uppmärksamhet på hennes råd. En äldre gentleman närmade sig Sarah för att diskutera blodslinjer och refererade till hästar och uppfödare med en förtrogenhet som talade om en delad historia som sträckte sig årtionden tillbaka.

”Familjen McKenzie är Queenslands ridsportadel, har jag förstått”, kommenterade en röst bredvid Ryan. Han vände sig om och såg Jake, som hade kommit för att titta på Pips klasser. ”Fast de skulle hata att jag sa det. Alltför ödmjuka, hela bunten.”

Ryan såg på när Jemima hälsades av andra tävlandes barn, hennes självförtroende i den här miljön var slående jämfört med hans eget obehag. Hon rörde sig genom ridsportvärlden med självsäkerheten hos någon som var född in i den, hennes plats säker och oifrågasatt.

”Det känns som om jag har snubblat in i ett parallellt universum”, erkände Ryan för Jake. ”Ett som existerade sida vid sida med mitt i Brisbane alla dessa år utan att jag någonsin visste om det.”

Jake nickade förstående. ”Det är Queensland i ett nötskal. Skrapa på ytan av vår glänsande moderna stad, och du hittar dessa samhällen med traditioner som sträcker sig

generationer tillbaka. Affärsvärlden du kom från och den
här världen, de korsar sällan varandras vägar.”

”Förutom genom mig, uppenbarligen”, sa Ryan, och
en underlig stolthet fyllde hans bröst när han såg Emma
demonstrera en justering av ett bett för en ung ryttare.

”Lyckost”, svarade Jake med äkta värme. ”De flesta
människor får aldrig korsa mellan världar som den här.”

När de anslöt sig till familjens livliga
förberedelseområde kände Ryan tyngden av sin
privilegierade men isolerade uppväxt. Hans föräldrar hade
sökt exklusivitet och endast odlat kontakter med dem
som kunde främja deras sociala och ekonomiska ställning.
Kontrasten mot McKenzies djupa, generationslånga
tillhörighet inom detta samhälle kunde inte ha varit
skarpare.

Ryans armar värkte behagligt när han bar den tredje
vattenhinken från stallblockets kran till McKenzies
förberedelseområde. Hans tidigare oklanderliga chinos bar
nu de omisskännliga märkena av stallarbete, ett litet stänk
av hovolja bildade en mörk konstellation på hans högra
lår. För två månader sedan skulle han ha blivit förfärad
över skicket på sina kläder; nu märkte han det knappt.
Den andra dagens morgonförberedelser var i full gång runt
honom, varje familjemedlem fokuserad på sina tilldelade
uppgifter med effektiviteten hos en välrepeterad orkester.

”Vattnet ska stå vid Honeys box”, ropade Kate när hon
skyndade förbi med en armfull schabrak. ”Pip gör henne
redo för visningsklassen klockan halv nio.”

Ryan navigerade försiktigt genom den smala gången
mellan boxarna och klev åt sidan för ett litet berg
av ryktlådor och ryktväskor. Atmosfären surrade av
målmedveten energi, så annorlunda från den konstgjorda

brådskan vid företagsdeadlines. Här var pressen verklig och omedelbar, varje uppgift avgörande för hästarnas prestation och välbefinnande.

Han ställde ner hinken utanför Honeys box och tog ett ögonblick för att beundra det lilla palominostoet. Hennes päls glänste som flytande guld under stallbelysningen, hennes vita man och svans var oklanderligt rena. Pip stod vid hennes skuldra, med ett uttryck av intensiv koncentration i ansiktet när hon separerade små sektioner av manen med vana fingrar.

"Perfekt timing", sa hon utan att titta upp. "Kan du vara min assistent ett tag? Jag behöver någon som håller i saker."

"Till din tjänst", svarade Ryan och flyttade sig för att stå bredvid henne. "Men jag bör varna dig, min kunskap om hästhårstyling är något begränsad."

Pip skrattade och såg upp på honom med sina mörka ögon lysande av äkta munterhet. "Knoppning, Ryan. Vi kallar det knoppning, inte hårstyling. Och det är en konstform." Hon räckte honom en liten behållare. "Håll den här tråden och nålen. Jag behöver dem för varje knopp. Och den här sprayen."

Ryan tittade fascinerat på när Pips snabba fingrar vävde Honeys vita man till en serie täta, prydliga flätor som sedan rullades ihop till en liten rund knut. Var och en formades med matematisk precision, exakt samma storlek som den förra, och fästes sedan med tråd som försvann helt in i håret.

"Hur många sådana här behöver du göra?" frågade han och trädde nålen och räckte henne den när hon antydde det.

"Till Honey, vanligtvis sjutton", svarade Pip, med orubbligt fokus. "Var och en måste vara identisk. Domare lägger märke till sådana detaljer, särskilt i visningsklasser där presentationen betyder så mycket."

Ryan studerade de färdiga knopparna och förundrades över deras enhetlighet. ”Det är som arkitektur i miniatyrskala.”

”Har aldrig tänkt på det så, men du har inte fel.” Pip log och tog emot den trådda nålen han erbjöd. ”Många raser har också sin egen traditionella flätstil. Antalet, storleken, positionen, allt varierar beroende på vad du visar upp.”

Hennes fingrar fortsatte sitt rytmiska arbete, samlade, tvinnade, sydde. Ryan fann sig trollbunden av processen och kände igen samma uppmärksamhet på detaljer som han en gång hade tillämpat på finansiella modeller och kalkylblad, men med påtagliga, omedelbara resultat.

”Nästa år kommer du att göra det här själv”, anmärkte Pip nonchalant och såg på honom med bus i blicken. ”Varje familjemedlem måste lära sig till slut. Det är praktiskt taget en McKenzie-initiering.”

Den avslappnade inkluderingen som ’familjemedlem’ överrumplade Ryan, en varm ström av tillhörighet flödade genom honom. ”Jag är redo att lära mig”, svarade han, förvånad över hur mycket han menade det. ”Även om jag misstänker att mina första försök kanske inte håller showkvalitet.”

Pip skrattade, ett äkta och smittsamt ljud. ”Åh, de kommer att bli förfärliga. Mina var det när jag började. Kit, Emmas bror, lärde mig när vi precis hade blivit tillsammans. Han sa att mina tidiga flätor såg ut som om de hade gjorts av någon med boxningshandskar på sig.”

Omnämnandet av Kit, sagt med sådan lätthet trots den smärta hans förlust fortfarande måste orsaka, kändes betydelsefullt. Ryan visste hur sällan Pip talade om sin avlidna man med utomstående.

”Emma säger att du redan var erfaren med hästar”, kommenterade Ryan och höll försiktigt sin ton konverserande.

”Tja, jag hade varit galoppjockey, så ja. Showridning var en helt ny värld och färdigheterna krävde mycket övning.”

Pip fäste ännu en perfekt knopp innan hon fortsatte. "Du lär dig snabbare än de flesta vuxna elever någonsin gör, måste jag säga. Ditt första bemötande av Phoenix, det var bra instinkt."

"Ren skräck förklädd till lugn, det kan jag försäkra dig om", erkände Ryan.

Pip skakade på huvudet och hennes uttryck blev allvarligt för ett ögonblick. "Nej, det var mer än så. Du respekterade honom. Vissa människor lär sig aldrig det, särskilt män som har varit framgångsrika i affärsvärlden. De försöker dominera hästar på samma sätt som de dominerar styrelserum."

Hon avslutade en annan knopp innan hon fortsatte. "Det var därför Emma litade på dig med honom så snabbt. Hon såg att du inte närmade dig honom som något som skulle erövras."

Observationen överraskade Ryan. Han hade aldrig tänkt på att hans initiala tafatthet kring hästar kunde ha uppfattats som respekt snarare än inkompetens.

"Familjen McKenzie har lärt mig mycket", sa han tyst och räckte henne nålen igen.

"Det är vi bra på", instämde Pip med ett flin. "Besserwissrar som gillar att bestämma, hela högen. När jag först gifte mig med Kit, lät Kate mig öva på uppsittning och avsittning femtio gånger på en eftermiddag eftersom hon inte gillade min teknik. Jag var van vid att bli uppkastad i en galoppsadel av en tränare på en häst som omedelbart försökte skena, inte att ta mig upp i en engelsk sadel på egna ben, och det syntes." Hon såg nostalgisk ut. "Vilken röra jag måste ha sett ut för en klassisk dressyrryttare. Hon var väldigt tålmodig, förmodligen mer än jag förtjänade."

Ryan skrattade och föreställde sig Kates dåligt dolda fasa. "Fungerade det?"

"Självklart gjorde det. Tack vare henne kan jag sitta upp på en häst på sexton hands från marken i en enda smidig rörelse, trots att jag inte ens kan se över ryggen på en så stor häst." Pips ansiktsuttryck mjuknade. "Det är det som är grejen med den här familjen. De är outtröttliga, men det kommer från kärlek. De vill att alla runtomkring dem ska utmärka sig."

När hon gjorde den sista knoppen kom Ryan på sig själv med att reflektera över hur annorlunda detta var från hans egen familjs syn på framgång. Hans föräldrar hade krävt perfektion men erbjudit lite vägledning om hur man skulle uppnå den. Familjen McKenzie pressade lika hårt men stod vid din sida medan du lärde dig, och deras förväntningar balanserades med genuint stöd.

"Dags att göra henne tävlingsklar", meddelade Pip och tog ett steg tillbaka för att bedöma sitt verk. "Kan du hålla henne medan jag hämtar lädergrimman?"

Ryan tog tag i Honeys grimskaft och klappade hennes mjuka mule medan Pip rotade igenom deras utrustning. Stoet nuddade förhoppningsfullt vid hans ficka.

"Tyvärr, inget godis före din klass", sa han till henne och kände sig lite löjlig som pratade med en häst men gjorde det ändå. "Pip skulle döda mig."

"Det kan du ge dig på", bekräftade Pip och kom tillbaka med en intrikat mönstrad lädergrimma som glänste av noggrann putsning. "Inget socker förrän efter att hon har tävlat. Det gör dem för heta på banan."

Tillsammans slutförde de Honeys förberedelser. Ryan höll i olika borstar och sprayer medan Pip gjorde de sista finjusteringarna på stoets redan oklanderliga päls.

"Hon ser otrolig ut", sa Ryan ärligt och beundrade det färdiga resultatet.

"Det hoppas jag verkligen", svarade Pip, även om hennes leende avslöjade hennes stolthet. "Hennes klass är nästa. Kommer du och tittar?"

"Skulle inte missa det", försäkrade Ryan henne.

Han anslöt sig till Sarah vid staketet till visningsringen och kände sig oväntat nervös när Pip ledde in Honey i raden av ponnyer. Domaren, en sträng kvinna i tweedkavaj, rörde sig metodiskt längs raden och granskade varje häst med kritisk precision.

”Pips knoppar är utsökta”, mumlade Sarah bredvid honom. ”Titta hur jämnt placerade de är jämfört med stoet bredvid Honey.”

Ryan kom på sig själv med att hålla andan när domaren närmade sig Honey, gick långsamt runt henne och granskade henne noggrant. Pip stod blickstilla och hennes lilla gestalt utstrålade ett självförtroende som motsade hennes storlek.

”Domaren är imponerad”, viskade Sarah och tolkade subtila tecken som Ryan ännu inte kunde läsa av. ”Ser du hur hon gick tillbaka för att titta en andra gång på Honeys bakdel?”

Efter vad som kändes som timmar men troligen bara var minuter, gick domaren sin sista vända längs raden. Ryan kunde känna hur Sarah spände sig bredvid honom, hennes familjelojalitet tydlig i varje del av hennes kropp.

”Första plats, nummer fyrtiotvå, Ridgewater's Sweet Honey”, förkunnade speakerns röst, och Ryan kände en våg av glädje så oväntad och kraftfull att den nästan överväldigade honom.

”Hon klarade det!” utbrast han och grep tag i staketet när Pip och Honey travade sitt segervarv med den långa blå rosetten knuten runt Honeys gyllene hals.

Sarah vände sig mot honom med lysande ögon. ”Du låter lika exalterad som om hon vore din egen häst.”

”Hon känns som familj”, svarade Ryan utan att tänka och insåg sedan sanningen i sina ord. På något sätt, under månaderna sedan Phoenix hade irrat in på hans golfbana, hade dessa hästar och människorna som älskade dem blivit lika mycket hans familj som om han hade fötts till en McKenzie.

När Pip lämnade ringen med ett triumferande leende över hela ansiktet, fann Ryan sig själv med att rusa fram tillsammans med de andra för att gratulera henne. Hans affärskollegor skulle aldrig ha förstått denna upphetsning över en rosett från en hästtävling, men här, omgiven av människor som mätte framgång i blå rosetter och friska, glada djur, hade han aldrig känt sig mer hemma.

Emmas mage knöt sig ännu en gång när hon kollade klockan för tredje gången på lika många minuter. Phoenix klass var schemalagd till halv tolv, mindre än en timme bort, och trots sina många års erfarenhet kände hon det välbekanta fladdret av tävlingsnerver intensifieras för varje ögonblick som gick, särskilt nu när hon hade bytt om till sina vita tävlingsridbyxor, långa svarta stövlar och svarta kavaj. Detta var inte vilken klass eller vilken häst som helst; detta var Phoenix första riktiga test, hans debut på en scen som antingen kunde bekräfta hans anmärkningsvärda återhämtning eller innebära ett stort bakslag för den. Hon sneglade mot hans box där fullblodet stod och tuggade lugnt på sitt hö, till synes omedveten om dagens betydelse och oberörd av stöket utanför. Hon behövde komma bort, bara för några minuter, innan hennes växande ångest överfördes till honom genom den osynliga förbindelse de hade byggt upp under dessa månader av rehabilitering.

Hon fick syn på Ryan som kom tillbaka efter att ha sett Pips seger med Honey, hans ansikte fortfarande strålande av delad triumf. Synen av hans glädje över en familjeprestation som bara några veckor tidigare skulle ha verkat helt främmande för honom mjukade upp något i hennes bröst. Innan hon hann tänka efter rörde hon sig målmedvetet mot honom.

"Gå banan med mig?" frågade hon, utan att riktigt lyckas dölja spänningen i sin röst.

Ryans uttryck förändrades omedelbart och han läste av hennes sinnesstämning med den växande insikt hon hade kommit att förlita sig på. "Självklart", svarade han och slog följe med henne. "Är allt okej?"

"Jag behöver lite avstånd från Phoenix", erkände Emma när de gick mot huvudarenan. "Hästar är otroligt känsliga för våra känslomässiga tillstånd, och just nu är jag ett nervvrak. Om jag stannar nära honom mycket längre kommer han att snappa upp det, och det är det sista han behöver före sin första stora klass. Kate håller ett öga på honom tills jag kommer tillbaka."

Ryan nickade förstående. "Så jag är din utsedda distraktion?"

"Något i den stilen", höll hon med och lyckades med ett litet leende. "Dessutom börjar du faktiskt bli ganska bra på att analysera banor. Jag skulle kunna behöva ett par extra ögon."

Hoppbanan var tillfälligt tom mellan klasserna, vilket gav tävlande möjlighet att gå banan till fots. Emma dök under staketet, med Ryan tätt efter. Banan med färgglada hinder bredde ut sig framför dem, och varje hinder utgjorde sin egen unika utmaning.

"Tolv hinder, en tvåkombination", noterade Emma, och den professionella bedömningen tog tillfälligt över hennes nerver. "Maxtiden verkar generös, men det är vilseledande med tanke på svängarna de har lagt in."

Hon gick fram till det första hindret, ett enkelt räcke med blå och vita bommar. "Det här verkar enkelt nog, men det är utformat för att omedelbart testa kontrollen. Anridningen från startlinjen tvingar dig att hitta din rytm inom några sekunder."

Ryan studerade hindret med den fokuserade koncentration hon hade kommit att uppskatta. "Och svängen till det andra hindret ser snäv ut."

"Exakt", bekräftade Emma, nöjd med hans iakttagelse. "De testar reaktionsförmågan direkt från start. Phoenix måste landa och snabbt hitta balansen före den svängen."

De fortsatte genom banan, där Emma analyserade varje hinder och förklarade sin planerade anridning. Den fysiska aktiviteten att gå och den mentala ansträngningen att planera hjälpte till att lugna hennes nerver något, även om de blossade upp igen när de nådde det sjätte hindret, en bred vattenmatta.

"Det här kan bli knepigt", erkände hon och studerade hindrets konstruktion. "Phoenix har inte sett vattenmattor på tävling. Vi har tränat över vårt vattenhinder hemma, men färgen på den här mattan skapar en annorlunda visuell effekt."

"Hur kommer du att förbereda honom för det?" frågade Ryan, vars genuina intresse för de tekniska aspekterna gav ett välkommet fokus för hennes rusande tankar.

"Jag ser till att han får se det under vårt uppvärmningsvarv. Om han verkar orolig, tar jag honom nära det i skritt innan vår runda börjar." Hon suckade och uttryckte slutligen sin djupare oro. "Det är egentligen inte de tekniska aspekterna jag är orolig för. Phoenix har den fysiska förmågan att hoppa vilket hinder som helst på den här banan med marginal."

"Det är hans psyke du är orolig för", avslutade Ryan hennes tanke.

Emma nickade, tacksam för hans förståelse. "Den här miljön är otroligt stimulerande, även för välanpassade hästar. För en med Phoenix historia av trauma och ångest kan det bli överväldigande. Om han får en dålig upplevelse här kan det innebära ett stort bakslag för hans rehabilitering."

"Men om han lyckas ..." började Ryan.

"Om han lyckas skulle det vara en enorm milstolpe", avslutade Emma och tillät sig att föreställa sig den möjligheten. "Ett bevis på att hans återhämtning inte bara är tillfällig, att han kan prestera under press, att hans tillit till människor verkligen har återställts."

De slutförde banvandringen i gemytlig tystnad. Emma repeterade mentalt varje anridning och sväng och visualiserade Phoenix sannolika reaktioner på olika moment. När de återvände till staketet hade hennes ångest förvandlats till något mer hanterbart, en fokuserad beredskap som kändes bekant och nästan tröstande.

"Förresten", mumlade Ryan när de lämnade arenan, "du ser helt otrolig ut i den där utstyrseln."

Hon sneglade upp på honom med ett leende, välkomnade distraktionen och värmdes av komplimangen. "Den är ganska smickrande, eller hur? Våga bara inte klappa mig på rumpan. Den minsta lilla smuts på dina händer kommer att synas på de här ridbyxorna!"

Han skrattade och höll upp händerna i överdriven kapitulation. "Tanken slog mig aldrig. Jag lovar."

Hans tonfall sa att han ljög så det stod härliga till, och ett litet självbelåtet leende stannade kvar på Emmas läppar hela vägen tillbaka till stallet.

När de närmade sig familjen McKenzies förberedelseområde fick Emma syn på något välkommet. Zoe stod bredvid Phoenix box med sitt vilda, lockiga hår samlat i en praktisk fläta och pratade lågt med fullblodet som sänkt huvudet och lyssnade uppmärksamt på henne.

"Zoe är här", sa Emma med en känsla av lättnad som sköljde över henne. "Hon måste ha kommit ner med Marcus i morse."

Marcus var i närheten med Charlotte Ashford vid sin sida. Den lilla flickan studsade av upphetsning när hon fick syn på Jemima som närmade sig. De två åttaåringarna krockade i en entusiastisk kram och började omedelbart en snabb konversation om ponnyer, kommande klasser och de relativa fördelarna med olika domare.

Emma gick fram till Zoe, som såg upp med ett medvetet leende. ”Tänkte att du kanske skulle uppskatta lite sista minuten-stöd med beteendet”, sa hon. ”Phoenix och jag har pratat lite om fokus och självreglering i kaotiska miljöer.”

”Du är en räddare i nöden”, svarade Emma med genuin tacksamhet. ”Hur mår han?”

”Anmärkningsvärt centrerad med tanke på omständigheterna”, bedömde Zoe och pekade på Phoenix avslappnade hållning och lugna blick. ”Han har utvecklat en imponerande motståndskraft snabbt. Jag har gjort lite kroppsarbete för att släppa på spänningar i hans nacke och käke, områden där han vanligtvis håller stress, och vi har övat på några jordningsövningar.”

Emma såg på när Zoe demonstrerade genom att placera sina händer på specifika punkter längs Phoenix nacke och bog, och hästen slappnade synbart av vid hennes beröring. ”Det här hjälper till att förankra honom i sin kropp”, förklarade Zoe för Ryan, som observerade med fascination. ”När hästar upplever ångest kopplar de bort från fysiska förnimmelser, vilket gör dem mer reaktiva. Dessa tryckpunkter hjälper till att bibehålla den kopplingen.”

”Det är som mindfulness för hästar”, konstaterade Ryan och fick en gillande nick från Zoe.

”Precis”, bekräftade hon. ”Jag ska också visa dig en enkel teknik som du kan använda precis innan du går in på banan, ett specifikt beröringsmönster som hjälper Phoenix att associera tävlingsmiljön med detta tillstånd av lugn vakenhet.”

Emma kände ytterligare en våg av tacksamhet för det stödnätverk de hade byggt upp runt Phoenix, där varje person bidrog med sin unika expertis till hans återhämtning. Hon såg på medan Zoe fortsatte sitt tysta arbete och fullblodets ögonlock blev tunga av avslappning trots den livliga tävlingsmiljön runt omkring dem.

”Han svarar vackert”, noterade Emma, och hennes egen ångest minskade ytterligare när hon observerade Phoenix lugna tillstånd.

”Han litar på dig”, sa Zoe enkelt. ”Det är grunden för allt annat. Mina tekniker hjälper honom bara att komma åt den tilliten när yttre stimuli annars skulle kunna överväldiga den.”

Utropet för tävlande att börja värma upp för Phoenix klass sprakade i högtalarna. Emma kände den välbekanta adrenalinkicken inför tävlingen, men den här gången dämpades den av förtroendet för de förberedelser de hade gjort.

”Dags att göra sig redo”, sa hon och sträckte sig efter sin hjälm och sina handskar. Ryan fångade hennes hand en kort stund; den enkla beröringen jordade henne lika effektivt som Zoes tekniker hade jordat Phoenix.

”Ni klarar det här”, sa han lågt. ”Båda två.”

Emma nickade, oförmögen att uttrycka hur mycket hans stadiga närvaro betydde i detta ögonblick. För sex månader sedan skulle hon ha mött denna utmaning ensam och burit hela tyngden av Phoenix bräckliga återhämtning på sina axlar. Nu, när hon såg på Ryans orubbliga stöd, Zoes tysta kompetens och hennes familjs effektiva arbete runt omkring dem, förstod hon att denna resa tillhörde dem alla.

Sarah kom fram med Phoenix sadel, den specialanpassade modellen de hade funnit fungerade bäst för hans känsliga rygg. ”Banan rekad och memorerad?” frågade hon, och den praktiska frågan förde Emmas fokus tillbaka till den omedelbara uppgiften.

”Jag är redo”, bekräftade Emma och sträckte sig efter Phoenix bettlösa träns. Den välbekanta förberedelserutinen lugnade hennes återstående nerver, varje spänne och rem justerades med vana händer. Phoenix sänkte sitt huvud samarbetsvilligt för tränset, hans tillit till henne uppenbar i varje lugnt andetag och avslappnad muskel.

När hon spände sadelgjorden tillät Emma sig en stunds tyst stolthet. Vad som än hände på tävlingsbanan idag hade de redan uppnått något anmärkningsvärt. Den skräckslagna, trasiga hästen som en gång hade kraschat över Ryans golfbana i blind panik stod nu tålmodigt mitt i kaoset på en stor tävling, med mörka ögon som var tillitsfulla och alerta.

"Redo för din första stora scen, snygging?" mumlade hon och strök hans glänsande hals. Phoenix gnäggade lågt som svar, som om han förstod betydelsen av det ögonblick de skulle dela.

På arenan väntade hindren på dem.

# *Kapitel sjutton*

Emmas hjärta bultade i bröstet när hon ledde Phoenix mot ingången till huvudarenan. Atmosfären tryckte sig på runt dem, tjock av doften från hästar, sågspån och förväntan. Phoenix svarta päls glänste under arenans belysning, men hans öron snärtade nervöst till och Emma kände den subtila spänningen som krusade sig genom hans kraftfulla muskler under hennes stadiga händer. Hon tog ett djupt andetag och försökte lugna sina egna nerver. Det här ögonblicket, deras första riktiga prövning tillsammans, skulle avslöja hur långt de verkligen hade kommit.

Funktionärens röst sprakade i högtalarna och meddelade att nittiocentimetersklassen för debutanter skulle börja. Emma tittade upp och såg Ryan och Jemima som tittade på från staketet, med ansikten fulla av spänning. Ryan gav henne en uppmuntrande nick, och trots allt kände Emma en liten fladdrande känsla i bröstet som inte hade något att göra med nerverna inför tävlingen.

”Kom ihåg, gör det enkelt”, mumlade Sarah och dök upp vid Emmas sida. ”Precis som hemma. Han vet vad han ska göra.” Hennes systers lugna självförtroende gjorde Emma stadigare när Sarah ställde sig i position för att hjälpa henne upp.

”Just det”, viskade Emma och samlade tyglarna i vänster hand. ”Precis som hemma.” Hon placerade sin vänstra fot i Sarahs kupade händer, och med en smidig skjuts från sin syster satte hon sig till rätta i sadeln. Phoenix rörde på sig under henne, hans kropp spänd av nervös energi men ännu inte av rädsla.

”Lycka till”, sa Sarah och gav Phoenix en sista klapp på bogen innan hon klev undan.

Emma ville inte värma upp för länge. Hon tog Phoenix igenom en mjuk uppvärmning och försökte hålla honom lugn och på ett rimligt avstånd från de andra hästarna. Skritt, trav och galopp i båda varven och ett par snabba provhinder, och sedan ropades deras nummer upp av funktionären vid ingången.

Emma ledde Phoenix mot ingången till tävlingsbanan, och publikens sorl försvann i bakgrunden när hon helt och hållet fokuserade på kontakten mellan sin kropp och hans. Hon kände hur hans hjärta började slå snabbare, hur hans andning blev ytlig när de kom in i det vidsträckta utrymmet där dussintals åskådare stod längs staketen.

”Lugn, pojken”, mumlade hon med mjuk och låg röst. ”Det här klarar vi.”

Klockan ringde och signalerade starten på deras runda. Emma samlade tyglarna och bad Phoenix om galopp. Han svarade vackert och tog ett balanserat, framåtgripande språng som bar dem mot det första hindret. Emma höll blicken uppåt, fokuserade på linjen, och hennes kropp slappnade av i den välbekanta rytmen inför anridningen.

Phoenix sköt iväg över det första räcket, med perfekt form, och landade med en balanserad energi som Emma fångade upp med mjuka händer och ledde honom genom den snäva svängen. Det andra hindret kom snabbt, en oxer som krävde mer ansträngning, men Phoenix klarade det med god marginal. En våg av hopp fyllde Emmas bröst när de vände mot det tredje.

"Så ja", uppmuntrade hon, hennes röst knappt hörbar över ljudet av Phoenix hovar. De följande tre hindren försvann under dem i en suddig rörelse av flytande rörelser och exakt timing. Publikens uppskattande mummel svällde när Phoenix visade sin naturliga hopptalang och fick banan att se lätt ut.

Emmas självförtroende växte med varje lyckad ansträngning. Det här var den häst hon visste att Phoenix kunde vara, atleten vars potential hade legat begravd under lager av rädsla och trauma. När de närmade sig halva banan tillät hon sig själv att föreställa sig att de skulle rida en felfri runda, och såg framför sig den bekräftelse det skulle innebära för alla deras månader av tålmodig rehabilitering.

Sedan kom det sjätte hindret, vattengraven. Emma kände förändringen i Phoenix omedelbart. Hans öron sköt framåt, hans språng vacklade när det okända hindret dök upp. Den blå ytan glänste under arenans belysning och skapade en visuell effekt som de inte hade stött på under träningen.

"Framåt", manade Emma och tryckte försiktigt med skänkeln för att hålla farten uppe. Phoenix tvekade, hans bakdel sjönk när han förberedde sig för att stanna. Emma insisterade och använde varje uns av sin skicklighet för att övertyga honom att lita på hennes omdöme.

För ett ögonblick verkade det fungera. Phoenix samlade sig, hans muskler spändes när han förberedde sig för att hoppa. Då blixtrade en kamera till på läktaren, och det plötsliga ljuset reflekterades i vattengravens yta. Phoenix frös till, hela hans kropp stelnade under Emma. Hans rädsla, så noggrant hanterad i månader, bröt ut i en kraftfull våg som färdades från hans bakdel genom hela hans kropp.

Innan Emma hann reagera stegrade han sig, hans framhovar krafsade i luften när han försökte undkomma det upplevda hotet. Emma kastades framåt, grep en handfull man för att hålla sig kvar i sadeln, medan hennes kropp instinktivt anpassade sig till hans rörelse. Phoenix vred sig mitt i stegringen, snurrade bort från hindret med ett ryck som nästan fick henne ur sadeln, och han sköt framåt och korsade en osynlig linje mellan två andra hinder, vilket betydde att han hade tagit fel väg.

Domarens visselpipa skar genom luften, skarp och slutgiltig.

Utesluten.

Det sjönk till i magen på Emma när hon återfick kontrollen över Phoenix, som nu darrade under henne med sidor som hävde sig av panikslagna andetag. Publikens kollektiva suck av besvikelse sköljde över henne när hon ledde Phoenix mot utgången, med ett ansikte som brände av en blandning av skam och oro för sin häst.

"Det är ingen fara", viskade hon, även om rösten fastnade i halsen. "Vi är okej."

När de lämnade arenan kunde Emma känna tyngden av misslyckandet på sina axlar. Hon hade pressat för hårt, för snabbt. Phoenix hade litat på henne, och hon hade tagit honom in i en situation han inte var redo att hantera. Alla framsteg de hade gjort kändes nu bräckliga, tillfälliga, en tunn fernissa över sår som var djupare än hon hade tillåtit sig att erkänna.

Tillbaka vid de tillfälliga stallarna satt Emma av med darrande händer, hennes ben ostadiga när de tog hennes vikt. Phoenix päls var fuktig av svett, hans ögon stora och rullande. Hon ledde honom till hans box och mumlade lugnande ord som kändes ihåliga även för henne själv.

"Em", bröt Sarahs röst igenom hennes dimma av självförebråelse. Hennes syster stod vid ingången till boxen, med ett mjukt och förstående uttryck. "Klanka inte ner på dig själv. Jag har sett det där hända med betydligt mer erfarna hästar."

"Jag borde ha vetat", svarade Emma med tjock röst. "Jag borde ha förberett honom bättre för vattengraven. Jag lät mig ryckas med av hur bra han hoppade hemma och glömde hur annorlunda en tävlingsmiljö skulle vara."

"Du kunde inte ha vetat hur han skulle reagera", invände Sarah och klev in i boxen för att hjälpa till att ta av Phoenix sadel och träns. "Det är därför vi tävlar, för att lära oss sådana här saker."

Emma nickade, men besvikelsen låg fortfarande tung i bröstet. När hon tog av Phoenix träns, rusade Jemima in i stallet, hennes lilla ansikte förvridet av oro. Utan ett ord slog hon armarna om Emmas midja och tryckte sitt ansikte mot sin mammas mage.

"Han var jättemodig tills han blev rädd, mamma", sa Jemima, hennes röst dämpad av Emmas jacka. "Och du satt kvar när han stegrade sig. Det var fantastiskt."

Trots allt kände Emma ett litet leende rycka i mungiporna. Hon strök Jemimas blonda hår och fann tröst i sin dotters villkorslösa stöd. "Tack, älskling. Han var modig, eller hur?"

Resten av familjen strömmade in, var och en med sin egen form av tröst. Kate hjälpte till att borsta av Phoenix och lägga på honom ett täcke, hennes effektiva rörelser åtföljdes av en ström av praktiska råd om morgondagens klass. Pip kom med vatten och en proteinbar och tryckte dem i Emmas händer med bestämda instruktioner om att fylla på med energi.

"Du vet", sa Kate eftertänksamt medan hon arbetade, "uppvisningsklassen imorgon kanske faktiskt passar honom bättre. De större hindren kommer att ge honom något att fokusera på utöver atmosfären, och han har kapaciteten för det. Dessutom vet ni båda vad ni kan förvänta er nu.”

Emma övervägde detta medan hon såg Phoenix gradvis slappna av under Kates vana beröring. ”Tror du att vi fortfarande borde anmäla oss?”

”Absolut”, svarade Kate utan att tveka. ”En dålig erfarenhet definierar inte hans förmågor. Eller dina.”

Då dök Ryan upp, hans långa gestalt en stabil närvaro vid boxens ingång. Han hade hållit sig på avstånd för att ge familjen utrymme, men nu klev han fram, och hans blick mötte Emmas med en intensitet som fick henne att tappa andan.

”Du har kommit så långt med honom, Emma”, sa han. ”Ett bakslag avslutar inte hans resa.”

Den enkla sanningen i hans ord trängde igenom det moln av besvikelse som hade omslutit henne. Emma tittade på Phoenix, på hans kraftfulla kropp och intelligenta blick, på all den potential som fortfarande väntade på att förverkligas. Hon tänkte på den skräckslagna häst som hade kommit till henne bara några korta veckor tidigare, och hur långt de redan hade rest tillsammans.

”Du har rätt”, höll hon med och rätade på axlarna. ”Vi är inte klara än.”

Då dök Zoe upp, med en målmedveten blick. ”Låt mig se vad jag kan göra för honom”, erbjöd hon och kavlade redan upp ärmarna. ”En dålig upplevelse skapar spänningsmönster som kan låsa sig om vi inte tar itu med dem omedelbart.”

Emma såg på när Zoes skickliga händer rörde sig över Phoenix kropp, fann och löste upp spänningspunkter med en expertis som verkade nästan magisk. Phoenix ögonlock blev tunga, hans underläpp hängde avslappnat trots den senaste timmens trauma.

”Duktig pojke”, mumlade Zoe, medan hennes fingrar arbetade på en punkt bakom hans nacke. ”Släpp det bara, så ja.”

När Phoenix gav efter för Zoes helande beröring kände Emma hur hennes egen spänning började lätta. Runt omkring henne fortsatte familjen att röra sig målmedvetet, deras samlade energi skapade en skyddande bubbla av stöd och beslutsamhet. Imorgon skulle bli en ny dag, en ny chans att visa världen vem Phoenix verkligen var. Hon hade en ny chans att göra det rätt.

Stallet var fortfarande mörkt tidigt följande morgon när Emma arbetade med en mjuk borste över Phoenix glänsande päls. Phoenix stod tyst, hans mörka ögon mjuka och uppmärksamma, och knuffade ibland på hennes ficka i jakt på godis. Det fanns inget tecken på gårdagens trauma i hans uppträdande, ett bevis på Zoes kroppsbehandling och hästens anmärkningsvärda motståndskraft. Emma tillät sig ett litet leende. Idag skulle det bli annorlunda.

”Hans energi känns mycket klarare i morse”, konstaterade Zoe och lät händerna glida längs Phoenix hals. ”Man kan se det i hans blick, den där tysta vakenheten utan spänning.”

Emma nickade och uppskattade Zoes lugna självförtroende. ”Han sov gott i natt. Det var min tur att campa här; jag tittade till honom två gånger och han låg faktiskt ner båda gångerna. Det är ovanligt på en tävling.”

”Det betyder att han känner sig trygg trots gårdagens skrämsel”, svarade Zoe, hennes fingrar fann en punkt på Phoenix nacke som fick honom att gäspa. ”Det beror på det förtroende du har byggt upp med honom.”

Sarah dök upp vid stalldörren, med skrivplattan i handen som alltid. ”Tidsschemat håller. Din klass är först ut; det är massor av anmälda. Du är nittonde i startordningen."

Det knöt sig i magen på Emma, men hon tryckte undan nervositeten. "Perfekt. Vi kommer att vara redo."

De närmaste timmarna försvann i en virvel av förberedelser. När klassens start närmade sig arbetade Emma med Phoenix genom en serie markövningar avsedda att engagera hans sinne och kropp, där varje rörelse flöt in i nästa. Fullblodet svarade vackert, hans fokus var absolut när han matchade sina rörelser med hennes subtila signaler.

Zoe höll sig i närheten och föreslog ibland ett annat tillvägagångssätt. "Kom ihåg, håll din sits lätt och dina händer mjuka. Han kommer att följa din ledning", rådde hon när Emma slutligen förberedde sig för att sitta upp. "Om du spänner dig, spänner han sig. Om du litar på honom, litar han på dig."

Emma tog ett djupt andetag och lät Zoes ord sjunka in i hennes medvetande. "Lätt sits, mjuka händer", upprepade hon och samlade tyglarna.

Ryan närmade sig, hans ansikte samlat men hans ögon avslöjade hans oro. "Redo?"

"Så redo vi kan bli", svarade Emma och lyckades få fram ett litet leende. Han gav henne en skjuts och hon svingade sig upp i sadeln, och Phoenix stod tyst under henne.

Framridningen var full av tävlande, men Emma höll Phoenix på det yttre spåret och etablerade deras rytm innan hon försökte sig på några hinder. Hon kunde känna hur hans självförtroende växte med varje språng, hans rygg svingade fritt under henne, hans öron spetsade framåt av intresse snarare än oro.

"Vackert", ropade Zoe när de seglade över ett övningsräcke. "Han är helt med dig."

Alltför snart var det dags. Emma ledde Phoenix mot ingången till huvudarenan, hennes hjärta bultade mot revbenen. Uppvisningsklassen för omtränade galopphästar var ett av de främsta evenemangen i Ekkas ridsportsprogram, med ett betydande prispott och avsevärd prestige knuten till det. 1,20-metersbanan skulle utmana även erfarna banhoppare, än mindre en häst som hade tvekat i en mycket mindre klass bara dagen innan.

"Fokusera bara på ett hinder i taget", sa Sarah tyst medan de väntade på sin tur. "Du har redan vunnit bara genom att ha tagit dig hit med honom."

Emma nickade, alltför fokuserad för att tala. Hennes blick svepte över banan, och hon gick mentalt igenom varje anridning och sväng. Vattengraven fanns där igen, större än gårdagens, men Phoenix hade hoppat deras vattengrav hemma otaliga gånger. Det var atmosfären, inte själva hindret, som hade utlöst hans rädsla.

Klockan ringde och Emma ledde Phoenix in på arenan. Till skillnad från gårdagens nervösa entré rörde han sig målmedvetet, med fokus redan på det första hindret och hans språng förlängdes när de närmade sig startlinjen. Emma satte sig djupare i sadeln och fann den plats av anslutning där hennes och Phoenix kroppar verkade kommunicera utan medveten tanke.

"Nu visar vi dem vem du verkligen är", viskade hon, och Phoenix öra snärtade bakåt vid ljudet av hennes röst innan det åter fästes framåt på det första hindret.

"Så ja. Du gillar dem stora, eller hur?" Hon kunde känna hans spänning, helt annorlunda än gårdagens anspänning. Kanske hade Kate haft rätt; kanske hade hon bara slösat bort hans tid med de mindre hindren igår. Idag var han intresserad.

Idag skulle han försöka.

Klockan ringde igen och signalerade starten på deras runda. Emma samlade tyglarna och bad om galopp. Phoenix svarade omedelbart, hans kraftfulla bakdel drev honom framåt i ett balanserat, rytmiskt språng. Det första hindret närmade sig, en rejäl oxer med blomlådor under.

Emma höll blicken uppåt, hennes kropp följde hästens rörelse under henne utan att störa.

Phoenix samlade sig och svävade över oxern, hans form ett skolboksexempel, och landade med en balanserad energi som smidigt bar dem mot det andra hindret. Emma kände en våg av stolthet men höll blicken framåt, medveten om att det verkliga provet fortfarande väntade.

Hinder efter hinder försvann under dem, och Phoenix självförtroende växte med varje lyckad ansträngning. Hans naturliga atletiska förmåga lyste igenom, hans kraftfulla språng fick de rejäla höjderna att kännas lätta. Emma följde med honom, hennes kropp i perfekt harmoni med hans rörelser, och erbjöd vägledning med de lättaste beröringar av hand och skänkel.

Sedan kom vattengraven. Emma kände att Phoenix tvekade bara ett ögonblick när den dök upp och hans språng förkortades något. Hon höll sitt eget fokus absolut framåt, hennes hållning självsäker, med benen säkert omslutna om hans sidor.

”Vi klarar det här”, uppmuntrade hon, och Phoenix svarade på hennes självförtroende genom att förlänga steget igen. De närmade sig i perfekt takt, och Phoenix samlade sig innan han sköt iväg i ett språng som klarade vattengraven med god marginal. Hans landning var balanserad och kontrollerad, och hans uppmärksamhet var redan riktad mot de knepiga dubbla räckena som följde.

Ett kollektivt sorl gick genom publiken, och Emma unnade sig ett ögonblicks lättnad innan hon fokuserade om på de återstående hindren. De tog sig an resten av banan med växande självförtroende, där varje lyckad insats byggde på den föregående tills de korsade mållinjen med en felfri runda.

Publikens applåder kom omedelbart och var entusiastiska. Emma klappade Phoenix på halsen medan de cirklade runt i väntan på att få höra om de hade kvalificerat sig för omhoppningen. Hennes hjärta bultade, men nu av upprymdhet istället för rädsla.

"Felfri runda för Emma McKenzie på Ridgewater Phoenix", bekräftade speakerns röst. "Bara vårt tredje ekipage att kvalificera sig för omhoppningen."

Det kändes som en evighet hon fick vänta, med ytterligare fyrtio tävlande kvar. Emma skrittade Phoenix runt, runt och pratade tålmodigt med honom, men till slut kallades de nio tävlande som hade ridit felfritt tillbaka, och Emma fann sig själv tillbaka inne på arenan för den tidtagna omhoppningen. Den här gången hade all nervositet försvunnit och ersatts av en tyst tillförsikt till deras partnerskap. Phoenix verkade dela hennes övertygelse, med öronen spetsade ivrigt framåt när de red in.

Omhoppningsbanan var kortare men krävde snävare svängar och absolut precision, och varje hinder var nu satt på maximal höjd. Emma och Phoenix attackerade den med nyvunnen frihet, deras rörelser så synkroniserade att de verkade förutse varandras tankar. Där gårdagen hade handlat om överlevnad handlade idag om att fira, om att visa världen det sanna hjärtat hos denna extraordinära häst.

De flög runt banan, Phoenix anpassade sitt steg perfekt för varje kombination, kortade och förlängde på kommando, vände nästan på en femöring utan att förlora fart, hans galopphäststam visade sig i hans hisnande hastighet. När de klarade det sista hindret och galopperade genom målporten visste Emma att de hade gjort en exceptionell runda.

"Emma McKenzie och Phoenix felfritt på fyrtioen komma två sekunder, tar ledningen med över tre sekunder, vilken tid!" proklamerade speakern med genuin spänning i rösten, och publiken exploderade.

De återstående tävlande kunde inte matcha deras tid. När de slutgiltiga resultaten tillkännagavs och bekräftade deras seger, sprack Emmas ansikte upp i ett brett leende, och glädje- och revanschtårar brände bakom ögonen. Phoenix dansade fram under henne, kände av ögonblickets betydelse, och hans svarta päls glänste under arenans strålkastare när han lät domaren lägga ett brett band och en segerkrans runt hans svettiga hals och de tog sitt ärevarv. För ett ögonblick lät Emma Phoenix visa upp sin bländande snabbhet i en galopp runt arenans kant.

"Mina damer och herrar, er OTTB Showcase-mästare, Ridgewater Phoenix, riden av Emma McKenzie från Ridgewater Rescue!"

När de lämnade arenan omringades Emma omedelbart av sin familj, deras ansikten strålande av stolthet och glädje. Jemima kastade sig om sin mamma så fort Emma hade suttit av och höll nästan på att välta henne.

"Du var fantastisk! Phoenix *flög* fram!" utbrast Jemima med lysande ögon.

Ryan steg fram, hans min en blandning av stolthet och något djupare, mer personligt. "Det där var otroligt", sa han tyst. "Båda två."

Emma log upp mot honom med Phoenix tyglar fortfarande i handen, banden och blommorna runt hans hals en påtaglig symbol för hur långt de hade kommit tillsammans. "Vi har bara börjat", svarade hon.

Emma tryckte fingrarna mot metallstaketet vid uppvärmningsarenan, hennes knogar vitnade när hon såg Jemima guida Pepper över de sista övningshindren. Trots sin dotters uppenbara skicklighet knöt sig modersoron i Emmas mage. Jemima satt rak i sadeln, hennes blonda hästsvans studsade med varje av Peppers försiktiga steg, ansiktet präglat av samma beslutsamma uttryck som Emma hade sett i spegeln otaliga gånger.

”Hon ser redo ut”, kommenterade Ryan och dök upp vid Emmas sida. Hans axel nuddade hennes, en liten punkt av värme och trygghet.

”Mer än redo”, instämde Emma, hennes röst spänd av en blandning av stolthet och nervositet. ”Hon har nött de här vägarna i veckor. Jag hoppas bara att stundens allvar inte överväldigar henne.”

Young Riders OTTB-klassen var prestigefylld och lockade de bästa juniortävlande från hela Queensland. Med sina åtta år var Jemima bland de yngsta deltagarna och tävlade mot barn så gamla som femton. Banan var inte särskilt hög, men den krävde precision och kontroll, och prövade partnerskapet mellan häst och ryttare snarare än bara rå hoppförmåga.

”Två minuter kvar”, ropade funktionären, och Jemima travade Pepper till grinden där Pip väntade med sista-minuten-råd.

”Kom ihåg, rytm och rakhet”, instruerade Pip, hennes röst hördes tydligt dit Emma stod. ”Lita på att Pepper gör sitt jobb, och fokusera på att hålla din linje.”

Jemima nickade, hennes lilla ansikte allvarligt under den sammetsklädda hjälmen. Emma kände hur hjärtat svällde av stolthet över sin dotters fattning, så långt bortom hennes ålder. När Jemima travade mot ingången till huvudarenan vände hon sig kort om i sadeln och fick syn på Emma. Ett snabbt leende blixtrade till över hennes ansikte, ett ögonblick av samhörighet mellan mor och dotter, innan hon återfokuserade på utmaningen framför sig.

Speakerns röst ekade genom högtalarna och presenterade Jemima McKenzie på Peppermint Twist, som representerade Ridgewater.

Emma höll andan när Jemima red in i ringen, det lilla svarta stoet stegade lätt under henne. Hennes dotter såg omöjligt liten ut på den stora arenan, men ändå helt hemma, hennes hållning perfekt när hon hälsade på domaren och sedan samlade sina tyglar.

Klockan ringde, och Jemima guidade Pepper in i en samlad galopp och närmade sig det första hindret med avvägd självsäkerhet. Emmas ögon följde varje rörelse, och hon kände igen de timmar av övning som var tydliga i Jemimas subtila hjälper och Peppers lyhörda anpassningar.

De klarade det första räcket med god marginal, och Jemima höll balansen perfekt genom landningen och övergången. Det andra hindret kom snabbt och krävde en snäv sväng som testade kontrollen. Pepper svarade på den lättaste beröring, anpassade sitt steg och klarade oxern med en precision som framkallade uppskattande sorl från publiken.

”Hon rider som om hon vore född i sadeln”, kommenterade en kvinna bredvid Emma, omedveten om att hon stod bredvid den unga ryttarens mor.

”Det var hon praktiskt taget”, svarade Emma med ett litet leende, hennes ögon lämnade aldrig hennes dotters framfart runt banan.

Hinder efter hinder försvann under Peppers försiktiga hovar, varje språng utfört med samma metodiska precision. Till skillnad från några av de mer flashiga rundorna som hade föregått dem, var Jemimas och Peppers prestation en mästarklass i effektiv ridning, där de sparade energi och bibehöll perfekt rytm hela vägen.

När de närmade sig den sista kombinationen, en knepig linje med tre hinder som hade ställt till det för flera tävlande, fann sig Emma återigen andlös. Jemima satt djupt i sadeln, balanserade Pepper noggrant för anridningen, hennes händer stadiga och blicken fäst framåt.

Ett, två, tre, och de var igenom och korsade mållinjen med en felfri runda som placerade dem i den lilla gruppen kvalificerade för omhoppning. Emma släppte ut andan i en flämtning och klappade tills händerna gjorde ont.

"Det är min tjej", viskade hon med en klump av känslor i halsen.

Omhoppningen innebar en ny nivå av utmaning, som krävde högre tempo och snävare svängar samtidigt som precisionen skulle bibehållas. Emma såg på när äldre, mer erfarna ryttare attackerade den förkortade banan, några offrade precision för hastighet och fick betala priset med rivna bommar.

När det var Jemimas tur red hon in med tyst självförtroende och satte ett tempo som var snabbt men kontrollerat. Pepper svarade vackert på sin ryttares kommandon, vände på en femöring och klarade varje hinder med noggrann precision. Deras sluttid såg inte särskilt snabb ut för Emma, men de hade den hittills enda felfria rundan, vilket placerade dem i täten.

Väntan på slutresultaten verkade oändlig. Emma gick fram och tillbaka vid staketet, med Ryan som en stadig närvaro bredvid henne, medan tävlande efter tävlande slutförde sina rundor. Vissa var snabbare men rev hinder; andra var felfria men kunde inte matcha Jemimas effektiva vägar.

"Jag tror hon har det", sa Sarah plötsligt, när den allra sista tävlanden kom in mot det sista hindret för snabbt och rev det med ett rassel av fallande bommar. "Det var den sista ryttaren som kunde ha slagit hennes tid. Em, jag tror hon har det!"

När speakern äntligen ropade: "Första plats, Jemima McKenzie på Peppermint Twist", höll Emmas hjärta nästan på att spricka av stolthet. Publikens applåder svällde när Jemima red in i arenan igen för sitt ärevarv, hennes ansikte uppsprucket i ett leende så brett att det måste ha gjort ont. Pepper dansade fram under henne, det lilla stoet verkade förstå ögonblickets betydelse.

"Hon klarade det", andades Emma, med tårar som brände bakom ögonen. "Mot alla de äldre barnen med mer erfarenhet. Och lilla Pepper, hon måste vara den minsta OTTB:n i klassen!"

"McKenzie-talang", svarade Ryan och lade armen om hennes midja. "Tydligen ligger det i släkten."

Efter prisutdelningen med rosetter och pokaler gick Emma till uppsamlingsområdet och fann Jemima omgiven av beundrare. Hennes dotter satt rak i sadeln och tog emot gratulationer med en elegans som motsade hennes åtta år.

När Emma närmade sig lade hon märke till ett välklätt par som talade ivrigt med Jemima, deras kroppsspråk tydde mer på affärer än enkla gratulationer.

"Hon är ett anmärkningsvärt sto", sa mannen, hans röst hade den omisskännliga tonen av någon som var van vid att få som han ville. "Vår dotter skulle ge henne ett underbart hem; hon tävlar på delstatsnivå i skolmästerskapen och letar efter en ny häst. Vi skulle vara beredda att erbjuda en mycket generös summa."

Jemimas ansikte, som ögonblicket innan hade varit rosigt av seger, hade hårdnat till ett förvånansvärt vuxet uttryck av beslutsamhet. "Pepper är min", konstaterade hon kort, hennes små händer hårdnade greppet om tyglarna. "Hon är inte till salu."

Paret utbytte blickar, uppenbarligen ovana vid ett så direkt avslag från ett barn. "Kanske vi borde prata med dina föräldrar", föreslog kvinnan i en nedlåtande ton. "Detta är en betydande möjlighet för en häst av den här kalibern."

"Ni kan prata med min mamma om ni vill", svarade Jemima, fick syn på Emma och vinkade henne till sig. "Men hon kommer att säga samma sak."

Emma steg fram och lade en beskyddande hand på Peppers hals. "Är det något problem?"

Paret vände sig om, deras miner slätades ut till professionell vänlighet. "Ms McKenzie, vi uttryckte bara intresse för er dotters häst. Vi är beredda att ge ett exceptionellt erbjudande.”

”Pepper var en gåva till Jemima”, konstaterade Emma bestämt och stödde sin dotter utan att tveka. ”Jag är ledsen, men hon är inte till salu för något pris.”

”Men ni måste väl förstå”, envisades mannen. ”Pengarna vi betalar skulle kunna ge er dotter så många andra möjligheter ...”

”Vad min dotter redan har är mer värdefullt än bara pengar”, kontrade Emma, hennes röst artig men orubblig. ”Ett partnerskap byggt på förtroende och genuin tillgivenhet. Pepper är en del av vår familj, inte en vara som man handlar med.”

Paret drog sig tillbaka, synligt besvikna men insåg det definitiva i Emmas ton. När de gick därifrån tittade Jemima ner på sin mamma, hennes min en blandning av lättnad och tacksamhet.

”Tack, mamma”, sa hon enkelt.

”Du behöver inte tacka mig, älskling”, svarade Emma och klämde om sin dotters ben ”Det är ditt beslut. Pepper är din; Harry gav henne till dig. Om du någonsin bestämmer dig för att sälja henne, hjälper jag dig att hitta det bästa hemmet för henne, men det beslutet kommer också att vara ditt. Eller så hittar vi en fin hingst så kan hon få föl åt dig och starta sin egen dynasti på Ridgewater precis som Legend har gjort. Du behöver aldrig släppa henne om du inte vill.”

De tog sig tillbaka till familjens område och fann det redan surrande av firande. Charlotte Ashford, Jemimas bästa vän, hade precis kommit tillbaka från sin egen klass med en blå rosett fäst vid sin ponnys träns.

”Jemima! Jag vann också!” ropade Charlotte, hennes fräkniga ansikte strålade av spänning. ”Beau var perfekt, precis som Pip sa att han skulle vara!”

De två flickorna kastade sig omedelbart in i ett livligt samtal, jämförde sina rundor och upplevelser medan

Pepper och Beau stod tålmodigt sida vid sida. Emma såg på med ett leende och mindes sina egna barndomsvänskaper som smitts genom en delad passion för hästar.

Pip kom fram, armarna lastade med ännu fler rosetter och kransar från sina ponnyklasser. Trots sin ringa storlek verkade hon bära på halva trädgårdens blommor.

"Tre championat och två reservchampionat", meddelade hon och dumpade samlingen på en packlåda. "Ponnyerna var absoluta stjärnor idag."

"I den här takten behöver vi en separat trailer bara för rosetter och blommor", kommenterade Sarah och lade till en championrosett till den växande högen.

Jake dök upp med dricka till alla. Han betraktade berget av blommiga priser med höjda ögonbryn. "Vi borde öppna en blomsteraffär med alla dessa kransar", skämtade han och räckte Pip en kall vattenflaska. "Kanske mer lönsamt än hästar."

Familjens skratt ekade, ett ögonblick av ren glädje och gemensam prestation. Emma kände Ryans arm smyga sig runt hennes midja igen, hans närvaro nu lika naturlig och nödvändig som att andas.

"Vilken dag för McKenzies", mumlade han.

Emma nickade och såg på när Kate lade till ännu en blå rosett till deras samling, denna från en framgångsrik visning av en OTTB i en bruksridningsklass. "Det handlar inte bara om att vinna", sa hon mjukt. "Även om det också är trevligt. Det handlar om att bygga något tillsammans, att skapa dessa ögonblick som blir en del av vilka vi är."

Ryans arm hårdnade om henne. "Jag vet", svarade han. "Jag börjar förstå att det är det som gör Ridgewater speciellt. Det är inte hästarna eller rosetterna eller ens marken i sig. Det är banden mellan er alla, och hur ni har välkomnat andra in i den cirkeln."

Emma lutade sig in i hans omfamning och såg sin dotters livliga gester när hon återberättade sin runda för en beundrande publik av unga ryttare.

”Vi har bara börjat”, sa hon och ekade sina tidigare ord till Ryan efter Phoenix seger. ”För oss alla.”

”Åh,” Kate vände sig bort från den skrattande folksamlingen. ”Jag hittade förresten något annat, i matpaviljongen.” Med ett leende räckte hon Emma ett litet, rektangulärt kort.

”Herregud.” Emma stirrade vantroget på kortet. ”Jag kan inte tro det. Det här är ännu svårare att vinna än OTTB Showcase!”

Ryan blinkade förvirrat på henne, tills hon vände på kortet för att visa honom.

”Jag vann förstapris med min ananasmarmelad!”

# Kapitel arton



EMMA STOD I ROYAL Queensland Shows VIP-område, fortfarande med tävlingskavajen dammig efter ärevarvet, och kroppen surrade av kvarvarande adrenalin efter Phoenix triumf. Tyngden av segerkransen hade varit påtaglig när den hade draperats över Phoenix blänkande hals, men den var ingenting jämfört med tyngden av den uppmärksamhet som nu skapade ett tryck runtomkring henne. Djungeltrumman inom ridsportvärlden hade snabbt burit fram nyheten: Ridgewater Phoenix, den problemtyngda före detta galopphästen som på bara några månader hade förvandlats till en banhoppningsmästare, var tävlingens stora upptäckt. Och där det fanns excellens inom ridsporten fanns det alltid köpare med checkhäften i högsta hugg.

Hon smuttade på vattnet i en plastmugg och önskade att det var något starkare. Den gratulerande folksamlingen hade subtilt förändrats och förvandlats från lyckönskare till potentiella affärskontakter med oroväckande hastighet. Emma kände igen tecknen; hon hade sett det hända otaliga gånger med sin fars hästar, med Kates dressyrämnen och till och med ibland med sina egna rehabiliteringsframgångar. Men aldrig med sådan intensitet, och aldrig för en häst som hade kommit att betyda så mycket för henne personligen.

"Enastående prestation, ms McKenzie." En man i en nyutseende Akubra-hatt och polerade RM Williams-stövlar sträckte fram handen. Hans väderbitna ansikte var uppdraget i ett leende som inte riktigt nådde hans beräknande ögon. "Ben Marshall, Highpoint Park. Vi är alltid på jakt efter hopphästar med den sortens kapacitet och snabbhet. Jag skulle vilja diskutera möjligheten att få in Phoenix i vårt program."

Innan Emma hann formulera ett svar tryckte en kvinna i en elegant byxdress ett glansigt visitkort i hennes hand. "Victoria Harrington, Bellevue Equestrian. Det står Grand Prix-potential i pannan på den hästen. Vi är redo att lägga ett väldigt seriöst bud."

Fler personer trängde sig på och deras röster smälte samman i ett sorl av förslag och beröm. Emma fann sig pressad mot ett bord, med en bunt visitkort i handen som växte likt fallna höstlöv. Australiska accenter blandades med korthuggna europeiska när internationella agenter anslöt sig till tumultet, lockade av Phoenix fantastiska prestation.

"Åttio tusen", konstaterade en schweizisk agent utan omsvep, med en klar accent och en oklanderlig kostym. "För omedelbart köp och export till vår anläggning i Genève."

Emma blinkade, för ett ögonblick överrumplad av både budets direkthet och den betydande summan.

”Han är inte till salu”, svarade hon och hittade äntligen rösten. ”Tack för ert intresse, men Phoenix är fortfarande i ett tidigt skede av sin utveckling.”

Den schweiziske agentens ögonbryn höjdes en aning. ”Nittio tusen, då.”

En annan röst avbröt, den tillhörde en lång, stram kvinna med brittisk accent. ”Er häst hoppar som om han har fjädrar i benen. Hundra tusen. Min klient behöver en häst för världscupkvalen.”

Emma kände en svettpärla bildas vid tinningen trots luftkonditioneringen. ”Jag uppskattar verkligen buden. Men jag måste rådgöra med min far när han kommer tillbaka från sin resa. Om Phoenix verkligen har Grand Prix-potential kan jag inte släppa honom utan hans bedömning.”

Detta framkallade en störtflod av höjda bud och visitkort som trycktes ännu mer enträget i hennes händer. En fransk agent dök upp vid hennes armbåge, hans röst var len och övertygande.

”Mademoiselle McKenzie, min klient skulle vara beredd att erbjuda inte bara ett premiumpris utan även ett arrangemang där ni skulle kunna fortsätta vara involverad i hästens karriär. Kanske till och med resa med honom till Europa för träning och tävlingar.”

Emma skakade på huvudet, även om erbjudandet var frestande på ett sätt som gick utöver det ekonomiska. Tanken på att se Phoenix tävla på internationell nivå, på att vara en del av den resan, slet i hennes hjärta. Men inte till priset av att skilja honom från Ridgewater, från platsen och människorna som hade hjälpt honom att läka.

”Jag förstår ert intresse”, sa hon bestämt. ”Phoenix är exceptionell. Men han är också en häst som har övervunnit ett betydande trauma. Stabiliteten i hans nuvarande miljö har varit avgörande för hans rehabilitering. Jag kommer inte att rubba den utan noggrant övervägande.”

En amerikansk köpare i en Stetsonhatt och dyra stövlar klev fram, och hans röst bar den självsäkra tonen hos någon som var van vid att ro affärer i hamn. "Ett hundrafemtio tusen", tillkännagav han, vilket tystade folkmassan för ett ögonblick. "Och en avtalsgaranti att han kommer att tävlas under Ridgewater-namnet på internationell nivå. Plus, även om han är en valack, betyder det inte att han inte kan lämna ett arv. Vi klonar honom och ger er ett av de klonade fölen."

Emma tappade andan. Det var en astronomisk summa, mer pengar än hon någonsin kunnat föreställa sig att få erbjudet för ett av sina rehabiliteringsprojekt. Med den typen av ekonomisk trygghet skulle hon kunna expandera Ridgewater Rescue, ta emot fler hästar, anställa ytterligare personal. Hon skulle kunna säkra Jemimas utbildning, kanske till och med lösa ut Ryans lån helt och hållet. Möjligheterna virvlade i hennes sinne som höstlöv i en vindpust.

Men lika snabbt som frestelsen uppstod, tänkte Emma på Phoenix mörka, tillitsfulla ögon när hon hade lett honom tillbaka till boxen efter deras seger. Hon mindes de otaliga timmarna av tålmodigt arbete, det långsamma uppbyggandet av självförtroende, de tysta stunderna när hans tillit äntligen hade vägt tyngre än hans rädsla. Hon tänkte på Ryans orubbliga stöd, hans tro på hennes metoder även när de tycktes gå utan framsteg. Hon tänkte på Jemimas stolta ansikte när Phoenix hade klarat det sista hindret.

"Jag uppskattar det generösa budet", sa hon, med stadig röst trots trycket som vilade på henne. "Men som jag har sagt, kommer jag inte att fatta några beslut förrän min far har bedömt honom. Han har fött upp och tränat hästar på internationell nivå i fyrtio år; jag litar mer på hans omdöme än någon annans."

Amerikanens min hårdnade något. "Med all respekt, ms McKenzie, en häst som denna väntar inte för evigt. Det gör inte mitt bud heller. Säg ert pris."

"Varje häst har ett pris", tillade den schweiziske agenten, och hans tonfall antydde att han bara konstaterade ett uppenbart faktum i ridsportvärlden.

Emma rätade på axlarna och kände en våg av irritation bryta igenom hennes professionella lugn. "Inte den här", svarade hon, bestämdare än tidigare. "Inte än, i alla fall. Phoenix är inte bara en investering; han är en häst med väldigt speciella behov. Jag förstår att ni alla är vana vid att få vad ni vill ha när ni erbjuder tillräckligt med pengar, men vissa saker är inte till salu."

Hon kunde se frustrationen sprida sig genom de samlade köparna. De var vana vid att envishet ledde till framgång, att pengar till slut segrade över känslor. Några utbytte blickar som antydde att de fann hennes attityd naiv eller dum. En person muttrade något om "amatörer som inte förstår marknadsvärdet" precis tillräckligt högt för att hon skulle höra.

Trycket ökade, och cirkeln av potentiella köpare slöt sig tätare kring henne, var och en övertygad om att de kunde hitta det magiska numret som skulle få henne att ändra sig. Men under deras slipade argument och självsäkra påståenden anade Emma något rovgirigt, en iver att slita Phoenix från den miljö som hade helat honom, att kapitalisera på hans talang utan att förstå den noggranna balans som hade återställt den.

Hon tänkte på den skräckslagna häst som hade kraschat över Ryans golfbana för knappt två korta månader sedan, och på den självsäkra atlet som hade svävat över hindren idag. Den förvandlingen hade inte skett av en slump eller genom vanliga träningsmetoder. Den hade krävt förståelse, tålamod och en koppling som översteg det vanliga förhållandet mellan ryttare och häst. Ingen summa pengar kunde ersätta det bandet, och dessutom skulle en flytt från Ridgewater i detta tidiga skede kunna skicka Phoenix djupare in i sitt trauma, kanske oåterkalleligt den här gången. Hon rös vid blotta tanken på att sätta honom på ett flygplan i detta stadium av hans återhämtning.

Men precis när Emmas beslutsamhet började vackla under det obevekliga trycket dök en bekant gestalt upp vid hennes sida. Ryan klev fram från där han hade observerat förhandlingarna, och hans resliga figur skapade en barriär mellan Emma och de mest enträgna av köparna. Hans hand lades på hennes axel, varm och stadig, och hon kände hur ryggraden rätades ut som svar, och hon hämtade styrka från hans tysta stöd.

”Mina damer och herrar”, tilltalade Ryan de samlade köparna med en röst som bar den auktoritära ton Emma först hade hört under deras inledande affärsdiskussioner för flera månader sedan. ”Jag uppskattar ert intresse för Phoenix, men jag känner att jag måste klargöra något.” Han gjorde en paus och lät blicken svepa över de förväntansfulla ansiktena. ”Som hästens delägare vill jag otvetydigt klargöra att Phoenix inte är till salu, oavsett pris.”

Emma vände snabbt på huvudet mot honom, och förvåning flimrade över hennes ansikte. Hon hade förväntat sig att Ryan kanske skulle förhandla, överväga de betydande bud som lades, att han skulle närma sig detta som den affärsman han var. Istället stängde han ner konversationen helt och hållet, hans hållning lika fast som hennes egen hade varit.

Den amerikanske köparen rynkade pannan och omvärderade Ryan med nyväckt intresse. ”Delägare, säger ni? Och ni är?”

"Ryan Wardell", svarade han enkelt, utan att bry sig om att utveckla sin bakgrund eller sina meriter.

Igenkänning lyste upp i flera ansikten. Emma såg hur dynamiken förändrades när köparna insåg att Ryan inte var någon vanlig hästtränare från landet, utan en framgångsrik affärsman från deras egen värld. Några utbytte blickar och omvärderade uppenbarligen sin strategi.

"Mr Wardell", började den franske agenten, nu med en mer vördnadsfull ton, "kanske vi skulle kunna diskutera detta privat, affärsman till affärsman. Jag är säker på att vi skulle kunna strukturera en affär som skulle tillfredsställa både era investeringshänsyn och ms McKenzies känslomässiga band."

Ryans min förblev behagligt oberörd. "Det finns inget att diskutera. Phoenix är inte en investering som ska likvideras; han är en del av vårt program på Ridgewater. Hans värde sträcker sig långt bortom monetära överväganden." Hans leende blev något bredare, även om det inte nådde hans ögon. "Men vi uppskattar ert intresse. Jag är säker på att det finns andra talangfulla hästar här som är värda er uppmärksamhet."

Slutgiltigheten i hans ton var omisskännlig. Gradvis började cirkeln av köpare skingras, några lämnade visitkort med sista vädjanden om att "ringa om ni ändrar er", andra gav sig av med knappt dold frustration. Amerikanen dröjde sig kvar längst, med en granskande blick.

"Ni sitter på en guldgruva", sa han till slut. "Inte bara hästen, utan vilket rehabiliteringssystem som än producerade de resultaten. Om ni ändrar er står mitt bud kvar ... och jag är också intresserad av att diskutera andra hästar ni kan ha till salu." Med en lättning på hatten drog även han sig tillbaka och lämnade Emma och Ryan ensamma i det plötsligt tysta utrymmet.

Emma andades ut spänningen och kände hur knuten av panik i magen började lösas upp. "Tack", sa hon tyst, och tvekade sedan när en obekväm insikt slog henne. "Ryan, jag borde ha rådfrågat dig innan jag avvisade de där buden. Du äger ju halva Phoenix, och de summorna skulle innebära en extraordinär avkastning på din investering."

Hon snubblade över orden, plötsligt smärtsamt medveten om att hon, trots deras fördjupade personliga relation, för ett ögonblick hade glömt det affärsmässiga arrangemang som hade fört dem samman i första hand. "Jag är inte van vid att ha en investerare i mina hästar", tillade hon pinsamt. "Jag har alltid fattat de här besluten själv, och jag tänkte inte ... jag menar, jag borde ha kollat med dig först."

Ryan skakade på huvudet, och hans ansiktsuttryck mjuknade när han vände sig helt mot henne. "Emma", sa han mjukt, "Phoenix var aldrig bara en investering för mig. Inte från det ögonblick han kraschade genom mitt staket." Han sträckte sig efter hennes hand, och hans fingrar var varma mot hennes. "Jag tror på det du gör, och jag tror på den här hästen. Och jag tror också att han inte skulle göra detta för någon annan ryttare."

Den enkla uppriktigheten i hans ord fick det oväntat att dra ihop sig i Emmas hals. Innan hon hann svara närmade sig Zoe, med sina vilda lockar som vanligt smet ur hennes fläta.

"Det var ett ganska starkt uttalande", kommenterade Zoe, med ögon som lyste av gillande när hon tittade på Ryan. "Att tacka nej till den typen av pengar kräver antingen galenskap eller enastående övertygelse."

Ryan skrattade, och ljudet var varmt och genuint. "Kanske lite av båda. Men på tal om pengar", fortsatte han och hans tonfall övergick till något mer avsiktligt, "jag har tänkt berätta något för er båda." Han gjorde en paus, och hans ansiktsuttryck blev allvarligt. "Prispengarna för OTTB Showcase är betydande, och som Phoenix delägare tillfaller hälften mig."

Emma nickade och undrade vart detta var på väg. Priset för showcase-klassen var verkligen generöst, tio tusen dollar som skulle hjälpa till att kompensera för de ansenliga kostnaderna för rehabilitering och tävling.

”Jag har bestämt mig för att ge min hälft till Zoe”, fortsatte Ryan och flyttade blicken till hästterapeuten. ”Utan din expertis och ditt engagemang skulle Phoenix inte vara där han är idag. Du har arbetat outtröttligt utan ordentlig ersättning utöver kost och logi, och detta verkar vara ett lämpligt sätt att uppmärksamma det bidraget.”

Zoes ögon vidgades, och hennes vanliga, snabba sätt att prata var för ett ögonblick som bortblåst av förvåning. ”Det är ... Ryan, det är fem tusen dollar. Jag kan omöjligt ta emot det. Min kost och logi på Ridgewater är betalning nog.”

”Det är inte på långa vägar tillräckligt”, insisterade Ryan mjukt. ”Förvandlingen hos Phoenix är värd mycket mer än något monetärt värde, och ditt bidrag till den förvandlingen har varit ovärderligt. Snälla, ta emot det som ett erkännande för din professionella expertis och ditt engagemang.”

Emma såg hur känslorna spelade över Zoes uttrycksfulla ansikte, där förvåning ersattes av genuin tacksamhet. Hon hade vetat att Ryan var generös, hade sett hans vilja att bidra till saker han trodde på, men denna oväntade gest avslöjade ännu ett skikt hos mannen hon hade kommit att älska.

”Jag ... tack”, lyckades Zoe till slut säga, med en ovanligt tyst röst. ”Det är otroligt generöst.” Sedan, med den impulsivitet som var så karakteristisk för henne, slängde hon armarna om Ryan i en kraftig kram.

Emma kunde inte låta bli att le när Ryan, för ett ögonblick överraskad, lite tafatt besvarade kramen. Det var fortfarande ibland uppenbart när Ryan mötte äkta känslor att hans bakgrund hade gett honom föga förberedelse för sådana obevakade ögonblick. Ändå lärde han sig, anpassade sig och tillät sig att svara med en allt större naturlighet på familjen McKenzies mer uttrycksfulla stil.

Zoe släppte Ryan bara för att vända sig om och omfamna Emma lika kraftigt. "Och tack", sa hon, "för att du trodde på Phoenix, och på mig." Hennes röst sjönk till en viskning mot Emmas öra. "Du har en underbar man där. Håll hårt i honom."

Emma kände en värme sprida sig i bröstet, en känsla av att allt var rätt som lade sig djupt i hennes benstomme. När Zoe steg tillbaka och torkade sig i ögonen innan hon skyndade iväg för att "kolla Phoenix kropp efter tävlingen", vände sig Emma om och fann att Ryan betraktade henne med tyst intensitet.

"Det var otroligt snällt", sa hon mjukt. "Och helt onödigt."

"Jag håller inte med", svarade Ryan. "Zoe förtjänar professionellt erkännande, inte bara tacksamhet. Och Phoenix framgång är lika mycket hennes bedrift som vår." Han gjorde en paus, och något sårbart flimrade i hans ögon. "Dessutom ville jag visa att jag förstår vad Ridgewater handlar om. Det har aldrig handlat om vinstmarginaler eller avkastning på investeringar. Det handlar om att värdesätta det som verkligen betyder något."

Emma studerade hans ansikte och såg i det alla de förändringar som skett under de senaste månaderna, företagsledaren som gradvis hade gett vika för denna man som förstod hjärtat av Ridgewater bättre än hon hade kunnat föreställa sig. I det ögonblicket, när hon såg honom stå mitt i kaoset på Ekka med säkerhet i blicken och Phoenix blåa rosett halvt hängande ur fickan på hans kavaj, visste Emma med absolut klarhet att hennes liv oåterkalleligt hade förändrats av hans närvaro i det.

"Jag tror", sa hon försiktigt, "att du kanske förstår Ridgewater precis lika bra som de som har bott där hela sina liv."

Leendet som spred sig över Ryans ansikte vid hennes ord var värt mer än några prispengar eller köpbud, en tyst bekräftelse på allt de hade byggt tillsammans, grunden för något ingen av dem hade förväntat sig att hitta.

”Hur gammal måste man vara för att tävla i OS i banhoppning?” Jemimas röst hördes plötsligt, vilket fick Emma att vända sig om och se sin dotter stå precis bakom dem, fortfarande i ridkläderna från sin tidigare klass, med sin segerrosett stolt fäst på kavajen. Hennes blå ögon var vidöppna av nyfikenhet och omisskännlig ambition, hennes lilla ansikte upplyst av de möjligheter som Phoenix framgång plötsligt hade gjort påtagliga.

Emma utbytte en blick med Ryan och insåg att Jemima måste ha hört åtminstone en del av deras samtal om Phoenix potential. Hennes dotter hade alltid varit skarpsynt och snappat upp nyanser och möjligheter som ofta undgick de vuxna runt omkring henne. Nu, med spänningen från deras respektive segrar fortfarande surrande i luften, var Jemima uppenbarligen i färd med att koppla ihop pusselbitarna och drömma stort.

”Man måste vara minst arton för OS”, svarade Sarah och dök upp bredvid dem med Kate i släptåg. Båda systrarna hade uppenbarligen bevittnat scenen med köparna och Ryans efterföljande gest till Zoe. ”Och det är bara minimiåldern. De flesta ryttare når inte den nivån förrän de är i tjugo- eller trettioårsåldern, eller ibland ännu äldre.”

Jemima rynkade pannan fundersamt. ”Så jag måste vänta i tio år?” Hon verkade inte särskilt avskräckt av denna tidslinje, utan bara lade in den i vilken storslagen plan som nu än formades i hennes åttaåriga sinne.

Kate skrattade, och ljudet var ljusare än vad hennes vanligtvis återhållsamma uppträdande skulle antyda.

”Minst så. Och då kommer Phoenix att vara ... vadå, sexton? Sjutton? Det börjar bli slutet på hoppkarriären för de flesta hästar, särskilt en med hans galoppbakgrund.”

En tillfällig skymt av besvikelse passerade över Jemimas ansikte, men Sarah tillade snabbt: ”Men Duchess föl Miracle borde vara precis lagom gammal då.” Hon gav Jemima en konspiratorisk blinkning. ”Och Pepper kan ta dig upp i klasserna tills du är redo för honom.”

Jemimas min lyste omedelbart upp, och hennes tankar rusade uppenbarligen vidare till denna nya möjlighet. ”Miracle skulle vara tio då! Det är perfekt! Och han är Legends barnbarn, så han borde vara briljant på att hoppa!”

Emma kände en varm flod av tillgivenhet när hon såg sin dotters entusiasm, det självklara sättet hon planerade en väg till de högsta nivåerna inom ridsporten. Det påminde Emma så mycket om sig själv i den åldern, när ingen dröm hade verkat för ambitiös, inget mål för avlägset. Skillnaden var att Jemima hade det fulla stödet från en familj som förstod dessa drömmar på djupet.

”Miracle har verkligen blodslinjerna för det”, höll Kate med, och hennes professionella bedömning gled över i familjär eftergivenhet. ”Om han ärver ens hälften av Legends kapacitet över hinder, kommer han att bli något speciellt.”

”Dessutom föddes han här, och du har varit en del av hans träning från dag ett”, tillade Sarah. ”Det ger dig en fördel som många ryttare aldrig har.”

”Och Pepper lär dig redan så mycket”, bidrog Emma och drog sin dotter närmare med en arm om hennes axlar. ”När du är redo för Miracle kommer du att ha alla de färdigheter du behöver för att rida in honom ordentligt, och du kommer att kunna rida Phoenix för att lära dig hur de riktigt stora hindren känns om några år också.”

Ryan iakttog detta utbyte med uppenbar fascination, hans ansiktsuttryck var mjukt när han observerade det självklara sättet som familjen McKenzie diskuterade olympiska ambitioner och tioåriga träningsplaner som om de diskuterade nästa veckas inköpslista. Emma mötte hans blick och såg i den en blandning av beundran och något djupare, ett erkännande av familjens enastående fokus och engagemang.

"Betyder det att jag kan få ha Phoenix också?" frågade Jemima förhoppningsfullt. "För att arbeta mig upp till Grand Prix-nivå?"

Detta framkallade en skur av varmt skratt från den samlade familjen, den sortens tillgivna munterhet som är reserverad för ett barns förtjusande ambition.

"Han är fortfarande lite stor för dig", föreslog Emma mjukt, även om hennes hjärta svällde av kärlek till sin dotters gränslösa självförtroende. "Låt oss se hur långt du kan ta Pepper först. Dessutom har Phoenix och jag fortfarande mycket att åstadkomma tillsammans."

"Som vadå?" pressade Jemima, hennes nyfikenhet oförminskad.

"Tja", funderade Emma och sneglade mot Phoenix box där mästaren nu nöjt mumsade på sitt hö. "Det finns fortfarande mycket arbete kvar att göra. Det högsta han har hoppat med mig hittills är 1,40 meter, så det är en bit kvar till Grand Prix-höjder. Kanske är vi tillbaka här igen i en Grand Prix-klass vid den här tiden nästa år, vem vet?"

Samtalet övergick naturligt till spekulationer om Phoenix framtid, tävlingsscheman och träningsplaner. Familjen McKenzie föll in i sitt välbekanta mönster av gemensam planering, där var och en bidrog med sin expertis och sitt perspektiv och byggde en gemensam vision för framtiden som inte bara omfattade Phoenix utan hela Ridgewaters hästfamilj.

Emma lade märke till hur sömlöst Ryan deltog i denna diskussion, erbjöd sina egna observationer om Phoenix styrkor och ställde insiktsfulla frågor om tävlingslogistik. Borta var den utomstående företagsmannen som en gång hade sett så malplacerad ut i jodhpurs och stallskor. I hans ställe stod en man som hade hittat sin egen roll inom McKenzies ekosystem, hans affärssinne nu tillämpat på schemaläggningseffektivitet och sponsringsmöjligheter utan att någonsin förlora siktet på hästarnas välbefinnande som den centrala prioriteringen.

Medan samtalet fortsatte runt omkring henne fann hon sig själv iakttagande Ryan, och hon observerade det lätta sättet han interagerade med hennes familj, hur Jemima naturligt drogs till hans sida när hon diskuterade sina framtida tävlingsplaner, hur Sarah rådfrågade honom om potentiella marknadsföringsstrategier för Ridgewaters avelsprogram. Förändringarna i honom hade varit så gradvisa att hon inte helt hade registrerat deras omfattning förrän i detta ögonblick, när hon såg honom helt hemmastadd mitt i det kontrollerade kaoset på Ekka, pratandes hästbusiness som om han var född till det.

Ryan måste ha känt hennes blick, för han såg plötsligt upp och deras ögon möttes över den lilla cirkeln av livligt samtal. I det ögonblicket verkade allt omkring dem blekna bort, och de upphetsade rösterna från hennes familj tonade ut i bakgrunden. Det som passerade mellan dem var inte bara tillgivenhet eller attraktion, utan en djupare förståelse, ett erkännande av den framtid de byggde tillsammans, inte bara för sig själva utan för Jemima, för Phoenix, för Ridgewater självt.

I Ryans ögon såg Emma inte bara nuet utan möjligheter som sträckte ut sig framför dem som solbelysta hagar: morgnar med gemensam träning, kvällar med tävlingsplanering, Jemima som växte upp med hans stadiga inflytande vid Emmas sida. Hon såg jular och födelsedagar, segrar och motgångar, alla de vanliga ögonblicken som, sammanvävda, skapade ett liv, en familj, ett arv.

Ögonblicket sträcktes ut mellan dem, en privat konversation utan ord, medan familjen McKenzie runt dem fortsatte att debattera detaljerna i kvalificeringsprocedurerna för Grand Prix. Emma kände en visshet lägga sig i bröstet, lika solid och betryggande som Phoenix stadiga närvaro i boxen bredvid dem. Detta var rätt. Det var här de alla hörde hemma.

När Ryan slutligen log mot henne, en liten, privat kurvning av hans läppar som talade volymer, visste Emma att han också kände det, denna känsla av att allt var rätt, av att komma hem till en plats som ingen av dem hade vetat att de letade efter. Mitt i Ekkas storslagna skådespel, omgivna av bevisen på deras gemensamma framgång, hade de funnit något mycket mer värdefullt än blåa rosetter eller prispengar: de hade funnit en framtid tillsammans.

Jemimas upphetsade röst bröt igenom Emmas drömmeri. ”Så jag måste börja träna med Pepper för de högre klasserna nu, och sedan när Miracle är tillräckligt gammal, kommer jag att vara redo att ta honom hela vägen till OS, och sedan ...”

Medan hennes dotter kartlade en ridsportkarriär som spände över årtionden, utbytte Emma en annan blick med Ryan, denna fylld av delad munterhet och tillgivenhet. Phoenix gnäggade mjukt från sin box, som om han lade till sina egna tankar till de storslagna planer som smiddes. Emma sträckte ut handen, hennes fingrar fann Ryans och flätades samman naturligt, bekvämt.

”Ett steg i taget”, mumlade hon, men om det var till Jemima eller till sig själv var hon inte helt säker.

# Kapitel nitton

HOTELLSVITENS DÖRR STÄNGDES BAKOM dem med ett mjukt klick, stängde ute världen och omslöt Emma och Ryan i deras privata fristad högt ovanför Brisbane. Emma stod stilla ett ögonblick och lät den tysta lyxen skölja över henne, så annorlunda från den ständiga aktiviteten på Ridgewater eller den kaotiska energin på Ekka som de just hade lämnat bakom sig. Genom fönstren som sträckte sig från golv till tak slingrade sig Brisbanefloden som ett svart band mot stadens ljus, och pariserhjulet på Ekka i fjärran var en cirkel av färgade ljus vid horisonten.

”Jag kan inte fatta att Sarah praktiskt taget knuffade ut oss därifrån”, sa Emma med ett leende på läpparna när hon mindes sin systers envishet. ”Sättet hon samlade ihop alla och meddelade att de skulle ta med Jemima och Charlotte till nöjesfältet ...”

Ryan skrattade och lossade på sin slips med en hand. ”Jag hörde tydligt hur hon sa till dig att vi ’förtjänade att fira privat’. Subtil som en tegelsten, din syster.”

”McKenzies är inte kända för att vara subtila”, erkände Emma och böjde sig för att dra av sig sina stövlar med en suck av lättnad. Hennes fötter värkte behagligt, en fysisk påminnelse om dagens triumfer. Hon vickade på tårna mot den mjuka mattan och kände hur spänningen i kroppen började släppa. ”Gud, vad skönt det känns.”

Ryan gick till minibaren och tog fram en flaska champagne som hade legat på kylning sedan morgonen – hans förutseende, en tyst förberedelse för den framgång han hade verkat så säker på skulle komma. ”Jag tycker att det här kräver ett ordentligt firande”, sa han med den varma undertonen i rösten som hade blivit så bekant för henne under de senaste månaderna.

Emma såg honom arbeta loss korken, hans rörelser exakta och kontrollerade. Champagnen öppnades med en tillfredsställande smäll som fick henne att hoppa till, följt av ett mjukt väsande av bubblor som pyste ut. Ingen dramatisk fontän, bara elegant effektivitet, så typiskt för Ryan.

”Perfekt”, sa hon och gick fram medan han fyllde två kristallglas. Champagnen fångade stadens ljus som strömmade in genom fönstren och förvandlade varje glas till en konstellation av glittrande bubblor.

Ryan gav henne ett glas, och deras fingrar snuddade vid varandra i en beröring som sände en kaskad av värme genom henne. ”För Phoenix”, sa han och höjde sitt glas. ”Från skräckslagen rymling till champion på knappt två månader. Ett bevis på din skicklighet och ditt tålamod.”

”För Phoenix”, instämde Emma och klingade sitt glas mot hans. ”Och för Jemima, åtta år gammal och visar redan de vuxna hur man gör.” Hon tog en klunk, champagnen var krispig och frisk på tungan. ”Och för dig, Ryan. Utan dig skulle inget av det här ha hänt.”

"Jag?" Hans ögonbryn höjdes i genuin förvåning. "Jag höll mig bara ur vägen."

Emma skakade på huvudet och rörde sig mot balkongdörrarna som stod lite på glänt och släppte in de avlägsna ljuden från Ekka, musik och karuseller, ett enstaka utrop som ekade över staden. "Du gjorde mycket mer än så. Du trodde på oss från början, även när jag gjorde det svårt."

Hon sträckte upp händerna för att släppa ut sitt hår från tävlingsknuten och grimaserade när hårnålar fastnade och drog. Ryan ställde ner sitt glas och klev fram bakom henne, hans fingrar lösgjorde varsamt nålarna tills hennes hår föll fritt runt hennes axlar. Den enkla intimiteten i gesten fick henne att tappa andan.

"Bättre?" frågade han med låg röst nära hennes öra.

"Mycket", svarade hon och vände sig för att möta honom. I svitens dämpade ljus, med stadens ljus som strömmade in genom fönstren och kastade mönster över hans ansiktsdrag, såg Ryan annorlunda ut än den företagsledare hon först hade mött. Mjukare i kanterna, med sänkt gard, och hans ögon varma av något som fick hennes hjärta att slå snabbare.

"Du vet", sa han och tog en klunk av sin champagne, "att se dig idag med Phoenix, att se hur långt du har fört honom ... Jag har aldrig varit stoltare över någon."

Den enkla uppriktigheten i hans röst fick det att dra ihop sig i Emmas bröst. "Även när jag nästan lät de där köparna övertala mig att sälja honom?"

Ryan skakade på huvudet. "Du skulle aldrig ha sålt honom. Jag såg ditt ansikte när de gav sina bud. Du var bara artig och övervägde alla vinklar som den affärskvinna du låtsas att du inte är."

Emma skrattade lågt, förvånad över hur väl han hade läst henne. "Är det vad du tror? Att jag bara spelade med?"

"Jag vet det", sa han med tyst säkerhet. "Den Emma McKenzie som stormade in på min golfbana för att rädda en skräckslagen häst skulle aldrig ha sålt samma häst, oavsett pris. Det är den du är, oerhört beskyddande och lojal in i märgen."

Han klev närmare, hans lediga hand kom upp för att stoppa en hårslinga bakom hennes öra. "Du har kommit långt från kvinnan som var övertygad om att jag bara var ännu en kostymnisse. Och jag har kommit ännu längre från mannen som trodde att hästar bara var en dyr olägenhet som förstörde hans golfbana."

Emma lutade sig mot hans beröring, champagnen värmde hennes blod och löste upp det sista av hennes återhållsamhet. "Vi har båda förändrats, eller hur?"

"Till det bättre, hoppas jag", mumlade Ryan.

Orden hängde mellan dem, tunga av mening. Emma ställde ner sitt glas på ett närliggande bord, utan att släppa hans blick. "Definitivt till det bättre", sa hon och sträckte sig efter hans slips och drog honom närmare tills deras kroppar snuddade vid varandra.

"Emma", andades han, och rösten stockade sig.

"Jag vill kyssa dig", sa hon enkelt. "Jag har velat det hela dagen, när jag sett dig försvara Phoenix, stå upp mot köparna, stötta Jemima ... vara precis det vi alla behövde."

Ryans leende var långsamt och intimt, ett privat uttryck hon hade kommit att värdesätta. "Jag har aldrig kunnat neka dig något, Emma McKenzie."

Hon utplånade det återstående avståndet mellan dem och lät sina läppar möta hans med säkerhet. Kyssen började mjukt, ett varsamt erkännande av dagens glädje, men djupnade snabbt till något mer trängande. Ryans arm slöts om hennes midja och drog henne närmare tills hon kunde känna den fasta värmen från hans kropp mot sin. Hans champagneglas hittade sin väg till bordet bredvid hennes, och frigjorde hans händer så att de kunde trassla in sig i hennes hår.

Emma smälte in i honom, och all upprymdhet från dagens segrar förvandlades till en annan sorts energi;

koncentrerad, helt fokuserad på denna man och sättet han fick henne att känna. Hans kyss smakade av champagne och löften, av välförtjänta firanden och förväntade framtider.

När de till slut bröt sig loss, båda lätt andfådda, fann Emma sig fångad i Ryans blick. Den var öppen, oförställd, fylld av en beundran som inte hade något att göra med affärsframgångar eller finansiell skicklighet och allt att göra med vem hon var i grunden.

”Vad du gjorde idag”, sa han mjukt, medan hans tumme strök över hennes kind, ”att få tillbaka Phoenix från avgrunden, hjälpa honom att hitta sitt mod igen, visa honom vad han kunde bli med rätt stöd ... det var enastående. *Du är* enastående, Emma.”

Orden berörde något djupt inom henne, en plats som alltid hade hungrat efter erkännande, inte för sitt efternamn eller sina affärskunskaper, utan för det tysta, tålmodiga arbete som definierade hennes dagar på Ridgewater. Ryan såg henne, såg verkligen *henne*, på ett sätt som kanske inte ens hennes egen familj någonsin hade gjort.

Hon kysste honom igen och lade all sin tacksamhet och längtan i kontakten. Denna gång fanns ingen tvekan, ingen försiktig utforskning, bara det trängande behovet av att vara närmare, att fira livet och triumfen på det mest uråldriga sätt som finns.

”Jag vill ha dig”, viskade hon mot hans läppar och kände hur hans andning hejdades av hennes direkthet. ”Just nu, Ryan. Jag vill känna mig levande med dig.”

Hans svar kom inte i ord, utan i sättet hans armar slöts hårdare om henne, lyfte henne utan ansträngning och bar henne mot sovrummet, med champagnen bortglömd på bordet och stadens ljus som strömmade in genom fönstren för att lysa upp deras väg.

Ryan knuffade upp sovrumsdörren med axeln, Emma var varm och förvånansvärt lätt i hans armar. Rummet badade i ett silverblått mörker, endast upplyst av stadens ljus och en strimma av månen som var synlig genom de golvhöga fönstren. Han satte henne försiktigt på sängkanten, hans händer var motvilliga att lämna hennes kropp ens för ett ögonblick. Lakanen var nedvikta, krispig vit bomull som snart skulle vara ett skrynkligt vittnesbörd om deras åtrå. Han stod framför henne, för ett ögonblick slagen av synen av Emma McKenzie som såg upp på honom med ett sådant öppet begär, hennes hår som föll i vågor runt hennes axlar, hennes läppar lätt isär.

"Du är vacker", sa han, orden var otillräckliga men uppriktiga.

Hon log, sträckte sig efter hans lossade slips och drog av den med en mjuk viskning av silke mot bomull. "Det är du med."

Ryan lutade sig ner för att kyssa henne, hans fingrar fann knapparna på hennes blus. Han knäppte upp dem en efter en och avslöjade hud som glödde blek i månskenet. Hennes andning blev snabbare när hans knogar snuddade vid hennes nyckelben, hennes bröstben, den mjuka svällningen av hennes bröst. Han sköt tyget från hennes axlar och lät det falla ner på sängen bakom henne.

Kroppen som uppenbarades för honom var stark, skulpterad av år av fysiskt arbete. Hennes axlar hade de definierade muskler som någon som lyfter höbalar och tung utrustning varje dag, som kontrollerar kraftfulla djur med inget annat än sitt eget förstånd och sin skicklighet. Han följde linjen av hennes nyckelben, fascinerad av kontrasten mellan hennes feminina kurvor och den atletiska fastheten under.

"Jag älskar hur stark du är", mumlade han, medan hans fingrar gled ner till midjebandet på hennes tävlingsridbyxor. "De här musklerna berättar din historia."

Hon hjälpte honom att dra det tajta tyget nerför sina ben och avslöjade mer av sig själv för hans blick. Ryan knäböjde framför henne, tog av varje strumpa med avsiktlig omsorg, hans tummar pressade in i hennes hålfötter i en gest som var både öm och sensuell. Emma suckade och lät huvudet falla bakåt en aning.

"Dina händer känns underbara", viskade hon.

Han masserade hennes vader och kände spänningen från dagens tävling som fortfarande satt kvar i de spända musklerna. "Du bar så mycket idag", sa han och arbetade sig upp mot hennes lår, som var fasta och starka från otaliga timmar i sadeln. "Inte bara fysiskt, utan känslomässigt. För Phoenix, för Jemima, för alla."

Hennes andning hejdades när hans händer rörde sig högre upp och strök längs kanten på hennes trosor. "Jag är inte van vid att låta någon annan bära något åt mig", erkände hon.

"Jag vet", sa Ryan och reste sig för att sitta bredvid henne på sängen. "Det är det som gör det så speciellt när du gör det."

Han hakade av hennes behå med varsamma fingrar och lät axelbanden glida nerför hennes armar. Månskenet försilvrade hennes hud och kastade skuggor som betonade hennes brösts kurva, den subtila linjen av hennes revben. Ryan böjde sig för att kyssa den mjuka huden där, och kände smaken av dagens ansträngningar och något sötare som var unikt Emma.

Hon sträckte sig efter knapparna på hans skjorta, hennes fingrar var mindre tålmodiga än hans hade varit. "För mycket kläder", mumlade hon, och han skrattade lågt och hjälpte henne att ta av hans skjorta och byxor tills de var lika nästan nakna.

När hon lade sig tillbaka mot kuddarna följde han efter, och deras kroppar lade sig intill varandra med en naturlig lätthet. Bomullslakanen var svala och släta mot deras heta hud, en sensuell kontrast som förstärkte varje beröring. Ryan stödde sig ovanför henne och tog sig tid att se på hennes ansikte, hennes kropp, kvinnan som så oväntat hade blivit oumbärlig i hans liv.

"Jag trodde aldrig att jag skulle hitta det här", bekände han, hans röst var sträv av känsla. "Någon som ser mig, inte för vad jag har eller vad jag kan göra, utan för den jag är."

Emma sträckte upp handen för att röra vid hans ansikte, hennes handflata var varm mot hans kind. "Jag ser dig, Ryan. Jag har sett dig från början, även när jag var fast besluten att inte gilla det jag såg."

Han vände på huvudet för att kyssa hennes handflata, sedan insidan av hennes handled där pulsen slog snabbt och starkt. "Och jag ser dig, Emma McKenzie. Din styrka, din mildhet, ditt enastående hjärta."

Hon drog honom då ner till sig, deras munnar möttes i en kyss som sa mycket mer än ord kunde uttrycka. Smaken av champagne dröjde sig kvar på deras tungor, bubblande och berusande. Ryans hand gled ner längs hennes sida och lärde sig hennes kropps konturer, hennes midjas inbuktning, hennes höfts utsvängning. Han hakade tummen i midjebandet på hennes trosor, frågande, och hon nickade och lyfte på höfterna för att hjälpa honom att ta bort den sista barriären mellan dem.

Hans egna följde efter, och sedan fanns det inget mellan dem utom hud och delad andedräkt. Ryan pressade sin panna mot hennes för ett ögonblick, överväldigad av intimiteten i deras förbindelse. Det här var inte bara fysiskt begär; det var något djupare, ett igenkännande som hade byggts upp sedan den första konfrontationen över en skrämd häst.

"Emma", viskade han, hennes namn en bön på hans läppar.

Hon svarade genom att slå sina ben runt honom och dra honom närmare. Ryan tog god tid på sig, lät kyssar vandra nerför hennes hals, över hennes nyckelben, till den mjuka svällningen av hennes bröst. Hennes hud smakade av solsken och tvål, av öppna fält och mening. Hon sköt rygg under honom när hans mun slöt sig om hennes bröstvårta, och ett mjukt flämtande undslapp hennes läppar.

Hans hand färdades längre ner och fann hettan mellan hennes lår. Hon var redan våt av åtrå efter honom, en upptäckt som fick hans andning att hejdas. Han strök henne varsamt och lärde sig vad som fick hennes andning att bli snabbare, vad som lockade fram de där små, perfekta ljuden från hennes strupe.

"Snälla", viskade hon till slut, med händerna i hans hår, och ledde honom tillbaka upp till sin mun. "Jag behöver dig nu."

Ryan placerade sig mellan hennes lår och såg ner på hennes ansikte; rodnande, öppet, helt närvarande i detta ögonblick med honom. Han trängde långsamt in i henne och såg hennes ögon vidgas för att sedan slutas när hennes kropp tog emot honom. Känslan var överväldigande, en fysisk förbindelse som verkade spegla allt de hade byggt tillsammans: tillit, respekt, åtrå, tillhörighet.

"Du känns som hemma", mumlade han mot hennes öra, en sanning han inte hade vetat att han bar på förrän den undslapp hans läppar.

Emmas ögon öppnades vid de orden och mötte hans med förvånansvärd klarhet trots njutningen som strömmade genom dem båda. "Ja", andades hon. "Det är precis så det är."

De började röra sig tillsammans och fann en rytm lika naturlig som andning. Ryan förundrades över hur perfekt de passade ihop, hur lätt deras kroppar kommunicerade vad de behövde. Emmas styrka var uppenbar även i denna kapitulation, hennes muskler spändes under honom, hennes händer grep hans axlar med säkerhet.

Utanför fortsatte de svaga ljuden från Ekka med avlägsen musik och enstaka fyrverkeriskurar, men inne i deras fristad var de enda ljuden deras blandade andning, viskningen av hud mot bomull, det tillfälliga mumlade uppmuntrandet eller flämtandet av njutning.

Ryan kände spänningen byggas upp inom honom, en annalkande storm av känsla och känslor. Han saktade ner sina rörelser, fast besluten att föra Emma med sig till denna avgrund. Hans hand gled mellan dem, fann centrum för hennes njutning och cirkulerade med ett mjukt tryck som fick hennes ögon att fladdra till och slutas igen.

"Titta på mig", manade han mjukt. "Jag vill se dig."

Hennes ögon öppnades, mörka av åtrå, fästa vid hans med fullständig tillit. Det var denna ärlighet, denna vilja att bli fullständigt sedd i ett ögonblick av absolut sårbarhet, som drev Ryan mot kanten. Emmas kropp spändes runt honom, hennes andning kom i korta flämtningar när hon närmade sig sin egen klimax.

"Släpp taget", viskade han. "Jag har dig."

Hon gjorde det, hennes kropp sköt rygg under honom, hennes blick lämnade aldrig hans när vågor av njutning sköljde genom henne. Synen av henne när hon gav sig hän, känslan av henne som pulserade runt honom, fick Ryan att falla efter henne, hans utlösning var både fysisk och något mer djupgående, som om någon sista barriär inom honom hade smulats sönder.

Utanför exploderade fyrverkerier mot natthimlen, som om själva universum firade vad de hade funnit hos varandra.

Lakanen hade svalnat runt dem, en behaglig kontrast till värmen där deras kroppar rörde vid varandra. Ryan ritade planlösa mönster längs Emmas ryggrad när hon låg draperad över hans bröst, med djup och jämn andning. Genom fönstren hade månen stigit högre och kastade ett silverfärgat ljus över rummet som förvandlade Emmas hud till marmor och fastnade i hennes hårstrån. De avlägsna ljuden från Ekka hade tystnat allt eftersom natten blev djupare, och lämnade dem i en bubbla av tyst intimitet som kändes avskild från världen nedanför.

Emmas fingrar vandrade över hans bröst och ritade cirklar och linjer som verkade följa någon inre karta som bara hon kunde se. "Jag har tänkt på Phoenix träningsschema", sa hon med mjuk röst i mörkret. "Efter idag måste vi omvärdera vad han är kapabel till."

Ryan log, inte förvånad över att hennes tankar, även i detta ögonblick av avkoppling, hade återvänt till hennes hästar. Det var en av de saker han älskade mest med henne, det orubbliga fokuset, den hängivenheten till djuren i hennes vård.

"Han överträffade verkligen förväntningarna", instämde Ryan, medan hans hand fortsatte sin milda utforskning av hennes rygg. "Den där omhoppningen var något speciellt."

Emma rörde på sig och stödde sig på en armbåge för att titta på honom. Hennes ansikte var allvarligt, belyst i profil av månskenet som strömmade in genom fönstren. "Han har potential som vi knappt har börjat utforska. Med rätt program skulle han kunna tävla på Grand Prix-nivå inom ett år."

"Tror du att han är redo för den sortens press?" frågade Ryan, genuint nyfiken. Han hade lärt sig tillräckligt om hästar de senaste månaderna för att förstå att fysisk förmåga bara var en del av ekvationen; mental beredskap var lika avgörande, särskilt för en häst med Phoenix historia.

"Inte än", erkände Emma. "Men vi kan bygga upp honom gradvis. Distriktsmästerskap nästa månad, eftersom han kvalificerade sig med segern idag, sedan kanske sommarserien i januari. Till nästa vinter skulle han kunna vara redo för större utmaningar."

Ryan nickade, hans tankar organiserade automatiskt dessa mål inom ramarna för en affärsplan. "Vi borde kartlägga kvalificeringarna och anmälningskraven för varje nivå. Skapa en ordentlig tävlingsstrategi."

Emmas leende var mjukt i månskenet. "Tänker redan som en hästkarl, planerar tävlingar istället för kvartal."

"Vissa färdigheter är förvånansvärt överförbara", svarade Ryan och strök fingrarna genom hennes hår. "På tal om det, jag har funderat på hur mina kontakter skulle kunna vara användbara. Det finns flera företag i mitt nätverk som kan vara intresserade av att sponsra Phoenix. Utrustningsleverantörer, foderleverantörer, till och med lyxmärken som söker prestigefyllda samarbeten."

"Sponsring?" Emmas ögonbryn höjdes. "Det är något vi aldrig riktigt har satsat på på Ridgewater. Sarah säger hela tiden att vi borde, men vi har alltid varit så fokuserade på avel och träning att affärssidan blir försummad. Sarah hade tävlingssponsorer, och det har Kate också, men ... jag tänkte aldrig på det för mig."

"Det skulle kunna göra en betydande skillnad", sa Ryan och blev entusiastisk över ämnet. "Rätt sponsring skulle täcka anmälningsavgifter, resekostnader, till och med specialiserad träning. Phoenix förtjänar alla fördelar vi kan ge honom."

Emmas fingrar återupptog sitt ritande på hans bröst, men hennes uttryck hade blivit eftertänksamt. "Det handlar inte bara om pengarna", sa hon efter ett ögonblick.

"Det handlar om legitimitet. Omskolade galopphästar ses fortfarande som andra klassens i elittävlingar, även om före detta galoppörer har gått hela vägen till OS-nivå i alla grenar."

Ryan kunde höra passionen i hennes röst, den övertygelse som hade fått henne att stå upp mot köparna på Ekka. "Vi skulle kunna göra OTTB-vinkeln explicit i alla sponsoravtal", föreslog han. "Positionera Phoenix som en symbol för rehabilitering och andra chanser. Rätt partners skulle värdesätta den berättelsen."

Emma satte sig plötsligt upp och lakanet föll från hennes axlar. Månskenet fångade henne nu helt och försilvrade hennes kropps kurvor och lyste upp hennes ansikte med ett nästan eteriskt sken. Det fanns något i hennes uttryck, en sårbarhet blandad med beslutsamhet, som fick Ryan att tappa andan.

"Ryan", sa hon, hennes röst var tyst men intensiv, "det finns något jag aldrig har berättat för någon. Inte Sarah, inte ens Jemima."

Han satte sig upp och insåg vikten av vad hon nu skulle dela med sig av. "Vad är det?"

Emma tog ett djupt andetag, hennes blick mötte hans med orubblig direkthet. "Jag har alltid velat tävla på de högsta nivåerna inom hoppning. Inte bara träna andra eller rädda hästar, utan faktiskt tävla själv. På Grand Prix, på internationella tävlingar, till och med OS, alltihop. Precis som pappa gjorde."

Bekännelsen hängde i luften mellan dem, tung av outtalade implikationer. Ryan iakttog hennes ansikte noga och såg hur svårt detta erkännande var för henne. "Varför har du inte följt den drömmen?" frågade han tyst efter en lång stund.

För de flesta människor skulle frågan ha varit meningslös. Men Emma hade haft tillgång till hästarna och träningen som skulle ha gjort det möjligt, hela sitt liv.

”Praktiska skäl, för det mesta”, sa hon med en liten axelryckning som inte riktigt kunde dölja känslan under. ”Det började med en tonårsgraviditet, sedan att bygga upp räddningsverksamheten, se till att Jemima hade stabilitet. Det fanns aldrig tid för den sortens ambition. Och ärligt talat sa jag till mig själv att det var själviskt att vilja det när det fanns så många hästar som behövde hjälp, så många ryttare som sökte träning. Och kanske ... kanske stod jag i skuggan av mina systrar också. Trodde att jag aldrig skulle kunna leva upp till vad de redan uppnådde.”

Hon tittade ner på sina händer, sedan tillbaka upp på honom, hennes ögon glänste i månskenet. ”Men på Phoenix idag, när jag såg vad han kunde göra med rätt stöd, insåg jag något. Kanske är det bästa sättet att förespråka för dessa hästar inte bara att rehabilitera dem och hitta bra hem åt dem. Kanske är det att visa världen vad de är kapabla till, på de största arenorna som finns.”

Ryan sträckte sig efter hennes hand och flätade samman deras fingrar. ”Du skulle vara enastående”, sa han enkelt, för det var sant. Han hade sett tillräckligt av hennes ridning för att veta att hennes skicklighet var exceptionell, hennes kontakt med hästar djupgående.

Emmas uttryck hårdnade med plötslig beslutsamhet. ”Men jag kommer bara att göra det med räddade hästar”, sa hon bestämt. ”Det är där jag drar gränsen. Inte inköpta talanger, inte specialuppfödda sporthästar, inte ens våra egna. Kate och Jemima kan få Legends avkommor. Jag kommer bara att göra det med räddade hästar, hästar som alla andra har gett upp hoppet om.” Hakan lyftes en aning, en gest av trots mot ett argument som ingen hade framfört. ”Om jag ska göra det här, måste det betyda något mer än rosetter och ära.”

Ryan kände en våg av beundran så stark att den nästan var överväldigande. Denna kvinna, med sina starka principer och orubbliga integritet, fortsatte att överraska honom, att utmana hans förståelse för vad som var möjligt när passion förenades med syfte.

"Då är det precis vad du och Phoenix kommer att göra", sa han, drog henne nära och tryckte en kyss mot hennes panna. Hans sinne rusade redan framåt, såg inte hinder utan möjligheter. "Vi börjar med regionala tävlingar för att bygga upp hans självförtroende, sedan distriktsmästerskap, sedan nationella. Vi dokumenterar varje steg på resan på de sociala medier-konton du redan har börjat bygga upp, delar hans historia och din. När ni når internationella nivåer kommer ni att ha supportrar över hela världen. Och inte bara Phoenix – du har redan teamet bakom dig för att upptäcka andra före detta galopphästar som har det som krävs. Sarah och Zoe visste vad Phoenix kunde bli när de först såg honom. De kan hitta andra också."

Emma lutade sig mot honom, hennes kropp varm mot hans. "Du får det att låta så möjligt", mumlade hon.

"Det är möjligt", insisterade Ryan. "Du har redan gjort den svåraste delen, att ta en skräckslagen, traumatiserad häst och förvandla honom till en champion. Resten är logistik, strategi, resurser." Han log in i hennes hår. "Och det råkar vara saker jag är ganska bra på."

Hon skrattade lågt, ljudet vibrerade mot hans bröst. "Ett perfekt partnerskap, alltså. Du sköter affärerna, jag sköter hästarna."

"Mer än så", sa Ryan och vände hennes ansikte upp mot sitt. "Vi gör det tillsammans, varje steg. Din expertis med hästar, mina affärskontakter. Din passion, min planering. Ett sant partnerskap i alla bemärkelser."

Emmas ögon sökte hans, kanske letade hon efter tvekan eller tvivel. När hon inte fann något log hon, en långsam utbredning av glädje som förvandlade hennes ansikte. "Tillsammans", instämde hon och beseglade löftet med en kyss som smakade av nya begynnelser och delade drömmar.

Utanför exploderade de sista av Ekkas fyrverkerier mot natthimlen, guld- och silvergnistor föll som stjärnor över Brisbane. Inne i sin fristad höll Emma och Ryan om varandra, deras framtider nu oupplösligt sammanflätade, deras separata vägar som möttes i en gemensam resa som ingen av dem hade kunnat föreställa sig när en skrämd häst först förde dem samman.

# Kapitel tjugo

EMMA BREDDE UT TÄVLINGSSCHEMAN över Ryans
köksbänk och lät fingret följa sidan medan hon matchade
datum med Phoenix träningsframsteg. De glansiga
ridsportbroschyrerna såg märkligt hemtama ut mot de
eleganta bänkskivorna i granit, precis som hon själv
började känna sig mer hemma i Ryans lyxiga bostad vid
golfbanan. På hans bärbara dator visades ett kalkylblad
med potentiella sponsringsmöjligheter, ännu ett sätt han
hade hittat för att förena sin affärsskicklighet med hennes
hästvärld. Det hade bara gått en vecka sedan deras triumf
på Ekka, och redan flätades deras liv samman på sätt hon
aldrig hade kunnat föreställa sig.

"Om vi ska vara med i sommarens mästerskapsserie i
januari måste vi först kvala i Ipswich", sa hon och ringade

in ett datum i oktober. "Men det ger oss nästan två månader att förbereda Phoenix för 1,45-klasserna."

Ryan nickade och skrev en anteckning. "Och utrustningskostnaderna för de tävlingarna? Behöver vi nya hinder för att träna på de höjderna?"

"Det tror jag nog", sa Emma och uppskattade hans praktiska inställning. Hon hade tillbringat hela sitt liv omgiven av hästmänniskor som förstod de tekniska aspekterna av träning men ofta förbisåg de ekonomiska realiteterna. Ryans frågor var uppfriskande pragmatiska. "Pappa har inte tränat på den höjden på några år och Sarah nådde som högst 1,40. De flesta av pappas gamla hinderstöd behöver bytas ut ... men vi skulle kunna bygga dem av vårt eget virke, det blir mycket billigare än att köpa nya. Det är inte många företag som tillverkar dem i den storleken vi så småningom kommer att behöva."

"Och transporterna? Phoenix verkar resa bra nu, men tävlingssäsongen kommer att innebära mer frekventa resor."

"Vi borde överväga en riktig hästlastbil", erkände Emma och strök en hårslinga bakom örat. "Mitt nuvarande släp är okej för lokala tävlingar, men för längre sträckor, särskilt i sommarhettan, skulle han ha det bekvämare i något med bättre ventilation och fjädring. Kate äger en, förstås, men hon kommer troligtvis att vara iväg i den med Mystery precis när vi behöver den. Hon ska iväg på dressyrtouren i början av nästa år."

"Jag har undersökt saken", svarade Ryan och klickade sig till en ny flik på sin bärbara dator. "Det finns en australientillverkad modell med klimatanläggning och ett integrerat kamerasystem så att du kan övervaka honom under transporten."

Emma lutade sig närmare, och deras axlar nuddade vid varandra när hon studerade specifikationerna. Hans omtänksamhet förvånade henne fortfarande ibland, sättet han förutsåg behov som hon inte ens hade formulerat.

”Det skulle vara perfekt, särskilt för resorna till Sydney över natten senare under året.”

Ryan vände sig mot henne och deras närhet blev plötsligt intim trots den vardagliga karaktären av deras diskussion. ”Jag har pratat med ett foderföretag som är intresserat av sponsring”, sa han. ”De lanserar en ny serie prestationshöjande tillskott och vill ha en affischhäst med en fängslande bakgrundshistoria.”

”Phoenix skulle definitivt kvalificera sig.” Emma log när hon tänkte på hur långt hennes räddade fullblod hade kommit. ”Från slaktbilen till mästerskapsrosetter på några månader.”

”Precis”, instämde Ryan med entusiasm i blicken. ”Jag har skissat på ett förslag som betonar rehabiliteringsaspekten. Företag är angelägna om att förknippas med framgångssagor som har hjärta. De har redan erbjudit sig att täcka hans foderkostnader i ett år, plus bonusar för placeringar på nationellt erkända evenemang.”

Emma skakade på huvudet av förvåning. ”Du har förvandlat Phoenix till ett affärsförslag som faktiskt fungerar.”

”Jag föredrar att se det som att maximera resurserna för att stödja din vision”, rättade Ryan henne mjukt. ”Sponsringen frigör kapital för att utöka din räddningsverksamhet. Det är en vinn-vinn-situation.”

Hon sträckte sig efter sin mugg och begrundade hans ord. Hans affärsperspektiv hade från början verkat strida mot hennes inställning till hästar, men hon såg alltmer hur deras olika styrkor kompletterade varandra. Han hade hittat sätt att göra hennes drömmar mer hållbara utan att kompromissa med hennes principer.

Ryan stängde sin bärbara dator och hans uttryck skiftade till något mer personligt. ”På tal om att maximera resurser”, började han, och en antydan till nervositet smög sig in i hans vanligtvis självsäkra röst, "så har jag funderat på vår boendesituation."

Emmas hjärta slog snabbare. De hade tillbringat de flesta nätter tillsammans, antingen hemma hos honom eller på Ridgewater, vilket skapade ett något utmattande schema av pendlande fram och tillbaka.

"Det här huset är alldeles för stort för bara mig", fortsatte Ryan och gestikulerade mot det rymliga köket som öppnade sig mot ett ännu generösare vardagsrum. "Och det ligger bara fem minuter från Ridgewater. Vad skulle du tycka om att du och Jemima flyttade in här? På riktigt, menar jag."

Frågan hängde mellan dem, tung av betydelse. Emmas tankar rusade genom praktiska överväganden: Jemimas skolskjuts, dagliga turer för att se till hästarna, anpassningen för hennes dotter.

"Det är ett stort steg", sa hon försiktigt, utan att vilja avvisa idén rakt av men i behov av att erkänna dess komplexitet. "Hela Jemimas liv har varit på Ridgewater. Jag är inte säker på hur hon skulle anpassa sig till att bo ifrån hästarna, ifrån sina mostrar."

"Hon skulle inte vara ifrån dem", påpekade Ryan mjukt. "Vi bor fem minuter bort. Hon skulle fortfarande kunna tillbringa varje eftermiddag i stallet, fortfarande ha sina hästar i hagen där. Men hon skulle få sitt eget sovrum här, en pool på bakgården, ett riktigt hem. Och om du tänker på skolan kan bussen stanna utanför vår grind lika gärna som vid Ridgewaters för att hämta upp henne på morgnarna, och jag ställer mer än gärna upp på listan för att hämta på eftermiddagarna."

Emma nickade långsamt och övervägde hans poänger. "Och mitt arbete då? Jag behöver plats för pappersarbete, veterinärjournaler, tävlingsdokumentation ..."

Ryan log, uppenbarligen efter att ha förutsett denna oro. "Det tredje sovrummet skulle bli ett perfekt kontor för dig. Det får morgonljus, har inbyggda hyllor och jag skulle kunna installera ett ordentligt skrivbord, något som passar ditt arbetsflöde. Arbetsrummet på nedervåningen kan förbli mitt utrymme för när vi båda jobbar hemifrån."

Hans noggranna planering berörde henne djupt. Han erbjöd inte bara sitt hem, han skapade plats för hennes liv, hennes arbete, hennes dotter. Ändå dröjde sig tvekan kvar.

"Och när jag behöver titta till hästarna på natten? Eller om det sker en nödsituation?"

"Vi har två bilar och en golfbil", svarade Ryan enkelt. "Du kan fortfarande göra midnattskollar om det behövs. Dessutom bor Sarah, Kate och Pip fortfarande i huset, tillsammans med Marcus och Jake, och nu Zoe. Mellan dem och ryggsäcksturisterna i barackerna finns det gott om täckning, det måste du erkänna."

Emma reste sig och gick till fönstret och blickade ut över den välskötta golfbanan bortom. De praktiska hindren löstes upp under Ryans eftertänksamma lösningar och lämnade bara hennes egna rädslor att konfrontera. Att flytta ihop var en förklaring av varaktighet, av att bygga en framtid som inkluderade honom i varje aspekt av hennes liv.

"Tänk om det inte fungerar?" frågade hon tyst och gav röst åt sin djupaste oro. "Tänk om vi upptäcker att vi inte kan bo tillsammans?"

Ryan kom och ställde sig bakom henne och lade händerna lätt på hennes axlar. "Då hittar vi en annan lösning", sa han. "Men Emma, jag tycker att vi är skyldiga oss själva att ta reda på det. Att dela vår tid mellan två platser, det är underbart men utmattande. Jag vill vakna upp med dig varje morgon i samma säng, och Jemima förtjänar också den stabiliteten."

Hon vände sig om för att möta honom och studerade uppriktigheten i hans ögon. Denna man, som en gång hade verkat vara sinnebilden av allt hon misstrodde med företagsvärlden, hade blivit hennes partner i ordets rätta bemärkelse. Han förstod hennes hängivenhet för hästarna, stödde hennes ambitioner och, mest mirakulöst, älskade hennes dotter som sin egen.

”Du har rätt”, sa hon till slut och ett leende bröt igenom hennes osäkerhet. ”Låt oss göra det. Men en varning, vi kommer med en massa leriga stövlar och hästhår.”

Lättnad och glädje spred sig över Ryans ansikte. ”Jag har redan beställt stövelställ till groventrén”, erkände han med ett leende. ”Och forskat fram den bästa dammsugaren för hästhår. Jag är fullt förberedd för McKenzie-invasionen.”

Emma sträckte sig upp och drog ner honom för en kyss, med hjärtat fyllt till bristningsgränsen. ”Jag trodde aldrig att jag skulle hitta någon som förstår och accepterar vem jag är”, viskade hon mot hans läppar. ”Någon som ser hästarna som en del av paketet, inte som konkurrens om min uppmärksamhet.”

Ryans armar slöts hårdare om henne. ”Hästarna är en del av den du är”, sa han enkelt. ”Att älska dig innebär att älska allt, lera och tidiga morgnar inkluderat.”

Stående i hans kök, omgiven av tävlingsscheman och sponsringsförslag, kände Emma hur de sista av hennes reservationer smälte bort. De byggde något tillsammans, ett liv som hedrade båda deras världar. Phoenix resa från skrämd rymling till självsäker idrottare verkade plötsligt som en metafor för hennes egen förvandling, från en försiktig ensamstående mamma till en kvinna modig nog att omfamna denna oväntade kärlek.

Emma knuffade upp köksdörren till Stora Huset och den bekanta doften av kaffe och Pips pumpascones omslöt henne som en välkomnande famn. Hennes systrar var samlade runt det stora träbordet som hade varit värd för McKenzie-familjens diskussioner i generationer, Kate skrollade på sin telefon medan Sarah sorterade fakturor, och Pip berättade animerat om ett träningsgenombrott med en av sina ponnyer. Zoe satt på en pall vid bänken, hennes vilda lockar rymde från sin fläta när hon gestikulerade eftertryckligt om något. Alla tittade upp när Emma kom in, och hon kände en fladdrande nervositet över nyheten hon kommit för att dela med sig av.

"Där är hon ju", förklarade Pip. "Vi började tro att du redan hade flyttat in hos Ryan permanent."

Emma kände en rodnad värma hennes kinder när hon hällde upp en kopp kaffe. "Faktiskt, det är det jag ville prata med er alla om. Jemima är hos Charlotte på en lekträff, så jag tänkte att det skulle vara ett bra tillfälle."

Sarah lade undan sitt pappersarbete och ändrade genast ställning för att ge Emma sin fulla uppmärksamhet. Kate lade ner sin telefon, och till och med Zoe, som var i evig rörelse, stannade upp, och de kände alla på sig vikten av vad Emma skulle säga.

"Ryan har bett oss flytta in hos honom", sa Emma och bestämde sig för att direkthet var det bästa tillvägagångssättet. "Och jag sa ja."

Ett ögonblicks tystnad hängde i luften, under vilken Emma studerade sina systrars ansikten: Sarahs eftertänksamma övervägande, Kates lätta överraskning, Pips växande leende. Sedan började alla tre tala på en gång.

"Det var på tiden", förklarade Pip och sträckte sig efter ytterligare en kaka. "Det ständiga flängandet fram och tillbaka var löjligt."

"Har du tänkt på Jemimas skolpendling?" frågade Sarah, praktisk som alltid.

"Har hans hus tillräckligt med plats för all din utrustning?" undrade Kate.

Emma skrattade och spänningen lättade från hennes axlar. Hon hade halvt förväntat sig motstånd, något argument om att bryta McKenzie-traditionen eller överge Ridgewater. Istället hade de hoppat direkt till logistiken och accepterat hennes beslut med karakteristisk pragmatism.

"Ja, Sarah, vi har löst skolskjutsen. Hans hus ligger bara fem minuter härifrån, och ärligt talat är det närmare hennes skola än vad Ridgewater är, och morgonbussen kommer att stanna vid grinden. Kate, han gör om det tredje sovrummet till ett kontor åt mig, och det finns en groventré för alla våra stövlar och ridkläder."

"Och en pool", tillade Pip med en blinkning. "Låtsas inte att Jemima inte är överlycklig över att ha en pool på sin bakgård."

"Hon är ganska exalterad", erkände Emma och log åt hur snabbt hennes dotter hade vant sig vid tanken. "Fast hon har fått Ryan att lova att hon fortfarande kan komma till stallet varje dag efter skolan."

"Som om vi skulle låta vår bästa juniorryttare försvinna", hånlog Sarah och sträckte sig efter kaffekannan. "På tal om det, jag vill justera hennes position över oxrar. Jag märkte på träningen igår att hon håller på att utveckla en vana att kasta fram händerna."

Emma nickade, tacksam för sin systers fortsatta engagemang i Jemimas träning. "Det skulle vara toppen. Ryan har föreslagit att vi gör upp ett formellt schema för hennes ridlektioner med var och en av er, för att se till att hon fortfarande får dra nytta av allas expertis."

Kates ögonbryn höjdes en aning. "Det låter väldigt ... organiserat."

"Det är det", instämde Emma, oförmögen att dölja tillgivenheten i sin röst. "Han närmar sig detta precis som man kan förvänta sig, med kalkylblad och effektivitetsanalyser. Men under allt det där vill han genuint se till att Jemima inte förlorar något på att flytta från Ridgewater."

"Förutom kanske det tvivelaktiga nöjet att höra Zoe prata med sig själv klockan tre på morgonen medan hon forskar om obskyra hästterapier", retades Pip och knuffade Zoe med armbågen.

Zoe rätade på sig på pallen, och hennes uttryck skiftade till något mer allvarligt än hennes vanliga animerade entusiasm. "Faktiskt, det för *mig* till något som jag också ville diskutera med er alla." Hon tog ett djupt andetag, innan hennes ord återupptog sin vanliga snabba takt. "Jag har bestämt mig för att permanent flytta från Storbritannien och etablera min praktik här på Ridgewater. Marcus har redan ordnat sponsring för mitt arbetsvisum, och kliniken kan tillhandahålla tillräckligt med dokumenterad anställning för att tillfredsställa immigrationsmyndigheten. Om ni alla går med på det, förstås."

Emma kände en våg av glädje. Zoe hade blivit en väsentlig del av deras verksamhet, och hennes innovativa terapier hade förvandlat inte bara Phoenix utan flera andra utmanande rehabiliteringsfall. Tanken på att hennes färdigheter skulle bli ett permanent inslag på Ridgewater var spännande.

"Zoe, det är underbara nyheter!" utbrast Emma. "Du kan ta mitt rum!"

"Det började bli för trångt i huset ändå", skämtade Pip, även om hennes breda leende förrådde hennes genuina glädje över Zoes tillkännagivande. "Och på så sätt kommer vi att ha familjens veterinär och familjens terapeut båda på plats permanent."

"Ännu viktigare", inflikade Sarah, "borde vi prata om att inrätta ett ordentligt terapiutrymme för din praktik, Zoe. Den lilla ladan bakom ridhuset skulle kunna byggas om vackert. Den ligger nära stallet men tillräckligt tyst för behandling."

Zoes ögon vidgades. "Skulle ni göra det? Skapa ett dedikerat utrymme?"

"Självklart", sa Sarah. "Vi kan installera ordentliga golv, klimatanläggning och förvaring för din utrustning.

Det skulle vara en investering i Ridgewaters tjänster. Vi kommer att marknadsföra dina terapier som en del av vårt rehabiliteringsprogram.”

”Och ta betalt därefter”, tillade Kate med en affärsmässig nick. ”Din expertis förtjänar ordentlig ersättning.”

”Kanske vi skulle kunna fundera på att gräva en hästsimbassäng”, fortsatte Emma, som blev alltmer entusiastisk över planen. ”Och kanske investera i det där rödljusterapisystemet du har nämnt.”

Zoe såg för ett ögonblick överväldigad ut av deras entusiastiska planering. ”Jag förväntade mig inte ... jag menar, jag hoppades, men det här är bortom allt ...”

”Välkommen till familjen McKenzie”, skrattade Pip och klämde Zoes axel. ”När vi väl har bestämt oss för att du är familj är motstånd meningslöst. Du kommer att assimileras in i verksamheten innan du vet ordet av.”

Emma såg hur Zoes uttryck skiftade från överraskning till genuin tillhörighet, samma förvandling hon hade bevittnat hos Ryan under de senaste månaderna. Ridgewater hade den effekten på människor, drog in dem i sin omloppsbana och gjorde dem till en del av något större än dem själva.

”Då är vi överens”, förklarade Sarah och drog redan ett anteckningsblock mot sig. ”Emma och Jemima flyttar till Ryan, Zoe tar Emmas rum och vi bygger om den lilla ladan till ett terapicenter. Vi behåller Jemimas rum för övernattningar”, tillade hon i en bisats, innan hon log brett mot Pip. ”Allt vi behöver nu är att Pip äntligen bestämmer sig för att bo med Jake istället för att låtsas att hon inte tillbringar fem nätter i veckan hos honom inne i stan.”

Pip frustade i sitt kaffe medan de andra brast ut i skratt. Emma kände en våg av tacksamhet skölja över sig, för detta stödjande kaos av systrar och funnen familj, för deras lätta acceptans av förändring samtidigt som de höll hårt i sina förbindelser med varandra.

"För nya begynnelser", föreslog Kate och höjde sin kaffemugg i en skål.

"Och gamla grundvalar", tillade Emma och tänkte på hur Ridgewater förblev deras ankare även när deras liv utvecklades runt det.

Fem muggar klirrade mot varandra i det varma köket, en enkel ceremoni som markerade fortsättningen på McKenzie-arvet genom alla dess anpassningar och utvidgningar. Ridgewater, reflekterade Emma, hade alltid handlat mer om människorna än platsen, en sanning som fick hennes beslut att flytta att kännas mindre som att lämna och mer som att utvidga dess gränser till att omfatta Ryans hem inom dess sfär.

Ryan lutade sig mot staketet till Ridgewaters hopparena och tittade med oförställd beundran på när Emma guidade Phoenix genom en komplex serie svängar och anridningar. Även för hans nu tränade öga var harmonin mellan häst och ryttare extraordinär, varje subtil förskjutning av Emmas vikt framkallade en omedelbar respons från det kraftfulla fullblodet under henne. Bredvid honom stod Jemima på den nedersta ribban, hennes små händer grep tag i den översta medan hon följde sin mammas varje rörelse med det kritiska ögat hos en ung ryttare som redan var djupt bevandrad i sportens tekniska aspekter.

"Nu ber hon honom att samla sig", berättade Jemima med rösten hos någon som delar med sig av insiderkunskap. "Ser du hur hans språng blir kortare men studsigare? Det är så att han kan ladda för den stora oxern."

Ryan nickade, fortfarande förvånad över hur mycket han hade lärt sig under månaderna sedan Phoenix hade kraschat genom hans golfbanestaket. Det som en gång hade sett ut som en kvinna som bara satt på en galopperande häst avslöjade sig nu som en invecklad dans av kommunikation och ömsesidigt förtroende.

"Nu kommer de", mumlade han när Emma styrde Phoenix mot det imponerande hindret hon hade byggt upp. Med sina 1,5 meter var det inte mycket kortare än Emma själv, och dess bredd krävde inte bara höjd utan också betydande kapacitet från hästen. Phoenix samlade sig, hans kraftfulla bakdel drev honom uppåt i en båge som verkade trotsa gravitationen. Emmas kropp rörde sig i perfekt synkronisering, fällde sig framåt över hans hals under hoppets högsta punkt, för att sedan sjunka tillbaka i sadeln när de landade med knappt ett ljud på andra sidan.

"Ja!" Jemima pumpade med näven. "Det är vad vi kallar 'gott om marginal'! Han kunde ha klarat tjugo centimeter till hur lätt som helst."

Stolthet svällde i Ryans bröst, inte bara för hästen vars rehabilitering han hade bevittnat, utan för kvinnan vars skicklighet och tålamod hade gjort det möjligt. Varje dag förde med sig ny uppskattning för Emmas mångfacetterade talanger. Han hade vetat att hon var bra, men att se henne ta sig an dessa Grand Prix-höjder avslöjade en nivå av expertis han inte helt hade förstått tidigare.

"Din mamma är något alldeles extra", sa han till Jemima och rufsade tillgivet om hennes blonda hår.

"Hon är bäst", instämde Jemima med en åttaårings orubbliga övertygelse. "Phoenix var så rädd när han först kom, men mamma gav aldrig upp hoppet om honom. Det är det hon gör, du vet. Hon lagar hästar som alla andra ger upp."

Ryan log åt den skarpsinniga observationen. "Och människor också, ibland", tillade han mjukt och tänkte på hur Emma gradvis hade nött ner hans affärsmässiga försvar och visat honom ett annat sätt att mäta framgång och tillfredsställelse.

"Som du?" frågade Jemima oskyldigt och lutade huvudet uppåt för att studera hans ansikte. "Var du trasig förut?"

Frågan överrumplade honom med sin klarsynthet. "Inte trasig", svarade han försiktigt. "Bara ... ofullständig. Fokuserad på fel saker."

Jemima nickade vist. "Det är vad moster Pip säger om hästarna som kommer från galoppen. De är inte trasiga, de har bara aldrig lärt sig att det finns mer i livet än att springa i cirklar jättefort."

Ryan skrattade, återigen slagen av den visdom som verkade flöda naturligt från McKenzie-kvinnorna oavsett ålder. Han och Jemima var så uppslukade av att se Emma påbörja en ny anridning att ingen av dem märkte taxin som stannade bakom huset, eller paret som klev ur den, samlade ihop sitt bagage innan de stannade upp och gick mot arenan istället för in i huset.

Emma och Phoenix klarade ytterligare en imponerande kombination, denna gång en trekombination som krävde exakta språnglängder mellan delarna. Ryan var på väg att kommentera deras prestation när Jemima plötsligt flämtade till bredvid honom.

"Morfar! Mormor!" skrek hon, klättrade ner från staketet och sprang mot de annalkande gestalterna med den ohämmade entusiasm som bara barn kan uppbåda.

Ryan vände sig om, och hans mage gjorde en plötslig nervös volt när han registrerade närvaron av Jim och Ingrid McKenzie. Han hade sett deras foton, förstås, stolt uppvisade i hela Stora Huset, men ingenting hade förberett honom på att träffa dem personligen, särskilt inte utan förvarning. Jim, fortfarande rakryggad trots sina sjuttio år, hade stannat tvärt, med blicken fäst på arenan där Emma, omedveten om deras ankomst, var helt fokuserad på Phoenix träning.

"Herregud", utbrast Jim, och hans väderbitna ansikte uttryckte chock och något annat ... respekt, kanske, eller stolthet. "Är det *Emma* som tar den där hästen över en och femtio? När hände det?"

Jemima krockade med sin morfars stadiga kropp och välte honom nästan baklänges när hon slog armarna om hans midja. "Phoenix är fantastisk, morfar! Han vann tävlingen för före detta galopphästar på Ekka och nu tränar mamma honom för Grand Prix och de ska få sponsorer och allt möjligt!"

Ingrid, lång och elegant med sitt platinablonda hår i en snygg, kort frisyr, böjde sig ner för att omfamna sitt barnbarn medan hon höll ögonen på arenan. "Jaså, jaså", sa hon, med en röst som bar på en ytterst svag antydan till svensk brytning. "Det verkar som om vi har missat en hel del under våra resor."

I arenan hade Emma äntligen lagt märke till de nyanlända. Hon drog upp Phoenix och hennes ansikte visade chock innan det brast ut i ett glatt leende. Hon satt snabbt av, samlade ihop tyglarna och ledde Phoenix mot grinden i rask takt.

Ryan kände sig som fastfrusen, plötsligt akut medveten om sin lediga klädsel, stänket av lera på sina stövlar, den totala bristen på förberedelser för detta avgörande möte. Emma hade nämnt att hennes föräldrar skulle flyga hem i tid för Sarahs bröllop, men det var inte förrän om en vecka.

"Mamma! Pappa!" ropade Emma, och hennes röst bar på en blandning av överraskning och glädje när hon närmade sig, med Phoenix lydigt följande efter. "Jag visste inte att ni skulle komma idag!"

Ryan tvingade sig själv att röra sig framåt och försökte utstråla en självsäkerhet han verkligen inte kände. Att träffa föräldrarna var nervöst i vilket förhållande som helst, men när dessa föräldrar båda var ryttare på olympisk nivå som hade byggt ett arv över flera generationer, kändes insatserna betydligt högre.

Innan han kunde nå dem, grep Jemima hans hand och drog honom framåt med en förvånansvärd styrka för någon så liten. "Morfar, mormor, det här är min nya pappa, Ryan!" tillkännagav hon med ofiltrerad entusiasm.

Ryan kände att världen för ett ögonblick stannade upp runt honom. *Nya pappa.* Orden hängde i luften, vackra och skrämmande i sina implikationer. Emma hade frusit till mitt i ett steg, och hennes ögon vidgades vid dotterns förklaring. Till och med Phoenix verkade känna av den plötsliga spänningen, och hans öron spetsades av intresse.

Jim McKenzies blick flyttades från sitt barnbarn till Ryan och utsatte honom för en värderande blick som tycktes ta in allt från hans stadsgrabb-frisyr till hans nu invanda sätt att stå nära en häst utan att visa rädsla. Den äldre mannens uttryck var oläsligt, ett pokeransikte utvecklat genom årtionden av hästhandel och tävling.

"Så du är golfbanekillen", sa Jim till slut, och hans ton avslöjade ingenting. "Den som har fått min dotter att äntligen visa upp vad hon kan över de stora hindren."

Ryan svalde hårt och sträckte fram sin hand. "Ryan Wardell, sir. Det är en ära att få träffa er båda. Jag har hört så mycket om er."

Jims handslag var fast men inte utmanande, ett gott tecken enligt Ryans uppfattning. Den äldre mannen vände sig tillbaka för att titta på Phoenix, som stod tyst bredvid Emma, hans tidigare oro kring främlingar nu ett avlägset minne.

"Den där hästen har olympisk potential", kommenterade Jim, och hans erfarna öga bedömde fullblodets exteriör och utstrålning. "Kapacitet så det räcker och blir över, och rätt inställning nu, av vad jag kan se. Med rätt träningsprogram ..."

Ingrid armbågade sin man lekfullt. "James McKenzie, du är alldeles för gammal för vad du tänker. Dina tävlingsdagar är förbi."

Jim skrattade, och ljudet mullrade djupt i hans bröst. "Kan inte klandra en man för att drömma, Inga. Men du har rätt." Han såg på Emma, och hans uttryck mjuknade.

”Det är din tid nu, Em. Fast jag kanske har ett och annat knep att lära dig om de där snäva svängarna om du är intresserad.”

Emmas ansikte översvämmades av lättnad och glädje. ”Det skulle jag väldigt gärna vilja, pappa.”

Ryan kände en del av sin spänning lätta när Ingrid steg fram för att omfamna honom varmt, som om de redan var familj. ”Så det är du som har fått vår Emma att le igen”, sa hon, och hennes blå ögon glittrade. ”Och övertygat henne att äntligen följa sina egna tävlingsdrömmar istället för att alltid sätta alla andra först.”

”Jag kan inte ta åt mig äran för det”, svarade Ryan ärligt. ”Hon har alltid haft talangen och drivkraften. Jag hjälpte bara till med några av de praktiska arrangemangen.”

Jim småskrattade och klappade Ryan på axeln med en styrka som nästan fick honom att vackla. ”Anspråkslös också. Du kommer att klara dig bra med familjen McKenzie, grabben. Vi är inte mycket för att skryta, trots vad vissa i ridsportvärlden kanske säger.”

”Nåväl, det verkar som om vi har tajmat vår återkomst perfekt för att möta den nyaste familjemedlemmen.” Ingrids varma blick växlade mellan Ryan och Jemima, som fortfarande höll fast vid hans hand besittningsfullt.

”Nyaste *medlemmarna*, vi har faktiskt inte träffat Marcus eller Jake än heller”, rättade Jim och sträckte ut handen för att stryka Phoenix glänsande hals. ”Jag förstår varför den här killen har fångat allas hjärtan. Påminner mig om min Lady i hennes bästa dagar, samma intelligenta blick.”

När familjen föll in i ett lättsamt samtal om hästar och bröllopsförberedelser, kände Ryan en djup känsla av tillhörighet skölja över sig. Jemimas impulsiva introduktion hade, långt ifrån att skapa pinsamhet, helt enkelt erkänt vad de redan höll på att bli: en familj, okonventionell kanske, men inte mindre verklig för det.

Familjen McKenzies skratt steg runt honom, varmt och inkluderande, medan Jim berättade historier från sina resor och Ingrid pysslade om hur mycket Jemima hade vuxit sedan förra julen. Phoenix vilade på en bakfot och föll i en avslappnad slumrande position bredvid dem, hans mörka huvud sänkt i belåtenhet, den sista biten i det osannolika pussel som hade fört dem alla samman.

# Fler böcker av Caitlyn Lynch

**De Förlorade Australiska**

Flickan i bäcken
Flickan på Yachten
Flickan i Herrgården

**Hästryttarna på Ridgewater**

Lita på resan

Bryta barriärer
Stadig mark
Skrivet i stjärnorna
Jul i Ridgewater

## Elitstyrkan Rescue Rangers

Räddad av en Ranger
En Ranger återvänder
Under täckmantel med en Ranger
En Ranger mot världen
Rangers Hetta (endast för nyhetsbrevsprenumeranter)

**Upptäck alla Shenanigans Press-utgivningar på vår webbplats(https://www.shenaniganspress.com/se) !**

**Eller följ oss på sociala medier — vi finns på Facebook och Instagram (@ShenanigansPressSvenska).**

**Och glöm inte att prenumerera på vårt nyhetsbrev för att få veta mer om nya släpp, erbjudanden, utlottningar och mycket mer!**

# Emmas ananassylt

## INGREDIENSER

1 STOR, MOGEN ANANAS
1,5 cm bit färsk ingefära, skalad och riven
Strösocker – mängden bestäms enligt instruktionerna nedan
Saften av 1 lime
1 tesked kanel
En nypa muskot

## GÖR SÅ HÄR

Skala och kärna ur ananasen och skär den i skivor. Lägg skivorna i en mixer och mixa kort så att du får bort alla utom de allra minsta bitarna (mixa inte till helt slät puré).

Mät upp hur mycket ananaspuré du har. Du behöver hälften så mycket socker som ananas – har du t.ex. 3 koppar ananas använder du 1 ½ kopp socker.

Lägg den mixade ananasen i en slow cooker och tillsätt socker, ingefära, limesaft, kanel och muskot.

Sätt slow cookern på HÖG värme och låt koka i ca 4 timmar. Rör om ungefär en gång i timmen.

När blandningen börjar tjockna är den klar; den kommer att sätta sig ytterligare när den svalnar.

Häll upp sylten på sterila burkar och förvara i kylskåp. Det blir bara 1–2 burkar beroende på burkstorlek, men den görs bäst i små satser.

Ljuvlig både sött och salt – prova den gärna med ost och kex!

# VARIANTER

**Citrusmix:** Tillsätt rivet skal av en apelsin tillsammans med limesaften för en frisk, citrusdoftande ananassylt.

**Tropisk mix:** Blanda i ½ kopp finhackad mango eller passionsfruktspulp under den sista timmen av koktiden för en tropisk fruktblandning.

**Kryddig chutney med sting:** Om du gillar kryddor och lite hetta, dubbla mängden riven ingefära och tillsätt 1–2 urkärnade, finhackade röda chilifrukter.

Nu lovar jag att det också kommer recept på Kates så frestande macadamiaproteingodis och Zoes magiska bananbröd... men du måste fortsätta läsa **Hästryttarna på Ridgewater** för att hitta dem!

9 781923 727182